Alice Greenway

Schmale Pfade

Roman

Aus dem Englischen
von Klaus Modick

mare

Die Deutsche Bibliothek verzeichnet diese Publikation
in der Deutschen Nationalbibliografie;
detaillierte bibliografische Daten sind im Internet
unter http://dnb.ddb.de abrufbar.

Die englische Originalausgabe erschien 2014
unter dem Titel *The Bird Skinner* bei Atlantic Monthly Press,
an imprint of Grove/Atlantic, Inc., New York

1. Auflage 2016

Lektorat Oliver Ilan Schulz
Typografie Farnschläder & Mahlstedt, Hamburg
Schrift Stempel Garamond
Druck und Bindung CPI Clausen & Bosse, Leck
Printed in Germany
ISBN 978-3-86648-232-6

www.mare.de

Für meine Mutter und meinen Vater,
in Erinnerung an meinen Großvater

Macht euch auf, ihr Leute von Gele,
ihr Leute von Lavalava,
ihr Leute von Vonjavonja,
ihr Leute von Elosagana.
Zieht hinauf nach Aku, bemannt vier Kanus;
zieht hinunter nach Yombavuru,
lasst vier Kanus zu Wasser;
zieht hinunter nach None,
lasst vier Aalbretter zu Wasser,
bereitet vier berauschende Nächte vor;
werft vier Ankertaue aus.
Ruft, Leute von Gele,
ruft, Leute von Lavalava,
ruft, Leute von Vonjavonja,
ruft, Leute von Elosagana;
lasst ihn herabkommen
und das Muschelhorn blasen,
herabkommen und das Netz auswerfen,
lasst ihn herabkommen.
Geht nach Mala Kinda, schöpft viermal Wasser;
geht nach Mbulolo, schöpft viermal Wasser;
geht nach Patu Lavata, werft vier Ankertaue aus.
Schwimmt, auf dem Rücken liegend,
aufs offene Meer hinaus;
schwimmt, auf dem Rücken liegend,
nach Lolo te Pome.
Geht zum Sitzenden Stein und wartet,
auf dass sie euch nach Santo geleiten mögen.

Totengebet von den Salomonen.
Nach: A. M. Hocart, *Der Totenkult in Eddystone auf den Salomonen*. 1922

Prolog

Darüber geredet haben sie erst hinterher, am Ende des Sommers, nachdem die Sommergäste abgereist waren und man auf der Insel wieder frei atmen konnte. Sie redeten langsam, zögernd, in jenem gedehnten Tonfall, den man unten im Osten immer seltener zu hören bekommt, mit langen Pausen zwischen kurzen Äußerungen, als blieben die meisten Dinge am Ende lieber ungesagt.

Unten auf der Werft, wo sich der junge Floyd mit einem Defekt an der Elektrik herumschlug, eine Bilgenpumpe wiederbelebte, eine Kardanwelle justierte, die die Maschine fürchterlich ins Rütteln brachte; unten am Stadthafen, wo sie am Ende eines langen Tags ihre Boote abspritzten, sich aus Schlechtwetterjacken, Watstiefeln, Ölzeug und Gummihandschuhen schälten wie sich häutende Hummer; und dort unten war es auch, in Elliots *Paralyzo*, der einzigen Kneipe der Insel, wo sie den Schaum von ihrem Bier schlürften – und über Jim redeten.

Der alte Mann – wie ein uralter Bock oder wie ein alter, verletzter Hund, der im Wald nach einer vertrauten Höhle sucht. Wie Curtis' Hund, der sich erst vor einer Woche den ganzen Weg bis zum Ufer geschleppt hatte, um da zwischen einem Haufen von Reusen herumzustreunen und seine Lieblingsgerüche zu schnuppern: salzige Seile, vergammelter Hering, sonnengebleichtes Holz, urzeitlicher Duft des vom Meeresgrund gehievten Schlamms. So, wie der Hund dalag, sah er aus, als sehnte er sich danach, noch ein letztes Mal mit hinausgenommen zu werden. Obwohl Curtis, selber gebeugt, lahm, rheumatisch, seit Jahren nicht mehr nach Hummern gefischt hatte.

»Der Alte muss es geahnt haben«, bemerkte Elliot und wischte über den langen Holztresen.

1973. Damals war es nicht üblich, dass Sommergäste schon vor dem ersten Juli eintrafen oder bis nach Labor Day blieben. Vom Inselleben angezogen, hingen vielleicht noch ein oder zwei Jugendliche herum und weigerten sich, nach Hause zu fahren. Aber größtenteils folgten die Sommergäste einem jahreszeitlichen Rhythmus. Sie fielen wie Zugvögelschwärme ein, und eine Generation folgte der nächsten. Zumeist Leute aus Boston, New York, Philadelphia. Zwei Monate lang besetzten sie fast jeden Felsen in der Penobscot Bay, und da konnte man sie dann sehen, wie sie über die Inseln wieselten und kraxelten, selbst noch bei dichtem Nebel Handtücher und Decken ausbreiteten, üppige Picknicks mit Käse, Brötchen, Muschelsuppe in Thermostöpfen, Hummersalat und Blaubeerkuchen auspackten. In der Passage, dem Gezeitenkanal zwischen Fox Island und Carvers Island, wimmelten sie hin und her in ihren Dingis mit Gaffelbetakelung, ihren hölzernen Herreshoffs, flitzten mit ihren flachbödigen Walbooten herum, verhedderten sich mit ihren Schrauben in den Leinen der Hummerkörbe.

An Land konnten sie noch lästiger werden. Echauffierten sich über ungestrichene Häuser, ungemähte Felder, ungeflickte Leitungen. Stolzierten in ihrem Sommergefieder auf und ab, fochten uralte, hoch entwickelte Revierkämpfe aus – und schwirrten wieder ab.

Es war also ungewöhnlich, dass Jim gegen Ende des Winters aufkreuzte. Heimlich, still und leise – sodass die Insulaner gar nicht recht sagen konnten, wie er aufgetaucht war. Er landete einfach wie ein vom Kurs abgekommener Vogel und blieb, als die Segelboote noch auf dem Ufer lagen. Der März brachte einen späten Sturm mit ein bis zwei Metern Schnee. Schnee türmte sich auf den Ladeflächen der Pick-ups und wurde zu beiden Straßenseiten gepflügt, wie ein Scheitel in weißem Haar.

»Sarah hätt' den nich' mitbringen könn'«, meint Floyd. Elliot schenkt den Männern, die sich für heute Abend auf den Heimweg machen, eine letzte Runde ein. »Sein' Rollstuhl hätt' sie ja nie und nimmer in ihre Karre gekriegt.«

Sarah ist die Erste, die einen kompakten Mitsubishi mit Fließheck fährt, während alle anderen auf Ford- und Chevy-Pick-ups schwören. »Ich nehm an, dass du Reis in den Vergaser kippst«, zieht Floyd sie gern auf.

Wenn es nicht Sarah war, musste es Stillman gewesen sein, ihr alter Herr, Hummerfischer, Hafenmeister und Verwalter von Jims Familiensommerhaus. Noch schweigsamer und undurchschaubarer als alle anderen.

Sie erinnerten sich noch an die Ankunft des Mädchens. Obwohl sie erst später, Mitte Juli, mit den letzten Sommergästen eingetroffen war, sodass sie ihnen eigentlich nur wegen ihrer Hautfarbe auffiel. Was nichts Besonderes heißen soll, bloß dass damals nicht so viele Schwarze an der Küste Maines lebten oder auch nur zu Besuch kamen. Ein Bursche, der draußen vor Stonington Hummer fing. Ein paar Matrosen, die auf den großen Schiffen arbeiteten und die Touristen aus Boston, Bar Harbor oder Damariscotta die Küste Neuenglands hoch- und runterschipperten.

Aber dieses Mädchen war anders. Nicht bloß schwarz, sondern pechschwarz, schwarz wie Bootsöl. Als wäre sie direkt aus Afrika gekommen. Mit dem großen Heiligenschein ihrer Haare und einem Kleid mit aufgedruckten, knallbunten Blumen, Hibiskusblüten wohl, wie jemand meinte, und einem altmodischen Lederkoffer mit Schnallen, der so aussah wie einer, den man vielleicht noch ganz hinten auf Muttis Dachboden findet. Noch sonderbarer war's, dass sie bei Jim einzog.

Stillman kutschierte Jim runter zum Fähranleger. Viele von ihnen sahen zum ersten Mal mit eigenen Augen, dass der Alte ein Bein verloren hatte. Es war tatsächlich knapp oberhalb des Knies amputiert. Mit einer Krücke kam er allein zurecht, lehnte an Stillmans Laster und rauchte Kette.

»Guadalcanal«, ruft Curtis vom anderen Ende der Theke. Vornübergebeugt und triefäugig sieht er älter aus als sein toter Hund. Curtis war ein Kriegsveteran, hochdekoriert, nur dass die meisten vergessen hatten, wofür eigentlich.

»Was hast du gesagt?«, fragt Elliot und greift nach dem Glas, das Curtis über die Theke schiebt.

»Sie kam von Guadalcanal«, wiederholt er, die Worte genuschelt, aber eindringlich.

Guadalcanal also – nicht aus Afrika.

Sommerhaus
bei Winterende

Einige der Männer, die schon
früher mit ihm gesegelt waren,
äußerten jedoch Mitleid,
ihn so behindert zu sehen.

Die Schatzinsel

Fox Island, Penobscot Bay, Maine, Juli 1973

Jim klemmt den Stuhl in den Küchendurchgang, um das Fliegengitter offen zu halten, und steckt sich die dritte oder vierte Zigarette an. Die Ärzte haben ihm gesagt, dass er aufhören soll. Das Trinken reduzieren, stark reduzieren, und das Rauchen völlig aufgeben. Zum Teufel damit. Das Bein ist sowieso weg. Das Nikotin macht ihn kribbelig und hypernervös. Eine schwer abzuschüttelnde Gereiztheit klebt so fest an ihm wie er selbst am Rollstuhl. Die Wahrheit ist, dass er einen Drink gebrauchen könnte, aber er wird einstweilen noch verzichten. Es ist das Mindeste, was er tun kann – dem Mädchen nicht halb betrunken zu begegnen.

»Immer sachte, immer sachte«, murmelt er laut vor sich hin. Er schließt die Augen und lenkt seine Konzentration auf Vogelstimmen. Das hat er sich schon als Junge angewöhnt. Eine bombensichere Methode, seine Gefühle im Griff zu behalten oder abzuschotten, so wie er es gernhat. Möwen – das Leitmotiv der Insel, Lachen oder Weinen, wie man's nimmt. Das Geschimpfe eines Blauhähers. Das scharfe Zwitschern eines Rotkehlchens. Krähen patrouillieren unten bei Stillmans Haus über die Felder, ihre Stimmen kratzig, heiser wie Raucher und gebrochen wie pubertierende Jungs. Es gibt keinen Missklang – es ist ja Mittsommer und zwölf Uhr mittags –, aber aus dem nahen Wald kann er das dünne Kommher-Pfeifen einer Phœbe hören, das Quäken des Fischadlers, der hoch über der Landzunge kreist.

Da sind auch noch andere Geräusche. Das leise Nageln des Diesels von Adam MacDonalds spät auslaufendem Hummerboot. Einen Augenblick später schwappt die Bugwelle gegen die Holzpfosten und lässt den Anleger ächzen.

Jim klemmt sich die Zigarette zwischen die Zähne und schiebt sich aus der Tür über den holprigen Rasen an der Hausecke entlang. Von hier aus kann er über die abfallende Wiese zum Ufer blicken, wo die Ebbe mit Seegras und Seepocken übersäte Felsen freilegt, und über das braungrüne Wasser der Indian Cove ans Ende des Gezeitenkanals bis zum offenen Blau der Penobscot Bay. Im tiefsten Wasser der Bucht schaukelt eine Reihe von Stillmans orangen und gelben Hummerreusen an gefierten Leinen.

»Da oben kannst du nicht wohnen«, protestierte sein Sohn Fergus, als Jim seine Absicht verkündete, hier ins alte Sommerhaus in Maine zu ziehen. »Da bist du zu sehr abgeschnitten.«

»Verdammt richtig, ich bin abgeschnitten«, blaffte Jim. Er sah an seinem Stumpf herunter. Wenn das Bein oberhalb des Knies abgetrennt wird, bezeichnet man das als transfemoralen Schnitt. Dieser erschwert das Anpassen eines Holzbeins beziehungsweise einer Prothese, wie die Ärzte es zu nennen pflegen, obwohl Jim sich sowieso geweigert hat, eine zu tragen.

»Was passiert, wenn du hinfällst? Was, wenn du hängen bleibst?« Fergus wurde ungewöhnlich dünnhäutig. Vielleicht fühlte er sich schuldig, weil er es gewesen war, der Jim zum Arzt geschleppt hatte: Er war für die Operation seines Vaters eingetreten. Er beschwor Jim, vernünftig zu sein, eine Pflegerin oder Haushälterin einzustellen, bat ihn inständig, an Ort und Stelle zu bleiben, zumindest bis zum Sommer.

»Was, wenn ich hier hängen bleibe?«, fauchte Jim und knallte seine Krücke auf den Fußboden. Krüppel zu sein hatte immerhin den einen Vorteil, mit dem Krückstock Krach schlagen zu können.

In Wahrheit war er bereits hängen geblieben. Seit dem Krieg war er hängen geblieben.

Als ihm das Museum in New York freundlicherweise eine Stelle anbot, hatte er wieder angefangen zu arbeiten. Während der letzten dreißig Jahre beschäftigte – eher begrub – er sich dort mit dem Abfassen von Berichten über die Entdeckungen anderer Leute. Zuletzt war er damit befasst gewesen, in seiner Abteilung die Einzelproben von Arten zu katalogisieren, Präparate also, die als Erstes benutzt werden, um neue Arten und Unterarten zu bestimmen: das Standardverfahren, mit dem alle Neuentdeckungen abgeglichen werden. Das Museum verfügte über 6300 Proben, die in etwa ein Drittel aller weltweit bekannten Vogelarten abdeckten.

Es war akribische, detailgenaue Arbeit, bei der man staubige Archive durchforsten und unleserliche Beschriftungen entziffern musste, die manchmal auf Französisch oder Deutsch gekritzelt waren. Die Arbeit erforderte enzyklopädische Kenntnisse. Dennoch war sie sekundär, bürokratisch.

Irgendwelchen eigenen Forschungen war er nicht nachgegangen. Er war nicht gereist, es sei denn, man wollte das tägliche Pendeln von Greenwich in die Stadt und zurück als Reisen bezeichnen. Schließlich wirkte seine eigene Haut eingemottet und vertrocknet. Eine verschrumpelte Spezies, konserviert in Alkohol – in seinem Fall Gin. Sein einziges Buch, sein einziger wertvoller wissenschaftlicher Beitrag, *Ausgerottete und aussterbende Vögel Ozeaniens*, erschienen 1960, war selbst ein Kompendium des Verlusts, eine Absage an das Leben und die lebendigen Dinge.

Plötzlich zum Amputierten geworden, konnte er nicht mehr durch die Stadt streifen. Er schaffte es nicht mehr allein ins Museum. Er ging auch nie wieder hin, nicht einmal, um sich zu verabschieden oder seine Sachen abzuholen. Er konnte die Vorstellung nicht ertragen, dass ihm jemand die Tür aufhalten und dabei auf die leere Stelle an seinem Bein glotzen würde.

»Und bloß keine Scheißpflegerin!«, blaffte er Fergus an. Von denen hatte er im Krankenhaus genug gehabt. Genug Störungen und Rumgestochere, genug Ge- und Verbote, genug Hätscheleien. Erlaubten ihm nicht mal einen Scheißdrink. Trotzig dreht er jetzt die Zigarette zwischen den Fingern und verbindet das vor seinem geistigen Auge mit einer gewissen Freiheit.

Zu Beginn des Frühjahrs fragte Jim sich, ob Fergus nicht doch recht gehabt hatte, was den Umzug nach Maine betraf. Er musterte sich im Spiegel, rot geränderte Augen, dichte Bartstoppeln auf den farblosen Wangen, die tiefen Falten auf der Stirn, auf einer Gesichtsseite die Narbe eines Angelhakens. Sein Haar war dicht, zerzaust und ungeschnitten. Seine Lippen blau angelaufen. Er fragte sich, ob er sich zu Tode soff. Falls ja, musste es doch einen einfacheren Weg geben.

Er schnippt die Zigarettenkippe weg, zertritt sie mit seinem hellblauen Leinenschuh im Gras. Seit Wochen hat er zum ersten Mal wieder einen Schuh an.

Im Winter, Herrgott noch mal, lebte er wie ein Bär. Wickelte sich in einen großen Pelzmantel, den er in einem der Wandschränke fand. Stapelte Federbetten und kratzige Wolldecken aufs Bett, das ungemacht und zerwühlt wie ein Rattennest war. Schlief. Trank. Hielt die Öfen in Gang. Flaschen und Korken unterm Bett. Leere Corned-Beef-Dosen, aus denen Schimmel wuchs, wenn das Wetter umschlug. Überall wie Zelte aufgeschlagene Bücher. Halb gerauchte, auf dem Küchentisch ausgedrückte Zigaretten. Reine Glückssache, dass er das verdammte Haus noch nicht abgefackelt hatte.

Alles war anders als bei seinen Aufenthalten im Sommer. Die Insel lag unterm Schnee eines wüsten Sturms begraben. Schwer beladene Fichten- und Tannenzweige beugten sich tief über die weiß verhüllten Felsen. Birkengeäst zitterte wie kaltes Gerippe. In der Bucht kauerten Möwen missvergnügt auf geborstenen Eisschollen. Eines Tages erschien eine frühe Schneegans mit ihren schwarzen Flügelspitzen auf dem Weg in die Arktis, um dort den Sommer zu verbringen. *Chen caerulescens* notierte er in einem Buch, das er seit einiger Zeit führte, eine Liste der Vögel in der Indian Cove.

In der Nacht jagte ein Paar Virginia-Uhus über der Landzunge und füllte das Haus mit seinen fagottartigen Rufen. Trauerenten und Schwärme von Eiderenten ließen sich auf der grauen See treiben. Als die Temperatur unter null fiel, stieg Seenebel vom Wasser auf und verschleierte die Insel wie eine Fata Morgana. Er blickte zu der dünnen Schneehaube, die die Balustrade vor seinem Schlafzimmer säumte, und erinnerte sich daran, dass Helen sich immer gewünscht hatte, Weihnachten hier zu verbringen. Dazu gekommen war es nie.

Das Haus war kalt. Egal, wie viele Feuer man machte und wie lange man sie brennen ließ – warm wurde es nie. Weiträumig, luftig, gebaut für den Sommer, war das Haus nicht isoliert und ohne Zentralheizung. Stattdessen verfügte es über ein Zimmerlabyrinth für Gäste, entfernte Verwandte und Personal. Der ursprüngliche Besitzer entstammte jener Bostoner

Elite, die sich selbst als *die Stadtflüchtigen* bezeichnete: Geschäftsleute, Banker, Anwälte, Architekten, die um die Jahrhundertwende an dieser Küste auftauchten und, wie vor ihnen Emerson und Thoreau – wie jetzt auch Jim –, auf der Suche nach dem einfachen Leben waren. Nur dass für sie die Natur mit Dienstmädchen, Köchinnen und Verwandten bequem gepolstert war.

Die Kälte drang an Stellen ein, wo man nicht damit gerechnet hätte, direkt durch die Schindeln und mit Schiefer verkleideten Wandbretter, direkt durch die Glasscheiben der seewärts weisenden Fenster, direkt unter den Bodendielen, weil an der Vorderfront unter der großen Veranda, die über den Rasen hinausragte, der Wind einfallen konnte.

Als Jim ankam, schleppte Stillman altes Brennholz aus dem Keller herauf, und sie mühten sich damit ab, den großen gusseisernen Herd in der Küche zu befeuern. Das Ofenrohr war mit einem Vogelnest aus dem Vorjahr verstopft, das schließlich in den Herd fiel und in Flammen aufging. Jim schämte sich, dass er sich nicht selber helfen konnte, während er seinem alten Freund aus Kindertagen dabei zusah, wie er Feuer im dunkel getäfelten Wohnzimmer und dann oben in seinem Schlafzimmer machte.

Er quälte sich mit seiner Krücke treppauf, humpelte auf einem Bein durch den langen Flur und schloss die Türen der anderen Schlafzimmer, während Stillman zusammengerollte Matten vor den Schwellen platzierte, um die Zugluft zu stoppen. Wenn das Holz erst aufgeschichtet war, konnte Jim die Feuer allein schüren. Der Ofen war heiß, aber wenn man sich auch nur ein Stück weit von ihm entfernte, konnte man seinen eigenen Atem sehen.

Er erinnerte sich noch, wie Stillman eine Feldmausfamilie entdeckte, die eins der großen Sofas im Wohnzimmer erobert hatte. »Lass sie in Ruhe«, sagte Jim. Sie machten es sich hier wohl schon seit Generationen als Winterquartier gemütlich. Bestimmt taten Mäuse entlang des Gezeitenkanals überall das Gleiche.

Dann kam das Frühjahr mit seiner grausamen Spezialität: Schlamm.

»Ach ja, Schlammzeit«, sagte Sarah munter und sachlich, als sie Jims Fußspuren vor der Küchentür sah. Tiefe, matschige Furchen. »Schlamm, Lupinen, Flieder, und das dauert bis Juni.« Als es eben milde genug war, nach draußen zu gehen, blieben die Räder des Rollstuhls stecken. Er humpelte mit der Krücke zurück ins Haus, fand ein Seil, mit dem sich der Rollstuhl wieder hereinziehen ließ, bevor Sarah ihn finden konnte – ein saumäßiges Malheur.

Sarah, Stillmans unverheiratete Tochter, starkknochig, willensstark, sommersprossig, dreißig. Sie versorgt Jim einmal pro Woche mit Lebensmitteln: Eier, Speck, Milch, Zigaretten, Corned Beef. Eine Flasche Scotch oder Gin, wenn er darum bittet. Wenn sie etwas Gesünderes oder anderes vorschlägt, lehnt er ab. Sie ist zweifellos auch Fergus' Spionin, kontrolliert, ob Jim noch am Leben ist. Sie bringt ihm seine Zeitungen: die *Rockland Courier Gazette* und die *New York Times* vom Vortag mit Nachrichten über Watergate und Vietnam; Erskine Childers' Sohn zum irischen Präsidenten gewählt; Papua-Neuguineas erster Premierminister; Frankreich testet seine Atombomben auf dem Mururoa-Atoll. Großer Gott, hatten die denn immer noch nicht genug?

Der Schlamm durfte einen nicht stören. Man konnte ja alle Fenster und Türen öffnen. Man konnte in der Sonne sitzen. Man konnte riechen, wie die ganze Insel sich erwärmte, auftaute. Vergammelter Seetang, fermentiertes Laub, nasses

Gras. Dem Geräusch von Schmelzwasser lauschen, das von den Dachrinnen des Hauses tropft und hinunter zum Meer rinnt. Er räumte auf. Er beugte sich im Rollstuhl vor, um die Dosen und Zeitungen in große schwarze Säcke zu fegen, die Sarah zur Müllkippe in der Mitte der Insel brachte.

Er beobachtete Zugvögel, und dann kamen die Sommervögel in Schwärmen. Zuerst kamen, wie eine militärische Vorhut mit ihren roten und gelben Epauletten, rotflügelige Amselmännchen; dann die Samenfresser, gelbe Goldfinken und Spatzen. Gefolgt von den Insekten fressenden Hüttensängern, Phœben, Schwalben und Grasmücken. Die Amselweibchen, die Drosseln und orange Pirole. Fliederduft flutete durch die Küchentür.

Im Mai konnte Jim draußen weit genug gehen, um Körner und trockenes Brot auf den Vogeltisch zu legen. Zuerst brauchte er beide Krücken und hantierte vorsichtig mit ihnen, um nicht auszurutschen und sich nicht noch einmal zum Trottel zu machen, obwohl nur Sarah es gesehen hätte. Dann gelang es ihm, mit einer Krücke zurechtzukommen. Der Boden wurde fest genug, um mit dem Rollstuhl ums Haus fahren zu können, und später kam Stillman und befestigte mit zerkleinerten Muscheln einen schmalen Pfad, auf dem er direkt bis ans Ufer fahren konnte. Er begann zu arbeiten, rang sich einen lange aufgeschobenen Artikel ab, der fürs *Natural History Magazine* des Museums vorgesehen war.

Herrgott, ja, ihm gefällt es hier. Er lässt sich von dem Ort trösten, von all den vertrauten Geräuschen und Gerüchen der Kindheit – wäre da bloß nicht dieses verdammte Mädchen im Anmarsch.

»Wer kommt denn vorbei?«, fragt Stillman und geht hinter seinem Pick-up-Truck herum. Es ist das erste Mal, dass Jim gebeten hat, ihn in die Stadt zu fahren, aber Stillman, von Natur aus unaufdringlich, bemerkt an ihm keinerlei äußere Aufregung.

»Weiß der Teufel«, erwidert Jim. Er hievt sich in die Fahrerkabine, zieht sich an der offenen Tür hoch. Stillman ist klug genug, keine Hilfe anzubieten. »Du kannst den Rollstuhl hierlassen. Ich werde nicht aussteigen«, sagt Jim.

Vor zwei Wochen hatte Stillman den Brief vorbeigebracht. Damit blieb Jim, verdammt noch mal, kaum die Chance zu antworten. Er erinnert sich noch an den Umschlag. Er war mit großen, bunten Briefmarken so beklebt, wie eine Flaschenpost mit Seepocken und Napfschnecken übersät ist.

»Bei Gott, der is' so mit Briefmarken zugepflastert, dass man gar nicht sagen kann, wo er herkommt«, bemerkte Stillman.

Jim nickte, obwohl er es gleich wusste. Er konnte jeden einzelnen Vogel auf den Briefmarken identifizieren: den salomonischen Weißkakadu, den Ultramarinliest, Sanfords Seeadler. Herrgott, ja, Finschs Pygmäenpapagei – ein Vogel, den er selbst gesammelt hatte. Amtliche Stempel markierten den Weg des Briefs von Honiara über Port Moresby und Brisbane nach Washington, D. C. Dann von seinem Bruder Cecil aus Greenwich an Jim weitergeleitet.

Darin – ein Schreiben auf Briefpapier des Innenministeriums, mit eingeprägtem Adler, unterzeichnet von einer Konsulatsbeamtin, was auch immer das ist, die den eigenartigen Namen Sethie Bloom trägt. *Wir wissen, dass Sie Ms. Baketi gern bei sich aufnehmen werden* (den Teufel wird er tun!). *Sie wird einen Monat* (einen ganzen verdammten Monat!) *vor Beginn ihrer medizinischen Ausbildung eintreffen …* (heute!), *damit ihr genügend Zeit bleibt, sich in den Vereinigten Staaten einzuleben.*

Jim begreift nicht, wie sich jemand in seiner Gegenwart in etwas einleben könnte.

Was zum Teufel soll er mit einer Medizinstudentin von den Salomonen anfangen? Er ist zu alt, zu betrunken, um jemanden *bei sich aufzunehmen*. Außerdem ist er ein Krüppel. Herrgott noch mal, er hätte sofort zurücktelegrafieren müssen, als der Brief ankam. *Nein Stop Nehme sie nicht auf Stop* Er glaubt immer noch nicht, jemals Ja gesagt zu haben.

Im Briefumschlag lag noch etwas anderes. Als er ihn hochhielt, fielen zwei zusammengefaltete Zeitungsartikel heraus. Einer zeigte das Foto eines Mädchens mit einem riesigen Haarschopf, das einen ganzen Kopf größer war als der weiße, bebrillte Lehrer neben ihr.

Mädchen aus New Georgia geht nach New York.

Topstudentin der Schule King George VI, Studentin der Medizinschule von Fidschi, gewinnt erstes Medizinstipendium in den Vereinigten Staaten.

Die Nachricht war der Aufmacher im offiziellen *British Solomon Islands Protectorate Newsletter* und brachte es zudem auf einen zweiseitigen Artikel in einem offenbar eher populären Lokalblättchen namens *Tok Tok*. Behauptete sich da gegen Geschichten über Pläne zur Feier des Unabhängigkeitstags von Fidschi, einen Artikel über *Kastom*-Magie und das Foto eines örtlichen Krokodiljägers.

»Herrgott noch mal«, flucht Jim laut. Er spuckt ein loses Tabakstückchen aus.

Stillman sieht, wie Jim seinen Fuß über einen Hammer hebt, eine Seilrolle, eine Schraubzwinge, die auf dem Boden der Fahrerkabine herumliegen, und wünscht sich, besser aufgeräumt zu haben. Als sie auf der Straße durch den Wald in die Stadt fahren, schielt er zu Jim hinüber, der grimmig geradeaus schaut und auf dem Filter einer ungerauchten Zigarette kaut.

Je weiter sie sich von der Bucht entfernen, desto zerbrechlicher sieht Jim aus. Sein Hemd ist sauber und gebügelt, dank Sarah, die seine Klamotten aufs Festland schickt, wo sie einmal pro Woche gewaschen werden. Trotzdem bringt er es immer noch fertig, zerzaust auszusehen, spindeldürr, die Augen blutunterlaufen. Die Narbe auf seiner Wange, wo ihn, wie Stillman sich erinnert, ein anderer Junge mit einem Angelhaken erwischt hatte. Das fehlende Bein. Alter Mann.

Dabei sind sie praktisch gleichaltrig. Als sie klein waren, haben sie zusammen gespielt. Jim hatte die große Familie, das große Sommerhaus. Er hatte den Zigarre rauchenden Großvater, Kapitän eines Schoners mit Teakdecks und glitzernden Messingarmaturen, der den halben Gezeitenkanal auszufüllen schien. Aber Stillman wohnte in der Nähe der Schilfbänke, die ihre bevorzugten Jagdgründe waren. Er durfte seinem Papa beim Einholen der Hummer helfen. Und das Beste war, dass er auf der Insel bleiben durfte, wenn Jim wieder abreiste – er wusste, dass ihn alle Sommerjungs darum beneideten. Auch während des Kriegs schätzte er sich glücklicher, weil er nach Frankreich geschickt wurde, während Jim, wie er hörte, in den Pazifik zog.

Die Umstände haben sie voneinander getrennt. Dennoch spürt Stillman die unausgesprochene Kameradschaft der Kindheit – sich gemeinsam durch die Rohrkolben drücken, heißer Matsch, der zwischen ihren Zehen aufquillt, der breitkrempige Sommerhut, den seine Mutter ihm unterm Kinn festband. Sie suchten nach Fröschen und Vogelnestern, Krebsen und Junikäfern, Gartenschlangen und den kleinen, kugelrunden Quallen, die im Mühlteich trieben. Jim verbreitete stets eine wilde Entschlossenheit, bestand darauf, dass sie sich wissenschaftliche Namen merkten, und brachte sich dann selber das Präparieren bei. Stillman reichte es, die Viecher zu fangen; dann ließ er sie wieder laufen.

Der Anblick von Jim, der steif und unbequem in seinem Laster sitzt, weckt in Stillman Beschützerinstinkte und macht ihn skeptisch gegenüber den munter aussehenden Gruppen von Sommergästen, die sich auf dem kleinen Platz vor dem Fähranleger einfinden. Als er einbiegt, merkt er, dass er unter etwas leidet, was wohl ein längst überwunden geglaubter pubertärer Widerwille gegen diese Männer mit ihren 200-PS-Maschinen, ihrem Geld und ihrer Freizeit sein muss; und gegen diese Frauen mit ihren schönen Beinen. Und dann diese Gefühle gegenüber Jims Familie, dass sie den Alten sich selbst überlassen und ihre Verantwortung auf Sarah und ihn abwälzen.

Solche Gedanken überraschen Stillman. Er lebt ja auch allein, und das gefällt ihm. Und außerdem, sind diese Leute nicht von Jims Schlag?

Zum Teufel damit. Sie hatten alle ihre Probleme, ihre Mühen, ihr Glück. Insulaner oder Sommergäste, Hummerfischer oder Investmentbanker: Solche Unterschiede macht er schon lange nicht mehr. Esther, seine Frau, ist vor zwanzig Jahren gestorben, nach einem langen Kampf gegen den Krebs. Er hatte auch einen Sohn; er ist ertrunken. Es gibt keinen Grund, Mitleid mit Jim zu haben. Allerdings hat Stillman noch Sarah, die unten an der Straße wohnt, und das ist tröstlich – egal, wie sehr er über sie meckert.

Er parkt absichtlich so, dass Jim freies Blickfeld auf die einlaufende Fähre hat, ohne aus dem Laster aussteigen zu müssen.

»Das Boot kommt erst in zehn Minuten«, sagt er und beschließt, bei Floyd an der Werft vorbeizuschauen, ob der das Maschinenteil, das Stillman vor ein paar Tagen abgegeben hat, reparieren konnte. »Wenn sie anlegt, bin ich wieder da.«

Jim verzieht sein Gesicht zu einem gespenstischen Lächeln, dreht die unangezündete Zigarette zwischen den Fingern. Und Stillman hat Gewissensbisse und macht sich Vorwürfe: das gleiche Gefühl wie vor Jahren, als er Sarah an der Inselschule ablieferte.

Es ist ein Jammer, dass Jims Frau Helen nicht mehr da ist. Sie war fröhlich und lebenslustig und ohne Dünkel, erinnerte sich an jeden Namen, egal, wer man war, auch wenn man ihr nur ein Mal begegnet war. Groß und königlich mit ihrer Löwenmähne. Das Gegenteil von Jim, der ein echter Insulaner ist – mürrisch wie alle anderen.

Ein Foto von Helen steht auf Jims Nachttisch. Stillman hat es gesehen, als er Feuerholz nach oben geschleppt hat, und ihm ist aufgefallen, dass der Rahmen zur Wand gedreht war. Tja, kein Wunder, wenn der Alte es nicht ertragen konnte, sie anzusehen: Sie war eine Schönheit. Er erinnert sich daran, wie Helen Jim umarmte. Es war eine von außen sichtbare Liebe, etwas, das Stillman überraschend selten zu sein schien. Seine und Esthers Liebe war wegen ihrer langen Krankheit heikler, privater, angespannter gewesen.

Leute winken. Aufgeregte Kinder umkurven auf Fahrrädern den Parkplatz, klettern auf die Poller am Ende der Pier und lehnen sich weit übers Wasser hinaus.

Jim stößt die Wagentür auf, lässt die Sonne hereinfluten, nestelt dann in seiner Brusttasche nach dem Feuerzeug. Das Flämmchen tanzt unkontrollierbar vor seinem Gesicht. Er weiß nicht, ob das Händezittern seiner Nervosität geschuldet ist, dem Alter, dem Saufen gestern Abend oder allen dreien zusammen. Er zieht den Rauch ein und versucht, sich zu sammeln. Spürt, wie die Finger an seinen Lippen zittern.

Die Fähre bläst ihr Schiffshorn, als sie in den Gezeitenkanal einläuft und dann die rote Spitztonne umrundet, um Post Man's Ledge auszuweichen. Ihre Größe und ihr strahlendes Weiß lassen die Jachten klein erscheinen, diese Flotte der näher an Land vertäuten Herreshoffs und Dingis, und schüttelt schließlich die Hummerboote an ihren Liegeplätzen. An der Bugreling drängt sich eine Gruppe Passagiere. Unter ihnen erkennt er das große schwarze Mädchen und sieht schnell weg. Noch ist er nicht bereit. Aber wird er es je sein?

Als er sich mithilfe der Krücke aus der Fahrerkabine hangelt, bleibt ein kleines Mädchen in einem leichten Sommerkleid stehen und starrt mit offenem Mund auf sein amputiertes Bein. Er glotzt zurück, bis die Mutter das Mädchen wegzieht. Herrgott, er sieht deplatziert aus hier, und ihr wird es genauso ergehen. Das Meer wird zu weißem Schaum aufgerührt, als die Motoren der Fähre in den Rückwärtsgang schalten. Die Pier knarrt. Zwei Eiderenten paddeln hektisch aus dem Weg. Eine Seeschwalbe zieht vorbei.

Vor den Passagieren müssen die Fahrzeuge an Land. Jim ist dankbar für die Extraminuten, solange ein Wagen nach dem anderen hinausrollt und auf der Metallrampe ein Kattschank-Kattschank verursacht, das ihn ablenkt. Volvo-Kombis, ein paar Subarus, Fords, die Dächer hoch bepackt mit Koffern, Kühlboxen, Seesäcken, Fahrräder auf den Heckklappen, erinnern Jim an einen Flüchtlingsstrom, der vor einer Katastrophe flieht – die Okies der Großen Depression. Heiße, schwitzende Kinder recken Köpfe und Arme aus den Fenstern. Mittendrin transportiert ein Sattelzug Baumstämme. Während sie sich leert, steigt die Fähre im Wasser höher. Er atmet heißen Asphalt ein, Seesalz, Fisch, Benzin, Auspuffgase. Lauscht den Möwen.

Sie ist groß, breitschultrig, sieht sogar in ihrem Kleid mit den großen, leuchtend bunten Blumen so athletisch aus wie Tosca. Die Haare dicht um den Kopf gelegt zu einem großen Kranz wie der Afrolook, der vor ein paar Jahren in New York angesagt war. Sie ist pechschwarz. Das hat den anderen Passagieren zweifellos zu denken gegeben. Es sollte Jim eigentlich nicht überraschen, tut es aber. Gott, wer will ihm das verübeln? Während der letzten Monate hat er kaum jemanden gesehen, und schon gar keine Negerin. Nicht Negerin, korrigiert er sich selbst, sondern eine Melanesierin aus der Südsee.

Außerdem muss ihr jemand gesagt haben, dass sie nach einem Krüppel Ausschau halten soll, kommt sie doch direkt auf ihn zu. Sie hat den gleichen durchdringenden Blick unter schweren Lidern, die gleiche Hakennase wie ihr Vater. Nun ist sie da, stellt sich in perfektem Englisch vor, und Jim fragt sich, ob sie das geübt hat.

»Sind Sie Mr. Jim? Ich bin Cadillac.«

Herrgott, sie heißt also wirklich so, es ist kein Tipp- oder Schreibfehler im Brief der Konsulatsbeamtin. Tosca, dessen Name ihm von einem Opern liebenden Koprahändler verpasst wurde, zeugt Cadillac. Wonach benannt? Nach dem

Auto, einem Popsong, einer Sehnsucht nach amerikanischer Großzügigkeit? Einem Zufall?

Sie streckt ihm die Hand entgegen, und Jim zuckt zurück, eine Bewegung, die er sogleich bereut, aber nicht verhindern kann. Er mag es nicht, wenn man ihn berührt. Um seine Grobheit zu kaschieren, lässt er die Zigarette fallen. Dann zwingt er sich dazu, ihr die Hand zu schütteln.

Sie hat wenig Gepäck. Einen kleinen Lederkoffer mit Schnallen, der so aussieht, als hätte ihn ein Missionar ihr geliehen. Eine zusammengerollte, aus Pandanusfasern gewebte Matte, wie sie die Insulaner auf den Salomonen für so ziemlich alles benutzen: als Unterschlupf, Matratze, Regenmantel, Hochzeitsgeschenk. Gut – je weniger sie hat, desto leichter wird es sein, sie wieder zurückzuschicken. »Willkommen«, sagt Jim und nickt kurz. Er würde ihr gern den Koffer abnehmen, aber sie sieht ja, wie es um ihn bestellt ist.

»Mr. Jim, he stop close up 'long sea, no 'long bush«, hat Tosca gesagt, Jim lebe nah am Meer, nicht im Busch, und so zu erklären versucht, wo Jim wohnt, um seine Tochter zu beruhigen, und zwar nicht nur hinsichtlich der Geografie. Die Salzwasserleute der Salomonen fühlten sich ihren Brüdern im Busch traditionell überlegen, hielten sich für schlauer, sauberer und auch kämpferischer – Nachkommen der Kopfjäger eben. Diese Art Vorurteil wurde allerdings von Cadillacs Lehrern abgelehnt. Es konnte an ihrer Schule sogar zu Prügeleien führen.

Als sie auf der großen Veranda von Jims Haus steht und über die Bucht blickt, sieht Cadillac, dass ihr Vater recht hatte. Da ist das Meer, fast so weit entfernt wie die strohgedeckte Plattform des Hauses ihrer Mutter in Enogai vom Wasser des Kula-Golfs.

Tief atmet sie die Seeluft ein – froh, wieder im Freien angekommen zu sein nach den Tagen, die sie eingepfercht in Flugzeugen verbracht hat. New York war überfüllt gewesen mit seinen viel zu hohen Gebäuden, die sie an aufgestapelte Hühnerkäfige erinnerten. Alles war da senkrecht, nirgends eine Horizontlinie der See oder des Himmels, an der sie sich hätte orientieren können; allein schon daran hochzublicken ließ sie schwindelig werden. Es gab auch so viele Menschen, dass sie das Gefühl hatte, sich gar nicht richtig bewegen zu können.

Hier auf Jims Veranda überkommt sie der kindliche Drang, ihre Kleider auszuziehen, zum Wasser zu laufen und hineinzuspringen. Sie würde es auch machen, hätte Ms. Sethie, die Konsulatsbeamtin, sie nicht eindringlich vor der Wassertemperatur gewarnt.

Fox Islands, Eagle Islands, Burnt Islands, Penobscot Bay: Tosca hatte sich noch nach all den Jahren an die Namen von Jims Meer erinnert. Mit dem Zeh hatte er eine Karte in den Sand gezeichnet. Einige der Inseln seien groß und gebirgig wie New Georgia, hatte er gesagt. Andere seien winzige Orte wie die Inseln der Wanawana. Der Gezeitenkanal, hatte er erklärt, sei wie eine Fahrrinne durch die Riffe. Als sei hier alles fast wie zu Hause oder zumindest vertraut, aber sie sieht, dass das nicht stimmt. Das Blau von Jims Meer ist ein dunkles Indigo, und die Untiefen sind braungrün, anders als die helleren Blautöne New Georgias. Die Bäume sind spitz, mit Nadeln, und duften süß. Die Felsen an der Küste glatt, breit und rosa. Und erst das Gras!

Sie erinnert sich, wie sie durch den Drahtzaun des Honiara Golf Club auf Gras geschaut hat. Die Rasenflächen lagen entlang des flachen Geländes, das die Amerikaner als zweite Landepiste genutzt hatten. Von hier aus waren ihre

Kampfflugzeuge gestartet, um den großen japanischen Admiral Yamamoto abzuschießen, denselben Mann, hatte Tosca erklärt, der die Bombardierung Pearl Harbors und kurz darauf die Invasion Guadalcanals geplant hatte.

Sie erinnert sich an die großen, rotgesichtigen britischen und australischen Golfer mit ihren Hüten und Hemden und weißen, zu den fetten rosa Knien hochgezogenen Socken. So ähnlich hatte sie sich Jim vorgestellt. Nicht so, wie er ist. Dünn und mager sieht er eher aus wie die alten Männer von Guadalcanal mit ihren nackten Oberkörpern, die die schweren Schlägertaschen schleppen, oder die sehnigen Müllsucher, die Kriegsschrott einsammeln.

Sie dreht sich um, will etwas sagen, überlegt es sich dann aber anders. »Mr. Jim, him nambawan man«, hat ihr Vater gesagt, ein guter Mann sei dieser Jim, »alsem brother bilong me«, wie ein Bruder sei er ihm gewesen. Das will sie gern glauben und in Jim einen freundlichen Onkel sehen, dem man mit großem Respekt begegnet. Sie ist mit Geschichten aus dem Krieg aufgewachsen, Geschichten über *Merika Soldia*, in denen Jim eine Hauptrolle spielte.

Hinter ihr hält er die Fliegengittertür auf, als sei er unschlüssig, ob er hinaus- oder wieder hineingehen soll. Er hat eine Krücke unter die Achsel geklemmt und blinzelt in die Sonne.

Tja, was hat sie denn erwartet? Einen hübschen, jungen Marinesoldaten in Uniform, der immer noch sein Gewehr oder ein Funkgerät mit sich herumträgt? Einen schlammbespritzten GI aus den Kriegsfilmen, die in Point Cruz gezeigt werden? Das Kino dort eine alte Nissenhütte aus dem Krieg, auf deren Dach plötzliche Regenschauer so laut wie Maschinengewehrfeuer explodierten.

Sie kann sich nicht erinnern, dass ihr Vater Jim als jungen

Mann beschrieben hätte. Tosca hat von ihm immer als älterem Mann und Lehrer gesprochen.

Sie sieht seinen stechenden Blick, das zerzauste Haar, die über der Krücke abgewinkelte Schulter, die Narbe auf seiner Wange und kann nicht anders, als an einen bösartigen Hund zu denken, einen der lahmenden Streuner, denen man auf dem Markt in Honiara begegnet. Einen, vor dem man auf der Hut sein muss. Sie registriert, dass er seinen Schuh ausgezogen hat und wie er jetzt das Bein seiner Kakihose unter dem Stumpf verknotet.

Sie schlüpft aus ihren Sandalen, geht die Verandastufen hinab, spürt die trockene Holzmaserung unter ihren Füßen. Dann das ganz kurze Gras, kühl und üppig zwischen ihren Zehen.

Sie sieht zum Meer, lacht und lässt die Arme schwingen. Eine mädchenhafte Freude, die Jim plötzlich an Helen erinnert. Grummelnd macht er auf der Krücke kehrt und geht wieder ins Haus. Jetzt hat er sich aber bestimmt mal einen Drink verdient.

Die Laysan-Ralle,
Porzanula palmeri

Der kleine, sandfarbene Laufvogel mit grünen, spindeldürren Beinen und Füßen und pfiffigen roten Augen – von Flügelspitze zu Flügelspitze nicht größer als achtzehn Zentimeter – war fast federlos. Wenn man sich nicht bewegte, hüpfte er direkt auf die Schuhe zu und zupfte energisch am Schnürsenkel, weil es ja etwas Leckeres hätte sein können: ein Wurm vielleicht oder eine Larvenart.

Jim hatte Rallen auf Midway gesehen, dem winzigen Atoll mitten in der Südsee, das von den Japanern auf eine derart vehemente Art und Weise verteidigt wurde, dass man später von der wichtigsten Seeschlacht des Pazifikkriegs sprach – der Wendepunkt des Seekriegs, so wie Guadalcanal der Ort war, an dem die Amerikaner die Japaner auf dem Land zurückdrängten. Bei Sonnenuntergang stimmten die Vögel einen schrillen Chor an und erzeugten einen Klang, den ein Naturforscher mit einer Handvoll Murmeln verglich, die auf einem Dach herumrollen.

Er erinnert sich daran, wie so ein Vogel, wenn man eine Schale mit Wasser nach draußen stellte, hineinsprang und ein Bad nahm – so zutraulich, als wären es Pfützen oder Regenwassertümpel. H. C. Palmer, ein von Rothschild beauftragter Sammler, der den Vogel 1891 entdeckt hatte, notierte, dass die Ralle direkt in einen auf dem Boden aufgespannten Kescher hineinlaufe – derart neugierig war sie. *Porzanula palmeri*: Die Gattung war nach ihr benannt. Ornithologen sowie der seltene Fregattvogel waren die einzigen Feinde der Ralle, was zur Erklärung ihrer Furchtlosigkeit beitrug.

P. palmeri verfügten über gewisse menschliche Eigenschaften. Mutig bis zur Dummheit, grundlos schreckhaft. Wenn man ein Geräusch oder eine hektische Bewegung machte, rannte sie so schnell sie konnte davon; wie ein Mädchen, das seine Röcke anhebt, schlug sie mit den Flügeln, um über kleine Felsen und Steine zu hüpfen. Darüber musste man einfach lächeln, auch wenn man in Midway dabei gewesen war oder Schiffe im Korallenmeer hatte versinken sehen oder wenn man wie Jim noch ganz frisch war und begierig herauszufinden, wie man das alles aushalten sollte. Darüber machten sich alle Sorgen – wie sie es ertragen würden.

Noch mehr zu lachen gab es, wenn die Ralle abrupt stoppte und zur Seite abbog, wenn sie zufällig eine Fliege oder Motte erspäht hatte. Eine Gelegenheit zum Fressen ließ sie nie aus – ebenfalls etwas, wofür Menschen Sympathie aufbrachten. Aufgeplustert und mit vollem Bauch vergaß der Vogel anschließend jeden Grund zur Panik und schlenderte herum oder kam direkt zu einem zurück. Vielleicht machte das den Männern Mut, wenn die kleine Kreatur so schnell ihre Angst überwand und keck wieder Haltung annahm: die Möglichkeit des Vergessens.

Um die Geschichte der Ralle zu erzählen, müsste man bei den Guanohändlern der Nordpazifischen Dünger- und Phosphat-Gesellschaft beginnen, die das kleine Eiland Laysan von Königin Lili'uokalani mieteten, der letzten Herrscherin Hawaiis, bevor die Inseln von den Vereinigten Staaten annektiert wurden. Nachdem vierzehn Jahre lang Vogelscheiße abgebaut worden war, entwickelte ein törichter Schiffskapitän die neue Idee, auf den Inseln Kaninchen zu züchten: englische weiße Kaninchen und belgische Hasen.

Das Resultat war eine ökologische Katastrophe. Die Kaninchen machten sich unverzüglich ans Werk und besetzten die Bodennester der Sturmvögel und Sturmtaucher, vertrieben sie und vertilgten dann alles Fressbare. Für die Ralle war die Situation noch schlimmer, weil sie nicht wegfliegen konnte. Bald war nichts mehr übrig außer einer Handvoll halb verhungerter Kaninchen. Sie wurden von durchziehenden Naturforschern abgeknallt.

Der Zufall wollte es, dass ein Rallenpaar nach Midway gebracht worden war, wo sie sich vermehrten. Zuerst lebten sie in fröhlicher Koexistenz mit den Arbeitern der *Commercial Pacific Cable Company*, die, weil sie sonst kaum etwas zu tun hatten, Bäume pflanzten und das grasige Atoll in ein tropisches Miniaturparadies verwandelten. Später dann mit reichen amerikanischen Touristen, die mit *Pan American's China Clippers* einflogen und im *Gooneybird Lodge* übernachteten, benannt nach einer anderen gefährdeten Vogelart, dem Albatros.

Und jetzt wurde Geschichte geschrieben – Präsident Theodore Roosevelt schickte einundzwanzig Marinesoldaten nach Midway, und zwar nicht nur, um die Funkstation zu schützen, sondern auch die Vögel. Besonders den Albatros, weil skrupellose Federnjäger einfach zu den Nestern marschierten und die Vögel mit Knüppeln totschlugen.

Der Albatros überlebte knapp, nicht aber die Ralle. 1943 oder 1944 dürften Seeleute, die sich an den Possen der kleinen Vögel ergötzt hatten, festgestellt haben, dass es kein einziges Paar mehr gab. Denn die Schlacht um Midway, die den Beginn des Seesiegs der US-Marine markierte, bedeutete auch für die Ralle den Anfang vom Ende.

Wie so oft waren Ratten die Hauptschuldigen, eingeschleppt auf Landungsbooten der Marine, die direkt an den

Anlegern festmachten. Eine weitere Ursache war die Zerstörung des Lebensraums, weil die Marinepioniere die Norfolk-Kiefern und Kasuarinen, die von den Kabelarbeitern gepflanzt worden waren, abholzten und den Boden planierten, um Landebahnen und Kais zu bauen. Noch schlimmer war für die Ralle, dass die Marine wegen der Mückenplage das Gras kurz hielt. Gras bot den kleinen Vögeln Schutz, und ohne Gras wurden sie zu Tode gegrillt, weil die Temperaturen am Boden 65 Grad erreichten.

Die Laysan-Ralle war nur ein kleines, normalerweise unbemerktes Opfer des Kriegs, aufgerieben vom Hass zwischen den Amerikanern und Japanern, hatte Jim in seinem Buch *Ausgerottete und aussterbende Vögel Ozeaniens* geschrieben. Ihr Fall war besonders tragisch, insofern der Vogel gleich zwei Mal ausgerottet wurde. Erst auf Laysan, dann auf Midway.

Manche dieser Tode waren schrecklich und manche nur einsam.

Jim weiß nicht recht, warum er gerade jetzt an die Ralle denkt. Das Mädchen muss ihn wohl an den Ort oder auch an den Vogel selbst erinnern, mit ihrer offenen, leichten Art, wegen der man sich Sorgen machen könnte. Es ist aber wohl eher eine Art Gedankenlosigkeit. Er schenkt sich einen Gin Tonic ein.

Eine Vitrine voller Alkenvögel, American Museum of Natural History, New York, Juli 1973

»Das hört sich nicht gut an mit Jims Bein«, sagt Mann, der Direktor der Ornithologischen Abteilung, tritt von hinten an Michael heran und legt ihm schwer eine Hand auf die Schulter.

Es ist heiß und stickig in diesem Seminarraum im sechsten Stock, wo soeben die monatliche Sitzung der Abteilung zu Ende gegangen ist. Michael ist, wie Amerikaner gern sagen, abgedriftet. Irgendwann während einer Präsentation über die Sichuan-Buschwachtel und vor dem unausweichlichen Geschacher um den Etat. Es ist wirklich unglaublich, dass diese Männer, die ferne Berge erklimmen und durch dichte Urwälder streifen, um seltene Vögel ausfindig zu machen, Probleme damit haben, sich Glühbirnen und Büroklammern zu teilen.

»Nein, gar nicht gut«, stimmt Michael zu, bemüht, sich seine Gefühle nicht anmerken zu lassen, und verblüfft, warum Mann ausgerechnet jetzt Jim erwähnt – ein halbes Jahr nach seinem plötzlichen Abgang. Während er sich aus dem Ledersessel hochrappelt und die Leinenhose glatt streicht, erinnert er sich deutlich daran, dass ihm ein Stein vom Herzen fiel, als er die Nachricht bekam, Jim würde wohl nicht mehr zurückkommen. Nicht dass er ihm oder sonst wem eine Amputation gewünscht hätte, natürlich nicht. Und auch kein anderes Gebrechen. Aber in Jims Alter und angesichts seines Alkoholproblems – war es da für den alten Herrn nicht höchste Zeit zu gehen? Das Bein war nur der letzte Schlag. Hatten sie ihm nicht schon mit Farrell, dem Mittelamerika-Experten, so etwas wie einen Aufpasser vor die Nase gesetzt?

»Ich lege ihm einen Maulkorb an«, hatte Farrell grinsend gesagt.

»Da Jim jetzt in den Ruhestand geht, frage ich mich, ob Sie nicht eine Ihrer geschätzten Kurzbiografien schreiben wollen«, fährt Mann fort. »Na ja, natürlich nicht offiziell in den Ruhestand, aber praktisch eben doch.«

Mann, eine hoch angesehene Koryphäe in Sachen Evolutionsbiologie, hat weiße Haare, die dicken Hängebacken eines Boxers und ist 1,95 groß. Und wenn er so nah bei ihm steht, fühlt Michael sich ihm unterlegen. Zumindest ist er mit seinem gebügelten Leinenanzug und den polierten Schuhen gut angezogen. Darauf ist er nämlich stolz: diesem Nest voller Vogelmänner in Kakihosen und Tweed einen Hauch englischer Eleganz zu verpassen. Die andere Ausnahme ist Laina, die erste und einzige weibliche Kuratorin, eine Australierin, die Jeans trägt und sich die Haare mit einem kessen Schal hochbindet.

Er räuspert sich, ist sich unsicher, ob er darauf hinweisen soll, dass die Kurzbiografien, die er für die ornithologische Zeitschrift *Der Alk* verfasst hat, allesamt Nachrufe waren.

»Vielleicht kann Laina Ihnen zuarbeiten«, schlägt Mann vor. »Sie steht Jim nahe.«

Michael erwägt eine geschmacklose, trockene Antwort, entscheidet sich aber dagegen. Mann muss so alt sein wie Jim oder etwas älter. Stattdessen nickt er einfach. Seine Nasenflügel zittern ob der Wahrnehmung menschlichen Schweißes, der im Raum hängt und der die akademischen Gerüche, die er gernhat, überlagert. Das Aroma alten Leders, stockige Bücher, der strenge Mottenpulvergeruch von Paradichlorbenzol, das Insekten von den Vogelpräparaten fernhalten soll – Gerüche, die ihn seinen Beruf lieben lassen. Zwei schwarz schimmernde Wandventilatoren verquirlen mühsam die lähmende Hitze. Er lauscht dem schwachen Gezwitscher von Wiesenlerchen, die nebenan im Geräuschelabor in Käfigen eingesperrt sind, und fragt sich, ob es möglich ist, die Lieder gefangener Vögel exakt zu erforschen.

An Jim störte ihn etwas anderes – die Art und Weise, mit der er als älterer Mann angefangen hatte, über Lainas Zeit zu verfügen. Er wird ganz blass, wenn er jetzt daran denkt, wie er sie über die Gleichstellung von Frauen und ihre Verantwortung als Vorbild belehrt hat und sie warnte, dass sie das Risiko eingehe, ihre eigene, wichtige Arbeit über die Vögel Neukaledoniens zu vernachlässigen; dass sie es nicht zulassen dürfe, zur unbeachteten Handlangerin eines älteren Manns zu werden, was schon vor ihr das Schicksal einiger brillanter Ornithologinnen gewesen sei. Warum sie sich bereit erklärte, Jim bei der mühseligen Arbeit zu helfen, die Museumsexemplare zu katalogisieren, konnte er nicht begreifen.

Er blinzelt mit den Augen und streicht sich mit Daumen und Zeigefinger den Schnauzbart glatt.

Als er zu seinem Büro zurückgeht, sieht er, dass Lainas Tür einladend offen steht. Unschlüssig, ob er näher treten soll, hält er einen Moment inne und fährt mit den Händen über die kühle Oberfläche einer Glasvitrine. Es handelt sich um einen Ausstellungsschrank, an dem er mehrfach täglich vorbeigeht, ohne ihn bewusst wahrzunehmen. Jetzt jedoch, nervös und empört über Manns Anweisungen, fällt sein Blick auf ein paar vergilbte Zeitungsausschnitte und einen großen ausgestopften Alk.

Rothschilds Vögel kommen, verkündet eine Schlagzeile der *New York Times* triumphierend. *Museum of Natural History erwirbt berühmte britische Sammlung.*

13. März 1932, liest er weiter. *Mehr als eine Viertelmillion Präparate sollen in etwa 200 Kisten aus England verschifft werden. Dazu gehören auch der ausgestorbene Riesenalk, die Labradorente und die Blaue Salomonentaube – eine derart seltene Art, dass kein anderes Museum über ein Exemplar verfügt.*

Das war ein Coup der Abteilung, mit dem sie ihren Ruf als eine der besten untermauerte, aber ein gewaltiger Verlust für England, denkt Michael in einem seltenen Anflug von Patriotismus. Und eine Tragödie für den großen, schüchternen Lord Walter Rothschild, der sein Leben lang gesammelt hatte. Nach Rothschild waren mehr als fünfzig Vögel benannt, Hunderte Schmetterlinge sowie eine Giraffe. Es gab Fotos, auf denen Rothschild zum Buckingham Palace in einer Kutsche fuhr, die zum Beweis, dass diese Tiere domestiziert werden konnten, von Zebras gezogen wurde, oder auf denen der Lord, den Zylinder auf dem Kopf, auf einer riesigen Schildkröte saß.

Diese 1930er-Jahre, in denen Jim aufwuchs. Das waren mit Sicherheit die goldenen Jahre der Abteilung. Ihre über den Globus verstreuten Sammler waren führend darin, in einem fieberhaften transatlantischen Wettrennen einen möglichst vollständigen Bestand sämtlicher Vögel der Welt zusammenzuraffen. Der Anspruch war hegemonial.

Jim hatte sich daran beteiligt – wenn auch erst ganz am Schluss –, ergriff er den Beruf doch zu einer Zeit, als Wissenschaft, Entdeckungen und Jagden noch Hand in Hand gingen und Ornithologen Vögel eher ins Visier ihrer Gewehre nahmen, als ihre Zellen unter dem Mikroskop zu betrachten.

Er gehörte zur alten Garde. Einer der Letzten seiner Art, der aussterbenden Gattung vornehmer Sammler: Rothschild, der französische Textilerbe Jean Delacour, ja, sogar Theodore Roosevelt hätte man zu ihnen zählen können, wäre er nicht Präsident geworden. Männer, die nicht für ihren Lebensunterhalt arbeiten mussten, denkt Michael neidisch. Stattdessen verprassten sie das Familienerbe und manchmal auch gleich noch das Vermögen ihrer Freunde für die Vogelforschung. So, wie der Museumskurator Leonard Sanford seinen philanthropischen Kumpel Harry Whitney überredet hatte, dem Museum einen neuen Seitenflügel zu spendieren und die ehrgeizige Whitney-Südsee-Expedition zu finanzieren.

Als selbst ernannter Historiker der Abteilung schreibt Michael normalerweise gern über solche Männer. Manns Auftrag würde ihm Spaß machen, läge der Fokus nicht auf Jim. Es beunruhigt ihn, dass Mann offenbar meint, er habe nichts Besseres zu tun.

Jims Großzügigkeit war von bescheidenerem Ausmaß. Aber hatte er nicht immerhin das Vogelberingungsprojekt des Museums auf Great Gull Island finanziert? War er nicht dafür aufgekommen, dass sämtliche Ausgaben von *Der Alk* in prächtiges Maroquinleder gebunden wurden? Der Abend, an dem Jim die abgewetzten Ledersessel aus der Bibliothek abholen und aufpolstern ließ, nachdem der Verein die Finanzierung verweigert hatte, war in der Abteilung legendär geworden. Er hatte Farrell finanziert, damit er in Guatemala Papageien erforschen konnte, und auch Lainas Gehalt bezahlt, bevor sie als Kuratorin fest eingestellt wurde, und vielleicht blieb sie ihm gegenüber deshalb stets so loyal.

Das war auch ein Teil des Problems. Jim war ein Stifter, kein Angestellter. Niemand hatte das Recht, ihm zu kündigen. Deshalb durfte er ja auch so lange bleiben und durch die

Flure schlurfen, wo er Schulkindern auf die Finger klopfte, wenn sie auf den Knöpfen im Fahrstuhl herumdrückten, und weil er wohl ein bisschen zu hart klopfte, beleidigte er die Leute. Beleidigte auch Michael. Es bedurfte eines operativen Eingriffs, um ihn loszuwerden.

Michael schielt noch einmal in Richtung von Lainas Tür, klopft dabei entschlossen auf den Deckel der Vitrine und zieht sich in sein Büro zurück. Er ist gereizt und mutlos. Affenarsch, so hat Jim ihn genannt. Die Erinnerung schmerzt immer noch.

Die Wahrheit ist, dass er über jeden anderen lieber schriebe als ausgerechnet über Jim.

Fox Island, Penobscot Bay, Maine, Juli 1973

Verdammt rücksichtsvoll von ihr, mir aus dem Weg zu gehen, denkt Jim und ist froh, dass ihm niemand zusieht, wie er die Treppe herunterstolpert. An manchen Tagen gelingt ihm der Abstieg, wenn er jede einzelne Stufe mit der Krücke abtastet. Ansonsten bleibt ihm nichts anderes übrig, als auf dem Arsch runterzurutschen. Bumm. Bumm. Bumm. Wie der gottverdammte Pu der Bär.

Gut, hier in der Küche ist sie auch nicht.

Er schwingt sich über die breiten, lackierten Dielen, stößt die Tür mit dem Fuß auf und verharrt für einen Moment in einem See aus Sonnenlicht, lässt sich die nackte Haut seiner Hände und seines Gesichts wärmen. Zu dieser Tageszeit ist er am liebsten allein. Schon als Junge kam er sich betrogen vor, wenn sein Bruder oder seine Schwester Ann vor ihm aufwachten. Er erinnert sich, wie eifersüchtig er die frühen Morgenstunden für sich bewahrt hat: Vor ihm reckte sich träge der lange Tag, versprach Segeltörns und Entdeckungen und Sprünge ins kalte Meer.

Sommer, die beste Jahreszeit – er bringt die zerfransten Überbleibsel von Kindheitsfreuden mit sich.

Er humpelt zur Küchenspüle, lehnt sich gegen die Arbeitsplatte und füllt einen rußgeschwärzten Wasserkessel. Lauscht dem Zirpen einer sich aufwärmenden Zikade, ein einsames Trillern, das später am Tag zu einem ohrenbetäubenden Getöse anschwellen wird. Dem schrillen Schrei des

Fischadlers, der über der spiegelglatten See seine Kreise zieht.

Er zündet den Gasherd an und gibt dann zwei Teelöffel Pulverkaffee in einen zerbeulten Blechbecher. In den Schränken stehen auch andere Tassen, hübsche Teetassen samt Untertassen, ganze Regale voll, aber lieber ist ihm dieser Becher mit der abgeplatzten blauen Emaille, Teil einer ganzen Garnitur, die er zum Segeln oder Camping mitnahm. Vielleicht sagt dieser Becher etwas darüber, dass er all die Jahre Camping ohne seine Frau gemacht hat. Scheiß drauf.

Das Wasser kocht, er gießt ein und sieht zu, wie das Kaffeegranulat verwirbelt und sich auflöst. Er muss warten, bis das Blech abkühlt, um sich nicht die Lippen zu verbrennen. Besonders hungrig ist er nicht, aber er will trotzdem Frühstück machen und für das Mädchen auf dem Tresen stehen lassen. Wäre schade, wenn es kalt wird.

Er möchte sich schnell wieder an den Museumsartikel setzen, an dem er arbeitet. Während der letzten Woche ist er wegen der Vorbereitungen auf ihre Ankunft aus dem Rhythmus gekommen. Er muss noch einmal neu beginnen und versuchen, Abschweifungen und Störungen, die ihn früher beeinflusst haben, zu vermeiden. Die Auswirkungen von Katern. Er hat bis Mittag oder höchstens bis ein Uhr Zeit, schätzt er, bevor die Grübeleien und die Übellaunigkeit einsetzen. Churchill bezeichnete das als *schwarzen Hund*. Bei Jim gibt es körperliche Symptome, Zitterattacken der Hände, Krämpfe und Zuckungen im Beinstumpf. Am besten bekämpft man die mit einem oder zwei harten Drinks.

Isla de Providencia. Provinz der Piraten, tippt Jim auf ein neues Blatt Papier, reißt es wieder aus der Maschine und fängt noch einmal von vorne an. Er sitzt an einem schweren, hölzernen Kartentisch, den er im Wohnzimmer vor eins der großen Erkerfenster mit Panoramablick über die Bucht bis ans Ende der Landzunge geschoben hat. Der Stuhl steht so, dass er stets um halb neun, halb eins und halb vier die Fähre vorbeigleiten sieht und danach die Uhr stellen kann. So hat er auch die Seeadler in ihrem riesigen, plumpen Nest in der Spitze einer abgestorbenen Kiefer im Blick. Das Paar hat in diesem Sommer endlich wieder Junge aufgezogen, nachdem die Eier jahrelang durch DDT verseucht gewesen waren.

Old Providence. Die wahre Schatzinsel – klarer und mehr auf dem Punkt. Er rollt das Blatt weiter nach unten. *Old Providence, eine Insel in der westlichen Karibik, ist die wahre Schatzinsel. Und darauf »könnt ihr Gift nehmen«*, tippt er und benutzt die Redewendung, die Stevensons Piraten benutzen, wenn sie schwören, die Wahrheit zu sagen. Er nippt am bitteren Kaffee und zupft sich nachdenklich am linken Ohrläppchen.

Die Idee für den Artikel hat er vor vielen Jahren gehabt, als er auf der Forschungsjacht *Utowana* durch die Karibik gesegelt ist. Vielleicht hat ihn damals sogar jemand auf die Ähnlichkeit der Inseln hingewiesen. Er weiß es nicht mehr.

Er erinnert sich aber noch an seinen ersten Blick auf Old Providence mit den aus dem Meer ragenden Vulkanbergen: *Fock, Großmast und Besan* hatte Stevenson sie scherzhaft genannt. *Alle drei schienen spitz und kegelförmig von Gestalt.* Der auffällige, gespaltene Berg mit dem Doppelgipfel: der Platz, an dem der ausgesetzte Pirat Ben Gunn in einer Höhle seinen Schatz versteckt hatte. Der enge, fast kreisrunde Hafen – *dieser Teich*, wie Stevenson schrieb –, vorm Ozean geschützt durch ein davor liegendes Inselchen.

Jim war mit einem kleinen Boot von der Hauptinsel bis Catalina gerudert. Die Entfernung entsprach Stevensons Angaben*: etwa eine Drittelmeile von beiden Ufern, einerseits* *der Hauptinsel, andererseits der Skelettinsel.* Skelett war Stevensons Name für Catalina.

Vögel flogen aus den grünen Bäumen auf, genau so, wie sie es getan hatten, als die *Hispaniola* vor Anker ging, *kreisend und schreiend über die Wälder.* In den kleinen Bäumen und Büschen fand er am Rand eines Pfads einen Goldwaldsänger, den er später nach Helen benannte: *Dendroica petechia helenai.* Sein gelber Schopf und der kleine kastanienrote Fleck auf der Brust unterschieden ihn, genau wie er vermutet hatte, von den Braunstirnwaldsängern auf der nahe gelegenen Saint Andrew's Island.

Jedem Neuankömmling wird auffallen, wie sehr der Ankerplatz dem der Schatzinsel gleicht, tippt er.

Cadillac geht übers nasse Gras des frühen Morgens, schlendert an der Felsenküste entlang, bis sie einen kleinen Strand erreicht. Weil der Sand am Vortag von der Flut überspült war, hatte sie ihn nicht gesehen. Aber bei Ebbe entsteht eine kleine, fächerförmige Bucht. Sie klettert rasch hinunter. Der feine, blasse Sand ist von Muschelschalen übersät. Sie sammelt das sonnengebleichte Außenskelett eines Seeigels und einen orangen Krebspanzer auf.

Als sie zurückschaut, sieht sie, dass der kleine Höhenunterschied sie vor dem Haus verbirgt und diesen Strand zu einem ungestörten Ort macht, den sie für sich beanspruchen kann. So, wie die Frauen auf den Salomonen bestimmte Strände zum Baden abstecken – als Ort, der für Männer tabu ist. Das dürfte unproblematisch sein, denn sie bezweifelt, dass Mr. Jim auf einem Bein oder im Rollstuhl die Felsen herunterkommt.

Dass Jim ein Beinamputierter ist, hat sie überrascht. Tosca hatte nichts davon gesagt, aber vielleicht hat er das Bein erst nach den Kämpfen in New Georgia verloren, als der Krieg sich nach Bougainville und auf die Philippinen verlagerte. Das würde erklären, warum Tosca es nicht wusste. Das ist schon an sich etwas völlig Neues, denn bislang schien es so, als wüsste ihr Vater fast alles.

Und noch etwas verblüffte: die Größe von Jims Haus – so groß wie Mendanas oder Blooms Hotel, größer als der Jachtclub von Point Cruz. Und dass der alte Mann da ganz alleine wohnte. Wenn man auf den Salomonen ein Haus hätte, das nur einen Bruchteil dieser Fläche aufweist, wäre es voll mit *Wantoks*, Verwandten oder Leuten, die von derselben Insel kommen oder dieselbe Sprache sprechen. Und überall wären Kinder, würden die Treppen auf und ab laufen, sich auf dem oberen Balkon tummeln, die Füße von den Verandastufen baumeln lassen und auf der flachen Balustrade balancieren.

Sie geht zum Meer hinunter und mit den Füßen ins Wasser. *Oje*. Das Wasser ist wie Eis, so kalt, dass es brennt. Sie schafft es, mit beiden Füßen hineinzugehen, zwingt sich dann dazu, bis zu den Waden hineinzuwaten, während die Kälte an ihren Beinen emporkriecht. Was würden ihre Brüder und die anderen Jungs sagen, die sich immer über die Mädchen lustig machen, die nicht sofort reinspringen? Sie als Buschleute verhöhnen. Die haben noch nie *solches* Wasser gefühlt. Der Schock wird zu Taubheit, sodass sie sich heftig die Schienbeine reiben muss, um wieder etwas zu spüren.

Man muss bedenken, dass Stevenson nie in die Karibik reiste. Auch seine Reise durch die Südsee hatte er noch vor sich, als er die *Schatzinsel* schrieb. Die Flora seiner Insel hat er einmal als *teils kalifornisch, teils stilvoll* beschrieben.

Jim ist allerdings überzeugt, dass Old Providence dem Schriftsteller als Vorlage diente. Er glaubt, dass Stevenson zunächst einmal etwas über die Insel las in einem höchst populären, wenn auch leicht zweifelhaften Bericht eines Schiffbrüchigen aus dem achtzehnten Jahrhundert, aufgeschrieben von Sir Edward Seaward und posthum entdeckt von einer gewissen Miss Jane Porter. Stevenson musste aber auch die weitaus anspruchsvollere Studie gelesen haben, die Mr. C. F. Collett von der *Royal Navy* durchgeführt und 1837 der *Royal Geographical Society* vorgelegt hatte. Die Studie erregte öffentliches Interesse, weil sie Seawards Insel überzeugend als Old Providence identifizierte.

Robert Louis (oder Lewis, wie sein Taufname lautete) Stevenson las wahrscheinlich Seawards Tagebuch, während er als kränklicher Knabe in Edinburgh aufwuchs, tippt Jim. *Zweifellos las er Mr. Colletts Bericht; er war ein begieriger Leser und begeisterte sich für Seegeschichten. Sowohl sein Vater als auch sein Großvater waren Leuchtturmbauer.*

Stevenson zog natürlich seinen Hut vor Collett, als er den Kapitän der Hispaniola *Smollett nannte.* Oder war das reiner Zufall?

Jim blickt aus dem offenen Fenster auf *seine* verstreuten Inseln, *seinen* Leuchtturm jenseits des Gezeitenkanals bei Goose Head. Es ist ein stiller, heller Morgen, kaum ein Windhauch. Bald werden die kleinen Dingis der Segelschule herumdümpeln, gesichert durch Eisenhaken am Eingang der Bucht. Dieser Unterricht am Morgen muss Kinder anöden, weil der vorherrschende Südwestwind oft erst gegen Mittag auffrischt. Der Tag dürfte heiß werden, da eine Hitzewelle ostwärts zieht. Gute Nachricht für das Mädchen, das ja an das Äquatorklima gewöhnt ist.

Die Ähnlichkeit zwischen der Schatzinsel und Old Providence hatte Jim in große Aufregung versetzt, als er die Insel vor mehr als vierzig Jahren erstmals besuchte. In seinen Feldnotizen hielt er alle wichtigen Punkte fest und wollte sie weiter ausführen, sobald er wieder zu Hause sein würde. Aber irgendwie kam er davon ab. Er musste ja kistenweise Vögel identifizieren und neue Arten spezifizieren. Und Helen einen Heiratsantrag machen.

Es war sein Sohn Fergus, der die Idee unfreiwillig wieder ins Spiel brachte, als Jim, auf dem Tiefpunkt angekommen, noch im Krankenhaus lag. Er war bettlägerig und hatte Schmerzen. Der Rest seines Beins war auf eine Art Drehbank geschnallt, damit sich die Muskulatur nicht zurückbilden konnte, als Fergus fürsorglich einige von Jims Büchern vorbeibrachte, um seine Stimmung zu heben: Conrad, Hemingway, Stevenson. An jenem Morgen, an dem er die Geschichte wieder las und dazu Unmengen Kaffee trank – obwohl kalt und in einem Styroporbecher serviert, war Kaffee das einzig Genießbare an diesem Ort –, tauchten die Ähnlichkeiten und Besonderheiten beider Inseln wieder auf. Und diese Beobachtung machte ihn derart aufgekratzt, dass sein Arzt verkündete, nun hätte er die Kurve gekriegt. Tja, vielleicht war das auch so.

Er klammerte sich an die Idee wie an einen Rettungsring.

Sie schaut über die Bucht und merkt sich die Vögel, um sie Tosca beschreiben zu können. Auf einigen Felsen sitzen Kormorane mit ausgestreckten Flügeln. Eine Seeschwalbe fliegt über die glatte Wasseroberfläche. Tauben. Von irgendwo aus dem Landesinnern kann sie ihr weiches Gurren hören.

Aber hier gibt es etwas Neues: Möwen. Auf den Salomonen hat sie nie Möwen gesehen, und Tosca wäre beeindruckt von ihrem lauten Geschrei und Geschwätz, dem glänzend weißen Gefieder, den hellgelben Augen und Beinen. Rotzfrech sind sie auch. Eine fliegt an, landet auf einem nahen

Felsen und starrt sie an, und Cadillac muss sie verscheuchen, damit sich die Möwe nicht mit ihrem Kamm oder ihrer Zahnpasta davonmacht.

Sie rafft ihre Sachen zusammen, hockt sich an die Wasserlinie, um sich die Zähne zu putzen. Sie spuckt aus. Der weiße Schaum dümpelt auf der glatten See vor und zurück.

Im Gezeitenkanal fährt ein Hummerboot hinaus, um Reusen einzuholen. Der Diesel tuckert, und das sanfte Rauschen des Wassers lässt sie von den klapprigen, alten chinesischen Handelsschiffen tagträumen, die durch die Südsee zuckeln, und sie fragt sich, ob sie wohl auf einem dieser Schiffe nach Honiara zurückreisen wird, schüttelt aber den Kopf. Das wäre natürlich unmöglich. So ein Schiff würde das nie schaffen. Es grenzt schon an ein Wunder, dass es nicht zwischen den Inseln sinkt.

Als sie ausspuckt, schießt ein recht großer Fisch, der unter der Oberfläche lauert, nach oben und verschluckt eine Zahnpastablase, verwechselt sie mit der Larve eines kleinen Insekts oder irgendwelchem Laich.

Sie reckt sich und sucht am Rand des Strands nach einem spitzen Stock, der sich als Speer verwenden lässt.

Jim streicht mit den Händen über die glatte Maserung des Tisches und setzt sie dann auf die klobigen Tasten der Schreibmaschine.

»Genau wie Hemingways«, hat Fergus gesagt, als er ihm die Maschine, ein Reisemodell Corona 3, geschenkt hat. Und Jim, der nicht gut Geschenke annehmen kann, hat zugegeben, dass sie eine Gottesgabe ist. Seine Handschrift hat nämlich der Teufel geholt.

Um seine Theorie über die Schatzinsel zu beweisen, verwendet er viel Zeit darauf, die drei Bände von Seawards Tagebüchern und den genaueren nautischen Bericht zu durchforsten, notiert sich seemännische und geografische Hinweise. Als er diese jetzt durchblättert, stellt er fest, dass seine Notizen und Seitenverweise so wackelig und unleserlich sind wie das Buch von Billy Bones mit seinen Berechnungen und Ausstreichungen – jenem Versuch des analphabetischen Piraten, die Schiffe, die er geplündert hat, und seine jeweiligen Anteile an der Beute aufzulisten.

Fergus hatte die Schreibmaschine zweifellos für praktischere Zwecke vorgesehen – Rechnungen und Briefe zum Beispiel statt weiterer wirrer Ideen über obskure naturgeschichtliche Themen und minutiöse physikalische Abweichungen, die so sein könnten, wie auch der Junge es sieht. Eine Klassifizierung von Inseln, die nicht sehr viel anders ist als der Vergleich verschiedener Vogelpräparate – vielleicht ist es das, was Jim daran so gefällt und weshalb er es so gut kann.

Er greift zum zerdrückten Ende einer halb gerauchten Zigarette. Wenn Sarah sie schon vom Festland herbringen muss, ist es nicht gut, sie zu verschwenden. Die Tasten der Schreibmaschine erzeugen im leeren Haus ein Geräusch wie dringliche Telegrafensignale, wie ein Verschlüsselungsgerät im Krieg.

Er hört sie, bevor er sie sieht. Sie singt ein schmissiges Lied auf Pidgin. *Time you go 'long way 'long sea, supposim you no lovim' me* – so geht der Text, wie er ihn durch die offenen Fenster verstehen kann.

Er erinnert sich, wie die Bewohner der Südsee singen konnten. Wie sie all die Hymnen und Kirchenlieder sangen, die Missionare ihnen beigebracht hatten. Ihr Talent war jedoch sehr viel älter. Eine Gabe, die von Müttern, die für ihre

Babys sangen, weitergegeben wurde. Geheul von Kopfjägern, die mit ihren grausigen Trophäen heimwärts paddelten.

Me writim letter 'long you. Supposim you no lovim me turu.

Ihre Stimme ist voll und hell. Wäre sie jetzt zu Hause, würden die anderen zweifellos einstimmen, andere Harmonielinien singen. Er erinnert sich, wie er in eine kleine katholische Mission am Marau-Sund kam, nachdem sie die Japaner aus Guadalcanal vertrieben hatten. Die Dorfbewohner waren zurückgekehrt, um eine verlassene Kirche zu reparieren, und flochten einen Altar aus Sagopalmwedeln und Bambus. Er war stehen geblieben, nahm dankbar eine Kokosnuss und Papayascheiben an, die ein Mann ihm anbot, als ein paar Frauen zu singen anfingen. Es war Schuberts *Ave Maria*, und ihre Stimmen erschollen weithin, fluteten wie Sonnenlicht übers Wasser, während die Frauen mit einer kleinen Kanuflotte eine geschnitzte Statue der Jungfrau Maria in den Sund hinaus begleiteten.

Es war der schönste Gesang, den er je gehört hatte.

Er blickt von seinem Tisch auf und sieht Cadillac vom Ufer zurückkommen. Ihre Haut ist so schwarz, dass sie vorm Grün des Grases purpurn erscheint. Barfuß, mit der überraschend blonden Strähne im üppigen Haar, eine natürliche Aufhellung, der die Insulaner manchmal mit Limonensaft nachhelfen.

Time you go, you must think back 'long me.

Sie hält etwas in der Hand.

Als sie zur Tür hereinkommt, sieht er, dass sie eine große Flunder gefangen und sich Kamm und Zahnbürste ins Haar gesteckt hat.

»Eine Sommerscholle«, sagt Jim, weil er meint, dass sie das wissen will.

Er steht auf, schleppt sich in die Küche, öffnet die Schublade, zieht ein Messer heraus, zögert und gibt es ihr dann.

»Auch Flunder genannt.« *Paralichthys dentatus.*

Er lehnt am Tresen und sieht zu, wie sie den frisch aus dem Meer geholten Fisch leichthändig schuppt, erst auf der einen, dann auf der anderen Seite. Sie führt die Klinge vom Schwanz bis zum Kopf, kratzt unter den Kiemen entlang und spült den Fisch dann unterm Wasserhahn ab. Singt dabei nicht mehr, sondern summt nur noch leise vor sich hin.

Sie trägt einen Sarong, ein farbenfrohes Tuch, das die Insulaner *Laplap* nennen. Er beobachtet, wie sie das Messer mit einer roten Spur zur Mitte führt, um die Eingeweide des Fischs zu entnehmen, und trennt sie sauber heraus. Sie würde bestimmt einen guten Chirurgen abgeben – groß, zuverlässig, selbstbewusst, sicher. Er stellt sie sich im weißen Kittel seines Doktorvaters mit einem Stethoskop um den Hals vor.

Er bewundert die Ruhe ihrer Hand.

Ich habe das früher auch gemacht. Ich konnte schuppen und ausweiden wie du. Ich konnte einem Vogel in wenigen Minuten die Haut abziehen. So schnell wie einer von Delacours indigenen annamitischen Präparatoren, die besser als alle anderen waren.

Fischschuppen kleben an Spülbecken und Tresen. Die hell durchs Fenster fallende Sonne funkelt auf ihnen und wirft zitternde Flecken gebrochenen Lichts über ihr Gesicht und ihre Arme. In seine Augen. Blendet ihn.

Er sieht weg, schlurft seitwärts zum Herd, nimmt die Pfanne vom Haken und gibt etwas von dem ausgelassenen Speck hinein. Er macht also noch ein Frühstück, genau das, was nicht zu tun er sich geschworen hat. Andererseits hat er nicht mit einem Fisch gerechnet. Er nimmt ihr die ausgenommene Scholle aus den Händen. Als er sie ins zischende Fett legt, sieht er den gezackten Riss, ein blutiges Loch direkt hinter den Kiemen. Großer Gott, sie hat ihn mit einem Speer erlegt!

Tosca steht barfuß und regungslos auf einem Korallenvorsprung, den Speer in der Hand. Rot, rosa, blau umschwimmen Schwärme von Rifffischen ihre Füße. Er ist fünfzehn Jahre alt. Der Junge ist entzückt, als Jim eine Marinetaucherbrille beschafft und sie die Fische unter Wasser beobachten können. Hellgrüne und blaue Papageifische brechen mit ihren Schnäbeln große Korallenbrocken ab.

Tosca schlendert mit einem beeindruckenden, ganz silberblauen Barrakuda den Strand entlang. Er legt ihn auf ein Wildbananenblatt, und Jim besteht darauf, den Fisch zu messen. Er benutzt dazu die Zirkel seines Präparationsbestecks, schwenkt sie vor und zurück. Das kleine Instrument hat eigentlich den Zweck, die Flügel von Singvögeln zu messen.

»Mr. Jim, haben Sie Ihr Bein im Krieg verloren?«, fragt Cadillac, stellt sich neben ihn und schaut ihm beim Kochen zu. Und er ist froh, dass die leere Stelle, an der eigentlich sein Bein sein sollte, von ihr weg zeigt.

Na, das ist ja nun mal was anderes, weil seine Familie, Stillman und sogar Sarah den Stumpf höflich ignorieren und sich bemühen, so zu tun, als würde er nicht auf einer Krücke herumhumpeln oder in einem Scheißrollstuhl sitzen. Ihm ist aufgefallen, dass sich normalerweise auch Fremde verlegen abwenden oder dumm glotzen. Oder, schlimmer noch, zu laut reden, als wäre er kein Krüppel, sondern taub oder geistig behindert. Der Krieg – noch so ein Tabu. Gott, ja, die Leute fragen ihn einfach nicht danach. Sie fällt mit der Tür ins Haus.

»Nein, so glorreich war das nicht«, murmelt er und wendet den Fisch in der Pfanne.

Gott, hat er wirklich *das* Wort benutzt? Kein Wunder, dass er lieber nicht über den Krieg reden will, wenn ihm derart falsche Worte über die Lippen kommen. An dem, was er gesehen hat, war gar nichts glorreich.

Sie ist zu jung, zu fremd, um die Warnschilder entziffern zu können, die er so mühsam um sich herum aufbaut. Unsichtbare Markierungen, die Riffe signalisieren. Wie die Warnhinweise, die einen fernhalten, wenn man nach Stonington oder in einen der engen Liegeplätze von Maine schippert: *Kein Andocken. Keine Durchfahrt. Privatanleger. Haut ab.* Das ist einer der Gründe, warum es ihm hier gefällt.

Er sieht auf ihre bloßen Füße hinunter und denkt an einen anderen Fuß, eine merkwürdige Vorwegnahme seines eigenen fehlenden Beins. Ein Mann lief auf ihn zu, eine Explosion, der Mann wurde in die Luft gerissen wie eine Marionette.

Ein Körperteil des Manns landet neben ihm. Ein Fuß. Er hebt ihn auf und trägt ihn zu dem Sanitäter, der sich bereits über den verwundeten Marinepionier beugt und eine Morphinampulle aus seinem Rucksack zieht.

»Ist nicht deiner, nicht deiner«, murmelt der Sanitäter, winkt Jim weg, als sei er ein störender Schuljunge, eine beschissene Nervensäge. Der Pionier blickt entsetzt auf, als Jim ihm den Fuß hinhält. Herrgott, er muss nicht noch einmal hinsehen, um zu wissen, dass der Mann keinen Fuß mehr braucht. Der Sanitäter zieht die Droge auf die Spritze und sticht sie dem Mann in die Seite.

Und jetzt das verspätete Heulen einer Luftalarmsirene, und die ganze Welt explodiert. Bulldozer, Lastwagen, Jeeps, Zelte

kippen um und fliegen auseinander. Große Löcher werden in die Erde gerissen, als ein Flugzeuggeschwader den Himmel verdunkelt. Etwa dreißig bis vierzig Betty Bomber der Japsen, auf den Unterseiten der Flügel mit roten Sonnen bemalt.
Der Fuß ist nackt, glatt, Socke und Stiefel weggepustet. Jim fühlt die runde Ferse, den gebogenen Spann. Glatt durchtrennte Bänder, Knochen, Venen. Er steht unter Schock, taub vom Lärm der Explosionen, bespritzt mit Matsch und weiß Gott womit sonst noch. Oktober 1942, zwei Tage nach seiner Ankunft auf Guadalcanal.
Der Sanitäter schreit ihn an: Geh in Deckung, verdammte Scheiße! Jim versteht kein Wort, aber es ist unmöglich, die Lippen des Sanitäters nicht zu lesen, seine Gesten nicht zu verstehen. Deckung in dem beschissenen Schützenloch!
Da liegt ein Toter drin. Später gewöhnt er sich daran, nutzt ungerührt Leichen, um sich selbst zu schützen. An die Bombardements auf Henderson Fields wird er dann schon besser gewöhnt sein.
Der Sanitäter winkt verärgert. Im Zweifelsfall ist es sein Job, in der Schusslinie zu bleiben, nicht Jims. Die Aussicht auf weitere Verluste gefällt ihm nicht, besonders nicht, wenn es so ein saublöder Milchbubi ist. Leg den verdammten Fuß weg, verdammte Scheiße! Jim legt ihn weg.

Er tritt beiseite und wirft Cadillac einen bösen Blick zu, weil sie ihn an solche Sachen erinnert hat. Das passiert eben, wenn er nicht aufpasst. Aber das Mädchen lächelt nur, unkompliziert, gut aussehend, und wartet auf seine Antwort. Als ob sie sein Bein oder womöglich sogar den Scheißkrieg für gar nicht so wichtig hält.

Als er mit ihr am Küchentisch sitzt, rasselt er im Stillen die ganze wütende Litanei runter, all die Gründe, die die Ärzte vorgebracht haben, um sein Bein abzunehmen. Verminderte Blutzirkulation in der Arterie (verstopft wie ein altes Abflussrohr). Akute Gefahr eines Blutgerinnsels. Eitrige Entzündung des Schienbeins. Einsetzender Wundbrand. Er starrt Cadillac an, als sei es ihre Schuld. Als sei sie als angehende Ärztin bereits jetzt Teil der medizinischen Verschwörung, die ihn in dieses böse Spiel hineingezogen hat. Dieser spezifische Zustand, verschlimmert durch Alkohol und Nikotin, sein sorgloser Umgang mit einer Hautentzündung.

»Das Alter«, sagt er leise.

Der Fisch ist genau richtig gebraten, die Haut knusprig braun, das Fleisch frisch und zart. Je ein Rückenfilet für beide. Cadillac gibt das geronnene Corned Beef und den Speck dazu, der von vorhin übrig ist. Das gibt ihm ein schlechtes Gewissen. Sie trinkt auch den kalten Kaffee, lässt nichts umkommen.

Großer Gott, er kann es ihr nicht verübeln. *Bikfala Faet*, der Kampf des großen Manns, war der Slangausdruck der Insulaner für den Krieg. Wie sonst sollte man die unfassbare Gewalt beschreiben, die wie die Pest aus dem Nirgendwo über sie hereinbrach? Ein Krieg, der auf ihren Inseln tobte, aber zwischen zwei Völkern, die sie kaum kannten. Die Japaner, die manchmal in ihren Gewässern fischten. Die Amerikaner, von denen die Briten sagten, dass sie Freunde der Insulaner seien.

Er stochert sich eine Gräte zwischen den Zähnen heraus und steht auf. Er rammt sich die Krücke unter die Achsel, dreht sich von ihr weg, wischt die Teller ab und säubert das Spülbecken von den Fischeingeweiden.

Er weiß nicht, was er mit ihr anfangen soll, und deshalb ist Jim erleichtert, als er merkt, dass das Mädchen sich selbstständig macht. Er sieht sie unten am Strand entlanggehen. Wenn er nachmittags auf die Veranda rollt, liegt sie wie eine Katze auf dem niedrigen Ast einer Buche.

An den folgenden Tagen macht sie längere Spaziergänge und bringt jedes Mal das eine oder andere Fundstück mit. Zu seiner Überraschung weiß er dann, wo sie war. Das lappige Blatt Stinkkohl und der Zweig vom Essigbaum aus dem brackigen, sumpfigen Ende der Bucht. Ein Rohrkolben aus den Schilfgürteln bei Stillmans Haus. Ein Mooskissen und Giftpilze aus dem Wald hinterm Haus. Ein rund geschliffener Strandkiesel, der beweist, dass sie auf der Nordseite der Insel war – gut zwei Stunden Fußmarsch –, wo die stärkere Brandung die Steine glatt wäscht.

Auch Federn. Er stopft sie in einen Krug neben der Küchenspüle. Das leuchtende Rot eines Kardinalloris, die schwarz-blau gebänderten Federn eines Blauhähers, die dunkelgelben Federn eines Streifenkäuzchens. An Vögeln zeigt sie ausgeprägtes Interesse. Später wird er für sie bestimmen, welche Federn von welchem Vogel stammen.

Manchmal tritt sie so leise ein, dass er sie nicht hört – ganz wie Tosca, der aus dem Nichts auftauchte. Jim blickt von seiner Arbeit auf und sieht, dass sie ein Stück Seeglas auf den Tisch gelegt hat. Ein seltenes Rot, das wahrscheinlich aus der Scheibe eines Leuchtturms stammt. Ein Feuerstein, der eine Pfeilspitze sein könnte. Eine mit Seepocken überzogene Muschelschale. Ein schwarzer Stein. Dinge, die ihn mit einer unerklärlichen Sehnsucht erfüllen.

Bei anderen Gelegenheiten hört er sie singen. *Auki Love Song* und *Walkabout 'Long Chinatown* – sie sagt ihm, wie ihre Lieder heißen. Ein anderes Lied hat einen merkwürdigen

Refrain: *Ha ha, Japani, ha ha!* Sie singt es langsam, damit er die Worte verstehen kann.

Me lukuluku longo landi 'long sea. Ich blicke übers Land und übers Meer. *Ha ha, Japani, ha ha! Mifela comu downi longo mi parasuti.* Ich komme mit meinem Fallschirm herunter. *Ha ha, Japani, ha ha!*

Ein Lied der Küstenwachen. Ein *Kastom*-Lied nennt sie es, oft gespielt im Radio von Honiara.

»*Juniperus virginiana.*« Jim sitzt an seinem Arbeitstisch vor dem offenen Fenster. Er nimmt den Wacholderzweig, den sie ihm hinhält. Er pflückt eine der unwahrscheinlich blauen Beeren, klappt das Taschenmesser auf, das er immer in der Tasche hat, und schält die festen Schuppen ab, um ihr die winzigen Samen zu zeigen.

»Das sind Zapfen, sie werden aber oft mit Beeren verwechselt«, erklärt er. »Aus der Zypressenfamilie *Cupressaceae.*«

Er verreibt die Nadeln zwischen seinen Fingern und setzt so den dicken, klebrigen Saft und einen scharfen Kiefernduft frei. Ein Duft, der das Bild seiner Mutter heraufbeschwört, die zusammen mit Frau Leiber, ihrer deutschen Haushälterin, Sommerpullis und Decken wegpackt, in großen Zedernholztruhen oben im Wäschekabinett verstaut. So duftet das Ende des Sommers.

»Das Wacholderholz wurde benutzt, um Insekten abzuwehren«, erzählt er dem Mädchen. »Mit den Zapfen wird Gin aromatisiert.« Er lächelt verschmitzt.

Er schwenkt den Stuhl zu den Bücherregalen herum, wählt ein paar Bände für sie aus: Frank Chapmans *Welcher Vogel ist das?* aus seiner Jugend; ein neuerer Hochglanzband *Führer durch Neuenglands Pflanzenwelt.* Sie beugt sich über seine Schulter, um sich Bilder von Essigbaum und Zaubernuss anzusehen. So nah, dass er ihre Haut riechen kann, Seife und etwas Kokosöl, das sie benutzen muss. Zu nah.

Er schlägt das Buch zu, schiebt es ihr hin und rollt wieder zurück; ist dann beunruhigt über ihren Gesichtsausdruck, ihr Zögern, das Buch anzunehmen. Herrgott, ja, er hätte nicht so grob sein sollen.

Jims Bücher. Auf dem Tisch gestapelte Bücher, auf der gepolsterten Sitzbank am Fenster verstreut, aufgeschlagen, den Rücken nach oben, auf dem Küchentisch, dem Fußboden. Die Regale im großen Zimmer reichen bis zur Decke. So etwas hat sie noch nicht einmal in einer Bibliothek gesehen.

Als er ihr das Buch entschlossen zuschiebt, zuckt sie zurück, rechnet fast mit der harten Hand ihrer Grundschullehrerin, die ihr auf die Finger schlägt.

»Nicht anfassen, nicht anfassen!«, warnt ihre Lehrerin schrill. Es passiert in der kleinen Methodistenschule in Munda. Cadillac und ihre Schulkameraden turnen herum, ziehen die niedrigen Holzstühle nach vorn oder knien auf den Bodenmatten, um das Buch, das sie hochhält, zu sehen, und dabei müssen sie ihre schmutzigen Hände auf dem Schoß falten.

Ritter und ihre Rüstungen. Sie erinnert sich noch an den Titel. Das Buch kommt in einem Wohlfahrtspaket aus England. Sie lauschen aufmerksam und bewundern die Bilder. Aber hinterher auf dem Schulhof gibt es eine heiße Diskussion, ob die Engländer geistig schwer verwirrt gewesen seien. Ein Junge, den Cadillac mag, stolpert mit einem leeren Benzinkanister über dem Kopf am Schulgebäude entlang. »Hey, guckt mal! Ich bin ein Ritter! Ich bin ein Ritter!« Seine Stimme hallt im Kanister, während er mit steifen Armen und Beinen vorbeigeht.

Die Ritterrüstungen glänzten beeindruckend, aber wie, fragen sie, konnte man in dem ganzen Metall denn überhaupt kämpfen? Man würde da drin doch verkochen. Selbst der Benzinkanister auf dem Kopf macht heiß und schwindelig, bestätigt der Junge. Er sitzt neben Cadillac und grinst; er ist leicht berauscht von den Ausdünstungen.

Und was passierte wohl, wenn das Kanu eines Ritters umkippte und er ins Meer fiele, will einer wissen. Dann würde er doch direkt bis auf den Grund sinken.

Daran erinnert sie sich, lacht laut und nimmt dann das Buch. Jim ist erleichtert, dass ihm offenbar verziehen ist.

»Hier drinnen ist es so heiß, Mr. Jim«, sagt Cadillac. »Soll ich Sie im Rollstuhl nach draußen schieben?«

»Nein«, schnappt er rüde. Um Gottes willen, er will nicht geschoben werden. Ihm gefällt es hier, halb drinnen, halb draußen, seinen Ein-Uhr-Gin-Tonic schlürfend. Er rollt zurück, um sie vorbeizulassen. Die Hitzewelle hat sich festgesetzt mit Temperaturen um fünfunddreißig Grad, wie man es eher in Boston oder New York erwarten würde. Er riecht die Hitze, wie sie von den Zedernschindeln des Hauses abstrahlt, das gemähte Gras, den feuchten Geruch von Seetang.

Sogar die Vögel haben sich verzogen, alle außer dem überm Haus kreisenden Fischadler; beide Eltern beschaffen Nahrung für die Jungen. In den Beeten lassen Sarahs Sommerblumen die Köpfe hängen: Rudbeckien, Purpursonnenhut, fiederblättrige Cosmea, hohe Stockrosen, schon schulterhohe Sonnenblumen. Er sieht zum Apfelhain und dem dahinterliegenden Wald hinüber.

»Soll ich mit Ihnen einen Spaziergang machen?«, hakt sie nach. »Ich könnte den Rollstuhl die Straße hinunter schieben.«

»Nein, verdammt noch mal!« Sie weiß wohl nicht, dass er nirgends hingeht, dass er seit seiner Ankunft das Haus nicht verlassen hat, außer um sie abzuholen. Und wie soll er ihr das erklären? Ein freiwilliges Exil oder eine Selbsteinkerkerung. Ein sinnloser Protest, der niemanden außer ihn selbst bestraft, es sei denn, er wollte Fergus damit bestrafen, weil er auf der Operation bestanden hat.

Dem Mädchen muss er vorkommen wie ein bockiger Junge, der sich weigert, das zu tun, was gut für ihn ist. Verkriecht sich hier, trinkt, raucht, bläst Trübsal – macht genau das, was die Ärzte ihm verboten haben. Es sei denn, es wäre eine milde Form von Agoraphobie, etwas, vor dem ihn zu warnen man versäumt hat. Obwohl sie ihn, verdammt noch mal, mit jeder anderen Möglichkeit amüsiert haben.

Er sieht sie ums Haus herumgehen, zieht eine zerdrückte Zigarettenschachtel aus der Brusttasche und klopft damit leicht aufs Knie, um eine Zigarette herauszuholen. Herrgott, es ist doch nicht seine Schuld. Er hat es nicht so gewollt. Wenn es nach ihm gegangen wäre, hätte er genauso gut an einem Herzinfarkt, oder was auch immer man befürchtet hat, krepieren oder verrecken können.

Er hebt den Stumpf an, um die Muskulatur zu strecken, spürt einen Schweißfleck zwischen Oberschenkel und dem Nylonbezug des Rollstuhls und fragt sich, ob er nicht doch eine Prothese hätte ausprobieren sollen. Hätte man ihm nur ein Holzbein im Piratenlook angeboten und nicht dies neumodische Gerät aus Fiberglas. Aber vielleicht wäre er trotzdem damit besser bedient gewesen.

In der Hitze jucken seine Narben. Er senkt den Oberschenkel wieder ab, drückt den nackten Fuß gegen die hölzerne Türschwelle und spürt die raue, ausgetrocknete, verwitterte Maserung so deutlich am fehlenden Fuß, dass er nach unten schielt, um sich zu vergewissern, dass er nicht da ist. Auch davor haben ihn die Ärzte gewarnt. Ein Phantomglied – wie eine übertrieben lebendige Erinnerung an Vergangenes. Er würde gern die fehlenden Zehen nach unten drücken und mit affenartiger Geschicklichkeit strecken. Er würde gern gehen können.

Als er wieder zum Getränketischchen rollt, um sich einen zweiten Gin zu genehmigen, fallen Jim Furchen auf, die wie der deutlich ausgetretene Pfad eines Tiers ins Webmuster des Orientteppichs gezogen sind. Alarmsignale am Wasserloch: Weißglasflasche Talisker-Scotch zu drei Vierteln leer, Grünglasflasche Tanqueray-Gin halb leer, ähnlicher Pegelstand in Grünglasflasche französischer Wermut und Weißglasflasche Rum Mount Gay.

Für Cadillac kommt ein Päckchen an. Zusammen mit Jims Zeitungen und einer Postkarte von Fergus bringt Sarah es vorbei, und Jim rollt es zu Cadillac, als sie von einem Spaziergang zurückkommt.

Cadillac hat fast nie Post bekommen, nur kurze, unregelmäßige Briefe von ihrer Mutter, als sie auf Fidschi studierte. Der ganze Briefwechsel mit Yale war über Ms. Sethie gelaufen, die amerikanische Konsulatsbeamtin. Ihr Herz macht also vor Freude einen Sprung, als sie ihren Namen liest. In blauen Buchstaben sind unten die Worte *Yale School of Medicine* aufgedruckt. Das bedeutet, dass man dort weiß, dass es Cadillac gibt! Man erwartet sie.

Sie öffnet die Verpackung so vorsichtig, als wollte sie sie nicht beschädigen. Eine Form von Sparsamkeit, die Jim eher aus seiner eigenen Generation kennt. Darin ihr Buch – das Vorlesungsverzeichnis der medizinischen Hochschule von Yale – und ein Willkommensbrief, in dem ihr erklärt wird, welche Proseminare während eines ersten prämedizinischen Jahres für sie besonders geeignet sind.

Sie sitzt auf einem Stuhl am Küchentisch und liest Jim den Brief vor. »Einführung in Anatomie, Genetik, Biochemie, Mathematik.«

Als wäre das verdammte Lyrik. Er stampft wieder ins große Zimmer.

Sie weiß, warum Ärzte gebraucht werden. Die Fortschritte, die während ihrer Kindheit gemacht wurden. Zuerst die Behandlung von *Soreleg* oder Frambösie, die offenen, vereiterten Wundstellen, mit denen die Beine von so vielen Kindern in der Schule bedeckt waren und die sich entzünden und das Schienbein infizieren konnten. Ein britischer Marineoffizier und sein Assistent aus New Georgia kamen per Schiff angereist und verabreichten gezielt Penicillininjektionen – eine Wunderheilung, die Cadillacs Mutter *die Nadel* nannte.

Als Cadillac zwölf war, erschien ein Team, das die Malaria ausrotten wollte. Ihre Mutter schimpfte auf die Männer aus Honiara, als sie ihr die Kleider, Körbe und Kochutensilien wegnahmen und alles aus den Hütten entfernten. Aber Cadillac erinnert sich noch voller Bewunderung an ihre offiziell aussehenden Abzeichen, auf denen ein X über eine blaue Sichelform gedruckt war. Das war der Parasit *Plasmodium falciparum*, mit dem sie später so vertraut werden sollte, als sie in Fidschi Blutbilder untersuchte.

Das Spray hinterließ auf den Wänden eine feuchte, milchige DDT-Lösung. Sie roch merkwürdig. Käfer, Insekten und tote Geckos fielen vom Blätterdach, und ihre Mutter musste sie auffegen. Katzen starben. Cadillac und ihren Brüdern fiel auf, dass die großen Vogelfalter verschwanden, obwohl manche das auf Schmetterlingsjäger zurückführten. Aber die Chemikalie hatte auch nützliche Eigenschaften. In der Schule kamen sie dahinter, dass sie ihre Läuse loswurden, wenn sie die Köpfe am feuchten Dachstroh rieben. Innerhalb eines Jahres sanken die Malariafälle um achtzig Prozent. Leben wurden gerettet.

Es stellte sich heraus, dass Impfkampagnen gegen Tetanus, Polio und Keuchhusten geplant waren. Cadillac erinnert sich noch an die Zeit, bevor in Enogai das Krankenhaus gebaut wurde und ihre Schwester schon als Baby starb.

Sie sieht sich das Yale-Buch genau an, studiert das Umschlagbild, auf dem Studenten in Mikroskope blicken, vor ihnen Bücher und Petrischalen auf breiten Tresen verteilt, und es erleichtert sie, dass es auch ein oder zwei schwarze Studenten und eine Reihe Chinesen und Inder gibt. Und dass fast die Hälfte Frauen sind.

Amerika ist stolz darauf, der Schmelztiegel der Welt zu sein, hatte Ms. Sethie versprochen, Cadillac aber zugleich gewarnt, dass sie wahrscheinlich keine Kommilitonen von den Salomonen finden würde. So weit schaffen wir es normalerweise nicht, denkt sie.

Auf der George VI und der Medizinschule von Fidschi teilten sich die Studenten ein paar heiß begehrte Ausrüstungsgegenstände. In der Bibliothek waren die Regale halb leer.

Eine Schublade voller Papageien, American Museum of Natural History, New York, Juli 1973

»Ich glaube, ich habe vielleicht, was du brauchst«, sagt Laina und steckt den Kopf durch seine Bürotür.

Bei Michael kommt das auf eine Art und Weise an, die so gar nicht gemeint war. Er trabt erwartungsvoll hinter ihr her.

Sie hat wadenlange Jeans an und ein kariertes, locker um die Hüften geknotetes Hemd und trägt eine flache Schublade aus den Sammlungsschränken, und so könnte man Laina für eine Pizzalieferantin halten, nur dass ihr ein strenger Geruch nach Mottenkugeln durch den Korridor folgt. Ihr australischer Akzent.

In ihrem Büro setzt sie die Schublade auf einem langen Tisch ab. Die Lade ist mit Papageien gefüllt: präpariert, ausgestopft, mit dem Bauch nach oben und Seite an Seite liegend wie plumpe, bunte Zigarren. An einem Ende ein Pygmäenpapagei, der vom Schnabel bis zur Schwanzspitze nicht größer als acht Zentimeter sein kann. Er ist grün mit einem blauen Schopf; das ihm ans Bein geknotete vergilbte Bestimmungsschildchen ist halb so lang wie der Vogel selbst.

»Finschs Pygmäenpapagei«, sagt Laina und nimmt ihn heraus. Er nimmt den Papagei in die Hand, rechnet damit, dass sie auf einen Irrtum auf dem Schildchen hinweist, eine mögliche Fehlbestimmung. Unter den Kuratoren ist Laina die Genaueste, prüft und vergleicht unermüdlich Feldnotizen und Berichte, um beispielsweise festzustellen, ob ein Sammler einen Vogel tatsächlich selbst geschossen hat oder ob ein Eingeborener, der sich einen Streifen Tabak verdienen wollte, das Exemplar herangeschafft hat. In einem solchen Fall, bemerkt sie mit Fug und Recht, könnten die Daten wegen der Sprach- und Verständigungsprobleme fragwürdig sein.

Weil er angenommen hat, dass es sich um Vögel aus Neukaledonien oder Exemplare der Gattung handelt, die sie katalogisiert hat, wundert sich Michael, dass Jims Name auf das Schild gekritzelt ist.

> *Micropsitta finschii tristrami, [männlich] juv.*
> *Layla Island, New Georgia, Salomonen,*
> *19. Juni 1943.*
> *Leutnant Jim Kennoway*

Sie lächelt und reicht ihm einen anderen Papagei, als weihe sie ihn in ein wohlgehütetes Geheimnis ein. Das hätte er gern. Es ist ein rot-grüner Lori mit einem hellgelben Streifen auf der Brust.

> *Vini margarethae* Tristram, *[weiblich].*
> *Lunga River, Guadalcanal, Salomonen,*
> *26. Dezember 1942.*
> *Leutnant Jim Kennoway*

Eine ganze Schublade voller Papageien, die Jim und ein gewisser T. Baketi, der mit ihm zusammen gewesen sein muss, gesammelt haben.

Michael beugt sich über die Schublade und nimmt die größten Exemplare heraus. *Larius roratus*, ein Vogel, an den er sich noch aus der Endphase seines Studiums erinnert. Das Männchen ist herrlich grün mit blauen Flügeln und Schwanzfedern und einem knallroten Fleck unter den Flügeln; das Weibchen ebenfalls umwerfend rot und blau. Zusammen repräsentieren sie das klassische Beispiel sexueller Unterschiede im Gefieder. Viele Jahre lang hat man die beiden Geschlechter für unterschiedliche Arten gehalten.

Cape Esperance, Guadalcanal, 11. Februar 1943, liest er.

»Siehst du das nicht?« Laina meldet sich munter zu Wort. »Die Präparate belegen, wo und zu welcher Zeit Jim eingesetzt war. Es findet sich alles hier in den Räumen der Sammlungen.« Februar, erinnert sie ihn, war der Monat, in dem die Japaner ihre Truppen heimlich aus Guadalcanal evakuierten.

Er wundert sich, staunt über ihre Findigkeit. Er erinnert sich, ihr gegenüber darüber geklagt zu haben, wenn auch nicht ganz ernst gemeint, Jims Militärzeit nicht genau nachvollziehen zu können. Hier ist eine Möglichkeit, dem nachzugehen, auch wenn er nicht die Absicht hat, stundenlang die Präparate zu durchsuchen.

»Jim war nicht der Einzige, der während des Kriegs Exemplare nach Hause geschickt hat«, sagt sie. »Oliver Austin und Tom Gilliard haben auch gesammelt.« Er erinnert sich, dass Lainas Eltern kurz nach dem Krieg in Neuguinea gelebt und gearbeitet haben. Ihr Vater war Ethnologe, ihre Mutter eine Amateur-Schmetterlingsforscherin. Gilliard hatte sich ihnen einmal bei einer Expedition angeschlossen und dem jungen Mädchen beigebracht, wie man Vögel präpariert. Oliver Austin war in Japan geblieben und hatte dort in MacArthurs Besatzungsregierung als leitender Naturschützer gedient. Was für Möglichkeiten man doch trotz der Widrigkeiten des Kriegs gehabt hatte!

»Bislang habe ich allerdings keins der Exemplare finden können, die Jim nach der Schlacht um die Salomonen nach Hause geschickt hat.« Ihre hohe, mädchenhafte Stimme steht im Kontrast zum seriösen Charakter ihrer beruflichen Leistung. Ihr dichtes, kastanienbraunes Haar hat sie genialisch auf dem Kopf aufgetürmt.

»Vielleicht hatte Jim einfach genug damit zu tun, im Krieg zu kämpfen«, schlägt Michael halbherzig vor. Das klingt durchaus vernünftig. Schließlich ist auch sein eigenes, weit weniger großartiges Leben schon einmal seiner Arbeit in die Quere gekommen. Er legt die Hand auf eine hohe Holzskulptur, schaut nach unten und erblickt einen bemalten Mann, der, den Kopf eingeklemmt im Gebiss eines Hais, steif und aufrecht dasteht. Eine Schnitzerei von den östlichen Salomonen. Ihr Büro verunsichert ihn mit Rindenmalerei von Aborigines, Körben, die auf Bücherregalen stehen, Masken von Südseeinseln, geschnitzten Keulen, Äxten und federgeschmückten Schilden, an den Wänden hängenden Fransen und Muscheln: Objekte, die eher in den anthropologischen Museumsflügel gehören. Ganz allgemein die Unordnung.

Wenn Michael seine Kurzbiografie über Jim erwähnte, schien Laina anfangs verstimmt zu sein und wurde derart zickig, dass er sich fragte, ob sie eingeschnappt war, weil Professor Mann nicht ihr den Auftrag gegeben hatte. Das hätte ihn allerdings gewundert. Als einzige weibliche Kuratorin hatte Laina sich bei internen Rivalitäten stets als beneidenswert immun erwiesen.

Arbeit hat sie mit Sicherheit genug, wie sich aus den Bücher- und Papierstapeln auf ihrem Schreibtisch schließen lässt, denkt Michael neidisch. Seine eigene Zusammenstellung endemischer Namen südamerikanischer Vögel liegt auf Eis. Das Problem ist, dass er, um die Arbeit abzuschließen, wieder nach Argentinien reisen müsste, aber genau da ist Nita, seine Frau, die ihn, durchaus berechtigt, verlassen hat und in ihre Heimat zurückgekehrt ist.

»Natürlich könntest du Jim einfach anrufen und fragen, wo er eingesetzt war. Das wäre einfacher«, räumt Laina ein. Sie sieht ihn über die Schublade mit den Papageien hinweg an, gereizt plötzlich und verlegen, vielleicht beschämt wegen ihrer überschäumenden Begeisterung.

Michael kann sich nicht vorstellen, Jim über den Krieg zu befragen, insbesondere nicht ohne einige grundlegende Fakten, auf die er zurückgreifen könnte. Er kann sich überhaupt nicht vorstellen, dass Jim auf irgendwelche Fragen freundlich reagiert.

Sie hat da noch etwas. Sie durchwühlt ihre Schreibtischschublade, in der genau so ein Chaos herrscht wie auf der Schreibtischplatte, und zieht ein kleines Foto im Format zwölf mal acht heraus – noch etwas, das Michael nicht recht einzuordnen weiß.

»Voilà«, sagt sie fröhlicher. »Ein Foto von Jim.« Sie hält es unter die Schreibtischlampe, und so müssen sie sich nebeneinanderstellen, um es anzusehen. Kann er das als Ermunterung verstehen?

Er greift nach dem Foto und wundert sich, dass Laina es so festhält.

Jim verhielt sich wie ein gejagtes Tier, kritzelt Michael auf ein Blatt Papier. *Er verwischte seine Spuren.*

Ein wenig ansprechender Beginn für einen Nachruf auf einen Mann, der noch gar nicht tot ist. Er zerknüllt das Blatt und schiebt es beiseite.

Ein Mann, so obsessiv geheimniskrämerisch wie unfreundlich. So geht es auch nicht.

Er fängt noch einmal von vorn an. Diesmal notiert er nur die Fakten, die er bislang gesammelt hat.

Jim Kennoway. Geboren 1903 in Greenwich. Examen in Yale, 1925. Begleitet Jean Delacour nach Madagaskar und Indochina, 1929. Angestellter Assistenzkurator am Museum für vergleichende Zoologie in Harvard, 1932. Sammelt in der Karibik, 1932–1938. Schließt sich Delacours letzter Expedition nach Indochina an, 1939. Erforscht auf Hawaii Sichelflügler, 1940.

Nebenbei hat Jim dann auch irgendwann geheiratet und einen Sohn bekommen, der, wie Michael gehört hat, hier in New York ein erfolgreicher Investmentanalytiker ist, etwas ganz anderes als sein Vater.

»Was ist mit Jims Frau?«, fragt Michael Laina. Hat er sich das nur eingebildet, oder ist sie zusammengezuckt? Er muss ja nicht viel über Jims Frau schreiben, aber er sollte zumindest erwähnen, ob sie gestorben ist oder ob sie geschieden sind. Oder hatte sie einfach nur die Schnauze voll von ihm und ist abgehauen, so wie Nita?

Laina hat ihm das Foto ausgehändigt und wendet sich dann mit einem ernüchternden Schulterzucken ab, sodass er sich fast wünscht, er hätte lieber nichts gesagt.

Michael schwingt sich in seinem Schreibtischstuhl herum und mustert die gerahmten Fotos der Abteilung an der Wand. Es überrascht ihn, dass ihm früher nie aufgefallen ist, dass Jim auf keinem der Fotos zu sehen ist. Hat sich geweigert, auch nur für ein einziges offizielles Porträt zu posieren.

Schade. Es hätte interessant sein können, alte Fotos auszuwerten. Obwohl Michael sich nicht vorstellen kann, dass Jim sich sehr verändert hat. Im Museum bestanden Jims Variationen der Kleiderordnung aus ein paar abgetragenen Jacketts, Tweed oder Leinen, und einem zerknitterten Stoffhut.

Im Krieg hatte er als Marineoffizier gedient. Sein Haar trug er weiterhin kurz.

Es wäre interessanter, herauszufinden, was Jim von jüngsten Entwicklungen in der Forschung hielt. Sibleys umstrittene Protein-Analysen und DNA-Hybridisierung drohten die taxonomische Ordnung zu unterlaufen, deren Perfektion das Lebenswerk Jims und seiner Vorgänger gewesen war. Es ist ein grundlegender Wandel, und selbst Michael fällt die Anpassung schwer.

Es hatte natürlich auch Fortschritte gegeben. Ein neu erwachtes Interesse an Feldforschung, das mit der Weiterentwicklung von Ferngläsern zusammenhing. Ein wachsendes Interesse am Verhalten von Vögeln, Lebenszyklen und Ökologie; dagegen schien die frühere Beschäftigung mit Präparaten stumpfsinnig zu sein. Ein größerer Frauenanteil im Fachbereich. Wie Laina. Wie diese hübsche Japanerin auf dem Belegschaftsfoto von 1966, schlank und elegant gekleidet in einer maßgeschneiderten Seidenjacke, während alle anderen lockere Krawatten und, als Zugeständnis an den Zeitgeist, Koteletten trugen.

Wie hieß sie noch gleich? Er blickt auf die getippte Bildunterschrift. Ms. Misako Yamatori. Ja, er erinnert sich jetzt an sie. Sie war eine Austauschstudentin aus Hawaii, schrieb ihre Dissertation ausgerechnet über die Zungenformen der hawaiianischen Kleidervögel, *Drepanidinae.*

Er erinnert sich daran, damals so sehr in sie verknallt gewesen zu sein, dass er das Gefühl schleunigst ersticken musste, indem er sich noch im selben Jahr mit Nita verlobte.

»Du solltest mal mit Delacour reden«, lautete Lainas Vorschlag, nachdem Michael sich nach Jims Frau erkundigt hatte. »In jener Zeit kannte er Jim am besten.«

Sie hat natürlich recht. Darauf hätte er selber kommen können. Delacour, der hochgeschätzte französische Ornithologe, der den jungen Jim unter seine Fittiche genommen und erst nach Madagaskar und dann nach Indochina entführt hatte, um ihn zu verzaubern. Der in Jims Büro immer noch einen Schreibtisch stehen hatte.

Kagu,
Rhynochetos jubatus

Sie beugt sich über die Wegbeschreibung ihrer Expedition nach Neukaledonien, dem kleinen Archipel unter französischer Verwaltung, der südöstlich der Salomonen liegt.

Es ist erstaunlich, wie kaltblütig sie während der Feldforschung bleiben und in aller Ruhe mit den unvermeidlichen Krisen umgehen kann – desertierende Träger, Studenten, die sich mit der Ruhr infizieren oder Hautausschläge bekommen, beleidigte oder einfach nur schwierige Häuptlinge –, aber ihre Konzentration bricht zusammen, sobald sie über Jim nachdenkt.

Sie hatte Michael kaum das Foto überlassen, als sie es auch schon bedauerte. Sie muss ihm klarmachen, dass sie es zurückhaben will. Nicht dass sie es braucht. Sie muss lediglich die Augen schließen, und schon sieht sie Jim in ihrer Bürotür stehen. Die Augen blutunterlaufen, eine Augenbraue hochgezogen und den Kopf leicht seitwärts geneigt, als wollte er sie herausfordern. Die Schultern hochgezogen. Gereizt. Kratzbürstig.

Sie streicht sich das Haar aus dem Gesicht, zupft ihr Halstuch zurecht. Mit einer Studentengruppe wird sie drei Wochen durch Bergwälder entlang der Blue und White Rivers wandern und dann zu den Wäldern oberhalb von La Foa, um diverse Kagus zu beobachten. Als ein skurriler, temperamentvoller aschgrauer Laufvogel, so ihre Argumentation, repräsentiere der Kagu mit seiner flaumigen Haube und den langen roten Beinen möglicherweise ein Zwischenglied zwischen einem kleinen Reiher und einem Kranich. Er ist die einzige überlebende Art der Familie *Rhynochetidae*, benannt nach den kleinen, körnerförmigen Klappen über den Nasenöffnungen. Eine Vogelgruppe, von der man annimmt, dass sie bis auf die Zeit zurückgeht, als Neukaledonien, das viel älter als die anderen Vulkan- und Koralleninseln Melanesiens ist, noch Teil des Kontinents Gondwana war. Heute hochgradig gefährdet durch die eingeführten Hunde und deren Jagdinstinkt. Laina schätzt, dass es nur noch knapp siebenhundert Exemplare gibt.

Kagu-Bestände hat sie schon seit Jahren erforscht, hat sowohl französische Beamte als auch die einheimischen Kanaken-Häuptlinge über Schutzmaßnahmen aufgeklärt und häufig als Vermittlerin agiert. Die Beziehungen zwischen beiden waren heikel seit den Tagen des Sklavenhandels, als Insulaner auf Handelsschoner gelockt, entführt und zur Arbeit auf Plantagen in Queensland gezwungen wurden. 1878 schlugen die Franzosen einen Eingeborenenaufstand nieder, indem sie den kanakischen Anführer enthaupteten. Seinen Kopf stellten sie dann in einem Pariser Museum als Trophäe aus.

In diesem Jahr wird sie zwei Studenten dabeihaben, die Klangtechniker sind und darauf brennen, kurz vor Morgengrauen die langen Rufe und Antworten der Vögel in höchster Tonqualität aufzunehmen – ein krähendes oder bellendes Gwa-gwa oder Waa-waa, das aber manchmal von einem zischenden oder schrillenden Revierschrei begleitet wird. Rufe, von denen die Kanaken früher glaubten, dass sie Botschaften aus dem Geisterreich waren und von den Häuptlingen entziffert werden mussten.

Im Anschluss an Neukaledonien wird sie mit ihren Studenten nach Papua-Neuguinea weiterfliegen und sich dort mit ihrem Kollegen Ian Opal treffen, einem Experten für Paradiesvögel.

So lange hätte es niemals dauern dürfen. Irgendwie hatte sie wohl naiv darauf vertraut, eines Tages eine Chance zu bekommen. Wie in dem wunderbaren Buch von Gabriel García Márquez, das sie später gelesen hatte, in dem Florention Ariza fünfzig Jahre darauf wartet, dass sich seine unsterbliche Liebe zu Fermina Daza erfüllen möge. Was sie nicht in Betracht zog, war Jims Alter. Die Tatsache, dass er eine Generation älter war, er siebzig, sie fünfunddreißig. Das war ein Teil des Problems. Sie fürchtete, in die Vernarrtheit eines Schulmädchens zu verfallen und dass er einfach nicht zu ihr passte.

Sie sieht auf ihre Notizen hinunter. Es ist wichtig, ihren Studenten eine Auszeit zu gönnen, weil die meisten nicht an die Tropen gewöhnt sind. Zu diesem Zweck hat sie Sporttauchen auf der schönen Île des Pins eingeplant und Rafting auf dem Wagi River, wenn sie nach Neuguinea kommen. Die strebsameren Studenten werden ihre Tage lieber mit Feldforschung verbringen. Nachts liegen sie dann in ihren Zelten und versuchen, die Vogelrufe ringsumher zu identifizieren: das laute, explosive Fauchen des Schwarzgesicht-Raupenfängers, das Krächzen der Ost-Kreischeule.

Sie erinnert sich noch an ihre erste Expedition als Doktorandin: Eines Morgens weckten sie die durchdringenden Rufe der Kagus von den Hügeln ringsum. Ihr Entzücken, als sie zum ersten Mal den hellen, exzentrisch aussehenden Bodenbrüter durchs Unterholz ziehen sah.

Sie erinnert sich, wie sie als Zwölfjährige im Busch in der Nähe eines Balzbaums von *Paradisaea rudolphi*, des Blauparadiesvogels, herumkroch. Nicht weit entfernt vom Camp ihres Vaters in Ubaigubi. Ihre Verblüffung, als sie sah, wie das Männchen sich von unten nach oben schwang und seine blau schillernden Flügel ausbreitete. Das merkwürdig herzergreifende, unwirklich brummende Pochen, anders als alles, was sie je gehört hatte. Der schwarze Kopf mit den ausdrucksvollen weißen Augenringen wie Kaurischnecken oder wie eine aufgemalte Maske zeigte nach unten, während die beiden langen Schwanzfedern, jede mit einem blauen Punkt am Ende, darüber vibrierten.

Plötzlich begreift Laina, dass es ihr nicht gelungen ist, etwas von diesen fantastischen Vögeln zu lernen, mit denen sie aufgewachsen ist und die sie studiert hat. Dass sie nie den kleinsten Hinweis aus ihrem exaltierten Balzverhalten entnommen hat. Im Gegensatz zu den eingeborenen Bergbewohnern, die sich mit Federn schmücken und in ihren Tänzen und Liedern die Vögel nachahmen. Nicht einmal vom skurrilen, flugunfähigen Kagu, den sie beobachtet hat, wenn er sein Haubengefieder hebt und spreizt, die nutzlosen Flügel öffnet und einen verrückten Tanz aufführt. Schlägt die Flügel überm Kopf zusammen, als verwende er sie als Schilde, und hüpft vor und zurück.

Sie hätte es mit Jim versuchen sollen. Sie hätte die Arme ausstrecken, ihn zu sich heranziehen und die Bürotür hinter ihnen schließen sollen. Egal, wie groß die Unterschiede zwischen ihnen waren. Sie hätte ihn zumindest an der Hand fassen sollen. Mit ihrer Hand an seinen Halssehnen entlangstreichen, hinauf zu seinem dichten Haar.

Ein Mädchen, das wie ein Auto heißt

Fox Island, Penobscot Bay, Maine, Juli 1973

Jim erwacht zerschlagen und verkatert von der vergangenen Nacht; das Wummern in seinem Kopf wird noch verstärkt durch das Kreischen einer Möwe, die vor seinem Schlafzimmer auf dem Geländer hockt. *Jamie, Jamie, Jamie.* Im Halbschlaf kommt es ihm so vor, als riefe ihn jemand mit dem Namen seiner Kindheit.

Er dreht sich auf die Seite, versucht sich aufzusetzen und die Beine über die Bettkante zu schwingen, vergisst jedoch, dass er nur noch ein Bein hat. Der Stumpf zieht ihn hinunter wie Blei.

Jeden Morgen das Gleiche. Er muss sich immer wieder neu daran gewöhnen. Sich mit seinem Selbstmitleid und Selbstekel herumschlagen. Seine Finger zucken zurück, als sie um die glatte, straffe Haut und die harten Ränder der Narbe streichen.

Er hat schon Schlimmeres gesehen, viel Schlimmeres. Zerfetzte Bäuche, verstreute Gedärme. Arme und Beine verdreht wie bei Schlangenmenschen, manchmal herzzerreißend graziös. Gesichter, von denen er immer noch träumt, schwarz und von Verwesung aufgequollen. Ein Mann mit völlig verbundenem Gesicht saugt durch einen Strohhalm wie H. G. Wells' unsichtbarer Mann. Großer Gott, was der gesehen haben muss, als die Verbände abgenommen wurden?

Er sollte dankbar sein. Seine eigene Verstümmelung hat lange auf sich warten lassen. Aber dann erfolgte die Operation mit dem Luxus der Narkose. Sein Blut wurde weggewischt, sodass er mit Ausnahme einiger Tropfen, bevor man den Kittel wechselte, kaum etwas davon sah. Den Schmerz, Herrgott, den konnte man gar nicht vergleichen. Aber vielleicht vergisst er gerade deshalb, dass er abgeklungen ist. Er hatte nicht genug gelitten, um ihn wirklich erfahren zu können.

Er stemmt sich hoch, wedelt dann mit den Händen durch die Luft, beschimpft die Möwe, die immer noch auf dem Geländer schreit, und sieht sich im Zimmer um, dessen spartanische Einrichtung ihm so vertraut ist: die dunkelbraune Kommode und der Schreibtisch, das Bett mit den angelaufenen Messingrahmen und Knöpfen, die seewärtigen Fenster und Glastüren, die nach draußen auf die Veranda führen, das Specksteinwaschbecken in der Ecke.

Er setzt seinen Fuß auf den Boden, presst die Zehen gegen das raue, kratzige Gewebe des sonnengebleichten Kelimteppichs. Sieht ein unerfreuliches Bild des Stumpfs im Kommodenspiegel. Die hässliche, schonungslos abgerundete Form dieses Dings. Seine grotesk rosa Färbung. Daneben liegt sein schlaffer Penis eingerollt in einem Nest grauer Haare.

Willkommen im Alter, dem endgültigen Verfall. Soweit er weiß, ist er im Kopf noch klar. Er ist sich nicht sicher, in welcher Reihenfolge er seine sonstigen Fähigkeiten einbüßen möchte: Sehkraft, Gehör, Blase. Der unausweichliche Abstieg. Seine Zehen sehen wie verloren aus, passen nicht zueinander, wirken unsymmetrisch. Sein verbliebenes dünnes Bein ist zu schwach zum Hüpfen.

Er greift zur Krücke und denkt an die andere Sache, die er vergessen hat – das Mädchen.

Verdammt noch mal! Er zieht den Stock unterm Bett hervor und schlägt damit auf den Fußboden. Sein Kopf wummert schmerzhaft vom plötzlichen Blutandrang. Dieser verdammte Tosca! Es war kompletter Blödsinn, dass er das Mädchen hergeschickt hat. Was zum Teufel hat er sich dabei gedacht? Lässt sie durch die weite Welt zu einem Mann reisen, von dem er seit dreißig Jahren nichts mehr gehört hat?

Er rappelt sich hoch, tapst zum Specksteinbecken. Spritzt sich kaltes Wasser ins Gesicht und reibt sich mit einem Waschlappen hinter den Ohren, wie er es schon als Junge gemacht hat. Streicht sich mit der Hand durchs kurze, dichte Haar, über die knorrigen Halswirbel, untersucht vorm gesprungenen Spiegel die Falten in seinem Gesicht, die Venen seiner blutunterlaufenen Augen. Zählt die Gründe auf, warum er nicht hier sein sollte. Erstens, er ist zu alt. Deswegen droht ihm Fergus doch mit einer Haushälterin oder gar einer Pflegerin, nicht wahr? Zweitens ist er Alkoholiker, und nach seinem Morgengesicht zu urteilen, kein besonders hübscher. Drittens, und das ist das Wichtigste, will er in Ruhe gelassen werden. Er will niemanden sonst im Haus haben. Will keine Rücksicht nehmen müssen auf die Bedürfnisse oder, schlimmer noch, Meinungen anderer Personen. Er möchte, dass man seinen Rückzug akzeptiert. Ist das zu viel verlangt?

Er verschränkt die Hände unterm Wasserhahn und hebt sie zum Trinken an den Mund, bemerkt das leicht metallische Aroma des Wassers. Starrt den blaugrünen Kupferfleck unterm Hahn an. Ein Geschmack und ein Geruch aus seiner Kindheit.

Herrgott, ja, es ist seine eigene Scheißschuld. Er lässt sich auf dem Holzstuhl neben dem Becken nieder, wo er jeden Morgen sitzt und den Stumpf wäscht, und auch jeden Abend, wenn er nicht zu betrunken ist, und lässt seine Gedanken zurückschweifen – versucht sich genau zu erinnern, wie es dazu kam, dass sie aufgetaucht ist.

Vor einem Jahr, es muss auch genau im Juli gewesen sein, war ein Mann von der Bank aus der Stadt nach Greenwich gereist, um mit Jim über seine Erbschaft zu reden. Noch eine zuteilungsreife Geldanlage von seinem Großvater mütterlicherseits, ein Mann, der Jim zuwider war, und zuwider ist ihm konsequenterweise auch dessen Geld, das im Verlauf von Jims Leben in Raten zugeteilt wird, sodass er die Wut seiner Kindheit nie vergessen kann; jedes Mal kocht sie wieder hoch.

Er weiß noch, wie er sich vor seinem Hauseingang herumdrückte, argwöhnisch, betrunken – und auf zwei Beinen. Der Banker in seinem teuren Anzug, der zu dunkel war für den Sommer. Seine zu engen Halbschuhe knirschten auf dem Kies und trampelten über Brotkrumen, die Jim für die Vögel aus der Tür geworfen hatte. Sein silberner BMW parkte neben Jims zerbeultem Chevy. Lieber Gott, war das erst ein Jahr her, dass er noch laufen, noch fahren konnte?

»Ihr Bruder Cecil erwägt, in die *Hawaii Sunshine Plantation* zu investieren«, prustete der Banker los. Es überraschte ihn zweifellos, nicht hereingebeten zu werden. Merkwürdig, dass Jim hier in der Stallmeisterwohnung lebte, während Cecil im Familiensitz residierte, einer Extravaganz aus der Gatsby-Ära, einem architektonischen Mischmasch aus Holzschindeln, deutschem Junkertum und gefenstertem Versailles.

Im Gegensatz dazu war das Gelände um die nicht mehr benutzten Ställe verwahrlost und ungepflegt. Sassafras- und Sykomorenschösslinge wuchsen zwischen den Pflastersteinen. Es sah eher so aus, wie man es auf einer maroden Farm auf dem Land erwarten würde, nicht wie auf einem vornehmen Anwesen in Greenwich mit Blick auf den Fluss. Guter Unterschlupf für die Vögel, sagte Jim gern.

»In der lokalen Presse gab es Meldungen, dass eine japanische Firma die Inhaberschaft übernehmen wird. Wenn das passiert, können wir damit rechnen, dass die Aktien durch die Decke gehen«, informierte ihn der Mann.

»Wollen Sie mir etwa erzählen, junger Mann, dass ich den Japsen dabei helfen soll, Hawaii einzunehmen?«, brüllte Jim. Er war betrunken. Er kam sich vor wie ein übers Deck schlingerndes Jagdflugzeug. Während er noch redete, merkte er trotzdem, dass er damit eine weitere Geschichte auftischte, an der Cecil sich gütlich tun konnte. Geschichten über seinen nichtsnutzigen, betrunkenen Bruder. Er ist sich sehr wohl bewusst, dass es nicht mehr akzeptabel ist, das Wort Japse zu benutzen, und dass es ihn vulgär und rüpelhaft erscheinen lässt.

Lieber Gott, daran war Cecil auch nicht unschuldig. Sein Bruder hätte niemanden unangemeldet vorbeischicken dürfen, schon gar nicht nach ein Uhr, der Tageszeit, zu der Jim sich ein oder zwei Cocktails zu genehmigen pflegte. Es sei denn, Cecil hätte es aus Jux gemacht, was durchaus denkbar war. Aber jemand von der Bank hätte den Abgesandten doch wohl informieren und warnen müssen, dass ein Veteran des Südseekriegs, ein Mann, der auf Guadalcanal eingesetzt war, nicht unbedingt freundlich auf eine japanische Investition reagieren würde – ob nun in Ananasplantagen oder in die beschissene US-Autoindustrie.

Er säubert den Stumpf mit antibakterieller Seife, spült sie ab und wartet, bis die Haut trocken ist, bevor er Talkpuder aufträgt. Er nimmt die elastische Binde, die er am Abend zuvor gewaschen hat, und legt den dehnbaren Stoff gitterförmig an, um Schwellungen zu vermeiden, wie es ihm die Krankenschwester gezeigt hat.

Der Banker war zusammengezuckt, hatte schnell einen Rückzieher gemacht und auf Jims Füße geglotzt. Sah keinen exzentrischen reichen Mann mehr vor sich, sondern einen unberechenbaren Irren. Verdammt richtig. Jim fragt sich, ob er jetzt, vom Rollstuhl aus, immer noch so furchteinflößend sein kann.

»Warten Sie hier!«, hatte er geblafft, war nach oben gestürmt und hatte die Fliegengittertür hinter sich zuknallen lassen. Er hat keine Ahnung, warum er glaubte, Toscas Adresse zu haben. Er hat auch keine Ahnung, wie lange er nach ihr gesucht hatte. Mit leeren Händen und noch wütender kam er wieder nach unten.

»Wenn da noch mehr Geld für mich von diesem Arschloch kommen sollte, schicken Sie es an Tosca Baketi in New Georgia.«

Der Banker sah verwirrt aus.

»Hundertachtzig Meilen nordwestlich von Guadalcanal«, erklärte Jim. Das verständnislose Gesicht des Bankers ließ darauf schließen, dass er auch noch nie etwas von Guadalcanal gehört hatte.

»Tosca Baketi«, brüllte er, als der Mann sich zu seinem BMW zurückzog. »B-A-K-E-T-I. Notieren Sie sich das!«

»Ich musste dem armen Mann einen kräftigen Drink verabreichen«, zog Cecil später Jim auf. »Er hatte wohl damit gerechnet, dass du mit einer Schrotflinte auf ihn anlegen würdest.«

»Hätte ich beinah auch«, sagte Jim.

Den Bankern musste er dann doch noch Anerkennung zollen. Sie fanden eine Kontaktadresse für Tosca und schickten Jim eine Kopie der telegrafischen Geldüberweisung. Er hatte gar nicht mehr an die Sache gedacht. Bis vor ein paar Wochen, als der mit reichlich Briefmarken verzierte Brief kam und ihn aus seiner Einsamkeit riss, seine Ruhe störte.

Das Mädchen herzuschicken war Toscas Methode, Jims Geld auszugeben. Er stockte ihr Stipendium auf. Wie, um

Himmels willen, hätte Jim das vorhersehen können? Sein ererbtes Vermögen hatte er schon vorher für allerlei Zwecke verwendet. Lainas Gehalt bezahlt. Für Farrell gezahlt, damit der seine Papageien erforschen konnte. In keinem einzigen dieser Fälle hatte man von ihm erwartet, dass er sich darüber hinaus um irgendetwas kümmerte. Herrgott noch mal, man kann doch nicht von ihm verlangen, dass er den Babysitter mimt. Wie zum Teufel hatte Tosca ihn überhaupt ausfindig gemacht? Zweifellos mithilfe dieser verdammten Schreckschraube vom Konsulat.

Mit bandagiertem Stumpf hüpft er zur Kommode und durchwühlt die obere Schublade, in der er einen Flachmann mit Scotch aufbewahrt. Er nimmt einen langen, kräftigen Schluck, um den Kater zu vertreiben. Dann noch einen und noch einen. Spürt, wie der Alkohol in seine Venen sickert und seine Wut befeuert. Er kämpft mit seiner Hose, was ihn noch wütender macht. Muss abwechselnd sitzen und stehen und sitzen, damit er das eine Bein in die Hose bekommt, den Gürtel um die Hüfte schlingen und dann das leere Hosenbein hochknoten kann. Herrgott, nein, mit einem Hemd will er sich nicht auch noch abquälen.

Er ist immer noch betrunken vom gestrigen Abend. Er sollte nicht so viel trinken, solange das Mädchen im Haus ist. Aber geht es nicht genau darum? Er will nur tun und lassen, was ihm passt. Trinken. Rauchen. Nackt rumlaufen und Gedichte rezitieren, wenn ihm danach ist. Ist er nicht deshalb hierhergekommen?

Er will sie hier nicht haben.

Zum Teufel damit, er wird sich das nicht länger antun. Er wird ihr sagen, dass sie verschwinden muss. Er wird ihr sagen, dass sie ihren Koffer packen und abhauen soll. Ganz einfach. Und wenn sie nicht den weiten Weg nach Hause machen will, kann sie ja nach New York gehen oder nach Yale. Da wird's bestimmt jemanden geben, der sie gern bei sich aufnimmt. Das Scheißgeld seines Scheißgroßvaters verfolgt ihn schon wieder. Er will sie keine Minute länger im Haus haben.

»Mädchen!«, ruft Jim. Er klemmt sich die Krücke unter die Achsel und schwankt wie ein Affe durch den Flur. Bei jedem Schritt drückt der gummierte Riegel in seine Haut. Klump! Klump!

Unten wartet der Rollstuhl auf ihn, aber als er danach greift, rollt er zurück, sodass er beinah stolpert und sich am Geländer festhalten muss, um nicht hinzufallen. Er hat vergessen, die Bremse anzuziehen. Scheiße!

»Mädchen!«, ruft er noch einmal. Sie ist nicht hier unten. Jetzt quält er sich wieder treppauf und durch den Flur. Gegenüber ihrer Zimmertür lehnt er an der Wand und peitscht sich mit rassistischen Flüchen auf, den verpönten Ausdrücken aus seiner Jugend, um seine Entschlossenheit zu bekräftigen. Bimbo. Niggerbaby. Negerin.

Wer sagt denn, dass man nicht klarsieht, wenn man betrunken ist? Er empfindet eine scharfe Klarheit aus Absicht und Entschlossenheit.

Keine Antwort. Wenn das so ist, wird er sie eben rausschmeißen. Sein Herz rast, in seinem Stumpf pocht es schmerzhaft. Mit der Schulter stößt er die Tür auf und tritt ein. Niemand da. Das Bett ordentlich gemacht. Nicht nur gemacht, sondern unbenutzt. Die Überdecke genau so gefaltet, wie er sie vor ein paar Tagen gefaltet hat.

Plötzlich verwirrt und orientierungslos, sieht er sich in ihrem Zimmer um. Eine Sturmflut der Trauer überschwemmt seine Wut. Es ist sein eigenes Bett, das Bett, das er nach dem Krieg gemacht hat und in dem er ohne Helen nicht schlafen konnte. Diese Nächte, in denen er sich in eine Decke wickelte und auf dem harten Fußboden schlief. Er fragt sich, ob bei ihm jetzt irgendwie alles durcheinandergeht. Ob es Toscas Mädchen überhaupt gibt oder ob er sie sich nur ausgedacht hat. Irgendein ungreifbares Bruchstück einer betrunkenen, fieberhaften Fantasie? Am Ende gar ein Ausbruch von Senilität? Eine Nebenwirkung der Einsamkeit?

Ich habe dies Bett für dich gemacht, Helen. Ich bin mit Laken, Kissen und Decken durch den Flur gehumpelt. Eins nach dem anderen. Das Bettzeug riecht nach Zedern und Mottenkugeln. Ich habe den Rollstuhl herangezogen und mich hineingesetzt, um die Laken unterzuschlagen und die Decken glatt zu ziehen. Warum bist du nicht nach Hause gekommen?

Das Bett zu weich, zu bequem, zu einsam.

Er sieht sich um, versucht sich wieder in den Griff zu bekommen. Der Messingrahmen des Betts, die Glastüren weit geöffnet zum Balkon, Kamin, Schreibtisch, Kommode, das Specksteinbecken, alles wie in seinem eigenen Zimmer. Dann konzentriert er sich. Bestimmte, kleine Dinge erscheinen ihm überbetont und drängen sich ihm auf, unverbunden wie Detailaufnahmen einer Diaserie. Am Fußende des Betts der kleine Missionarskoffer des Mädchens. Auf der Fensterbank aufgereiht Seeglas und Muscheln, die sie vom Strand mitgebracht hat. Auf dem Schreibtisch die Bücher, die er ihr geliehen hat, das Vorlesungsverzeichnis von Yale. Im offenen Schrank zwei bunte Röcke und drei ordentlich aufgehängte Blusen. Ein Paar Flip-Flops.

Die Ärmlichkeit ihrer Habseligkeiten lässt ihn demütig werden. Stumme Zeugen der Leichtigkeit ihrer Existenz, ihres ungeheuren Ehrgeizes, ihres Sprungs in die Welt. Das

Mädchen besitzt so wenig, weniger als er. Und er lebt freiwillig so: ein Hausbesetzer, der den Luxus seiner Familie verschmäht.

Als er zur Glastür taumelt, stolpert er beinah über die zusammengerollte Pandanusmatte des Mädchens, auf der ein Kissen und eine sorgsam gefaltete Decke liegen. Großer Gott, sie hat ja hier auf dem Fußboden geschlafen.

Er spürt das glatte Gewebe aus Pandanusblättern an seiner Wange, den Geruch feuchten Stoffs. Er wälzt sich im Dunkeln herum, atmet Kochdünste ein, den salzigen Hauch von Meerwasser und die Frische des Regens.

»Mr. Jim, Mr. Jim«, flüstert Tosca und schüttelt ihn sanft.

Der Morgen graut noch nicht, und er fröstelt nach einem nächtlichen Wolkenbruch, der alles in Feuchtigkeit getaucht hat.

Im Erwachen ist er ganz Ohr und hört ein Geräusch, das schon in seine Träume eingedrungen war. Das ferne Grollen eines Schiffsmotors nähert sich der Insel.

Jetzt tritt Tosca das kleine Dach zusammen, verstreut Blätter und Erde, um jede Spur ihres Lagers zu verwischen. Jim quetscht die Füße in seine harten Stiefel. Während der vergangenen Wochen hat er sich daran gewöhnt, barfuß zu gehen, und die Stiefel sind steif. Er greift zu seinem Gewehr, reicht Tosca das eroberte japanische Gewehr, und dann hasten sie über einen schmalen Pfad, den sie durchs Unterholz geschlagen haben, ans Ufer, robben bäuchlings bis ans Ende eines zerklüfteten Korallenriffs, wo sie aus Palmwedeln eine kleine Sichtblende gebaut haben.

Da – nur ein paar Hundert Meter draußen –, ein japanisches Walboot. Ein Suchscheinwerfer streicht wie ein Zyklopenauge über den Strand, blendet dann ab und lässt die Nacht noch

schwärzer als zuvor erscheinen. Übers Wasser hören sie die heiseren, kehligen Laute des Japanischen. Das Spritzen von Stiefeln.
Silhouetten von drei Männern waten übers Riff.

Cadillac kennt Betrunkene. Die Jungs, die, verschanzt in der Sicherheit der Bars von Munda, sie lüstern anstarren. Nachmittags nach der Schule geht sie durch die Stadt, um für ihren Vater Besorgungen beim alten chinesischen Händler zu machen: feinmaschige Netze für den Vogelfang, Arsen für die Präparate, eine Zündkerze für den Außenbordmotor.

»Hey, hübsches braunes Mädchen«, rufen die Jungs. »Kommst du mit mir in den Busch?« Sätze, die sie aus Radiohits aufgeschnappt haben, als wären sie selber nicht braun. Die Jungs, die ihre Brüder kennen, schauen weg, tun so, als sähen sie Cadillac nicht. Der alte Mann in Gummistiefeln und Shorts, die derart zerlumpt sind, dass man lieber nicht so genau hinsieht, wartet an der Landebahn auf die Ankunft der zweimotorigen Piper Aztec der Megapode Airways oder der größeren DC-3s aus Fidschi und Neuguinea und spuckt vor ihr und jedem anderen aus, der ihm zu nahe kommt.

Und auch die großen, redseligen Sporttaucher aus Australien. »Hey, Agnes, Schätzchen, bring uns mal noch 'n Bier, ja?«, rufen sie von der Veranda des Agnes Guest House. Da zechen sie unter einer einzigen, kahlen Glühbirne und einem niedrigen Deckenventilator und grölen bis spät in die Nacht ihre Sauflieder: *Waltzing Matilda, Tie Me Kangaroo Down* oder Slim Dustys Hit *The Pub With No Beer*, oder, wenn sie sentimental sind, *The Skye Boat Song*. Trinken sich durch ganze Kisten von Four X und Victoria Bitter oder, wenn's sein muss, das regionale Solbrew, gebraut und abgefüllt in Honiara.

Hinterm Haus stehen ihre schweren Sauerstofftanks aufgereiht an der Wand, Metallkanister voller Luft, mit denen sie stundenlang unter Wasser bleiben können. Ihre schwarzen Gummianzüge hängen wie Haihäute auf der Leine. Die blitzenden Glasmasken, die ihre Augen und Nasen bedecken – wie gern sie und die anderen Kinder die mal ausprobieren würden. Und erst die Schwimmflossen für die Füße!

Also hat Cadillac keine Angst, als sie Jim mit nacktem Oberkörper, orientierungslos und verwirrt blickend, in ihrem Zimmer antrifft. Wie erstarrt, als könne er seine Krücke nicht mehr benutzen.

»Wollen Sie sich nicht setzen, Mr. Jim?«, fragt sie, als sie das Zimmer betritt. Von unten am Strand hat sie ihn rufen hören und ist hergerannt, weil sie fürchtete, er könnte hingefallen sein.

»Nein«, sagt er leicht lallend. »Hilf mir nur in mein Zimmer.« Macht sich nicht die Mühe zu erklären, warum er hier ist und warum er nach ihr gerufen hat. Sie fasst ihn am Arm, dem auf der Seite des fehlenden Beins, schiebt ihre Handfläche darunter, legt die andere Hand zur Unterstützung darauf.

Sein Griff ist fest. In ihm steckt noch erstaunliche Kraft. Sie spürt seine Unterarmknochen, die kräftigen Muskeln und Sehnen. Er war nie sehr groß, nicht so groß wie ihr Vater. Physisch war er eher wie ihre Brüder, rank und schlank. Seine nackte Brust ist schmal, weiß behaart, aber die Haut ist fest, noch nicht faltig oder schlaff. Die Schulterblätter ragen wie Flügel aus seinem nackten Rücken.

»Okay, das reicht«, sagt er, als sie an seine Tür kommen, aber sie hilft ihm trotzdem noch bis zum Bett. Er setzt sich, und sie stopft ihm ein Kissen in den Rücken, richtet die Laken und nimmt ein Hemd, das über einem Stuhl hängt.

Auf Jims Kommode sieht sie das Foto einer Frau, die über

einen herrlichen langen Strand wirbelt. Ihre Arme sind ausgebreitet. Die Frau blickt direkt in die Kamera. Dass sie herumwirbelt, erkennt man daran, wie ihr Kleid und ihre Haare wehen.

Sie nimmt das Foto in die Hand.

»Lass das«, schnappt Jim.

USS *Copahee*, Unterwegs zu den Salomonen, Oktober 1942

Die Piloten sind jung und dienstbeflissen und bereits dunkelbraun gebrannt, weil sie ohne Hemden herumlaufen. Sie bemühen sich, fit zu bleiben, rennen das Flugdeck hoch und runter, machen Klimmzüge an den Flügeln ihrer Maschinen. Zwanzig Grumman Wildcats stehen Flügel an Flügel aufgereiht in Richtung Guadalcanal.

Er weiß noch, wie sie zu ihm aufsahen. Er ist älter, verheiratet. Er ist Assistenzkurator am Zoologischen Museum von Harvard, während viele von ihnen noch nicht einmal einen ersten Job hatten. Jim ist ein Dschungelveteran, altgedienter Leutnant. Long John Silver. Ihr alter Seebär.

Nur dass er damals noch gar nicht alt war und auch nicht verkrüppelt. Er war selber noch ein Junge, achtunddreißig Jahre alt, sie erst achtzehn. Ein Lehrer, ein junger Onkel, und so in etwa verhalten sie sich auch ihm gegenüber.

Weil er zu alt für die Einberufung war, hat er sich über den Geheimdienst der Marine hereingemogelt, wie so viele andere Männer von den Eliteuniversitäten der Ostküste, die nach dem Gemetzel von Pearl Harbor wild entschlossen waren, einzurücken. Er wurde abkommandiert an die Pazifikfront auf die USS *Copahee*, ein ziviles Schiff, das in aller Eile zum Hilfsflugzeugträger umgerüstet worden war. Sie ist buglastig und schwerfällig.

So stark und muskulös, wie die Piloten sind, hätte jeder dieser Jungs ihn umhauen können. Jim war schmal und schlank, aber zäh. Er wird noch die Erfahrung machen, dass er zum Überleben so gut wie gar nichts braucht. Er hält länger durch als sie. Er hat auch kein Heimweh, obwohl er eine Frau und ein Baby hat. In der Hinsicht ist er hart. Professor nennen sie ihn. Papa. Später, auf Canal, werden sie ihn Dschungel-Jim nennen, was daher kommt, dass er freiwillig und allein als Kundschafter in den Dschungel zieht. Vogelmann nennen sie ihn, nachdem sie die Japaner nach Westen in Richtung Cape Esperance gedrängt und Geländegrenzen gesichert haben und er dann angefangen hat, Vögel zu schießen und die Häute in seinem Zelt zu trocknen.

Im Hafen von New Caledonia fischt er eine Kokosnuss aus dem Wasser, schlägt sie mit einem Stein auf und bringt den Jungs bei, wie man die Milch heraussaugen und das süße Fleisch essen kann. In der Stadt geht er auf den Markt und kauft Brotfrüchte und Mangos. Er treibt Maniokwurzeln auf, die noch ihre Stängel haben, damit sie sie erkennen können. Zeigt ihnen, wie man sie püriert und kocht, um die natürlichen Toxine auszuscheiden. Er wird sie nicht verhungern lassen, bloß weil sie nicht wissen, wonach sie suchen sollen.

Wirklich beeindruckt sind die Piloten, weil Jim eine Seeschwalbe vom schwankenden Deck schießen und einen Fliegenden Fisch im Sprung erledigen kann. Sie bewundern sein Gewehr, Kaliber .410. Ein aufklappbares Modell von Harrington und Richardson. Einläufig, was es schwieriger macht, das Ziel zu treffen. Komplizierter als ein 12-Kaliber, aber kleiner und leichter zu tragen. Er sagt nichts davon, dass er bislang nur Vögel geschossen hat. Dass die Dschungel, in denen er mit Delacour sammelte, nie weiter als ein oder zwei Reisewochen vom dekadenten Luxus des französischen Indochina entfernt waren: das Hotel Metropole in Hanoi, die prächtige Villa Jabouille, Hues Luxusherberge mit ihren Käfigen und Volieren und dem zahmen Leoparden, der vor der Eingangstreppe angekettet war. Wo auf Bleu-de-Hue-Porzellan aus dem achtzehnten Jahrhundert Fünfgängemenüs serviert wurden. Der köstliche Duft nach Rotem Frangipani mischte sich mit den erdigeren und menschlicheren Gerüchen des Parfüm-Flusses und des Rauchs der Holzfeuer.

Dass er neben seinen Erfahrungen in Dschungelcamps und mühseligen Trecks durch dichtes Unterholz noch andere Erinnerungen hat, über die sie sich wundern würden. Tennispartien im Hochland von Tonkin mit der Frau des französischen Gesandten. Sein Entzücken über ihr Pariser Flair. Wie sie in makellosem Weiß erschien, als wollte sie in ihren Club gehen, und ihren zahmen Gibbon spielerisch zurechtwies, ihn wie ein ungezogenes Kind ausschimpfte, weil er in den Baumkronen herumturnte und dabei ganz aufgeregt die Flugbahn des Balls verfolgte.

Er sagt auch nicht, dass es Unglück bringen kann, wenn man auf See einen Vogel erschießt. Müsste sie an ihren Coleridge erinnern:

»Vor bösen Geistern schütz' dich Gott,
Du alter Schiffsgenoss'! –
Was stierst du?« – »Mit der Armbrust mein
Schoss ich den Albatros.«

Nein, er lässt sie zu ihm aufblicken, damit sie ein wenig Zuversicht saugen. Das mag alles sein, was er ihnen geben kann. Gourmet des Dschungels. Kenner von Wind, Riff und Gezeiten. Er erklärt ihnen die südöstlichen Passatwinde, die zwischen Mai und November ständig wehen und gegen die sogenannten Wetterseiten der Inseln drücken, und auch die darauf folgenden, unberechenbareren nordwestlichen Monsunwinde. Die Wahrscheinlichkeit von Sturmböen, wenn der Wind von Nord auf West dreht.

Die Insulaner der Salomonen suchen sich mehr als die Hälfte ihrer Nahrung selbst, erklärt Jim den Piloten. Er liest die Sätze aus einem Handbuch vor, das vom Geheimdienst der Marine hastig gedruckt worden ist, oder vielleicht saugt er sich das alles auch nur aus den Fingern. Maronen, Mandeln, Kanarinüsse, wild wachsende Wurzeln und essbare Pilze. Fische, Schildkröten, Wildschweine, Krokodile, das opossumartige Kuskus, Schnecken, Ameisen – alles kann man essen. Süßwasser sammelt sich in natürlichen Behältern im Herzen von Baumfarnen und Epiphyten. Man kann tagelang nur von Kokosmilch und Kokosfleisch leben.

Er lässt auch Talismane herumgehen. Seidenmatte Landkarten des Hydrografischen Instituts. Die Inseln kreuz und quer überzogen von Längen- und Breitengraden, markiert mit der Kompassrose und magnetischen Abweichungen; Pfeile und Isobaren bezeichnen die durchschnittliche Windstärke und -geschwindigkeit und die Strömungsrichtungen. Als ob all das für Ordnung sorgen könnte. Als ob durchnässte, durchweichte Piloten, die sich mit Cockpitluken und Fallschirmleinen herumschlagen, vor Beschuss fliehen und Angst vor Haien haben, noch Zeit genug haben könnten, sich ausführlich beraten zu lassen. Er gibt ihnen Angelleinen, Jodtabletten zur Wasserdesinfektion, wasserbeständige Streichhölzer. Kleine Kompasse, klein genug, um sie im Arschloch zu verstecken. Dünne Wörterbücher für melanesisches Pidgin. Landkarten, die mit der britischen, amerikanischen und niederländischen Flagge und Informationen für Eingeborene bedruckt sind.

Dispala masta i gifim pas long yu 1 peren bilong Gavman!

Der weiße Mann mit diesem Papier ist ein Freund der Regierung.

Gifim wara bilong dring olsem kulau. Gib ihm Trinkwasser und auch Kokosnüsse.

Gifim kaikai, olsem kokuruk nau kiau bau banana mau nau popo nau ol gutpala kaikai. Gib ihm Essen wie Geflügel, Eier, Bananen, Papayas und andere gute Nahrung.

Sapos Japan ikam kilostu yupala. Wenn die Japaner kommen. *Haitim.* Verstecke ihn.

Die Sprachkarten sind ohne Zweifel nutzlos. Nur wenige Insulaner können lesen. Die meisten stehen sowieso auf unserer Seite und haben vor Ausbruch der Kämpfe Anweisungen ihrer Kolonialherren erhalten, sind in Erkundungspatrouillen organisiert worden von den britischen, australischen und neuseeländischen Küstenposten, die zurückgeblieben sind und ihr Leben riskieren, indem sie die Japaner ausspionieren.

Trotzdem behalten die Piloten diese Karten. Sorgfältig stecken sie sie in wasserdichte, von der Marine verteilte Mappen, verstecken sie in den Innentaschen ihrer Fliegerjacken – genau so, erinnert sich Jim, wie Hemingway eine Glück bringende Hasenpfote oder einen Stein oder eine Rosskastanie einsteckte.

Cadillac ist wieder da. Sie hat Kaffee in dem Blechbecher mitgebracht. Auch eine Tasse Wasser, die sie neben dem Bett auf dem Tisch abstellt. Sie umfasst seine Finger, um zu prüfen, ob sein Griff fest ist.

Verdammt nett von ihr. Der Kaffee ist stark und bitter, wie er ihn mag.

»Manche von unseren Jungs hatten Angst vor euren Leuten«, sagt Jim. Er erinnert sich an Piloten, die sich bei ihm nach Kannibalismus und Kopfjägerei erkundigten. Er machte sich einen Spaß daraus, sie damit zu beruhigen, dass die Missionare all dem schon längst ein Ende gesetzt hätten – jedenfalls diejenigen, die nicht gegessen wurden.

»Wir wussten damals nicht, dass so viele Piloten gerettet würden«, sagt er. Er weiß nicht recht, ob das irgendeinen Sinn ergibt.

Sprachkarte oder keine Sprachkarte, Landkarte oder keine Landkarte – Dutzende, wenn nicht Hunderte Amerikaner wurden von Eingeborenen aus dem Meer gezogen, in den Busch getragen, verpflegt, gewaschen und versorgt. Heimlich zurückgebracht zu amerikanischen Basen oder Küstenposten, ehemaligen Händlern, Pflanzern und Bezirksbeamten. Manche Insulaner paddelten Hunderte von Meilen, um verwundete Männer in Sicherheit zu bringen, manövrierten bei Nacht dicht am Ufer entlang und versteckten sich bei Tag in Mangrovensümpfen.

Er nippt am heißen Kaffee und fragt sich, wie das bei solchen Fahrten wohl gewesen sein muss, wenn man nachts zusammengerollt, schwach, fiebernd, verwundet auf dem Boden eines Einbaums lag. Er stellt sich das Spritzen der Paddel vor, das Sternenzelt, die unheilvollen Schatten riesiger Kriegsschiffe, die im Dunkeln vorbeiziehen.

Er darf nicht vergessen, den Jungs zu erzählen, wie die Insulaner zu Freunden wurden. Nicht nur, weil die Briten gesagt haben, dass wir Verbündete seien, sondern auch wegen ihrer besonderen Tapferkeit und Freundlichkeit. Sie mochten die Amerikaner, vor allem die schwarzen Soldaten. Ihnen gefiel es, wie die amerikanischen Joes sich zu ihnen setzten und mit ihnen speisten, Essen und Rationen mit ihnen teilten und so viel Pidgin lernten, um Lieder und Geschichten auszutauschen.

Er muss ihnen erzählen, wie John F. Kennedy als junger

Kapitän eines Patrouillen-Torpedoboots von Männern aus New Georgia gerettet wurde. Von Biuku Gasa und Eroni Kumana, die der australische Küstenwächter Evans auf der Insel Kolumbangara losgeschickt hatte. Wie Kennedy und seine Männer sechs Tage lang nur von Kokosnüssen und Wasser gelebt hatten. Die Amerikaner hatten sie für tot gehalten, nachdem ihr Schnellboot von einem japanischen Zerstörer in zwei Teile geschnitten worden war.

Die Geschichte war zu einer Legende geworden – wie Kennedy stundenlang geschwommen war und ein verwundetes Besatzungsmitglied hinter sich hergezogen hatte, das Band der Schwimmweste zwischen die Zähne geklemmt, und dann einen SOS-Ruf auf eine Kokosnussschale geritzt hatte. *Eingeborener kennt Position. Kann navigieren. 11 Überlebende. Brauchen kleines Boot.* Weniger bekannt war, dass Gasa und Kumana mit dieser Nachricht gut fünfunddreißig Seemeilen bis zu den Amerikanern auf Rendova paddelten und später zurückkehrten und den jungen Kennedy zu Evans' Versteck schafften.

Auf diese Weise beeinflussten Insulaner von den Salomonen die zukünftige amerikanische Geschichte. Aber das konnte Jim damals natürlich noch nicht wissen.

Und was, wenn man einer jener Piloten war, die nicht zurückkehrten? Was, wenn man einer der Männer war, die in Brand geschossen wurden und ins Meer stürzten? Was, wenn man zu stark verwundet oder zu krank war? Was, wenn man die Orientierung verlor oder aus Versehen in ein japanisches Lager oder eine Patrouille stolperte? Großer Gott, ja, er hatte gesehen, was dann passieren konnte.

Der Kaffee ist stark und heiß. Die Sonne, die jetzt durch das Fenster fällt, liegt warm auf seinem Gesicht, den nackten Armen und seiner Brust. Sie dringt wie Finger durch die Kakihose, massiert die verkrampften Muskeln des Stumpfs. Cadillac sitzt am Fußende des Betts. Das gefällt ihm.

Er denkt an die Piloten, wie sie alle ohne Hemd herumliefen. Schlank, muskulös, sonnengebräunt, sauber. Noch nicht so krank und verdreckt, wie sie später an Land sein würden. Noch nicht traumatisiert zitternd oder bandagiert oder verstümmelt oder zerstückelt.

»Ich war auf Hawaii«, sagt er zu ihr. Vielleicht kann sie ihn irgendwie verstehen, wenn er ganz von vorne anfängt, bei Pearl Harbor. »Ich war auf der Suche nach Honigsaugern, erforschte ihre Zungen.« Gemeinsam mit Bryan, einem Kurator des Bishop-Museums auf Hawaii, hatte er untersucht, wie sich die Zungen der verschiedenen Arten entwickelten, um sich den jeweils unterschiedlichen Blüten auf den Inseln anzupassen.

»Bei uns zu Hause haben die Nektarvögel und Honigsauger lange Zungen, wie Strohhalme, und damit saugen sie Nektar aus Orchideen und Hibiskusblüten. Manche haben kleine Bürsten auf ihren Zungenspitzen.«

Hat sie das wirklich gesagt? Oder bildet er sich das nur ein?

Glanzkopfsalangane,
Collocalia esculenta

Wenn Jim die Augen schließt, ist er wieder auf Guadalcanal in der Nähe des Matanikau River. Dort gibt es eine Höhle, die er gar nicht entdeckt hätte ohne die winzigen blauschwarzen Segler, die hinein- und hinausflitzen, wobei ihr Gefieder in der Sonne mit einem hellen, metallischen Schimmer funkelt. Glänzende Salanganen mit blaugrünem Federkleid, weißen Bäuchen und langen, spitzen Hauptfedern vollführen akrobatische Kunststücke, nicht unähnlich den Rauchschwalben, die drüben bei Stillmans Haus nisten.

Von den Vögeln in Bann geschlagen, tritt er ein und leuchtet mit seiner Taschenlampe über die Nester, die an der Höhlendecke kleben. Bleiche, aus Speichel zusammengeklebte Beutel mit kleinen Öffnungen, durch die die ausgewachsenen Vögel ein und aus fliegen. Er lauscht dem dünnen, hohen Gezwitscher, das in der dunklen Feuchtigkeit widerhallt.

Als er den Lichtstrahl tiefer in die Höhle lenkt, erfasst der Lichtkegel ein natürliches Regal. Ein kleiner japanischer Proviantvorrat. Er fummelt an der Lampe herum, versucht sie auszuschalten. Gleichzeitig duckt er sich zur Seite, falls ihn bereits jemand im Visier hat. Drückt sich gegen das feuchte Gestein.

Während seine Augen sich mühsam ans Zwielicht gewöhnen, stellt er sich einen anderen Mann vor, der ihn anstarrt, einen Japaner, der mit ihm Katz und Maus spielt. Er wartet. Viel länger als nötig. Müht sich, mucksmäuschenstill zu bleiben, nicht so laut zu atmen. Nichts regt sich, kein Geräusch außer den herein- und herauszischenden Vögeln, ihrem knappen, heiseren Wit-wit-wit. Jetzt ist es so still, dass er die Jungen hören kann, flaumige, noch federlose Bündel, die sich in ihren höhlenartigen Nestern bewegen, ihr schwaches Zirpen, wenn sie die Schnäbel für die Insekten aufreißen, die ihre Eltern bringen.

Er dringt weiter vor, nimmt den japanischen Proviant an sich, stopft ihn in sein Gepäck. Eine Reisration, eine Dose getrockneter Algen. Das Beste: zwei Keramikflaschen. Armes Schwein. Konnte sich das nicht mehr holen.

Wenn man Glück hat, erzählt er den Piloten, holt man euch per Kanu ab. Wenn man Glück hat, findet man was Besseres zum Überleben als Kokosmilch. Jo-ho-ho, und 'ne Buddel voll Sake. Wenn man Glück hat, sieht man vielleicht Salanganen oder, besser noch, hört das sanfte Gurren des Prachtnektarvogels oder der Purpurbrust-Fruchttaube.

Wenn man Glück hat, ist Helen noch da, wenn man wieder nach Hause kommt.

Layla Island, Lagune von Wanawana, Salomonen, Juni 1943

Bei Nacht wurde er eingeflogen. Abgesehen vom schwachen Schimmern des Monds war es dunkel. Das Wetter war gut, und der Pilot hielt die Maschine auf nur fünf Metern Höhe, als er über die Riffe strich. Er wollte sehen, wie tief er fliegen konnte, oder vielleicht experimentierte er auch mit dem neuen Bordradar. Jim hielt auf beiden Seiten nach feindlichen Booten Ausschau. Noch befand sich New Georgia hinter den japanischen Linien.

Es war eine kurze Aufklärungsmission, kein Kampfeinsatz. Das Flugzeug war von seiner üblichen Bombenlast befreit. Es ist zu riskant, mit zwei Fünfhundertpfundbomben unter den Flügeln auf dem Wasser zu landen. Aber die Crew hatte ihre eigene Munition mitgebracht: einen Kasten leerer Bier- und Coca-Cola-Flaschen, die sie auf dem Rückweg über Munda abwerfen wollten. Die Flaschen verursachten im Fallen einen gespenstisch-heulenden Lärm, behaupteten die Kanoniere – wie läufige Katzen, laut genug, um die Japsen durchdrehen zu lassen. Sie waren so aufgeregt wie eine Horde Schuljungs mit ihren Böllern.

Sie bezeichneten ihr Flugzeug als Schwarze Katze, weil es wegen seiner nicht reflektierenden Farbe nachts praktisch unsichtbar war. Offiziell handelte es sich bei der Maschine um einen Patrouillenbomber, eine PBY Catalina mit einem Rumpf, der für Wasserlandungen und vier MG-Schützen ausgelegt war – zwei hockten direkt vorn im Bug und zwei in blasenförmigen Kanzeln, die sich zu beiden Seiten wölbten.

»Was für 'ne Schönheit«, sagte der Pilot. Jim wusste nicht, ob er das Flugzeug meinte oder die Nacht oder etwas, von dem er beim Fliegen geträumt hatte.

Er landete geschickt, setzte den Flugzeugrumpf zwischen zwei Riffen sanft aufs Wasser. In der schwarzen Lagune konnte Jim Korallen erkennen, deren Spitzen phosphoreszierten. Der Pilot klappte das Verdeck hoch, und Jim kletterte in eine heiße, sternenübersäte Nacht hinaus.

Er bewegte sich schnell, ließ sich am Bug des Flugzeugs nach unten gleiten. Das Schlauchboot schwankte unter ihm, als ihm Gepäck, Waffen und das unhandliche Funkgerät mit dem schweren Batteriesatz und dem per Handkurbel zu betreibenden Generator angereicht wurden.

Er wusste, dass er in diesem Moment ein perfektes Ziel bot. Noch der unfähigste Scharfschütze der ganzen Insel konnte ihn wegpusten. Donald Kennedy, der Küstenwächter auf der Hauptinsel New Georgias, hatte erst vor einigen Tagen Kundschafter auf Patrouille geschickt. Aber wer wusste denn schon, ob inzwischen nicht doch ein Japse gelandet war? Er stieß mit einem Einzelpaddel vom Bug ab. In seinem Kopf wimmelte es nur so von Dingen, die er auf Guadalcanal gesehen hatte. Er konnte sich genau vorstellen, wie seine Knie einknicken, sein Körper nach vorn zucken und sein Blut aus ihm herausgepumpt würde, um das bereits schwarze Wasser noch dunkler und dicker werden zu lassen. Sollte er getroffen werden, musste er das Schlauchboot zum Kentern bringen, um das Funkgerät unbrauchbar zu machen. So lauteten seine Befehle.

Hinter ihm surrten die Propeller der Schwarzen Katze.

Die MG-Schützen gaben ihm Deckung, aber er hatte sich schon zu Anfang des Kriegs geschworen, sein Leben nie jemand anderem anzuvertrauen. Aus Nervosität sprang er zu früh aus dem Boot, landete im Wasser, das ihm bis zur Brust reichte. Es war warm, und er fühlte sich darin in Sicherheit. Etwas in ihm sehnte sich danach, einfach unterzutauchen und wegzuschwimmen. Er watete an Land, zog das Boot über den Strand ins Gebüsch. Dann wandte er sich um, salutierte und sah zu, wie das Flugzeug seinen Rückweg antrat, indem es drehte und schwerfällig wie ein plumper Schwimmvogel, vielleicht wie ein Pelikan, von der Wasseroberfläche abhob. Oder wie eine Libelle mit diesen merkwürdig vorgewölbten, blasenartigen Kanzeln. Oder wie ein Fregattvogel.

Es drehte ab, völlig schwarz, ein Schatten nur, und verschwand. Dann war er allein und hielt sich an seinem Gewehr fest.

Auf diesen Inseln unterm Äquator ertönt nachts eine Kakofonie von Vögeln, Echsen und Insekten, ein ganzes Orchester, aber sämtliche Instrumente klingen absonderlich und disharmonisch. Cadillac war dort aufgewachsen. Für sie waren diese Nächte der Klang ihrer Kindheit, ein Wiegenlied des Dschungels. Aber Uneingeweihte konnten von den ungewohnten Geräuschen in den Wahnsinn getrieben werden, sodass sie im Dunkeln aufsprangen und sich gegenseitig umbrachten. Der Dschungel schien zu atmen.

Er erinnert sich an einen Moment auf Guadalcanal, ein Schlurfen im Unterholz, der hallende, kehlige Ruf des großen Blasskopfkuckucks, *Centropus milo*. Wie er sah, dass eine ganze Patrouille in Panik geriet, den Vogel für einen japanischen Hinterhalt hielt. Männer schossen in die Dunkelheit und verrieten damit leichtsinnigerweise ihre Stellung.

Es war hilfreich, wenn man wusste, was man hörte. Es war hilfreich, wenn man Munition sparte. In der ersten Nacht, nachdem ihn die Schwarze Katze abgesetzt hatte, hörte Jim das durchdringende Pfeifen des Bronzekuckucks wie das eines Jungen, der nach seinem Hund pfeift. Er hörte die sanften Rufe eines Kuckuckskäuzchens, die zu einem lauteren, tremolierenden Schrei anschwollen.

Etwas raschelte im trockenen Laub am Rand des Strands. Hunderte von Echsenarten und mindestens zwanzig Rattenarten einschließlich der seltenen Riesenhamsterratten sind auf den Salomonen heimisch. Kokoskrebse mit kräftigen Scheren, groß wie die von Hummern. Auf Guadalcanal war er behaarten Flughunden begegnet – ihre roten Augen starren einen im Dunkel an – und dem Kletterbeuteltier, beide nachtaktiv. Und überall sirrende Moskitos; jeder einzelne konnte einem den potenziell tödlichen Stich mit Malaria tropica verpassen.

Jims Aufmerksamkeit war auf ganz bestimmte Laute ausgerichtet. Das Geräusch von menschlichen Schritten, ein Räuspern, das metallische Klacken eines Gewehrs. In der Dunkelheit gab es nichts, das er nicht benennen konnte. Nur kurz vor Morgengrauen hörte er ein merkwürdiges, feucht schmatzendes Geräusch, das ihn sein Gewehr fester umklammern ließ.

Als die Sonne aufging, sah er, dass es Fische waren, die überall auf die Wasseroberfläche klatschten und platschten.

Fox Island, Penobscot Bay, Maine, Juli 1973

Sarah kommt mit Cadillac durch die Küchentür. Sie sind sich irgendwo auf der Straße am anderen Ende der Insel begegnet. Das Mädchen latschte da in Flip-Flops entlang, und nachdem Sarah im Rückspiegel genauer hingesehen hatte, hielt sie an.

Samstags arbeitet sie nur halbtags; dann schließt sie das Postamt. Meistens verbringt sie den Nachmittag damit, im Garten herumzubuddeln. Sie pflanzt massenweise Gemüse und Blumen für die Sommergäste, die zur Pflanzzeit noch nicht da oder einfach zu faul sind, auf Händen und Füßen im Dreck zu wühlen. Das ist zweifellos auch ein gutes Geschäft für sie, obwohl Jim sich nicht so ganz sicher ist, wofür er Blumen braucht. Vielleicht will Cadillac ihr ja helfen? Aber nein, sie kommen mit ganz anderen Ideen.

»Wir dachten, dass Cadillac vielleicht gern das Fahrrad von Fergus benutzen würde – das Rad unten im Bootshaus«, sagt Sarah irgendwie herausfordernd, weil sie weiß, dass Jim hinsichtlich dieses Orts eigenwillig ist und ihrem Vater nicht einmal erlaubt, das Bootshaus zum Auslüften zu öffnen. »Ich kann es putzen und die Reifen aufpumpen.«

»Na schön«, sagt Jim, drückt eine frisch angezündete Zigarette im leeren Blechbecher aus und stößt sich mit dem Rollstuhl vom Tisch ab. Er weiß genau, dass sie sich über sein Einverständnis wundert – und erst recht darüber, dass er mit ihnen über den gewundenen Pfad, den Stillman angelegt hat, nach unten rollt.

Teufel auch, vielleicht soll das ja eine Wiedergutmachung für sein Saufen sein. Dafür, dass er nicht schon früher Kontakt zu Tosca aufgenommen hat, nachdem sich herausgestellt hat, dass es ganz einfach ist. Er möchte das jetzt wiedergutmachen, will Toscas Mädchen helfen. Sarah zeigt ihm eine Möglichkeit dafür.

Er lenkt den Rollstuhl dicht an den Schindeln des kleinen Hauses entlang und fummelt nach dem versteckten Schlüssel an einem Nagel hinter der hölzernen Seifenschale der Außendusche. Dann müht er sich mit dem salzverkrusteten Schloss ab.

Innen ist es duster und muffig. Sonnenstrahlen brechen durch geschlossene Jalousien, fallen über eine große Werkbank und eine umgedrehte Jolle. Es riecht durchdringend nach Schimmel und Moder. Stillman hatte recht: Sie hätten den Schuppen eher auslüften sollen. Sarah geht jetzt mit großen Schritten voran, hebt einen schweren Riegel an und stößt zwei große Türen auf, die überm Wasser aufschwingen, lässt Luft und Licht herein und braun-grüne Lichtreflexe, die über die Astlöcher der verwitterten Kiefernholzwände zittern. Die Türen sind breit genug, um ein kleines Boot zu Wasser zu lassen, und hoch genug, um ein Boot bei Ebbe einzuholen, um die Takelage auszubessern.

»Hier ist es ja«, sagt sie. Das Fahrrad lehnt an der Wand. Sie schiebt es vor und zurück, untersucht es auf Rost und zieht die Bremsen. Reicht allemal. Sie müssen nur den Guano abputzen.

Wenn er an all die Dinge dachte, die er nicht mehr würde tun können, entmutigte ihn das so sehr, dass er eigentlich gar nicht mehr hierherkommen wollte. Doch jetzt ereilt ihn überraschend eine beunruhigende Vorahnung – der Kindheitszauber, den der Ort immer noch auf ihn ausübt. Er sieht all die vertrauten Dinge. Die Werkbank, an der er stundenlang Holz eingespannt, Motoren repariert und sich Routen für seine eigenen kleinen Segeltörns zurechtgelegt hat. Die beiden an der Wand befestigten Kojen, in denen er und Cecil übernachteten. Die Küchenzeile. Der schwarze Kanonenofen, dessen Rohr direkt durchs Dachgebälk ragt. Die Werkzeuge, die an Nägeln an den Wänden hängen, hinter ihnen schwarze Umrisszeichnungen, die ihre jeweiligen Plätze anzeigen. Töpfe mit Nägeln, Schrauben, Klampen, Splinten. Eine Kiste mit zusammengerollten Seekarten. Die Angelruten. Eine Schatzhöhle Aladins, am Ende des Sommers zugesperrt und auf seine Rückkehr wartend. Abrakadabra.

Und noch andere Sachen: das Küstenfunkgerät, die Kerosin-Sturmlaternen, die halb abgebrannten Anti-Moskito-Spiralen. Ein Glas mit Wildblumen, die bis aufs Skelett ausgetrocknet sind, sodass sie zerkrümeln und sich auflösen würden, wenn er sie berührte.

Vorsichtig gleitet er mit dem Rollstuhl durch den Raum, blockiert die Räder an der dicken Planke, die quer über der Schwelle der Wassertüren liegt. Er beugt sich vor, blickt ins grünbraune Wasser, sieht einen Krebs um die überwucherten Betonpfeiler krabbeln, auf denen diese Hausseite steht. An diesem Platz haben er und Cecil oft gesessen, mit Handleinen Makrelen geangelt und die Beine baumeln lassen.

Eine an einem Haken hängende schwarze Form, die wie eine abgeworfene Haut oder irgendeine missgestaltete Angeltrophäe aussieht, erregt Cadillacs Interesse: Fergus' Taucheranzug. Als Kinder hielten Jim, Cecil und ihre Schwester Ann die Luft an und sprangen vom Anleger oder aus den Bootshaustüren ins Wasser. Jauchzend ins kalte Meer zu springen war ein Sommerritual. Aus diesem Grund, vermutet Jim, konnte er den Taucheranzug nicht ausstehen. Er fühlte sich ausgeschlossen, als sein Sohn als Teenager damit ankam und den ganzen Sommer über in der Bucht schnorchelte. Er fand das weichlich. So wie er auch nie die Plastikkajaks des Jungen leiden und nicht begreifen konnte, wie Fergus dergleichen lieber mochte als Segeln.

Offensichtlich empfindet das Mädchen es völlig anders. Sie greift danach, streicht über Maske und Schnorchel und wirft einen Blick auf die Flossen, als wollte sie die Größe abschätzen.

»Los doch, nimm ihn dir, wenn er dir gefällt«, sagt Jim unfreiwillig barsch und abweisend. »Probier ihn an.«

Sie dreht sich strahlend zu ihm um. Sie hält den Anzug hoch, der wie die Taucheranzüge der Australier in Munda ist. Scheiß der Hund drauf, man kann ja schließlich nicht von ihr erwarten, dass sie sich an die hiesigen Wassertemperaturen gewöhnt. Ihm wird klar, dass er sie noch gar nicht hat schwimmen sehen.

»Herrgott noch mal, nimm das alles mit.« Er breitet die Arme aus. »Frag erst gar nicht danach.« Das Material ist leicht rissig und ausgetrocknet. Man hätte es einfetten müssen.

»Sieht noch ziemlich perfekt aus«, sagt Sarah. Fergus muss siebzehn gewesen sein, als er den Anzug gekauft hat, und das Mädchen ist groß.

»Lass uns schwimmen gehen«, sagt Sarah. »Ich habe meinen Anzug im Auto.«

Schwarze Haut auf schwarzer Haut. Cadillac schlüpft in den rissigen Taucheranzug. Er betont ihre breiten Schultern, ihre Muskulatur. Als sie den Rücken beugt, um den Reißverschluss im Nacken zu schließen, schaut Jim weg, als sei das etwas, was er nicht sehen darf.

Sie sieht aus wie ein Marinetaucher oder eine Tiefseekreatur. Vermummt, die Taucherbrille auf die Stirn geschoben und wegen der sperrigen Flossen im Froschgang, geht sie durch den Raum.

»Wir können gleich hier reingehen.« Sarah nimmt die alte, hölzerne Bootsleiter von der Wand und hakt die gebogenen Enden in zwei Löcher im Boden.

»Was werde ich sehen?«, fragt das Mädchen und sieht Jim an.

»Seetang vermutlich.«

»Krebse«, sagt Sarah. »Du kannst dahin schwimmen, wo mein alter Herr seine Reusen hat. Nachsehen, ob wir Hummer gefangen haben.«

Cadillac bückt sich über die breite Planke und steigt Sprosse für Sprosse die Leiter hinab. Die Kälte drückt gegen die Beine des Taucheranzugs, umspült eisig Füße und Fußknöchel. Auf Augenhöhe mit dem Fußboden hält sie an und spuckt in die Maske, wie sie es bei den australischen Tauchern gesehen hat, dreht sich dann um und gleitet ins Wasser. Sarah springt juchzend hinterher.

Als er Cadillacs durch den Schnorchel verzerrte Stimme und das Platschen ihrer Flossen hört, spürt Jim eine heftige Sehnsucht, ein Bedauern für Dinge, die er nie wieder tun wird. Es verblüfft ihn plötzlich, dass er mit Tosca auf den Salomonen mit einer Taucherbrille geschwommen ist, fasziniert von jeder Koralle und jedem bunten Fisch, aber hier nur dann eine Taucherbrille benutzt hat, wenn er Tauenden durchtrennen musste, die sich in der Bootsschraube verfangen hatten. Von seinem eigenen Meeresgrund hat er keine klare Vorstellung.

Sarah klettert wieder die Leiter hoch, um diesmal aus der Bootshaustür zu springen.

Tosca zieht ein großes A in den Sand, die Zeichnung eines Sprunggerüstes, wie man es in New Georgia aus Schösslingen herstellt. Er versucht Jim zu überreden, eines bauen zu dürfen, nur für einen Tag, einen einzigen Morgen. Danach können sie es wieder auseinandernehmen. Der Junge will unbedingt zeigen, dass er einfach so fliegen kann; er behauptet, dass er dabei mindestens zwei bis drei Saltos schlagen kann. »Swim 'long sky«, durch die Luft schwimmen, nennt er das. »Alsem bonito fish.« Wie ein Thunfisch.

Jim schüttelt den Kopf. »Warte bis nach dem Krieg«, verspricht er und ahnt nicht, wie wenig Zeit ihm noch bleibt.

Als Cadillac Sarah rufen hört, dreht sie sich um und sieht, dass Sarah hineinspringt. Durch die Taucherbrille erkennt sie, wie Sarahs rosa Beine Wasser treten. Sie hebt den Kopf, grinst und beißt dabei auf das Mundstück des Schnorchels. Dann schwimmt sie los, um warm zu werden.

Kraulen, unser größter Exportschlager. Sie wiederholt für sich selbst die patriotischen Prahlereien von Silas Wickham, einem hübschen Jungen, der mit ihren Brüdern befreundet ist. *Der olympische Schwimmstil, den mein Großvater den Australiern beigebracht hat*, sagt er immer wieder, damit es nicht in Vergessenheit gerät.

Silas' Großvater Harry Wickham war in Australien zur Schule gegangen und hatte die Aussies mit seiner salomonischen Art zu schwimmen verblüfft. Sein Bruder Alec wurde noch berühmter, weil er 1918 den Weltrekord im Turmspringen brach, als er von einer siebzig Meter hohen Klippe in den Yarra River sprang – eine Heldentat, für die er mit tagelanger Ohnmacht bezahlte. Das war ein Erbteil, mit dem Silas gern angab, dabei stets dieselben Worte benutzte und Cadillac und ihre Freundinnen zum Lachen brachte. Und wenn sie schon im Meer schwammen, hatten sie Mühe, sich vor Lachen über Wasser zu halten.

Hier, so fern von zu Hause, berühren sie seine Worte irgendwie anders, als würde Silas auf etwas Wichtiges und Mutiges hinweisen, als würde er sie anfeuern: Hier ist etwas, in dem wir so gut wie alle anderen sind, vielleicht sogar besser.

Silas' Vater gehörte zu der erstaunlich großen Abordnung, die Cadillac am Flughafen verabschiedete. »Bring die Salomonen wieder auf die Landkarte!«, hatte er gefordert und ihr auf die Schulter geklopft, als sie auf der Gangway ins Flugzeug nach Brisbane stieg. Alle wussten, dass sie für das Schwimmteam von Yale antreten und damit einen Teil ihres Universitätsstipendiums zurückzahlen würde.

In diesem einengenden Anzug und kalten Wasser kann sie ihre Züge nicht trainieren. Aber wie schnell sie mit den Flossen ist! Und wie klar sie mit der Brille Seegras, Felsen und Schlamm erkennen kann; das hat sie sich zu Hause immer gewünscht. In Jims kaltem, grünem Atlantik schwelgt sie in der schwerelosen Freiheit, der neuen Erfahrung mit einer Taucherbrille.

Etwas weiter draußen, direkt vor dem überfluteten Strand, sieht sie nach unten, wo Sonnenstrahlen durch einen hohen Algenwald flimmern und über sandigem Meeresgrund und silbrigen Muschelhälften glitzern.

Als sie die Leiter hochklettert, erwartet Sarah sie schon mit einer Tasse heißen, gezuckerten Tees.

Jim hat den hohen Wandschrank geöffnet, die Brunnenpumpe angeworfen und das Wasser laufen lassen, bis es klar war. Auf den Regalen sieht Cadillac Teebeutel, Zucker und

Streichhölzer in Gläsern, deren Deckel gegen die Feuchtigkeit fest zugeschraubt sind. Daneben stehen Kartons mit Angelausrüstungen, Vogelschrot und eine halb leere Flasche Whiskey. Zu ihrer Überraschung liegen auf einem hohen Gestell zwei Schrotgewehre. Auf den Salomonen sind Waffen illegal. Nach dem Krieg haben die Briten alle Waffen konfisziert und im Meer versenkt. Daran zu denken war immer noch schmerzhaft, aber Cadillacs Mutter ist davon überzeugt, dass es besser so ist. »Wir haben doch schon genug Ärger ohne Waffen«, sagt sie.

Cadillac schält sich aus dem Taucheranzug, hüllt sich in den bunten *Laplap*, den sie über dem Badeanzug getragen hat, nimmt dankbar den heißen Tee und muss lachen, weil ihre Hände genauso heftig zittern wie Jims. Ihre Zähne klappern an der Blechtasse.

»Ich werde fürs Yale-Team schwimmen«, stottert sie, als brauchte sie irgendeine Ausrede, einen Grund – obwohl sie ganz genau weiß, dass sie nur den Taucheranzug ausprobieren und schwimmen wollte. »Zumindest im ersten Jahr.« Also während sie ihr vormedizinisches Grundstudium absolviert.

Jim hebt das Matratzenbrett in einer der Kojen an, beugt sich vor und zieht eine Wolldecke heraus. Sie wickelt sich hinein, riecht strengen Moderdunst.

»Da-danke.«

»Um Himmels willen, du nimmst mal lieber ein heißes Bad«, sagt er.

»Also los«, sagt Sarah, legt Cadillac einen Arm um die Schulter und geht mit ihr zurück zum Haus.

Layla Island, Lagune von Wanawana, Salomonen, Juni 1943

Schön fand Jim es nie auf Guadalcanal. Für ihn war *Canal* immer nur ein düsterer, brütender Ort voll stinkender Sümpfe und dräuender Berge, wo verwesende, aufgedunsene Gesichter und andere Körperteile halb vergraben im schwarzen Vulkansand der Strände lagen. In seiner Erinnerung verband er die Insel immer mit den ohrenbetäubenden Luftangriffen und dem Schlamm und Gestank von Henderson Field.

Vielleicht erschien ihm Layla deshalb am ersten Morgen, nachdem er mit der Schwarzen Katze abgesetzt worden war, wie eine Offenbarung. Die Sonne ging heiß und plötzlich auf. Der Sand war weiß und der Strand mit orangen Blüten übersät. Er ging an ihm entlang wie ein kleiner Junge, bückte sich nach zarten, spiralförmigen Muscheln mit blassgelben Zeichnungen und Sanddollars, winzigen Seeigeln, klein wie ein Zehncentstück, und legte sie sich auf die Handfläche.

Hier war das Meer klar und blau mit großen hellblauen Flächen über den Untiefen. Eine kleine weiße Brandungslinie kräuselte sich weit draußen über dem Außenriff. Er konnte das ferne Tosen hören. Wie Luftspiegelungen schienen andere niedrige Inselchen ringsum auf dem Wasser zu treiben, und ihre kleinen Palmengruppen stachen aus dem Ozean heraus.

Es war, als wäre der Krieg wie durch Zauberei ausradiert. Er wusste, dass das nicht stimmte. Er hatte die Nachschubdepots gesehen, die in Honiara gebaut wurden, die Bulldozer, schweren Lastwagen, Kanonen, mehr als fünfzigtausend Tonnen Ausrüstung und Zehntausende Treibstofffässer, bereit für den Angriff auf New Georgia. Er hatte Luftbilder der japanischen Flugplätze in Segi, Munda und auf Kolombangara gesehen.

Doch von Layla, einem winzigen Flecken in der Lagune von Wanawana, sah der scharfe Umriss Kolombangaras wie die Kinderzeichnung eines Vulkans aus. Das kleine weiße Dreieckssegel eines Einbaums zog unschuldig vorüber. Ein Schwarm kreischender Papageien flog an wie ein Miniaturgeschwader, und von irgendwo auf der anderen Inselseite hörte er die klagenden Rufe von Möwen. Die Palmen ragten regungslos in die Höhe.

Er wusste, dass diese friedliche Wahrnehmung eine Illusion war, aber er war glücklich, sie genießen zu dürfen, und er genoss sie in vollen Zügen. Er lebte noch. Er hatte die Nacht überlebt. Er hatte *Canal* überlebt. Nach der Enge auf dem Flugzeugträger, den nach Umkleidekabinen stinkenden Kojen, dem Regen und Matsch auf Henderson Field und dem Schrecken der Bombenangriffe überkam ihn eine ekstatische Freude, allein sein zu dürfen an einem Ort, der nicht in unmittelbarer Sichtweite der Japsen lag. Ein Ort der Schönheit. Mit Geschichten über Entdecker auf solchen Inseln war er aufgewachsen.

Er hatte Mühe, die Stiefel aufzuschnüren, zog sich aus, sprintete dann vornübergeneigt über den Strand und hielt sich die ganze Zeit ein Palmenblatt über den Kopf, um sich vor feindlichen Flugzeugen zu tarnen.

Im hellen Morgenlicht schimmerten Fischschwärme, zuckten in diese und jene Richtung. Ihm war, als würde die See von einem biblischen Überfluss strotzen. Er tauchte hinein. Das Salzwasser brannte auf den Insektenstichen und wunden

Stellen, dem juckenden Hautpilz, der sich in den Hautfalten zwischen seinen Zehen und Fingern, in den Kniekehlen und um sein Skrotum eingenistet hatte. Die Fische streiften an seinen Beinen entlang.

Er war überglücklich und schrie vor Freude. Erschrocken von seiner eigenen Stimme, tauchte er unter und hielt so lange wie möglich die Luft an, falls noch ein japanischer Soldat darauf lauern sollte, ihn auszulöschen. Er kam sich vor wie Tom Sawyer mit Huck auf dem Mississippi, nachdem er von zu Hause abgehauen war.

Im Krieg fühlte man sich mal beschissen wie nie zuvor und dann auf einmal wieder so glücklich wie nie zuvor.

Fox Island, Penobscot Bay, Maine, Juli 1973

Als die anderen weg sind, schlurft Jim zum Schrank und schiebt mit seiner Krücke eins der Gewehre herunter. Ein einläufiges 12-Kaliber, in England hergestellt. Es liegt gut und stabil in der Hand. Er öffnet den Verschluss und peilt durch den Lauf, der stark geschwärzt ist. Er hätte die Gewehre wirklich nicht hier unten in der Feuchtigkeit und Salzluft lagern dürfen – genauso schlecht wie in den Tropen.

Als Cadillac zurückkommt, sitzt er an einem sonnigen Fleckchen, vor sich auf dem Tisch eine Flasche Gewehröl und mehrere Lappen mit schwarzen Flecken. Sie sieht zu, wie er einen sauberen Lappen mit dem Ladestock durch den aufgeklappten Lauf schiebt und dann eine kleine Metallbürste aufs Ende schraubt und einführt. Seine Bewegungen sind flink und geübt, seine Hände erstaunlich ruhig.

Im hellen Sonnenlicht betont ein tiefer Schatten die Furche, die sich von der höckerigen Linie seiner Wirbelsäule zu seinem Hals emporzieht. Die linke Schulter hängt herab. Sie sieht, dass seine Ohren abstehen und seine mit Sonnenflecken gesprenkelten, knorrigen Handrücken.

Etwas am Bootshaus kommt ihr vertraut vor, dem Raum mit den aufs Wasser hinausgehenden Türen, dem wie ein chinesischer Hut geneigten Dach – auch etwas an Jim, der so dünn ist, dass sein blaues, zugeknöpftes Hemd schlottert und seine Schulterblätter sich wie Fischflossen unter dem dünnen Baumwollstoff abzeichnen, und auch an seiner Konzentration. Sie unterdrückt ein Grinsen, als ihr einfällt, woran er sie erinnert – Jim, wie einer dieser japanischen Soldaten, von denen man sagt, dass sie sich immer noch auf den Inseln versteckt halten. Ein Vermisster in seiner Höhle am Meer.

»No go walkabout way 'long bush«, geht nicht in den Busch, rufen die alten Tantchen Cadillac und ihren Brüdern hinterher, als sie sich mit ihren Buschmessern wieder durchs Unterholz schlagen. »Suppos Japani him catchim you«, sonst erwischen euch die Japaner. Die Tantchen sitzen mit ausgestreckten Beinen unter dem großen Mangobaum. Auf ihren Mündern sind rote Flecken, weil sie Betel kauen, und der Boden um sie herum ist mit roten Flecken übersät, weil sie ausspucken.

Cadillacs Brüder verdrehen die Augen. »Keine Bange – wir geben ihnen Cadillac«, necken sie sie und kneifen ihr in den Arm.

Nicht dass sie sich vor Jim fürchtet. Die Geschichten der alten Frauen über japanische Vermisste haben sie immer eher fasziniert, als ihr Angst einzujagen. Es ist nur so, dass er dem Bild entspricht, das sie sich von diesen Männern gemacht hat. Jim, ganz allein, putzt sein Gewehr, obwohl der Krieg längst vorbei ist und es vielleicht nicht einmal mehr Kugeln gibt, mit denen man schießen könnte.

Manche, sagten die alten Tanten, waren *kranki* geworden, verrückt. Andere wussten nicht, dass der Krieg längst vorbei war. Cadillac stellte sich vor, dass es auch welche geben müsste, die sich einfach an ein Leben im Busch gewöhnt hatten und gar nicht mehr nach Hause zurückwollten. Das ist aber kein Vergleich, der Jim gefallen würde.

Sie schielt zum offenen Schrank und sieht etwas, das ihr vorher noch nicht aufgefallen ist. Auf einem der unteren Regale steht neben einem feuchten, ungeöffneten Karton mit Crackern und einer Dose Metallpolitur eine Leinentasche. Sie geht hin, nimmt sie heraus und wickelt sie neben dem Gewehröl auf dem Tisch aus: ein Präparierbesteck, wie ihr Vater eins hat. Die lange, scharfe Schere, das Skalpell, auf dessen scharfer Spitze ein Korken steckt, das Messer, die Pinzette, jedes Teil in seiner vorgesehenen Tasche. Der Pinsel und der Arsenblock, mit denen man die Häute behandelt. Ein Zirkel zum Maßnehmen. Nadeln. Eine Fadenspule Größe 1.

»Damit präpariert man Vögel«, erklärt Jim, ohne sie anzusehen. Gedankenverloren bemerkt er nicht den überraschten, dann aber amüsierten Ausdruck, der über ihr Gesicht huscht.

Jagdgründe

»Ah«, sagte er, »das hier ist ein hübsches Fleckchen – ein hübsches Fleckchen für einen Burschen, um an Land zu gehen. Du wirst da baden, und du wirst auf Bäume klettern, und du wirst Ziegen jagen, jawohl. Und du wirst selber wie eine Ziege auf die Hügel da klettern.«

Die Schatzinsel

Fox Island, Penobscot Bay, Maine, Juli 1913

Als er die geputzten Gewehre wieder in den Schrank schiebt, sieht Jim zu den dicken Balken hinauf, die unter dem Schwalbenschwanzdach verlaufen, und erinnert sich daran, wie Pieter, der holländische Bootsführer seines Großvaters, dort jeden Sommer ein Tau festband und das Ende mit einem dicken Knoten versah, der Affenfaust genannt wurde. Wie sie auf die Werkbank stiegen oder auf Leitern kletterten, sich mit den Füßen in die Knoten hängten und von dort sprangen.

Er erinnert sich, wie es sich anfühlte, das Tau zu packen und direkt aus den großen, offenen Türen übers Wasser zu fliegen, höher und höher, bis das Tau ganz straff gespannt war und wieder nach innen zurückschwang. Über die Werkbank hinwegzuwirbeln, über den großen Sturmanker mit seiner schweren Kette, über die offenen Dosen mit Bootsfarbe, an Segeln, die wie Flaggen zum Trocknen aufgehängt waren, entlangzustreifen und über das auf die Dollborde gedrehte Ruderboot hinweg.

Jauchzend und schreiend machte Pieter vor, wie es funktionierte.

Er erinnert sich daran, wie er früh am Morgen, bevor die anderen wach wurden, herunterkam, um Pieter dabei zu helfen, Algen und Seepocken vom Rumpf des Ruderboots und später dann vom Rumpf seiner eigenen Segeljolle zu kratzen. Der schwindelig machende Geruch von Abbeizmittel und frischer Farbe.

Diese Inseln waren seine frühen Sammelgründe. Zuerst die Dumplings genannten, zu denen er hinausrudern konnte – eigentlich nur Felsnasen mit ein paar verkrüppelten Bäumen, die, in diesem klaren Licht vom Bootshaus aus erblickt, wie die Szenerie eines japanischen Holzschnitts wirken. Weiter draußen die Sugar Loaves. Und hinter den Goose-Head-Inseln, die er nicht sehen kann: Hurricane, Leadbetter und die White Islands. Oder draußen im Osten, ganz am Ende des Gezeitenkanals: Stimpsons, Calderwood und Babbidge. Alles Inseln, zu denen er mit der Jolle segeln konnte, die ihm sein Papa zum zehnten Geburtstag geschenkt hatte. Wie man das Boot führte, brachte Pieter ihm bei.

»Sag mir, wann ich das Schwert einziehen muss«, sagte Pieter, als Jim das Boot auf den Strand setzte. Und Pieter zeigte ihm, wie man den Anker um einen Baum oder Felsen schlingt und für den Fall, dass sich die Strömung ändert, einen Heckanker setzt. Und wenn er das Boot nicht ordentlich festmachte, pfiff Pieter und ließ Jim die Sache allein regeln.

Sobald er angelegt hatte, sprang Jim von Fels zu Fels. Es war seine Gewohnheit, jede kleine Insel zu umrunden. Wenn er an ein Hindernis geriet, ein Kliff oder einen Stachelbeerbusch oder *Rosa rugosa*, hielt er sich landeinwärts. Er bückte sich unter stachlige Farne und betrat eine gedämpfte Welt aus Lichtflecken. Jeder Schritt auf dem schwammigen Nadelbett löste klaren, saftigen Duft nach Balsamtannen, Fichten und Kiefern aus. Das helle Gelispel eines Zedernseidenschwanzes drang deutlich durch die dumpfige Luft. Der Waldboden war ein Garten aus Moos, Farnen und breitkrempigen Pilzen. Auf offenen Wiesen spannten sich mit Tau benetzte Spinnweben wie Fischernetze im wilden Gras.

Pieter, der am Strand wartete, behielt die Strömung im Blick und warf seine Angelleine aus. Er brachte Jim alles bei, was er über sein kleines Boot wissen musste, bis er allein segeln konnte.

Im Sommer gab es Picknicks mit Brathähnchen und Muschelsuppe aus Thermostöpfen, kalte Limonade aus großen Krügen und Eistee, gekocht mit Minze, die im Garten so üppig wucherte, dass man büschelweise ganze Hände voll davon ausreißen konnte.

Auf der vorderen Veranda stapelten sich Angelruten und -ausrüstung, Schwimmwesten und zusammengeklappte Strandstühle. Es gab einen riesigen Sonnenschirm aus Indien, an dem Troddeln herunterhingen und über dessen Spitze bunte Elefanten marschierten, einen Weidenkorb mit gefütterten Taschen, in denen eine Blechkanne und ineinandergeschobene Blechtassen steckten, um heißen Tee zu machen, wenn die Kinder sich beim Schwimmen verkühlten.

Und Mama in ihren Schnürstiefeln und Petticoats und dem großen Sonnenhut kommandierte das ganze Unternehmen wie ein Feldmarschall einen Kampfeinsatz.

Alles musste zu Großvater Murrays Boot transportiert werden, ein fünfundzwanzig Meter langer Zweimastschoner, den er von New York hergesegelt hatte. So schnell er konnte, büxte Jim aus, um dem Bootsführer auf dem Wasser zu helfen.

»Gut gemacht!«, rief Pieter, als Jim das Beiboot dicht ans große Boot bugsiert hatte und, wie der Bootsführer ihm beigebracht hatte, den Rückwärtsgang einlegte. Dann sprang Pieter an Bord, und Jim warf ihm Fang- und Heckleine zu.

Das Boot roch nach warmem Teakholz und Teeröl, Messingpolitur und Tauen und, wenn Mama an Bord ging, nach Moschusparfüm.

Pieter kam aus einem Fischerdorf am Wattenmeer. Er hatte bei der Koninklijke Marine, der Königlich Niederländischen Marine, gedient und auf Viermast-Frachtseglern gearbeitet. Er war schnell und geschickt und trug eine blaue Fischermütze auf seinen dichten Locken. Er war ständig in Bewegung – wieselte übers Deck, um Anker zu werfen, lehnte sich über die Reling, um ein Segel zu kontrollieren, kletterte auf den Mast, um die Takelage zu entwirren. Mit seiner tollen Mütze, dem struppigen Schnauzbart und seiner ansteckenden Begeisterung fand Jim ihn so quicklebendig wie die Wasserratte in *Der Wind in den Weiden*.

Jim diente sich ihm als Leichtmatrose an, allzeit bereit, Taue aufzuwickeln, zu polieren, zu nähen, einzufetten und aufzuwischen. Im Gegenzug rollte Pieter Seekarten aus und führte Jim in die Kunst der Navigation ein: wie man einen Kurs berechnet; wie man mit Zirkel, Doppellineal und Kompassrose umgeht. Brachte ihm bei, wie man ein Logbuch führt: Wetterbedingungen, Windrichtung und Strömung, Segelstellung und Kompasspeilung notieren – Dinge, die Jim dann im Krieg den Piloten beibringen sollte.

Wenn sie zu einem Tagestörn mit Großvaters Schoner aufbrachen, kamen sie fast überallhin. Durch die Penobscot Bay nach Brimstone mit den schwarzen Felsen und wilden Klippen oder zur blauen Isle au Haut. Hinaus durch die Merchant Row in die Jericho Bay oder nach Süden zur entlegenen Insel Matinicus und zum Matinicus Rock, wo der Leuchtturmwärter zugleich als Wart der nationalen Vogelschutzgesellschaft fungierte. Dort kletterte Jim an Land, beobachtete die brütenden Vögel und erkundigte sich, ob der Atlantische Papageitaucher schon zurückgekehrt war. Die Kolonie wurde von Fischern dezimiert; sie aßen die Vögel und sammelten ihre Federn.

»Der Bursche soll gefälligst mit uns allen essen«, wandte Großvater Murray ein.

Aber sobald er weg war, wickelte Frau Leiber, die Haushälterin, Jims Mittagessen in eine Stoffserviette und drückte sie ihm in die Hand oder schob sie in den kleinen Baumwollbeutel, den er über der Schulter trug. Mit Ausnahme von Jims Mama hörte sie auf niemanden und wurde noch eigensinniger und spröder, als der Erste Weltkrieg Vorurteile gegen Deutsche schürte.

Für den Rest solch langer Sommernachmittage blieb Jim dann verschwunden, sodass es den Welds und Chandlers, den Bowditches und den Gastons, die alle die Sommer auf der Insel verbrachten und Kinder in Jims Alter hatten, noch Jahre später schwerfiel, ihn einzuordnen. Sie erinnerten sich an Ann. Alle kannten Cecil, der schon damals nicht zu übersehen war, aber sie hatten Probleme, sich das Gesicht seines älteren Bruders Jim zu vergegenwärtigen.

Egal. Jim sammelte glatte Steine und Felsbrocken mit Glimmer- und Serpentinspuren. Er hob Sanddollars, vertrocknete Seeigel und die ausgetrockneten, hohlen Beutel auf, die Ann und ihre Freundinnen Meerjungfrautäschchen nannten, aber wegwarfen, wenn er ihnen erklärte, dass es sich um Eierstöcke von Rochen oder Wellhornschnecken handelte. Das verstand er nicht – etwas vorzugeben, das nicht dem entsprach, was es war.

Manche seiner Funde ließen sich nicht mit nach Hause nehmen. Irisierende Quallen, die gestrandet waren, in Ufernähe tanzende Delfine, ein junger Otter, der mit einem Krebs spielte.

»Hast du dich schon wieder verlaufen, Bürschchen?«, schnauzt Großvater Murray. Er stapft mit breiten Schritten durch den Sand und hat Jim am Kragen gepackt, als hätte er einen vagabundierenden Gassenjungen oder blinden Passagier erwischt. Jim krümmt sich immer noch, erlebt noch einmal die alte Wut, seinen verletzten Stolz, spürt sein Herz rasen vor unterdrückter Empörung.

Verlaufen hatte er sich noch nie. Er hatte Zeichen hinterlassen, eine Kerbe in einem Baumstamm, eine Steinpyramide, einen rückwärts weisenden Zweig. Sich Orientierungspunkte einzuprägen war ein Spiel für ihn: ein wie ein Hund geformter Felsen, ein vom Blitz verkrüppelter Baum, ein Aussichtspunkt, von dem aus eine Insel hinter der anderen verschwand. Wie andere Jungen auch kam er sich wie ein indianischer Kundschafter vor – einer der großen Krieger der Algonquin oder der Purpurindianer, die diese Insel in prähistorischer Zeit bewohnt hatten. Er kam sich vor wie einer von Sanfords Sammlern.

»Nein, Sir«, antwortet er.

Großvater zieht ihn so dicht zu sich heran, dass Jim in seinem Atem den säuerlichen Sherry und andere Überreste des Picknicks riecht: Krebsfleisch, Wackelpudding, Zigarrenrauch. »Hast du also Bohnen in den Ohren?«, grummelte Großvater leise. »Dass du die Schiffssirene nicht gehört hast?« Er stellt Jim wieder auf seine Füße und verpasst ihm links und rechts Ohrfeigen. Und Jims Gesicht wird heiß, aber weniger vor Schmerz als vielmehr wegen der Demütigung. Er erinnert sich an das Gefühl. Es war so, als wäre er auf Grund gelaufen oder gegen einen sehr großen Felsen geprallt.

»Ich hätte Lust, dich hier allein zu lassen und erst beim nächsten Mal mitzunehmen, wenn wir hier zufällig wieder vorbeikommen«, droht Großvater.

Auch gut, denkt Jim. Dann ist er eben Robinson Crusoe. Oder der arme David Balfour in *Die Entführung*, der rohe Nacktschnecken aß, bis er krank wurde und nicht merkte, dass er gar nicht ausgesetzt, sondern auf einer Watteninsel gestrandet war, von der aus er bei Ebbe zum Festland waten konnte. Ein am Meer aufgewachsener Junge wäre keinen einzigen Tag auf Earraid geblieben. Jim meint, er sei am Meer aufgewachsen. Er würde gern beweisen, dass er überleben kann.

Er sagt nichts. Großvater ist ein starker Mann, nicht groß, aber breitschultrig und kräftig, und noch einmal will Jim nicht geschlagen werden. Er hält dem Blick seines Großvaters stand, was den alten Mann nur noch röter anlaufen lässt.

In Wirklichkeit hat er den Verdacht, dass Großvater Murray ein Feigling ist. So etwas passiert nämlich nie, wenn Papa dabei ist, und Papa ist nicht kräftig. Er ist lang und dünn, und er hat einen Bart, ist aber in moralischer Hinsicht so stark wie Abraham Lincoln. Und wenn Papa dabei ist, behandelt Großvater Jim nicht wie einen erbärmlichen Dieb. Großvater befiehlt, dass Jim seine Hosentaschen und den Beutel ausstülpt, wirft seine hart erkämpften Schätze in den Sand und zertritt eine kleine Muschel oder ein Vogelei unter seinen Schuhen.

»Lieber Gott, Bürschchen, es gibt genug Strandgut. Da musst du nicht auch noch die ganze Insel mit nach Hause schleppen!« Er stößt ein wieherndes Gelächter aus, in das die anderen einstimmen. Alle außer Pieter, der die Stirn runzelt. Jims Herz fliegt ihm zu – diesem Mann, der nur über wirklich lustige Dinge lacht.

Wenn Pieter dann später sieht, dass Großvater zu viel getrunken hat, wird er Jim helfen, seine Funde an Bord zu schmuggeln.

»Lass mal sehen, was du da hast, Jamie-Boy«, sagt er dann

und hüpft dabei von Felsen zu Felsen, um den Weg abzukürzen. Seine Angelrute schwankt durch die Luft.

»Soll ich das mal für dich einpacken?« Er wickelt einen hellgelben Baumpilz oder ein Ei in sein Seidenhalstuch, steckt es sich in die Jackentasche oder schiebt es in seinen Angelkasten. Die beiden verbindet ein Geheimbund.

Und später kommt Pieter dann zum Haus, liefert die Schmuggelware ab und bewundert Jims Zimmer mit all seinen Funden, die wie in einem Museum beschriftet und sortiert auf Regalen und unter Vitrinen liegen.

Im Sommer kamen Onkel und Tanten, Vettern und Cousinen. Bald nach ihrer eigenen Ankunft auf der Insel kam Mutters Schwester mit ihren Töchtern Harriet und Jane und dem Baby Dod aus New York. Ein- oder zweimal reisten Papas Brüder mit ihren Söhnen aus Tennessee an; sie redeten merkwürdig und fragten: »Wo geht ihr denn alle hin?«, und wurden furchtbar seekrank.

»Das liegt daran, dass es in Tennessee keine See gibt«, flüsterte Jims Bruder Cecil ihm zu und ahmte dabei den breiten Akzent ihrer Vettern nach. Es gab auch noch andere Gäste aus New York, Long Island und Boston, von denen viele ihre eigenen Sommerhäuser auf Fox Island oder jenseits des Gezeitenkanals auf Carvers Island hatten. Und Großvater Murrays Freunde aus Pennsylvania, Stahlindustrielle und schottische Landsleute.

Jim blieb meistens für sich und ging der Gesellschaft und der Launenhaftigkeit seines Großvaters aus dem Weg. Half Pieter. Erforschte mit Stillman die Bucht und die Schilfbänke.

Aber wenn er Glück hatte, kam Papa angesegelt und brachte Sanford mit, der aus Connecticut zu Besuch war. Beide

Männer arbeiteten als Ärzte an der Universität Yale. Sanford war Chefchirurg des Footballteams, aber seine eigentliche Liebe galt den Vögeln, insbesondere den Seevögeln, und seiner Tätigkeit als Kurator am Museum of Natural History in New York. Sanford war der Erste, der in Jim einen Geistesverwandten entdeckte und ihm Bücher schenkte: Frank Chapmans *Handbuch der Vögel im Nordosten Amerikas* und Elliott Coues' zweibändiges *Handbuch der Vögel Nordamerikas*, das zu jener Zeit die Bibel der Vogelforscher war. Und später schenkte er Jim sein erstes Präparationsbesteck.

Wenn Papa Sanford mitbrachte, drückte Jim sich immer in der Nähe herum. Er erinnert sich daran, wie Sanford vor der Hütte auf der vorderen Veranda mit hochgelegten Füßen in einem der Liegestühle lehnte und alle mit den indianischen Namen für Vögel unterhielt. *O-du-na-mis-sug-du-da-weshi* oder *Macht-viel-Krach-für-seine-Größe*, der unmöglich lange Name der Chippewas für den winzigen Zaunkönig. *Nan a-mik-tcus* oder *Schüttelt-seinen-Körper*: der Name der Malecite-Indianer für den Drosseluferläufer. Und *uwes' la' oski* – liebeskrank: der Name, den die Cherokeekrieger der Ostküste dem Rotschwanzbussard gaben.

Wenn sich die großen Segel blähten, alle Klampen und Leinen strafften und Pieter die zunehmende Geschwindigkeit in Knoten ausrief, machte Sanford Jim auf die Flöße der Eiderenten aufmerksam, die in der Jericho Bay trieben; die Männchen waren nach der Paarungszeit in der Mauser und vorübergehend flugunfähig. Die Sturmtaucher und Trauerenten, die bei den Inselbewohnern in Maine Wasserhühner hießen. Seltener waren Wilsons Sturmvögel, kurz und stämmig mit einem auffälligen weißen Ring um den Rumpf wie die Bauchbinde einer Zigarre; benannt nach dem heiligen Petrus wegen der Art und Weise, mit der sie mit ihren zierlichen Füßen die stille Wasseroberfläche kräuseln. Und Küstenseeschwalben, die, wie Sanford erklärte, wegen der Modetorheit gefiederter Damenhüte beinah von den Küsten Maines vertrieben worden wären.

Er brachte auch Nachrichten von den Sammlern des Museums mit. Von James Chapin aus Belgisch-Kongo. Aus Peru von Rollo Beck, der später in die Südsee reisen sollte.

»Und Präsident Roosevelt?«, fragte Jim. Nach seiner Wahlniederlage war der Kandidat der Bull Moose Party zur Erforschung des Rio da Dúvida nach Brasilien aufgebrochen, hatte jedoch zuvor wichtige Gesetze erlassen, mit denen die Jagd auf Federn gestoppt werden sollte.

Sanford zog einen Stuhl heran, und Jim, fasziniert von diesen Geschichten über Menschen und Vögel, setzte sich neben ihn. Er fing damit an, sich ein eigenes Leben auszumalen, während die anderen Kinder auf dem langen und breiten Teakdeck Fangen oder Fang-die-Fahne spielten oder, wenn der Tag schon zu Ende ging, sich in Handtücher und Decken wickelten. Dann lehnte Jims Bruder Cecil den Kopf an Mamas Knie.

Cecil war Mamas Liebling. Sie nannte ihn ihr Engelchen, ihren Adonis, ihren Endymion und hoffte, dass er ewig ihr Kind bleiben möge. Wenn er den Kopf an ihre Knie lehnte, strich sie ihm durchs goldene Haar; sie sorgte dafür, dass es wie bei einem Mädchen lang und lockig blieb.

Cecil war, wie auch ihre Schwester Ann, goldbraun und rundlich. Er war charmant und wusste, wie man die Erwachsenen zum Lachen brachte. Jim dagegen war still, hager und hoch aufgeschossen. Im Sommer wurde er tiefbraun. Sein

Haar, das ebenfalls dunkler war als das seines Papas, trug er stets fast militärisch kurz. Wenn er sich im Spiegel betrachtete, sah er seine harten Gesichtszüge, die abstehenden Ohren und in seinen Augen einen gewissen Trotz.

»Die meisten Leprakranken auf Penikese sind schwarz, und einige sind Chinesen«, klärte Cecil sie auf. »Es sind nämlich Immigranten.« Er spricht das letzte Wort in einem leicht verächtlichen Ton aus, den er wohl von Großvater übernommen hat.

Am Spätnachmittag sind sie unten am Strand vor dem großen Haus in Greenwich, genießen die letzte Stunde in Freiheit, bevor Frau Leiber die große Schiffsglocke vor der Küchentür läutet und sie nach oben laufen und sich fürs Abendessen waschen müssen. Ann arrangiert ihre Porzellanpuppen auf Betten und Stühlen aus nassem Sand, den sie vom Strand mitgebracht hat. Jim liegt mit dem Gesicht nach unten ausgestreckt da wie eine Meeresschildkröte und schiebt seine gebräunten Arme und Beine in die noch verbliebene Wärme des weißen Sands.

Das Thema fasziniert sie – die etwa fünfzehn infizierten Patienten, die auf das wildeste, abgelegenste Eiland in der Buzzards Bay verbannt sind.

»Was sind denn Immigranten?«, fragt Ann, und Jim vergräbt seine Ellbogen im Sand und hofft, dass sie nicht merkt, dass er sich unsicher ist. Er weiß, wo Kapverden ist, das Zuhause des Kapverdischen Sperlings und des Alexanderseglers. Er zeichnet die Westküste Afrikas in den Sand.

»Ein Immigrant ist jemand aus einem anderen Land, der in Amerika leben will, weil es hier besser ist«, erklärt Cecil. Er sitzt ein Stück weiter am Strand, hüllt sich in den farbenprächtigen Sarong, den Mama ihm aus Indonesien mitgebracht hat, und verströmt in den leuchtenden Farben die Würde eines Stammeshäuptlings.

»Dann ist Großvater ja auch ein Immigrant«, bemerkt Ann. Als Jüngste ist sie felsenfest entschlossen, ihre Brüder zu berichtigen.

»Ja, aber er hat keine Lepra«, erwidert Cecil, als ob das den entscheidenden Unterschied zwischen guten und bösen Immigranten ausmacht. Jim hat das vage Gefühl, dass noch mehr an der Sache dran sein muss, beispielsweise die Hautfarbe der Leute, auch wenn sie gar keine Lepra haben. Die Tatsache, dass manche Leute aus Afrika oder China kommen, während andere aus Schottland kommen. Aber er will sich nicht einmischen. Dazu ist er zu schläfrig und auch ganz zufrieden und froh, dem Häuptling einfach zuzuhören.

Cecil ist zehn, ein Jahr jünger als Jim mit seinen elf, aber frühreifer und über die Welt der Erwachsenen schon besser informiert. Jim kümmert das nicht weiter. Er findet es vorteilhaft, dass sein Bruder willens und in der Lage ist, Wünsche der Erwachsenen zu erkennen, und ihn in Ruhe lässt, wenn er sich auf Sandkäfer und Strandschnecken konzentriert. Er beneidet Cecil nicht um die Stunden, die dieser auch dann noch bei Cocktails aussitzt oder an Esstischen verbringt, wenn die Kinder längst gehen dürfen, wobei Jim schon längst auf heißen Kohlen saß.

Außerdem erzählt Cecil Jim noch ganz andere Sachen. Dass Großvater ein Vetter von Carnegie ist, dem reichsten Mann in Amerika; dass er sein Vermögen in der Stahlindustrie gemacht hat, aber als Krämerjunge im schottischen Dunfermline aufgewachsen ist; dass er und Pieter einmal den Weltrekord der schnellsten Atlantiküberquerung gebrochen haben, aber dass ihr Boot ein paar Jahre später nicht den Kaiser-Wilhelm-Pokal gewonnen hat. Übrigens stellte sich später heraus, dass der Pokal nur vergoldet war und, wie der Kaiser selbst zugab, nicht aus massivem Gold. Und das war wieder mal typisch für die Deutschen.

»Aber nicht für Frau Leiber«, meldet Ann sich zu Wort, um der Haushälterin beizuspringen.

Cecil vertraut Jim auch an, dass Papas Familie im Bürgerkrieg aufseiten der Konföderierten kämpfte, aber dass das keine Rolle spielte, weil Papa ja auf die allerbesten Schulen der Ostküste gegangen ist und in Yale sein Examen *summa cum laude* abgelegt hat.

Jetzt weiß er etwas von einem Baby, das in der Leprakolonie auf Penikese geboren und gleich am nächsten Tag per Schiff nach New Bedford gebracht wurde.

Das Baby hat Glück gehabt, denkt Jim, während er einen Sandkäfer beobachtet, der sich eingräbt und dabei Sandkörner aufwirft, und wundert sich, als Ann widerspricht.

»Das Baby wäre bestimmt lieber bei seiner Mutter«, sagt sie rechthaberisch und schüttelt den heißen, goldenen Sand aus einer Decke über ihren Puppen aus.

»Blödsinn«, sagt Cecil. »Die Mutter könnte ihr Baby ja nicht mal halten, wenn sie gar keine Hände mehr hat. Und wenn sie niest, fällt ihr vielleicht auch noch die Nase ab.«

Ann greift zu einer Puppe und drückt sie an sich, als könnte Cecil damit drohen, sie wegzuschicken. Und Jim fragt sich im Stillen, ob sie nicht recht hat. Auch wenn sie die Jüngste ist, kann sie es am besten beurteilen.

Auf Penikese gibt es einen Jungen in Jims Alter, der etwas von Physik und Elektrik versteht. Der Frauenverein von New Bedford hat ein tragbares Funkgerät gespendet, das er zusammengebastelt hat und mit dem er mit Fischern und Funkern auf vorbeifahrenden Schiffen kommuniziert. Papa zeigt Jim einen Zeitungsartikel darüber. Und manchmal stellt Jim sich vor, wie er sich mit dem Jungen anfreunden könnte, wenn Großvater tatsächlich seine Drohungen wahr machen sollte, ihn dort auszusetzen.

Auf der Insel würde er die Seevögel und Zugvögel beobachten, und der Junge könnte mit seinem Funkgerät über die Sichtungen berichten. Als Papa ihm erzählt, dass der Junge an Lungenentzündung und Auszehrung infolge seiner Lepra gestorben ist, geht Jim weg und weint, als wäre der Junge wirklich sein Freund gewesen. Daran erinnert er sich genau.

Fox Island, Penobscot Bay, Maine, 1916

»Spielt schön«, sagt Mama. Aber die anderen wollen keine Sandwespen suchen und auch nicht die Fallen, die Wolfsspinnen bauen. Sie interessieren sich nicht dafür, Eulengewölle zu sezieren und zu versuchen, die winzigen Knochen einer Feldmaus zusammenzusetzen. Die Jungs in Jims Alter sind jetzt dreizehn und interessieren sich eher dafür, Mädchen zu imponieren.

In einem Spiel ist Jim besonders gut: Verstecken. Aber er ist zu gut. Selbst wenn sechs oder sieben andere Kinder nach ihm suchen, findet ihn niemand.

Er quetscht sich mitten in einen Wacholderbusch oder klettert so hoch in einen Baum, dass sie nicht weit genug nach oben schauen. Er deckt sich mit Seetang zu, was sie so eklig finden, dass sie es sich gar nicht vorstellen können, obwohl man den Geruch hinterher beim Schwimmen wieder loswird. Gelangweilt verschärft er die Spielregeln von Verstecken zu Verschwinden, rennt durchs Dickicht, kriecht unter die Holzgitter an der Veranda, schwimmt unters Schwimmdock und kann über sich ihre Füße über die Plankenroste laufen sehen.

Die anderen geben frustriert auf, wenden sich lieber neuen Spielen zu, und Ann ist eingeschnappt, weil sie verloren hat, und rennt heulend zu ihrer Mutter.

»Warum könnt ihr denn nicht so schön spielen wie andere Kinder auch?«, schimpft sie. »Sie sind doch alle kleiner als du.« Was einige aber gar nicht waren.

Jahre später erinnerte er sich an diese Spiele, als Helen ihm aus einem Buch vorlas, das von ein paar britischen Kindern handelte, die an einem Fluss in Bengalen aufwuchsen. In dem Buch spielt ein Junge namens Bogey *Unsichtbar-durch-den-Garten-gehen*, und das war genau die richtige Bezeichnung für Jims Spiel. Er erinnerte sich daran, wie unsichtbar und mächtig und magisch er sich vorkam, allerdings auch, wie ängstlich er war – als könnte er wirklich verschwinden, wenn er es nur intensiv genug versuchte.

»Bogey ist genau wie du«, hatte Helen gesagt. Jim wusste das. Jedenfalls war Bogey so, wie er vielleicht geworden wäre, wenn man ihm erlaubt hätte, zu verwildern und ungebildet und so gut wie stumm zu bleiben. Genau dafür liebte Helen ihn. Sie war noch ungezähmter als er, weil sie frei auf einer eigenen Insel aufgewachsen war.

Als Helen einmal böse auf ihn war – Jim brach zu einer weiteren Sammelexpedition nach Indochina auf, und diesmal konnte sie ihn nicht begleiten, weil sie mit Fergus schwanger war –, stampfte sie mit dem Fuß auf und schrie: »Hoffentlich wirst du von einer Kobra gebissen!« Das passierte nämlich dem Jungen im Buch.

»Meinst du jetzt die Asiatische Speikobra oder die Indische Königskobra?«, erwiderte Jim. Sie war mit ihrer stacheligen Haarbürste auf ihn losgegangen, und dann fielen sie lachend aufs Bett.

Im Sommer führte Jim Listen der Seevögel: Möwen, Kormorane und Fischadler, die pfeifen und quäken und ihre unansehnlichen Nester in die Kronen abgestorbener Bäume bauen.

Auf der Suche nach einem Seeschwalbenei ging er einmal über eine Sandbank. Die Vögel schossen herab und flogen so tief wie Kunstflieger und kamen ihm so nah, dass er die Luft zwischen ihren Federn pfeifen hörte; ihre schrillen Schreie waren ohrenbetäubend. Und er verstand, warum sie einen derartigen Radau machten, weil es da etwas gab, was ihn zutiefst erstaunte: die Art und Weise, in der ihre Eier wehrlos und ungeschützt den Elementen, Sonne, Wind, Gischt, ausgesetzt waren. Leichte Beute für Räuber. Einige der Vögel hatten die flachen Sandmulden mit Büscheln von Seetang oder Gras umgeben, aber das waren keine richtigen Nester oder Auspolsterungen, sondern nur halbherzige Dekorationsversuche. In jeder Mulde lagen zwei bis drei braun gesprenkelte Eier, glatt wie Flusskiesel.

Er erinnert sich, wie er zum Rand eines Kliffs kletterte, im Wildgras lag und die ausgewachsenen Möwen beobachtete, die ihre Jungen von den Felsvorsprüngen schubsten, sodass sie auf unerprobten Flügeln gefährlich wirbelnd den Felsen und der Gischt entgegentaumelten. Silbermöwen, Lachmöwen und Mantelmöwen. Es war eine Möwenflugschule. In der Luft vibrierte das Kreischen und Schreien und hallte von den Klippen wider, und tief unten donnerte das Meer. Deshalb hatte er nämlich die Schiffssirene nicht gehört. Das Vogelgeschrei war zu laut und der Anblick ihrer ersten Flugversuche zu faszinierend.

So fühlt Jim sich manchmal – schwindlig, beschwingt und plötzlich gefährlich schnell stürzend.

»Ruder schneller, Junge. Ruder schneller!«, schreit Großvater Murray. Aber er hat vollen Gegenwind, und die Ruder sind zu schwer.

»Als ich in deinem Alter war, bin ich schneller durch den Firth gerudert«, gibt Großvater an. Er lässt Jim immer weiter rudern, bis ihm die Haut an den Händen reißt und er sich die Blasen auf den Handflächen am Holz wund scheuert.

Jim sieht Hilfe suchend zu seiner Mutter. Sie sitzt neben Großvater am Heck des Boots, aber sie blickt an Jim vorbei aufs Meer hinaus.

Rattenfänger

Als er älter wurde, kam Jim dahinter, dass die Naturforscher, die er kennenlernte und mit denen er arbeitete, die Leidenschaft und Lieblingsbeschäftigung seiner Kindheit teilten. Brewster zum Beispiel, Kurator am Museum für vergleichende Zoologie und Mitbegründer der Amerikanischen Ornithologischen Vereinigung. Brewsters Kraxeleien brachten ihm schon in seiner Kindheit ein ganzes Lager an Eiern und Nestern ein, das bis auf den heutigen Tag das Herzstück der zoologischen Sammlung des Harvard-Museums bildet.

Er denkt zurück an ein Mittagessen, das vor ein paar Jahren im *Dominican Place* an der Ecke des Museums in New York stattfand. Alle waren sie da: Delacour, Farrell, Laina, Griscom, dessen Buch er Cadillac gegeben hat. Nach ein paar Karaffen Wein kam das Gespräch auf die Kindheit. Und Griscom jammerte über die Höllenqualen, die er als Teenager ertragen musste, wenn seine Eltern darauf bestanden, dass er nach dem Abendessen als Partygag Vogelrufe zum Besten geben sollte. Das pickelige Stadtkind Griscom hatte es sich selbst beigebracht, das Zirpen und Trillern aller Vögel im Central Park zu erkennen und nachzuahmen.

Jim versucht, sich das vorzustellen: bedeutende New Yorker und der bebrillte, x-beinige Junge. »Ach ja, ein Blauhäher! Ein Kardinal!« Die Gäste klatschten verblüfft. »Unglaublich. Erstaunlich! Klingt das nicht täuschend echt? Eine Cape-

May-Grasmücke« – die Griscom einfach erfand, um sie auf den Holzweg zu führen.

Weil er ein »feines Ohr« hatte, quälten ihn seine Eltern mit Musikunterricht und französischen, deutschen und italienischen Privatlehrern. Sie hofften, ihr Sohn würde Konzertpianist werden oder, falls das nicht klappen sollte, Diplomat, und waren bestürzt, als ihn sein schrulliges Hobby dazu brachte, Vogelkunde zu studieren.

Auch Delacour, nach Sanford Jims großer Mentor und bester Freund, war mit von der Partie und schwelgte in Erinnerungen an sein erstes Haustier, ein flauschiges Faverolle-Küken namens Moumou, das er in einem Karton neben seinem Bett hielt, um sich aufzuheitern und abzulenken, als er an Scharlach litt. Er war erst fünf Jahre alt, aber was ihn interessierte, war bereits klar. Herrgott, von der Wiege an hatte er Küken großgezogen.

Mit zehn übernahm Delacour ein paar unbenutzte Volieren des Bauernhofs, der an das Château der Familie bei Villers angrenzte, und füllte sie mit einheimischen Singvögeln, später mit selteneren Vögeln wie Wida oder Chinanachtigall, die er auf Pariser Märkten erstand – *les oiseaux méchants*, wie er die Papageien und Kernbeißer gern nannte. Deshalb waren seine Kenntnisse derart umfassend und detailliert. Er war mit diesen Vögeln aufgewachsen. Er kannte ihre Verhaltensweisen und kleinen Verschrobenheiten, wie ein anderes Kind einen Hund kennen mag.

Als er dann volljährig wurde, hatte Delacour einen extravaganten Park errichtet, dessen kuppelförmige Volieren an von Spalierobst gesäumten Wegen lagen. Es gab Teiche und Wasserfälle für seltene Enten und Gänse, umzäunte Koppeln für Nandus, Straußen, Kronenkraniche, rosa Flamingos und überdachte Galerien voll mit den seltensten, farbenprächtigsten Exoten: Kolibris, Tangaren, Honigsauger, Paradiesvögel. Vögel, die man nur ausgestopft und mit viel Glück in einem Museum zu sehen bekam, Volieren, die einem das Gefühl gaben, durch eine Bibliothek voll seltener Bücher zu wandeln.

Im Zentrum seine Lieblinge: der Diamantfasan und die Zwergwachtel mit ihrer zierlichen, hummelartigen Brut.

Er schuf ein derart fantastisches ornithologisches Xanadu, dass der französische General Foch erklärte, er wolle dort als Vogel wiedergeboren werden. Foch beschlagnahmte das Château und saß in Delacours Fasanengehege, während er den Angriff an der Somme plante. Und Delacour, der in der Nähe stationiert war, kam abends mit dem Fahrrad vorbei, ging durch die Hintertür und traf sich dort mit dem General.

Das geschah, bevor die Front der Schützengräben durchbrochen wurde. Villers war die Stadt, in der französische Soldaten 1918 den deutschen Vormarsch auf Amiens zurückschlugen.

»In Wahrheit sind wir nie erwachsen geworden«, erklärte Delacour. Alle hoben die Gläser. Jim hatte jedoch den Verdacht, dass Delacour an dem Tag erwachsen geworden war, an dem er zum letzten Mal durch seinen Park ging und den Vögeln zuhörte. Da war er achtundzwanzig. Die Stadt war bereits evakuiert, und die ersten Granaten schlugen ein.

Delacour kam in der Champagne und vor Verdun zum Einsatz. Bei Verdun verlor er einen Bruder. Jim hatte er einmal erzählt, dass er noch vor Kriegsbeginn einen anderen Bruder durch Selbstmord verloren hatte. Der Krieg hatte sein Leben völlig auf den Kopf gestellt, wie es später auch Jim passieren sollte.

»Von uns wurde erwartet, dass wir uns für Mädchen und Debütantinnenbälle und schließlich für unsere Frauen interessierten«, sagte Griscom. »Oder für Ehemänner«, ergänzte er und zwinkerte Laina zu. »Haben wir aber nicht. Ich jedenfalls nicht.«

»Wir waren abgelenkt«, sagte Farrell.

»Verkümmert«, rief jemand dazwischen. »Wie so eine Art Baumkrebs.«

Jim weiß noch, dass Laina ihm einen sorgenvollen Blick zuwarf. Oder war das Zuneigung? Lieber Gott, sie ist doch nur ein Schulmädchen; er hat seine Gründe, den Mund zu halten.

Er war nicht ganz bei der Sache, dachte noch über Griscoms Erwähnung seines Klavierunterrichts nach und überlegte, wie sich ein von Generation zu Generation weitergegebenes Interesse an Musik oder Naturgeschichte fördern und pflegen ließ oder wie es sich in den seltsamsten Familien selbstständig, aber unbeachtet entfalten konnte.

Sogar Darwins Vater nörgelte an seinem Sohn herum. »Du interessierst dich für nichts als Schießen, Hunde und Rattenfangen, und du wirst dir selbst und deiner ganzen Familie Schande machen.« Darwin vermerkte das in seiner Autobiografie, und Jim musste lachen, als er es las. Er strich sich die Stelle in seinem Exemplar an und kritzelte an den Rand: *ein umherirrendes Kind, der Leitstern.* Vogelkunde, das versteht er jetzt, ermöglichte es ihm, sich auf die Welt einzulassen, und bot ihm zugleich die Mittel, ihr zu entfliehen.

Weil er befürchtete, dass Laina die Hand ausstrecken und auf sein Knie legen könnte, stand er auf und verschwand.

Greenwich, Long Island Sound, Connecticut, 1917

In seinem Zimmer oben im Haus ist es heiß. Jim liegt auf den Bettlaken. Am Fußende des Betts kratzt eine zusammengelegte Wolldecke gegen seine Füße. Ihm ist heiß. Manchmal wickelt er sich auch zitternd und schwitzend in die Decke. Er hat Fieber wegen des Schocks, sagt Papa.

Vom hohen Bett kann er aus dem Mansardenfenster durch die kupferroten Kronen der Buchen bis zum Sund sehen und die Fähren beobachten, die zwischen Greenwich und Long Island hin- und herdampfen. Schwarze Rauchfahnen hängen in der Luft und werden vom Wind zu Formen verweht. Das Meer und die Boote sind aber das Letzte, was Jim jetzt sehen möchte. Er will nur den Kopf in die Dunkelheit der Matratze drücken und nie wieder sein Gesicht zeigen.

Abends knarren die Treppenstufen. Er hört, dass seine Mama Ann eine Gutenachtgeschichte vorliest. Ihre Stimme hebt und senkt sich. Er würde gern die Worte verstehen. Vielleicht lenken sie ihn ab. Aber mit seinen fünfzehn ist er zu alt für Gutenachtgeschichten. Jenseits des Sunds blinken glitzernde Lichter auf; sie markieren das Ufer der Oyster Bay, wo Roosevelt, vom Amazonas zurück, dafür wirbt, ein Freiwilligenregiment für den Krieg in Europa aufzustellen.

Von unten hört Jim das Gepolter ihres eigenen Kriegs. »Red nicht in diesem Ton über den Jungen«, hört er seinen Vater unten in der Eingangshalle sagen. Seine Stimme klingt höflich, aber entsetzlich kalt. Großvater flucht. Eine Tür wird zugeknallt. Jim hört seine Mama weinen. Und dann ist Ann da, die längst schlafen sollte, beugt sich über Jims Bettrand, zieht sich an der Matratze hoch und flüstert ihm zu, dass Papa nach Washington fahren wird, um beim Aufbau der Sanitätstruppe zu helfen. Und dass Papa sagt, er werde es nicht zulassen, wenn Großvater Jim tyrannisiert.

Frau Leiber kommt mit einer Porzellanschüssel und stellt sie neben Jims Bett, falls ihm wieder übel werden sollte. Die Suppe, die Jim nicht gegessen hat, nimmt sie wieder mit. Bald, sagt sie, werden US-Soldaten gegen ihre Neffen in Deutschland kämpfen.

Nun steigt das Fieber, und Jim hat das Gefühl, die Zimmerwände schwöllen an und drückten auf ihn, bis er Angst bekommt, zerquetscht zu werden. Oder sein Körper wird dicker, die Arme und Beine werden grotesk groß. Es ist eine Halluzination, die er später noch einmal durchmachen sollte, als er an Malaria erkrankte. Er wickelt sich in die Decke und wartet zitternd auf seinen Papa, der ihm einen Löffel Weinbrand einflößen und mit einem Schwamm den Schweiß abwischen wird.

Es ist nicht Jims Schuld, sagt Papa. Pieter hätte es wissen müssen. Hatte denn nicht Pieter selbst Jim oft gewarnt, er solle den Kopf einziehen? Jim hatte genau das Richtige getan, als er half, die Segel einzuholen und das Boot in den Hafen zu bringen. Nur wenige andere Jungs hätten dabei einen klaren Kopf behalten. Pieter, sagt Papa zu ihm, wäre stolz auf ihn gewesen.

Es tut gut, Papas Stimme zu hören. Es tut gut, ihn neben sich auf der Bettkante zu spüren. Seine Arzthände wringen einen Waschlappen über einer Wasserschüssel aus. Er wischt mit dem kühlen Tuch über Jims Nacken, hebt Jims Kopf vorsichtig vom Kissen und wischt mit dem Lappen über die mageren Schultern des Jungen.

Nachts schwappen die Wellen des Sunds ans Ufer, und der Wind schüttelt die Buchen. Die große Standuhr auf dem Treppenabsatz schlägt dunkel und wohltönend eins, dann zwei, und das höhere Läuten der französischen Uhr auf dem Kaminsims im Flur klingt wie ihr Echo. Kurz vor Morgengrauen fangen die Möwen an, heiser seinen Namen zu rufen: »Jamie, Jamie, Jamie.« Bis er endlich einschläft. Und schweißgebadet wieder erwacht.

Pieter hatte Jim aufgefordert, die Ruderpinne zu halten, während er zum Bug eilte. Er wollte die Fock einholen oder das Hauptsegel reffen oder beides. Sie waren in Großvaters Tagessegler, einem Sieben-Meter-Herreshoff, und hielten vor einem aufkommenden Sturm landeinwärts. Hinter ihnen kochte der Himmel wütend auf, und das Boot wurde von schweren Böen getroffen.

»Halt den Kurs«, sagte Pieter sanft. Je komplizierter die Lage, desto ruhiger wurde er. Jim nickte. Genau diesen Moment hatte Großvater Murray sich ausgesucht, um Tabak in seine Pfeife zu stopfen. Sonst hätte Pieter ihm das Ruder überlassen, und dann wäre alles ganz anders gekommen. Papa war auch dabei, aber er konnte nicht segeln.

Als Pieter nach vorn ging, erfasste sie der Sturm, und starker Wind griff wie eine Faust nach dem Segel und riss den Baum hoch und seitwärts, sodass er, bevor Jim Zeit blieb, zu rufen oder das Hauptsegel einzuholen, zur Seite sauste, Pieter gegen den Kopf krachte und ihn ins Meer fegte. Jim hörte, wie das Holz gegen den Schädel des Bootsführers knallte. Er sah den erstaunten Blick auf Pieters Gesicht.

Großvater Murray sprang sofort auf ihn zu, stieß ihn auf

die andere Cockpitseite und wendete das Boot in einem großen Bogen.

»Runter mit dem Lappen! Runter mit dem Scheißsegel!«, schrie Großvater. Die Segel schlappten wie Leichentücher übers Deck, als sie Pieter übers Dollbord hievten. Pa zog ihm Seemannspullover und Hemd aus, legte ihn mit dem Gesicht nach unten und versuchte, das Wasser aus seinen Lungen zu drücken. Er drehte ihn um, kniete sich breitbeinig über Pieters Hüfte, zog dem Bootsführer die Arme über den Kopf und dann wieder nach unten, um seinen Brustkorb auszupumpen, wieder und wieder. Es half nichts. Das Pumpen ließ lediglich Meerwasser aus dem Mund des Bootsführers laufen. In ihm war keine Luft mehr. Das Meerwasser strömte zwischen den Planken in die Bilge. Der Körper des Bootsführers lag schlaff und schwer da wie ein großer Fisch.

»Jim.« Großvater knurrte ihn an, als er gebückt im Cockpit hockte und die Hand in Pieters Mund schob, damit die Zunge nicht in die Kehle rutschte. »Lord Jim. Du warst immer schon ein schwieriger Fall.«

Papa löste sich dann von Pieters Körper, legte die Arme des Bootsführers wieder seitlich und strich ihm sanft über die Augen. Und der Regen prasselte nieder und strömte über Pieters Gesicht. Also zog Papa seine Jacke aus und legte sie über ihn. Dann durchnässte der Regen Papa. Von der Wachstuchjacke lief er in Strömen herab. Jim schluchzte, und es schien, als wäre die ganze Welt ertrunken.

Toscas Geschichte

»Wo auch immer ein Mann ist,
sag ich, muss ein Mann
sich zu helfen wissen.«

Die Schatzinsel

Fox Island, Penobscot Bay, Maine, Juli 1973

Am Tag nachdem sie das Bootshaus geöffnet haben, findet Jim einen kleinen Vogel, der vor seiner Schreibmaschine auf zwei große Ahornblätter gebettet liegt. Ein grünbrauner Vogel mit schwarzem Kopf, Hals und Brust dunkelgelb.

Sie muss den toten Vogel gefunden und mitgebracht haben. Oder hat sie sich eins seiner Gewehre genommen und das Tier geschossen? Wie ein einheimischer Vogel sieht er nicht aus. Zu groß für einen Fliegenschnäpper oder eine Grasmücke. Die Schwanzfedern zu stummelig für einen Pirol. Jetzt sieht er die Wattestäbchen, die sorgfältig in die Augenhöhlen gezogen sind, und dass die Flügel nach hinten gedrückt und die kleinen Beine unterm Schwanz verschränkt sind. Er beugt sich vor, die Krücke drückt in seine Achselhöhle, und dann nimmt er den Vogel in die Hand. Das Exemplar fühlt sich leicht und trocken an. Er dreht das kleine, handgeschriebene Schildchen um, das an einem der Beine befestigt ist.

Layla Island, Wanawana, New Georgia
Pachycephala pectoralis centralis.
2. Juni 1973. T Baketi

Ein Gelbbauch-Dickkopf. Großer Gott, das ist ja einer von Tosca!

Die Präparierung ist gut gelungen. Jim hätte es nicht besser machen können, nicht einmal zu seiner besten Zeit. Die Federn sind sauber und trocken. Keine Blut- oder Fettreste, keine gebrochenen oder fehlenden Federn, kein Einschussloch.

Er dreht den kleinen Vogel mit dem Bauch nach oben, zieht mit dem Daumen die Haut zurück, um innen die säuberliche Baumwollspindel zu untersuchen. Amateure stopfen gewöhnlich zu viel hinein und blähen das Exemplar damit auf, aber hier ist es perfekt ausgeführt. Bei allem, was kleiner als eine Taube ist, muss der Bauch nicht vernäht werden; so hat Delacour es gelehrt. Dieser Bauch ist nicht vernäht. Darüber hinaus sieht Jim, dass das linke Bein des Vogels über das rechte gelegt und der Kopf nach links gedreht ist, und das entspricht genau der Art und Weise, in der er seine eigenen Vogelpräparate arrangierte.

»Cadillac!«, ruft er. Mit dem kleinen Vogel in der Hand schwingt er sich mit der Krücke durchs Zimmer und stößt die Fliegengittertür auf. Sie sitzt draußen, die Füße auf die niedrige Balustrade der Veranda gelegt, und liest.

»Ist das deiner?«, fragt er und hält ihr den kleinen Dickkopf hin. Plötzlich kommt ihm der Gedanke, dass sich vielleicht jemand aus dem Museum mit dem Vogel eingeschlichen hat, um ihm einen Streich zu spielen. Nein, nur sie würde ihn so auf seinen Arbeitstisch legen, wie eine Opfergabe auf Blättern drapiert. Außerdem steht hier Toscas Name.

»Wo zum Teufel kommt er her?«, fragt er und hält ihr den kleinen Vogel unter die Nase.

»Ein Geschenk von meinem Vater.« Sie lächelt und nimmt die Füße von der Balustrade. Dann lacht sie – zweifellos deshalb, weil er so entgeistert dreinschaut.

»Mr. Jim, mein Vater ist Vogelpräparator. Und Sie haben es ihm beigebracht.«

Es stimmt also – Mr. Jim weiß überhaupt nichts von ihrem Vater und dem Leben der beiden nach dem Krieg. So wie auch Tosca nichts von Jims Bein wusste und erst recht nicht von seiner schlechten Laune und seiner Sauferei. Sonst hätte er sie ja nicht hierhergeschickt.

Jim lehnt verkrampft auf der Krücke.

»Als wir klein waren, lagen die Präparate meines Vaters überall herum«, sagt sie. »Meistens Vogelpräparate, aber auch andere: ein ausgestopfter Kuskus, ein Krokodil, ein Wildschwein.« Sie reckt den Kopf hoch, zeichnet mit den Fingern die Krümmung der Fangzähne des Ebers in die Luft und denkt daran, wie manche ihrer Schulfreunde nach Hause rannten, wenn sie ihn sahen.

Sie hielten auch lebende Vögel, Papageien und Kakadus, die so zutraulich waren, dass sie einem Fischstückchen oder Maniokpudding aus der Hand fraßen. Außerdem lockte Tosca Honigfresser und Honigsauger aus dem Busch mit rotem, in halbe Kokosnussschalen gepflanztem Hibiskus und wilden, an die Stützpfosten des Hauses gebundenen Orchideen. Cadillacs Liebling war der Nashornvogel, den Tosca als Küken aufpäppelte, bis ihre Mutter sich beschwerte, er fresse zu viel, und dafür sorgte, dass Tosca ihn wieder nach Kohinggo zurückbrachte.

»Niemand verstand, was er tat, und manche Leute sagten, dass er ein Hexendoktor sei.« Ihre leise und sanfte Stimme fesselt Jim, obwohl er sich nicht sicher ist, ob er überhaupt so viel hören und sich so genau oder so weit zurück an jene Inseln erinnern will. Er hockt auf der Kante eines Verandastuhls aus Rattan, klopft seine Brusttasche nach der Zigarettenschachtel ab, die er wohl drinnen liegen gelassen hat. Sie lässt zwischen ihm und sich ein kurzes Schweigen zu.

»Mein Vater hat alle Vogelnamen gelernt«, sagt sie dann.

»Nicht nur in Roviana, sondern auch die englischen und sogar die lateinischen Namen. Er hat sie aus dem Buch gelernt, das Sie ihm geschickt haben. Seine Lieblingsvögel sind die Dickköpfe. Er kann sämtliche Stimmen pfeifen: den Dickkopf aus Tetapare, den Dickkopf aus Kolombangara, den Dickkopf aus Wanawana, den er für Sie geschickt hat.« Sie beugt sich vor und streichelt sanft den Vogel, der immer noch auf seiner Handfläche liegt.

»Manche meiner Freunde hatten Angst vor ihm. Weil ihre Eltern ihnen Geschichten erzählten, dass er mit unseren Ahnen oder toten Amerikanern sprach.«

Adaptive Radiation. Es ergibt natürlich Sinn, dass sich Vogelstimmen genau wie Schnabelformen und Gefieder verändern und entwickeln. Langsame, aber unaufhaltsame Variationen, die entstehen, wenn sich eine ursprüngliche Art teilt und an verschiedene Inseln anpasst. Darwin entdeckte diesen Zusammenhang, als er die Galapagosfinken beobachtete. Wallace kam zum gleichen Ergebnis, als er in Papua über seine Paradiesvögel nachgrübelte. Es ist genau das, was Jim und Bryan auf Hawaii gesucht hatten – Anpassungen der Zungen von Honigsaugern. Und jetzt kartiert Tosca die Evolution von Vogelstimmen. Er hatte immer schon ein Faible dafür, besaß die Fähigkeit, die feinen Unterschiede darzustellen. Er konnte das schon, als Jim ihn im Krieg kennenlernte. Jim bezweifelt, dass irgendein Abendländer ein derart fein entwickeltes Gehör oder eine solche Sehschärfe wie die Insulaner hat – nicht einmal Griscom mit seinen musikalischen Ohren. Herrgott noch mal, wie könnte man den evolutionären Vorteil eines neuen Rufs erklären?

Als er über die hellen Federn des Dickkopfs streicht, erschrickt Jim über das Zittern seiner Hand. Er zieht sie zurück und zupft sich nachdenklich am Ohrläppchen. Er würde jetzt gern den Stumpf massieren, der sich zu verkrampfen beginnt, aber nicht im Beisein des Mädchens.

Sie geht ihm auf die Nerven, sitzt zu dicht neben ihm. Dieses Mädchen mit Toscas Haut, seiner Größe, seinen Augen. Auch mit seiner Unbekümmertheit. Dröselt Toscas Geschichte von ausgestopften Vögeln, Wildschweinen und Kindern auf.

Plötzlich bekommt Jim keine Luft mehr, kann nicht mehr atmen.

Er rollt die Leinentasche mit dem Präparationsbesteck zusammen, bringt sie runter zum blauen Meer und schiebt sie unter den grob behauenen Sitz von Toscas Kanu.

»Gehört dir«, sagt er auf Pidgin. Versucht dem Jungen klarzumachen, dass er auf einem der großen Schiffe wieder nach Hause fahren wird. Dass Admiral Halsey ihm befohlen hat, das Sammeln einzustellen.

Tosca grinst und drückt ihm die Hand. »Danke sehr.«

Es ist das Besteck, das Sanford vor Jahren Jim geschenkt hat, und er fragt sich, wie Sanford das alles aufnehmen würde.

Der pechschwarze, barfüßige Junge in britischen Militärshorts.

Der Krieg, der ringsumher tobt, auf diesen Inseln, auf die Sanford seine Sammler geschickt hatte. Der Missbrauch von Jims Fähigkeiten als Vogelpräparator.

Er legt Tosca eine Hand auf die Schulter und lässt sie dort eine Weile liegen. Die Haut des Jungen ist von der Sonne erhitzt.

»Mein Vater hat nie Schreiben gelernt«, sagt Cadillac. Jims Unwohlsein bemerkt sie offensichtlich nicht. »Er kann lesen, aber meine Mutter hat die Namen auf die Schildchen übertragen. Später, als ich zur Schule ging, war das meine Aufgabe.«

Anfangs hat Toscas Begeisterung Cadillacs Mutter fasziniert. Sein Pfeifen war eine gute Methode, die Kinder abends einschlafen zu lassen. Aber als dann die Kinder älter wurden und die Hütten sich mit ausgestopften Exemplaren füllten und Tosca keine Arbeit fand, fing sie an, sich zu beklagen. Sie fragte sich, wie auch andere das getan hätten, ob etwas mit ihrem Mann nicht stimmte. Ob er im Krieg ein bisschen *kranki* geworden war.

Cadillac erinnert sich an einen Tag, an dem ihre Mutter verkündete, dass sie genug hatte. Sie wollte kein einziges Schildchen mehr beschriften, nie mehr. Tosca sollte sich einen vernünftigen Job suchen. Zumindest sollte er seine Zeit mit Fischen verbringen oder den Busch für den Garten roden – wie andere Männer auch. Tosca schielte zu Cadillac, seinem Mädchen, und sie meldete sich sofort, als säße sie in der Schule, und versprach ihm, die Schildchen zu beschriften. Ihre Mutter sah sie böse an, aber Cadillac war so stolz auf ihre Schreibkünste, dass sie gar nicht anders konnte. Sie war erst zehn, aber schon die Beste in ihrer Schule.

Als Cadillac innehält, steht Jim auf. Selbst diese geringe Bewegung verschafft ihm eine gewisse Erleichterung. Die verspannten Muskeln des Stumpfs dehnen und entspannen sich.

»Warte mal einen Moment«, sagt er, torkelt zur Fliegengittertür, schafft mehr Distanz.

Drinnen legt Jim den Dickkopf vorsichtig auf die Blätter und sieht auf seine Armbanduhr. Deutlich nach eins. Gott, ja, jetzt kann er einen Drink gebrauchen. Er geht erst in die Küche, um Eis zu holen, dann zum Getränketischchen im großen Zimmer, wo die Flaschen entlang der dunklen Holzvertäfelung aufgereiht sind. Es wäre sehr viel leichter, wenn er den Gin in den Kühlschrank stellen würde, aber er hängt am Ritual der Cocktailzeit, die ihm die Fassade der Solidität verleiht, die Illusion der Selbstbeherrschung.

Tosca hat also das Präparationsbesteck behalten und benutzt. Desgleichen das Buch, das Jim ihm geschickt hat, Manns *Vögel Neuguineas und der Salomonen.* Es war während des Kriegs erschienen, hastig gedruckt, um das sprunghaft gestiegene Interesse an allem zu befriedigen, was den Pazifik betraf. Die Namen Guadalcanal, Korallenmeer, New Georgia waren urplötzlich in aller Munde. Mann, der vor dem Krieg auf diesen Inseln gesammelt hatte, hatte Jim freundlicherweise ein Exemplar auf die Philippinen geschickt, und er hatte es direkt an Tosca weitergeleitet, hatte einfach *Baketi* auf den Umschlag gekritzelt und es einem Piloten anvertraut, der Nachschub transportierte. Das war sowohl eine Bestrafung seiner selbst als auch ein Akt der Großzügigkeit, glaubte er damals doch, dass seine Tage als Vogelkundler gezählt waren. Ihn verließ die Hoffnung, je wieder nach Hause zurückzukehren.

Großer Gott, er hat nie erfahren, ob Tosca das Buch bekommen und ob er sich darüber gefreut hat. Ehrlich gesagt hatte er gehofft, der Junge habe sich vielleicht längst anderen Dingen zugewandt. Zu jener Zeit lag New Georgia weit hinter der Front. Er hatte gehört, dass Munda wiederaufgebaut wurde, mit Piers und Nissenhütten und Nachschublagern und Jeeps, die über die Straße vom Ufer zum Flugplatz brausten. Inklusive wöchentlicher Filmvorführungen.

Bevor die Japaner kamen, um ihren Flugplatz zu bauen, war Tosca in Munda auf eine Methodistenschule gegangen. Jim erinnert sich, dass die Missionare die Jungen bei Ausbruch des Kriegs nach Hause schickten. Als Sechzehnjähriger, der sich nach Abenteuern sehnte, hatte Tosca den ehemaligen Distriktoffizier Donald Kennedy ausfindig gemacht, einen fassbäuchigen, heißköpfigen Neuseeländer, der ein Schlüsselagent der Küstenposten war. Er war für seine Brutalität bekannt, aber auch für seinen Mut, sein eng geknüpftes Netz örtlicher Kundschafter und seine Entschlossenheit, Sabotageakte durchzuführen, statt die Japaner lediglich auszuspionieren.

Jim schenkt den Gin ganz langsam ein, sieht, wie das klare, zähflüssige Getränk ins kalte Glas fließt und die Eiswürfel knistern lässt. Er atmet die gute, scharfe Gerbsäure des Wacholders ein, schwenkt das Glas bedächtig und liebevoll, sodass der Gin abkühlt, bevor er Tonicwater dazugießt. Jeder einzelne Handgriff bereitet ihm ein spezielles Vergnügen, ein Erlösungsversprechen, das er unbedingt hinauszögern will. Der Chiningeruch im Tonic. Der frische Hauch von Limone.

Er hebt das Glas und trinkt. Gin und Tonic – das Grundnahrungsmittel der Kolonialoffiziere, die glaubten, dass ihnen das Chinin die Malaria vom Hals hielt. Er schenkt sich noch ein Glas ein, weil er weiß, dass seine eigene Infektion wiederaufleben könnte.

Als Jim Munda zum letzten Mal gesehen hatte, war es ein geschwärztes Ödland, aschgrau, pockennarbig von Bombentrichtern. Die geborstenen Palmen ragten wie gezackte Kreuze aus dem Trümmerfeld. Er erinnert sich, wie er dabei zusah, als Tosca in Richtung der Roviana-Lagune davonpaddelte. Damals ergriffen ihn eine tiefe Traurigkeit und ein gewisser Neid. Ein Anflug dieser Trauer, dieses Gefühls des Verlassenseins, hatte ihn auch später überkommen, als er nach Hause zurückkehrte.

Er nimmt im Rollstuhl Platz, rollt wieder auf die Veranda hinaus und greift im Vorbeifahren nach den Zigaretten auf seinem Arbeitstisch.

Lieber Gott, warum muss er bloß nach all den Jahren

immer noch so argwöhnisch sein? Sogar gegenüber diesem Mädchen, das er kaum kennt, das in ein paar Wochen wieder verschwinden wird und das ihm nichts bedeutet?

»Als ich zwölf war, wurde auf einmal alles anders«, fängt Cadillac an, hält dann aber inne. Vielleicht wartet sie ab, ob Jim den Rest überhaupt hören will.

Falls nicht, macht es ihr auch nichts aus, weiter in ihrem Buch zu lesen oder zum Bootshaus runterzugehen und wieder mit Fergus' Taucheranzug zu schwimmen. Sie kann gut Geschichten erzählen, das muss er ihr lassen. Wie Cecil, der ihm Geschichten erzählt, von denen er glaubt, dass Jim sie eigentlich längst kennen müsste. Er setzt sein Glas auf der Balustrade ab, zieht eine Zigarette aus der Packung. Derart gewappnet, blickt er ihr direkt ins Gesicht.

»Was ist dann passiert?«, fragt er und atmet den wohltuenden Tabakrauch ein.

Sie legt die Füße wieder auf die Balustrade und lehnt sich gegen die Wandschindeln. »Das war damals, als ein Motorboot von Ghizo Island durch den Golf kam.« Es war ein Plastikboot mit einem Drei-PS-Außenbordmotor. »Drei Leute saßen drin: Häuptling Sunga, den wir kannten; ein zweiter Mann in einem Anzug; und eine weiße Frau.«

Die Frau interessierte sie am meisten. Weiße Frauen hatte sie auch schon vorher gesehen, aber diese war anders. Sie trug keinen Badeanzug oder Sarong wie die australischen Mädchen in Munda, sondern war formell gekleidet in Rock, Jackett und hochhackigen Schuhen. Ihre schwarzen Locken hatte sie auf dem Kopf zusammengebunden, und sie trug große, schwere Halsketten aus Muschelschalen und Elfenbeinperlen. Cadillac und ihren Brüdern war klar, dass diese Frau, so wie sie ging und angesichts des Respekts, den man ihr entgegenbrachte, eine Art Häuptling sein musste. Sie sprach wie sie Pidgin, nicht Englisch, und konnte auch etwas Roviana.

Cadillac sieht Jim an. Sie grinst. »Sie haben wahrscheinlich schon erraten, wer das war, oder?«

»Nein.« Er schüttelt den Kopf. Woher soll er das wissen?

»Das war Ms. Sethie, Ms. Sethie Bloom. Die, die mir bei meiner Bewerbung für ein Stipendium geholfen hat. Die Ihnen geschrieben hat.«

Jim zieht die Stirn kraus, denkt mit Unbehagen an das diktatorische Schreiben auf dem Briefpapier des Außenministeriums, das eher wie eine Vorladung oder wie ein Befehl klang als eine Anfrage. Verblüfft stellt er fest, dass er Sethie für einen Mann gehalten hat. Cadillac sitzt strahlend da und hat von Ms. Sethie offenbar einen viel vorteilhafteren Eindruck als er.

»Das mit den Präparaten hatte sich herumgesprochen«, erklärt sie. »›Sind Sie der Vogelmann?‹, wurde Tosca gefragt. Der Mann im Anzug war ein Zoologieprofessor von der südpazifischen Universität in Fidschi. Er und Ms. Sethie hatten beim Aufbau des Museums der Salomonen in Honiara geholfen. Sie wollten die ausgestopften Vögel meines Vaters präsentieren. Nachdem sie ihn getroffen hatten, schlugen sie ihm vor, die Leitung der naturgeschichtlichen Ausstellungen zu übernehmen.«

Den Job bekam Tosca also wegen der Präparate, und wegen des Jobs kam Cadillac auf die Schule in Honiara. Wegen ihrer schulischen Leistungen ermunterte Ms. Sethie sie dazu, in den Vereinigten Staaten zu studieren – und Jim zu besuchen.

»Ms. Sethie hat immer viele Projekte«, fügt Cadillac nach kurzem Schweigen stolz hinzu. Jim nickt. Cadillac ist offensichtlich eins dieser Projekte – und letzten Endes ist er auch eins davon.

Er trinkt die letzten Tropfen Gin, und ihm schwirrt der Kopf, wie sich alle Bruchstücke zusammenfügen. Wie Eisenspäne, die von einem Magneten angezogen werden, sich drehen und ineinander verschränken. Der Krieg, die wissenschaftliche Ausbildung des Mädchens, der Gelbbauch-Dickkopf, die Einmischung einer resoluten Amerikanerin. Für ihn hätte sich ein verdammt einfacheres Bild ergeben, wenn Ms. Sethie sich um ihren eigenen Kram gekümmert und das Mädchen da gelassen hätte, wo es hingehörte.

Jim wendet den Rollstuhl und blickt aufs Meer. Er versucht, die Dinge in den Griff zu bekommen, die er so lange für sich behalten hat, versucht, sich seine Vergangenheit und die Anmaßungen dieser Ms. Sethie Bloom vom Leib zu halten.

Layla Island,
Lagune von Wanawana,
Salomonen, Juni 1943

»Deinen Vater habe ich am 6. Juni 1943 in der Lagune von Wanawana kennengelernt«, sagt Jim.

Es war am Vormittag des ersten Tags, nachdem die Schwarze Katze ihn auf dem Riff abgesetzt hatte, als Tosca wie aus dem Nichts auftauchte. Ein großer, schlanker Junge, dessen Arme und Schultern eben erst erstarkten, genau wie Cadillac mit leicht verschleierten Adleraugen, die ihm ein merkwürdig gelehrtes Aussehen verliehen.

Er pfiff wie ein Vögelchen vor sich hin, und als Jim sich umdrehte, hockte er einfach da. Nur ein paar Fuß entfernt – Jim so nahe wie jetzt das Mädchen.

»Me come long Kennedy«, sagte er, um zu erklären, dass ihn der Küstenposten geschickt hatte. Er war sechzehn, sechs Jahre jünger als Cadillac. Und er grinste zufrieden, weil es ihm gelungen war, sich an Jim anzuschleichen.

»Und dass ich ihn nicht erschossen habe, ist ja auch verdammt gut«, fügt Jim hinzu.

Sie starrt ihn an, als Jim sich wie ein Wolf die Zähne leckt. So etwas würde sie ihm nie zutrauen. Mit dem geleerten Glas und der ausgedrückten Zigarette wirkt er verletzlich und unberechenbar zugleich.

»Ich meine, ich habe ihn nicht kommen sehen. Ich habe ihn nicht mal gehört.« Tosca hätte wohl eher Jim umbringen können, wenn er es gemusst hätte. Ihn mit dem Japsengewehr, das ihm die Küstenposten gegeben hatten, erschießen oder ihm einfach den Kolben über den Schädel ziehen können, wie die Kopfjäger es machten. So unbemerkt war er gekommen.

6. Juni. Sie hatten noch einen Monat bis zum D-Day des Angriffs auf New Georgia. Lieber Gott, das schien ja noch eine Ewigkeit zu sein. Vielleicht hatte man Jim zu viel Freiheit gelassen. Zeit genug, dass er sich eine ganz andere Welt schaffen konnte.

»Ich kenne Layla«, sagt sie. »Da ist eine Insel, auf die uns mein Vater mitnimmt, um am Strand Fische zu braten und nach Tahiti-Fruchttauben Ausschau zu halten.«

»Na, das passt ja zusammen«, sagt Jim und wendet sich ihr wieder zu. »Er hat mir nämlich auch einen Fisch gebracht, genau wie du.« Es war ein Rifffisch, der an einem Schilfhaken hing. Sie brieten den Fisch über einem Feuer, womit Jim zum zweiten Mal gegen die Vorschriften verstieß. Der erste Verstoß war das Schwimmen bei Tageslicht. Aber um diese Tageszeit, versicherte Tosca Jim, waren keine Japsenflieger unterwegs. Das Feuer war ein Risiko, doch der Fisch schmeckte himmlisch. Der Junge war allerdings eher an Jims Dosenrationen mit Speck und Bohnen interessiert.

Er hatte britische Kakishorts an. Auf seiner Brust waren kleine, erhöhte Narben, irgendwelche Stammeszeichen wohl. Um den Oberarm trug er ein aus gefärbten Blättern gewobenes Band.

~

Layla war Toscas Name für die Insel. Die Amerikaner hatten keinen Namen für sie, obwohl Halsey und Kennedy sich geeinigt hatten, sie Bird's Eye zu nennen.

Zu Beginn des Kriegs gab es nur wenige präzise Karten. Sie beruhten auf britischen, holländischen und ironischerweise deutschen Seekarten und auf der Ortskenntnis von Piloten, die sie um Details ergänzten. Später verfügte man über eigene Luftaufnahmen und schickte Erkundungstrupps aus.

Layla war ein flacher Streifen Land, drei Meilen breit und sechs Meilen lang, mit nur wenigen Versteckmöglichkeiten. Man konnte die Insel bequem umrunden; sie zu durchqueren war wegen des Dickichts schwieriger.

Die Riffe der Lagune von Wanawana verhinderten, dass Schiffe, die größer als ein Transportboot waren, sich nähern konnten. Aber letztlich wählte Admiral »Bull« Halsey sie wegen ihrer perfekten Sichtverhältnisse aus: nach Südosten bis Rendova, nach Osten bis Munda, nach Nordwesten über die Lagune von Wanawana in Richtung Kolombangara. Und so hatte er auch Jim ausgesucht, einen Einzelgänger und Nonkonformisten, jemand, der – wie er es ausdrückte – *nicht ganz reibungslos* in die militärischen Strukturen passte.

Der Krieg würde bald für eine Weile hierherziehen, und Jims Auftrag bestand darin, japanische Schiffsbewegungen zu beobachten und zu melden. Insbesondere sollte er vor japanischen Verstärkungen auf Rendova warnen, weil das einer der zentralen Landungspunkte für die bevorstehende Invasion werden sollte.

Die Küstenposten waren bereits in Stellung, versteckt in den Bergen und in dichtem Busch mit ihren unhandlichen Funkgeräten, geschützt und unterstützt von den Insulanern der Salomonen, die als Führer, Wachen, Melder und Kundschafter agierten. Halsey deutete auf seiner Karte auf kleine Fähnchen. Josselyn auf Vella Lavella, Harry Wickham (der berühmte Schwimmer) in Roviana, Dick Horton auf Rendova, Evans auf Kolombangara und natürlich Donald Kennedy bei Segi Point.

Aber »der Bulle« wollte auch ein paar seiner eigenen Leute

einsetzen. Jim erinnert sich, wie er unbehaglich in der Nissenhütte des Admirals stand und sich Halseys Vierstufenplan für die Invasion anhörte. Man bezeichnete sie als Operation *Toenails*, Zehennägel also, weil man – obwohl Guadalcanal als Brückenkopf gesichert war – erst einen kleinen Zipfel unter Kontrolle hatte.

Jim schlug als seinen Decknamen Sitting Duck vor. Halsey schmunzelte und sah die anderen an, als würden die Qualifikationen des Leutnants damit bestätigt. Halsey meinte es nur halb im Scherz, als er sagte, dass er nach einem gottverlassenen Außenposten gesucht hätte, wo er seinen Eigenbrötler Dschungel-Jim stationieren konnte. Die Insel sei genau das Richtige für ihn.

Toscas Habseligkeiten: ein Speer. Ein Buschmesser. Ein Paar Shorts. Ein erobertes japanisches Gewehr. Eine Angelleine aus Hibiskusborke. Ein Kochtopf. Ein aus einem Qoliti-Baumstamm gefertigtes Kanu.

Mit unverhohlener Neugier sieht er zu, wie Jim sein Gepäck auspackt. Tosca hockt auf den Fersen und nimmt jedes einzelne Stück von Jims Ausrüstung in die Hand, um es zu begutachten. Jims Blechteller mit Gabel und Messer, sein Rasierzeug, seinen Helm. Er hält einen kleinen Spiegel hoch, grinst dümmlich hinein, tut so, als putze er sich die Zähne, und schiebt die Oberlippe hoch, um sein Zahnfleisch zu untersuchen.

Noch interessanter ist Jims Notizbuch. Er blättert nachdenklich darin herum – die Liste der Präparate, die Jim auf Guadalcanal gesammelt hat.

Hemiprocne mystacea, weiblich. Lunga River. 15. April 1943. Der Bartbaumsegler.

Aplonis metallicus, männlich. Koli Point, 21. Mai 1943. Der

Singstar. Jim hatte eine Kolonie von etwa dreißig Hängenestern an einem einzigen Baum entdeckt, den Nestern der Webervögel ähnlich, aber unsauberer. Er hatte eine schnelle Skizze angefertigt; Tosca nickt anerkennend.

Und hier, ganz unten im Gepäck, ist etwas, das der Junge noch nie gesehen hat – das Präparationsbesteck. Er zieht jedes einzelne der scharfen, schimmernden Instrumente heraus, streicht mit dem Daumen über die Klinge des kleinen Skalpells, um die Schärfe zu prüfen, und sieht Jim mit noch größerem Respekt an.

»You alsem kastom man?«, fragt er. Ob Jim ein Medizinmann sei? Denn er fragt sich, ob diese Instrumente für Zauberei oder für medizinische Zwecke gut sind.

Jim schüttelt den Kopf. »Vögel«, sagt er, hebt die Hände, sieht zum Himmel und weiß nicht, wie er sich erklären soll.

Nachdem Jim an diesem Abend stundenlang das Funkgerät justiert hat, bahnt er sich einen Weg in die Inselmitte und schießt mit seinem Kaliber-410-Gewehr einen Dickkopf. Hier draußen an der Lagune, nicht gedämpft durch dichten Dschungel, klingt der Schuss lauter, als er erwartet hat. Schwärme von Honigpapageien streichen krächzend aus den Bäumen ab. Ein einzelner Brahminenweih flattert auf großen Flügeln hoch. Jim muss vorsichtiger sein.

Er hockt neben Tosca und zeigt ihm, wie man mit den Instrumenten umgeht, als er den kleinen Dickkopf in wenigen Minuten ausweidet und ausstopft.

Sobald der Junge begriffen hat, was Jim interessiert, kann er gar nicht anders, als anzugeben. Jim beobachtet den schwer zu jagenden grünen Pygmäenpapagei, der wie eine Spechtmeise mit dem Kopf voran an einer Kokospalme abwärtsklettert – der Junge aber fängt einen in einer kleinen, aus Schilf gebastelten Falle. Dann zeigt er Jim, wo sich die zierlichen Papageien in einem großen Termitenhügel neben einem Baum ein Nest gegraben haben.

Nachdem er einen Tag damit verbracht hat, Jim beim Bau eines Ausgucks in der Krone eines Kanaribaums zu helfen, Sagopalmen mit Schlingpflanzen zusammengebunden und Stufen klug in Epiphyten versteckt hat, nimmt Tosca Jim bei der Hand und führt ihn zum Bau eines Kuckuckskauzes. Am Fuß eines Baums blinzeln in einer kleinen Höhle zwei winzige Junge aus großen gelben Augen ins ungewohnte Licht der Taschenlampe. Jim schaltet sie aus und lässt die Vögel in Ruhe.

Später bindet der Junge Farne unter der Plattform zusammen, sodass sie von keinem Japsen entdeckt werden kann.

»Sitting Duck an Marine-Hauptquartier, bitte kommen«, sagt Jim wieder und wieder, fummelt an den Reglern des Funkgeräts herum, dreht sie vor und zurück, während Tosca auf einen Baum klettert, um die Antenne auszurichten. Das Funkgerät ist klotzig, wiegt dreißig Pfund, und die Batterie mit dem Generator ist genauso schwer. Sie haben einen wassergeschützten Unterstand gebaut, von ihrem eigenen Lager entfernt. Wenn Japsen kommen, ist das Funkgerät das Erste, was sie zerstören müssen.

Endlich ein krächzendes Plärren. »Sitting Duck, bitte kommen. Höre Sie laut und deutlich.«

Die Rufe der Tauben sind auf der Insel so allgegenwärtig wie das Rauschen des Riffs und das Rascheln der Palmen. Das weiche *Kuu-ku-kuu-hu* der rotkehligen Tahiti-Fruchttaube. Das kehligere Gurren der Prachtfruchttaube *Ptinilopus superbus.* Allerdings stellt sich heraus, dass die Fruchttauben schwer aufzuspüren sind. Jim hockt auf einem umgestürzten Baumstamm und sieht mit verkrampftem Hals nach oben, bis Tosca, die nackten Beine übereinandergeschlagen, die Hände an die Lippen legt und ihren Ruf nachahmt. Einen Augenblick später flattert eine prachtvolle Taube auf, gefolgt von zwei weiteren. Olivgrün und scharlachrot zeichnen sie sich vorm dichten Laub eines Feigenbaums ab.

In diesem Moment beschließt Jim, den Jungen zu seinem Helfer zu machen. Teufel auch, ihnen bleibt ja noch ein ganzer Monat. Zwischen Sichtungen von Japsenschiffen und den Funkmeldungen haben sie Zeit, eine möglichst vollständige Bestandsaufnahme der Vögel von Layla Island vorzunehmen. Alles andere wäre eine Schande. Der Junge ist ein Naturtalent. Fängt oder schießt einen Vogel mit einem kleinen Bogen, den er aus der Mittelrippe einer Palme gemacht hat, oder mit einer Schleuder so einfach, wie er einen Fisch mit dem Speer aufspießen kann. Jim muss sein Gewehr kaum noch benutzen.

Während sie patrouillieren und auf ihrem Hochsitz Wache halten, erzählt Jim so gut es geht von Museumsarbeit und dem Studium der Ornithologie, von Klassifizierungslehre und Beschriftungen. Er zeichnet eine kleine Karte in den Sand, um die Wallace-Linie zu erklären – jene scharfe Grenzziehung, die die Flora und Fauna Asiens von der australischen trennt. Er erzählt Tosca von der Südsee-Expedition des New Yorker Museums, die Sammler auf diese Inseln geführt hatte, sogar nach Wanawana.

Bevor es dann dunkel wird – die Nacht bricht schnell herein –, schickt er den Jungen zu ihrem Lager. Sie wechseln sich mit Schlafen und Wachen ab.

Nachdem er morgens seinen Funkbericht abgegeben hat, bringt Jim dem Jungen das Präparieren bei, bevor die Japsenflieger von Rabaul oder Buin sie erreichen. Solange schwimmen sie auch im blauen, seichten Wasser.

Wenn er diese Insel je verlassen wird, wird er die Präparate ans Museum schicken und dafür sorgen, dass Tosca all die Vögel, die er gefangen und präpariert hat, zugeschrieben werden. Gott, ja, vielleicht finden sie sogar etwas Neues, das Manns Studie über Verbreitung und Artenbildung ergänzt. Eine neue Art oder Unterart, ein neuer endemischer Vogel oder einer, den man in der Lagune von Wanawana bislang nicht gefunden hat.

Funkspruch: *Sitting Duck an Marinehauptquartier. Bitte kommen. Bitte kommen. Hier ist Sitting Duck. 18. Juni, 0700 Uhr. Über Wanawana derzeit bewölkt und regnerisch. Sicht nach Kolombangara und Rendova schlecht. Sieht aus, als bliebe es eine Weile so. Derzeit 32 Grad, steigend. Während der Nacht starke Schiffsbewegungen. Drei Zerstörer Kurs Südost bei Kolombangara gesichtet. Sechs Frachtschiffe und zwei Tanker dampfen nach Süden Richtung Blanche Channel. Drei Truppentransporter bewegen sich nach Osten Richtung New Georgias Westküste. Vergangene Nacht keine Landungen auf Rendova beobachtet.*

Feldnotizen: *Zosterops. 18. Juni 1943. Zwei Brillenvögel mit Schlinge gefangen. Beide männlich. Lasse einen frei. Stirn und Augen schwarz, Schnabel gelb, Bauch gelb, Brustseiten oliv, weißer Augenring. 11,5 cm.*

Funkspruch: *Sitting Duck an Marinehauptquartier. Bitte kommen. Bitte kommen. Hier ist Sitting Duck. 22. Juni, 1100 Uhr. Eine Staffel aus dreißig Bombern und zweiundzwanzig Jägern hat uns soeben in eure Richtung überflogen, Südsüdwest über Munda Richtung Guadalcanal.*

Feldnotizen: *Ptilinopus viridis. 22. Juni 1943. Rotkehlige Fruchttaube. Saß hoch in Feigenbaum. SO-Seite von Layla. 21,5 cm. Kopf und Kinn dunkelgraugrün und oliv. Flügel und Schwanz olivgrün mit blassgrauem Schulterfleck und grauen Flecken auf den Tertialfedern. Unterer Brustbereich und Bauch dunkler grün. Flaum unter Schwanzfedern gelb. Kehle purpur. Iris orange. Schnabel gelb. Füße rot. Kropf mit Feigensamen gefüllt. Geschlechtsdrüsen vergrößert.*

So schön, dass es einem fast leidtut, sie geschossen zu haben.

Fox Island, Penobscot Bay, Maine, Juli 1973

Jim hat eine Pilotenkarte aus dem Krieg aufbewahrt. Sie ist lang und schmal, damit sie aufs Armaturenbrett einer Grumman Wildcat oder eines Douglas-Bombers passt. Er zieht das Papier aus einem fleckigen, abgegriffenen Umschlag und faltet es auf dem Küchentresen auseinander.

Für Cadillac ist es merkwürdig, auf diese Weise ihre Heimat zu sehen – aus der Vogelperspektive eines Bomber- oder Kampfpiloten. Die vertrauten grünen Umrisse ihrer Insel sind übersät mit roten Kreisen und Bogen, die sich wie Wellen vom Flugplatz in Munda ausbreiten. Fünfzig Meilen bis Vella Lavella, einhundertfünfzig bis Bougainville und dann noch weiter die Inselkette hinauf, wohin die Amerikaner nach New Georgia vorrückten. Neben Jims knorrigem Zeigefinger kann sie das Dorf ihrer Mutter erkennen. Eine Ansammlung von Hütten im Schatten von Papayas und den breiten, dicken Blättern eines Mangobaums. Dazwischen eine Plattform aus geflochtenen Sagopalmblättern. Die abseitsliegende Kochhütte. Sie schließt die Augen und hört das Geräusch des Regens so heftig aufs Strohdach klopfen, so laut auf die Mangoblätter trommeln, dass er rote Rinnsale in den Boden gräbt, die zum Meer ablaufen. Hinter ihr zanken sich ihre Brüder. Sie hört ihre Mutter mit ein paar alten Tantchen plaudern, die zu Besuch gekommen sind. Sie kauen Betel und spucken den roten Saft auf grüne Blätter. Jemand hat eine Zigarette gedreht. Der beißende Tabakrauch zieht ihr in die Nase.

Nach dem Regen ruft ihre Mutter sie immer und geht mit ihr in den Garten, wo sie ordentliche Furchen in die Erde hacken und mit den Händen kleine Hügel anhäufen, um Taro, Süßkartoffeln und Maniok anzupflanzen, Erdnussranken an Bambusstöcken befestigen und die kleinen Beete von Zuckerrohr und Betel pflegen. Die Hände und Knie ihrer Mutter sind von der Erde rot gefärbt.

»Wir wohnen hier, in Enogai, in der Nähe des Dorfs Bairoko.« Sie zeigt ihm den Ort auf der Karte.

Bairoko: ein großes Feldlager der Japsen, Hauptsammelpunkt und wichtige Nachschubroute für Verstärkungen aus Kolombangara. Es war eins der ersten Angriffsziele der Marinetruppen, ein Ort, den man in wenigen Tagen zu erobern hoffte. Aber die Japsen schafften es, ihn den ganzen August hindurch zu halten. Setzten die Amerikaner im Dschungel unter Druck. Hungrig, verwundet, krank, von Maschinengewehren und Mörsern unter Feuer genommen, gelang es ihnen dennoch, zumindest die beiden 140-Millimeter-Geschütze an der Küste von Enogai zu erobern.

Jim erinnert sich an eine gewaltige Explosion am 6. Juli, der Nacht nach den Landungen im Norden Enogais. Der Himmel über Kohinggo war ein Meer aus Rauch und Feuer. Später erfuhr er, dass der Kreuzer *Helena* von Torpedos getroffen worden war und dass sechshundert ölverschmierte Männer aus dem Meer gerettet und auf die Decks von Zerstörern gehievt wurden. Dass zweihundert weitere, die sich zu einer ganzen Flotte aus Schwimmwesten und Rettungsflößen zusammengeschlossen hatten, nach Norden zur Küste Vella Lavellas getrieben und dort von Küstenposten gerettet wurden.

Sie steht neben ihm. Vor ihnen liegt die Karte aufgeklappt auf dem Tisch. Jim betrachtet sie durch eine Lesebrille mit halbrunden Gläsern, mit der er freundlicher aussieht, fast wie ein Gelehrter. Sie merkt, dass er sie dichter an die linke Seite mit dem Stumpf heranlässt als sonst. Er legt Toscas präparierten Dickkopf auf die Fensterbank über dem Spülbecken.

Kann er sich das Zuhause ihrer Mutter vorstellen? Den süßen Ingwer und die würzigen Safranwurzeln, die neben die Hütten gepflanzt sind, um böse Geister abzuwehren? Den berauschenden Duft von Bienenbaumblüten, der von den Riffinseln herüberweht? Sie hat die Geschichten gehört, wie die Salzwasserleute in den Busch flohen, als der Krieg ausbrach, sich dort provisorische Unterkünfte bauten und weiterzogen, wenn sie dazu gezwungen waren. Wie sie sich hüteten, Feuer zu machen, um keine Flugzeuge anzulocken, und ihre Jungs nachts zu den Gärten schleichen ließen. Cadillacs Mutter war damals zehn. Im Busch musste sie nach wilden Süßkartoffeln und Taros, Farnherzen und Spinat suchen, Wildpflanzen, die sie immer noch *Hungeressen* nennt.

Als Jim dort eintraf, waren alle Küstendörfer verlassen. Nirgends mehr Frauen, die in Gärten arbeiteten. Nirgends Kinder, die ins Meer sprangen.

Cadillac erinnert sich, wie ihre Großmutter mit ihren runzeligen Händen in der Luft herumfuchtelte, um die Angriffe der über ihnen dahinziehenden Flugzeuge zu beschreiben, all die Sturzflüge, Loopings und Abstürze ins Meer. Sie bläst die Backen auf, um das Krachen der Flugzeuge und Bomben nachzuahmen. Noch dreißig Jahre später staunt sie über den merkwürdigen Anblick der an Fallschirmen durch die Luft segelnden Piloten. Die großen grauen Schiffe, die das Ufer bombardierten. Zog ihre Schwester damit auf, dass sie sich jedes Mal, wenn ein Flugzeug vorbeiflog, zu Boden warf.

Man hatte sie gewarnt und ihnen auch gedroht. Wenn jemand dabei erwischt wurde, die Invasoren zu unterstützen oder ihnen zu helfen, würde von Donald Kennedy und seinen Jungs ausgezogen, über ein Fass gelegt und mit einem Rattanstock verprügelt. Wenn man zu salutieren vergaß, schlug Kennedy einen mit seinem Spazierstock. Einmal schlug er einem japanischen Gefangenen mit dem Gewehrkolben ins Gesicht. Tosca war einer von Kennedys Jungs. Er redete offen über diese Vorfälle und schämte sich auch nicht dafür, sodass Cadillac nicht wusste, ob er sie billigte oder nicht.

Als Mädchen schaukelte Cadillac in der Nähe ihres Elternhauses an den großen japanischen Kanonen, deren lange, aufs Meer weisende Rohre inzwischen verrostet waren. Sie rutschte durch Bombenkrater im nahen Busch, schwamm hinaus zu den verrosteten Transportkähnen, die gekentert und von großen Löchern durchsiebt in der Bucht lagen.

Die Trümmer von Jims Krieg lagen überall. Sie wuchsen zwischen ihnen auf. Stacheldrahtrollen verrosteten im Dschungel, zerbeulte Kochgeschirre wurden an den Strand gespült, Glasbehälter voll mit Anti-Malaria-Pillen, Messern, Patronen.

Wenn sie solche Sachen fanden, brachten sie sie zu einem Mann in Munda, der ihnen dafür ein Stück Kaugummi oder ein Bonbon oder einen Salomonen-Cent gab. Er hatte eine ganze Sammlung und baute sich eine große Hütte mit Strohdach, um alles unterzubringen. Amerikanische Helme, Kochgeschirre, Schutzbrillen, Baseballhandschuhe auf der einen Seite – auf der anderen japanische Schwerter, Messer, Sakekrüge. So seltsam wie Toscas Vögel.

In den rostigen Rümpfen der gestrandeten Transportkähne wuchsen Riffe. Cadillac und ihre Brüder konnten hinausschwimmen und farbenprächtige Fische fangen, die zwischen dem verbogenen Metall hin und her glitten. Zu Jims Zeit wäre das Wasser im Umkreis um die gesunkenen Schiffe noch voller Öl und Haie gewesen.

Jim will die Karte schon wieder zusammenfalten, wirft Cadillac aber einen Blick zu und sieht, dass sie die Augen wie in einer Art Trance oder einem Anfall von Heimweh geschlossen hat. Vielleicht ist es keine gute Idee, sich an den Krieg und an diese Inseln zu erinnern. Er weiß nicht, ob es richtig ist, das Mädchen mit seiner Vergangenheit, die ja auch Toscas ist, zu belasten.

Sie sitzt mit übereinandergeschlagenen Beinen im Bug von Toscas Kanu, ihre Brüder dahinter, und alle drei grinsen schon in Vorfreude. Es regnet nicht mehr, und er paddelt hinaus ins Blaue des Golfs von Kula, südwärts in Richtung der schmalen Diamond-Passage. Er kennt die Stelle und findet sie, indem er das Kanu genau zwischen einer Hütte auf Kohinggo und einer hohen Palme in Enogai manövriert. Sie halten zu den Seiten Ausschau und sehen in gut fünf Metern Tiefe die vagen Umrisse eines Jagdflugzeugs schimmern.

»Die berühmte Wildcat!«, ruft Tosca. Er beobachtet, wie seine drei Kinder ins Meer springen und ins warme blaue Wasser tauchen, und je tiefer sie sich hinabbewegen, desto mehr gleichen ihre sich windenden Körper den Fischen.

Tiefer, immer tiefer, bis die schimmernde Schimäre, dieses Geisterwrack, Wirklichkeit wird. Cadillac hält sich am Metall des Flügels fest, um unten bleiben zu können, während ihre Brüder sich gegenseitig bedeuten, ins Cockpit zu schwimmen und sich an den verrosteten Steuerknüppel zu setzen. Sie schwimmt zur Spitze, streicht mit den Fingern über die Propellerblätter, sucht nach Einschlägen von Kugeln und streicht dann mit den Händen an der Seite entlang bis zu dem Loch, an dem ein Geschoss den Treibstofftank zerfetzt hat.

Sie bleibt so lange wie möglich unten und hält die Luft an, bis sie das Gefühl hat, dass ihre Lungen platzen.

Papuahornvogel,
Rhyticeros plicatus

Der Hornvogel hüpft um die Kochhütte herum, kreischt wie ein gutmütiger Irrer.

»Sch, sch.« Ihre Mutter scheucht ihn mit einem Holzlöffel weg und wirft ihm einen heißen Stein von der Feuerstelle hinterher. Aber der nervtötende Vogel fliegt nur aufs Dach der Kochhütte und schrillt ihr seinen lautstarken Protest in die Ohren.

»Aie, aie, disfella bird makim ears bilong me sore tumas«, ach, dieser lästige Vogel liegt mir in den Ohren, beschwert sie sich.

»Owee, you lookim alsem devil devil bird«, oje, du siehst wie der Teufel aus, du Teufelsvogel, spotten ihre Brüder und staunen über den großen, hornartigen Schnabel des Vogels mit dem gezackten Helm, der kahlen, blassblauen Haut um die Augen und den lächerlich koketten Wimpern.

Der Vogel wirft gern Dinge in die Luft. Er schleudert sein Futter hoch, fängt es im Fallen auf, schluckt es und würgt später alles wieder aus, was er nicht verdauen kann, wie etwa die harten Fruchtkerne oder Fischgräten. Sie bringen ihm bei, Stöckchen aufzufangen, und belohnen ihn mit einer Eidechse oder einem Stück Fisch, behandeln ihn wie einen Hund, nur dass er schlauer als ein Hund ist und schon bald damit anfängt, den Stock selber zu werfen und wieder aufzufangen. Das Gelächter und den Applaus hält er vielleicht für das Gekrächze anderer Hornvögel. Dann bettelt er lautstark und ungestüm um das Futter, das er zur Belohnung erwartet.

»Schu, schu. Go way 'long bush.« Er wird schließlich zur Nervensäge, aber auf eine Art, die Cadillac liebenswert findet. Dann aber folgt die ultimative Beleidigung. In einem dreisten Versuch, ihre Mutter für sich einzunehmen, also die Person, die ihn am wenigsten mag, zu bezwingen, macht er Anstalten, ihr Schienbein zu begatten. Nun muss Tosca den Vogel zurück in die Wildnis von Kohinggo bringen, wo er ihn gefunden hat. Die drei begleiten ihn im Kanu, weil sie den Vogel so gernhaben. Er ist für sie zu einem Geschwister oder Spielkameraden geworden. Cadillacs Brüder sitzen neben ihm und plaudern ununterbrochen, um ihn zu beruhigen. Die Füße des Hornvogels sind zusammengebunden, damit er nicht wegfliegen kann.

Auf Kohinggo gibt es ganze Schwärme von Hornvögeln. Cadillac kann sie übers Wasser kreischen und grunzen hören. Diese Laute lassen ihren Vogel ganz aufgeregt werden, und er fängt an, mit seinen kräftigen Flügeln zu schlagen. Nachdem Tosca ihm die Füße losgebunden hat, fliegt er ohne viel Federlesens, geradezu begierig davon und auf die Spitze eines hohen Feigenbaums, als hätte er sich noch nie etwas aus ihnen gemacht.

Sie sind von weit her gekommen, fünfzehn Meilen allemal. Tosca paddelt ans Ufer, damit sie sich etwas kochen können. Nach dem Essen führt er sie in den Busch und zeigt ihnen, wo er den gerade flügge gewordenen Vogel gefunden hatte. Das Hornvogelnest befindet sich auf halber Höhe eines Baumstamms in einer Höhle, verschlossen mit einem Mörtel aus Schlamm, Speichel und Fäkalien, der hart wie Backstein ist.

Das Weibchen ist drinnen, erklärt Tosca ihnen, eingemauert in einem dunklen, engen Raum, ein schmaler Schlitz ist die einzige Verbindung zur Außenwelt. Da drinnen hat sie sich gemausert und sich die Schwanzfedern ausgerupft, das dient der Polsterung, aber auch dazu, mehr Platz zu haben. Sie bleibt da volle zwei Monate eingesperrt, bis die Eier ausgebrütet und die Küken halbwegs ausgewachsen sind. Dann hämmert sie sich mit ihrem großen Schnabel wieder ins Freie.

Im Gebüsch warten sie dicht aneinandergedrängt und nahe genug, um alles gut sehen zu können, verharren still und regungslos, bis das Männchen kommt. Es krallt sich mit den Füßen in die Borke, benutzt den ausgefaserten Schwanz, um sich in der Nähe des kleinen Lochs halten zu können, und bewegt seinen großen Kopf vor und zurück, um die Nahrung auszuwürgen. Dann sehen sie das Weibchen oder jedenfalls ihren Schnabel, der sich durch den Schlitz im Mörtel schiebt, während das Männchen sie mit den ausgewürgten Feigen füttert. Die Spitzen ihrer großen, plumpen Schnäbel treffen sich beinah zärtlich und klicken liebevoll gegeneinander.

Hat der Hornvogel an so etwas gedacht, als er das Schienbein ihrer Mutter begatten wollte? Dass ihre Mutter anschließend in ein kleines Loch klettern und sich einmauern würde, und er würde sie dann mit ausgewürgten Früchten füttern?

Bei den Baumwurzeln liegen ein kleiner Haufen aus Kernen und Fischgräten und eine Pyramide aus Guano. Dadurch ist Tosca überhaupt erst auf das Nest aufmerksam geworden. Nun lässt er sie noch länger warten, bis einer der Vögel im Innern des Baums durch den schmalen Schlitz ein kleines Geschoss nach draußen spritzt. Als sie das sehen, halten sich ihre Brüder vor Lachen die Bäuche.

Um die Sache richtigzustellen, erklärt Tosca, dass der Hornvogel dank dieser Methode ein guter Hausmann ist, weil er sein Nest nicht wie andere Vögel mit *Pekpek* beschmutzt.

»Disfella, he no buggerup house belonghim«, sagt er. Dieser Bursche mache sein eigenes Haus nicht schmutzig.

Hornvögel, erklärt er ihnen, bleiben wie Menschen als Paar lebenslang zusammen, und diese ungewöhnliche Dauer dient dem Schutz ihrer Jungen. Das hat Cadillac sich ja schon die ganze Zeit gedacht, dass der Hornvogel wie ein Kind ist, wie ein Bruder, nur etwas kleiner und alberner.

Und ihr Hornvogel hat sich doch etwas aus ihnen gemacht! Als sie ablegen, fliegt er auf und folgt dem Kanu, aber Tosca scheucht ihn mit dem Paddel weg und lässt nicht zu, dass der Vogel landet. »Go bek. Go bek. Mi Mri she say you eat tumas.« Hau endlich ab. Mama sagt, du frisst zu viel.

»And shit tumas«, und scheißt zu viel, ergänzen ihre Brüder und wedeln mit den Armen.

Der Hornvogel krächzt unglücklich, macht einen Annäherungsversuch von der anderen Seite. Schließlich gibt er auf und dreht ab; sein lautes Flügelrauschen hören sie noch in der Ferne.

»Go now, go long home belongyou«, jetzt geh hin, wo du hingehörst, sagt Tosca.

Etwa eine Woche später besteht Cadillac darauf, dass ihr Vater sie noch einmal hinbringt. Noch einmal hören sie vom Meer aus den Schwarm schreien, pfeifen und grunzen. Da sieht sie ihren Vogelbruder am Ufer entlanghüpfen. So, wie er sich umdreht und sie mit eingeschnappter Lässigkeit ansieht, weiß sie ganz genau, dass er es ist. Dann wirft er eine Eidechse in die Luft und schlingt sie im Stück herunter.

Delacour, New York, Juli 1973

»Jim hat wie ein Annamit präpariert«, sagt Delacour. Er benutzt die alte kolonialistische Bezeichnung für die Einwohner Zentralvietnams. Gemeint ist es als Kompliment an Jim, aber auch an die Vietnamesen, insbesondere an Nihi, den Anführer seiner Träger, der bei der komplizierten Tätigkeit die größte Fingerfertigkeit bewies.

»Jim konnte auch gut in die Hocke gehen«, fügt er hinzu. Das hat Michael gesehen, als Jim, bereits in seinen Siebzigern, auf Great Gull Island die Vogelnetze überprüfte und seine spitzen Knie ihm dabei bis über die abstehenden Ohren ragten.

Sie sitzen an einem Fensterplatz im *Dominican Place*, einem familiären Restaurant gleich um die Ecke vom Museum. Die niedrigen Deckenventilatoren mit Rattanblättern vermitteln das Gefühl, wieder in den Tropen zu sein.

Es war Jims Stammlokal, und Delacour schlug es vor, als Michael anrief. Michael sieht Delacour über das rot-weiß karierte Wachstischtuch hinweg an und stellt sich sein Lager in Indochina vor. Eine jüngere Version von Jim hockt neben dem Lagerfeuer und teilt sich selbst gedrehte Zigaretten mit den eingeborenen Präparatoren, während Delacour und sein guter Freund Jabouille, der monokelbewehrte, rundliche, ranghohe Bewohner Hues, vor den Zelten in Campingklappstühlen sitzen und Pfeife oder Gauloises rauchen. Jim hatte etwas Bodenständiges, fast Primitives, das ihn von den anderen unterschied.

»Huevos rancheros, Señor Delacour?«, fragt die Wirtin. Sie freut sich, den Franzosen wiederzusehen, und erinnert sich an seine üblichen Bestellungen. »Kommt Señor Kennoway auch noch?«

»Solamente en pensamiento«, erwidert Delacour. Er ist mehrsprachig und wechselt problemlos ins Spanische.

Er und Jim mögen das Lokal wegen seiner schlichten Hausmannskost, aber auch wegen der bunten Wandbemalung, die einen Urwald in der Dominikanischen Republik inklusive eines afrikanischen Graupapageis zeigt. Der Künstler komme aus Simbabwe, hatte sich die Wirtin entschuldigt, worüber sie sich sehr amüsierten.

»Jim war ein guter Schütze, *un bon tireur.*« Delacour nickt, als die Wirtin aus einer Halbliterkaraffe ihre Rotweingläser nachfüllt. »Er konnte aus fünfzig Metern einen Laubsänger abschießen. Aber wenn er nicht schoss, war er immer viel zu ungeduldig.«

Er denkt fünfunddreißig Jahre zurück, an ihre Laos-Expedition von 1939. Als sie in Pirogen den Mekong flussaufwärts fuhren, umgab sie jeden Morgen dichter Flussnebel. Er, Lowe und Jabouille saßen hinten in der langen Bootskajüte, rauchten und warteten darauf, dass der Nebel sich lichtete, lasen alte Ausgaben von *Paris Match*. Er hatte einen Stapel der Magazine mitgebracht, um die Präparate darin einzuwickeln, und sie mussten sie wohl sämtlich durchgelesen haben.

Doch Jim machte der Nebel wahnsinnig. Er konnte einfach nicht still sitzen, sprang ständig im Boot hin und her, fummelte am Motor herum – das war den Bootsleuten vom Fluss neu. Manchmal rannte er, vor Ungeduld platzend, mit seinem Gewehr los und kehrte nur noch schlechterer Laune zurück, weil man im Nebel rein gar nichts erkennen, geschweige denn etwas schießen konnte.

Er erinnert sich, wie Jim den Bootsleuten half, die langen Pirogen über Wasserfälle und flache Felsen zu ziehen, während Delacour und die anderen einem Fußpfad folgten, um dann weiter flussaufwärts wieder zu den Booten zu stoßen.

»Er war zehn Jahre jünger als wir. Er hat nie eine Gelegenheit ausgelassen, anzugeben.«

Michael lächelt. Irgendwie erleichtert es ihn, sich Jim als Beute jugendlicher Eitelkeit und überschüssiger Energie vorzustellen. Es macht den Mann menschlicher.

»Und was war mit Jims Frau?«, fragt er. Sie haben ihre *Huevos* gegessen und *Flan casero* bestellt. Er will sich die Gelegenheit nicht entgehen lassen, dieses Teil des Puzzles einzufügen.

»Ach ja, wir dürfen nicht vergessen, dass Jim verliebt war.«

»Und zwar in seine Frau!«, schiebt Delacour nach, hebt sein Glas und trinkt genießerisch einen Schluck Wein.

Michael wartet, dass er sich genauer erklärt.

»Die schöne Helen. Sie war 1935 auf unserer Indochina-Expedition dabei. Sie hatten im gleichen Jahr geheiratet, und es war eine Art Hochzeitsreise für sie. Jim holte sie in Saigon ab und fuhr mit ihr rauf zu unserem Lager oberhalb der Bergstation von Dalat, einem der zauberhaftesten Orte der Welt.«

»Sie hatten eine kleine Hütte am Rand eines Pinienwalds, mit einem Bett, einem Tisch, drei an der Wand hängenden Kochtöpfen und einem Nagel, an dem man seinen Hut aufhängen konnte. Als Helen ankam, räumte Delacour das Bett und zog in Lowes Zelt um.«

»Wir hatten auch einen Lemuren, den Lowe aus Madagaskar mitgebracht hatte«, sagt Delacour. »Helen mochte ihn sehr. Auf ihrem Schoß schlief er ein wie ein Baby.«

»Ich kann mich erinnern, wie er einmal an seinem Schwanz

von einem Baum baumelte. Und Jim hängte sich an den Knien direkt neben ihn. Davon habe ich ein Foto. Wir mussten alle lachen. Da können Sie mal sehen, wie sehr er angab, besonders, wenn sie dabei war.«

»Und was ist mit ihr passiert?«, bohrt Michael weiter und versucht, Delacour sanft auf diesen Weg zu lotsen, um hinter die wichtigsten Tatsachen zu kommen. Stattdessen schweigt der ältere Mann und schüttelt den Kopf.

»Alors«, antwortet er und flüchtet sich ins Französische, *»cela arrive à tout le monde, n'est-ce pas?«*

Er seufzt. Und Michael ist zu höflich, um zu insistieren, weil er daran denkt, dass Delacours Elternhaus im Ersten Weltkrieg zerstört wurde, während sein eigenes Château in der Normandie von den Nazis überrollt wurde. Ganz zu schweigen von seinem geliebten Indochina, von den Japanern erobert und jetzt in diesem brutalen Krieg der Amerikaner verwüstet. Nach jener letzten Reise, die ihn mit Jim über den Mekong führte, ist Delacour nie wieder dorthin zurückgekehrt.

»Es gibt da etwas, das Sie vielleicht nicht wissen.« Delacour macht ein Angebot, möchte etwas beitragen, auch wenn es nicht genau die Information ist, die Michael sich wünscht. »Jim hat mir geholfen, aus Frankreich herauszukommen. Damals, 1940, als die Deutschen mein Haus in der Normandie besetzten, bin ich nach Lissabon geflohen. Jim hat mir die Papiere beschafft und die Überfahrt nach New York auf einem Frachtschiff bezahlt. Damals war ich ein Flüchtling *sans le sou*.« Er lacht, lässt sich den Flan schmecken und bringt dann einen Toast auf Indochina aus, auf alte Freunde, auf Jim.

Vielleicht sind sie deshalb noch immer befreundet, vielleicht nimmt Delacour deshalb Jims Jähzorn und seine schlechten Manieren in Kauf. Er schuldet ihm etwas.

Als er nach dem Mittagessen zum Museum zurückgeht, denkt Michael darüber nach, wie unterschiedlich die beiden Männer sind. Delacour ist klein und stämmig, hat rundliche Schultern und einen großen Glatzkopf. Zehn Jahre älter als Jim, obwohl man ihm das nicht ansieht. So lebendig, so voller Geschichten, dass man beim Essen mit ihm das Gefühl bekommt, ein Stück Geschichte erlebt zu haben, dabei gewesen zu sein.

Demgegenüber ist Jim knochig, kantig und schroff. Auch er hat einen guten Teil Geschichte miterlebt, ist aber verschlossen und verschwiegen. Ginge man mit ihm zum Essen, könnte es passieren, dass er gar nichts sagt. Nach ein oder zwei Drinks könnte er unangenehm oder ausfallend werden. Oder seine Bemerkungen wären so verklausuliert und kryptisch, dass man Wahrsager sein müsste, um zu entschlüsseln, was er gemeint hätte.

Einen Arsch hatte Jim ihn genannt.

Michael betrachtet den Schwarz-Weiß-Schnappschuss, den Laina von Jim gemacht hat, und erkennt im Hintergrund die kleine Feldstation von Great Gull Island nebst ein paar Felsen. Der Himmel ist bedeckt und diesig. Es muss am gleichen Tag gewesen sein. Er erinnert sich, dass Jim sich angeschickt hatte, einen Vogel zu präparieren. Nichts Exotisches, nur eine kleine Grasmücke oder einen Spatzen, der sich vielleicht in den Vogelnetzen verfangen und sich einen Flügel gebrochen hatte oder vor Schreck gestorben war. Aber Jims Hände zitterten heftig, wahrscheinlich eine Folge seines Alkoholkonsums. Seine knotigen Finger versagten ihm den Dienst – diesem Mann, der, wie Delacour sagte, besonders schöne Exemplare gefertigt hatte und für seine Geschicklichkeit und Geschwindigkeit berühmt war.

Der alte Mann arbeitete allein an einer Arbeitsplatte, die auf Böcken an der Wand stand, und so hätte Michael ihn einfach ignorieren können. Sie alle hätten das tun können. Aber die Heftigkeit seiner Frustration erregte allgemeine Aufmerksamkeit. Und selbst wenn man nur zufällig einen Blick riskierte, konnte man das Chaos sehen, das Jim anrichtete. Die Vogelfedern waren krumm und schief ineinandergesteckt, die Haut gedehnt und in die Länge gezogen, die Baumwolle zum Ausstopfen nur locker gerollt. Jims Stirn war gerunzelt, aber nicht nur aus Frustration, sondern wegen einer tiefer sitzenden Verzweiflung. Man konnte die Obszönitäten hören, die er leise vor sich hin murmelte.

Michael hatte ihm nur helfen wollen, um die Spannung zu lindern, die sich in der kleinen, stickigen Hütte aufbaute. Aber warum er sich dazu entschloss, weiß er nicht mehr. Als er zum Arbeitstisch ging, ließ er einen Sermon vom Stapel, dass für die Wissenschaft alle Exemplare gleich wichtig seien, egal, wie sie präpariert seien, und dass man das Leben jedes einzelnen Vogels achten müsse; Ratschläge, das versteht er jetzt, die er besser an einen Studenten gerichtet hätte, an jemanden, der noch lernte und Fortschritte machen konnte – nicht jedoch an den Meister, mit dem es rapide bergab ging. Trotzdem war das kein Grund, dass der Alte ihn derart anging.

»Sie sind ein Affenarsch«, hatte Jim gesagt. Grausam. Vernehmlich. Mit schneidender Verachtung, die noch demütigender war als die Worte. Alle verstummten und schauten weg. Der Gedanke, dass Laina dabei war, schmerzt ihn immer noch.

Er erinnert sich, dass sich Jim das kümmerliche Exemplar in die Jackentasche stopfte und kein Wort mehr sagte.

Iron Bottom Sound, vor Guadalcanal, unterwegs zu den Salomonen, Oktober 1942

Das Problem bestand darin, dass er diese Inseln ganz anders sah. Den anderen Männern kamen die Salomonen wild und ungastlich vor. Die Inseln der Kannibalen. Das Land der Kopfjäger. Ein stinkender Sumpf am Äquator. Feucht, heiß, fiebrig. Ein Ort, an dem einen Ruhr oder Malaria niederstreckten, falls das nicht schon die Japsen erledigt hatten; an dem man, falls man nicht gleich totgeschossen wurde, langsam verreckte an Fußfäule, Hautinfektionen, Pusteln und Tropengeschwüren, die sich bis in die Knochen bohrten. An irgendetwas litten alle und behandelten sich selbst mit Sulfonamid-Pulver. Den barfuß gehenden Insulanern ging es besser.

Unmenschlich nannten es manche. Die barbarischen Eingeweide der Erde. Unter Deck erprobten sie die fremden Namen: Guadalcanal, Tulagi, Savo. Die Namen von Flüssen, die sie durchqueren mussten, sobald sie einen Brückenkopf gebildet hatten: Ilu, Tenaru und Alligator Creek. Fluchten über ihre Freunde oder Brüder, eigentlich über jeden, den sie kannten und der nach Italien oder Frankreich geschickt worden war, ja sogar nach Nordafrika – egal wohin, aber nicht auf diese gottverlassenen Inseln.

Die amerikanischen Jungs fürchteten sich vor dem Dschungel. Sie mochten die dicken Schlingpflanzen oder schlangenartig verholzten Lianen nicht, die fleischigen Kräuter, die ungeheuerlichen Orchideen, den schweren, süßlichen Geruch des Ingwers. Alles beengend und widerlich. Wenn irgend möglich, hielten sie sich am Ufer auf, machten Umwege und stapften lieber durch hohes Schilfgras, um den Dschungel zu vermeiden, selbst wenn das Gras messerscharf war.

Jim sah es mit anderen Augen. Von diesen Archipelen hatte er geträumt. Er kannte ihre Namen, ihre Geschichte, ihre Vögel. Das wilde Gewirr und die Unordnung dieser Urwälder entzückten ihn. Die großen Muskatbäume, die fünfzig oder mehr Meter aufragten. Die Banyanbäume, deren Brettwurzeln so glatt und grau wie die Flanken von Elefanten waren. Die Luftwurzeln, behaart und verdreht, die sich abwärtsrankten, um Wasser direkt aus der Luft zu saugen. Für ihn war das alles so vertraut und faszinierend wie Regionen seiner eigenen Fantasie.

Nicht dass er keine Angst gehabt hätte. Herrgott, er hatte genauso viel Angst wie jeder andere dieser Burschen. Er hatte ja auch die Geschichten aus Nanking, Malya und Bataan gehört. Er hatte die grauenhaften Fotos von verstümmelten Piloten in Wake gesehen, die auf dem Schiff die Runde machten. Später hatte er dann selbst gesehen, was alles möglich war. Einem Mann wurden die Genitalien abgehackt und in den Mund geschoben, seine Leiche als Warnung an einen Baum gebunden. Erst wurde einem übel davon, aber dann dürstete man nach Rache.

Auf keinen Fall wollte man gefangen genommen werden. Das war das Wichtigste. Auf den Salomonen gab es keine Kriegsgefangenenlager, weder amerikanische noch japanische.

Im Dschungel geriet Jim nicht in Panik. Er schoss nicht beim leisesten Geschlurfe. Er wusste, wie man Geräusche nutzen konnte, um sich zu schützen. Sorgen bereiteten ihm die Ängste der anderen Männer und Beschuss aus den eigenen Reihen. Er meldete sich freiwillig zu Einzeleinsätzen – als Kundschafter. Was die anderen für törichtes Draufgängertum, Heldenmut oder auch nur seinen Todestrieb hielten, war in Wirklichkeit Jims Egoismus.

Er wollte nicht sterben für die Männer neben ihm, wollte nicht in die Luft gesprengt werden, weil jemand den Splint zog, aber die Handgranate zu werfen vergaß. Der Gedanke, dass jemand Zeuge seiner eigenen Fehler oder, wenn es denn so weit käme, seiner Auslöschung werden konnte, schmeckte ihm auch nicht. Sie alle sahen Männer zerbrechen, die Flucht ergreifen, sich in die Hosen scheißen, das Gesicht in den Händen vergraben und wie Babys schluchzen oder, schlimmer noch, allzu grausam werden. Für ihn waren die Salomonen das Land der bunten Fruchttauben, der flugunfähigen Rallen, des Bismarckhuhns, das seine Eier vom heißen Vulkansand ausbrüten lässt, von Meeks ausgerotteter Salomonen-Kronentaube *Microgoura meeki* mit ihrem Kopfschmuck aus blauen Federn und dem roten Schwanz, die nie wieder gesichtet wurde. Die vielen Arten weißäugiger *Zosteropidae*, die Professor Mann aus New Georgia geschickt hatte und die für seine bahnbrechenden Theorien über Verbreitung und Evolution zentral waren. Es waren die Inseln, auf denen Meek und Beck und Mann gesammelt hatten, erst für Lord Rothschild, später für das Museum in New York.

Als Kind lag Jim am Strand und las Meeks Autobiografie, eins der vielen Bücher, die Sanford ihm mitgebracht hatte. Und Cecil kniete neben ihm im Sand, legte eine heiße Hand auf Jims Rücken und sah sich über seine Schulter die Schwarz-Weiß-Fotos an – genau diese palmengesäumten Küsten, Männer mit Lendenschurzen, strohgedeckte Häuser auf Pfählen, Kanus mit Segeln aus Baumrinde. Es gab ein ganz besonderes Bild, dem mehr als allen ihre Aufmerksamkeit galt – ein Foto mit barbusigen Mädchen, die aus langen Bambuspfeifen Tabak rauchten.

Auf der Rückseite des Buchs war eine Landkarte zum Ausklappen. Sie zeigte den mit Inseln, Korallenatollen und Riffen übersäten Südpazifik, als wäre jemand in Asien aufgestanden und hätte eine Handvoll Kiesel und Schotter ausgestreut, und zwar unterhalb von Neuguinea, das die Form eines Kängurus hatte, über die lange Doppelkette, die die Salomonen bildeten, bis zu den winzigen Pitcairns im Osten. Und über alle lief der Äquator! Schon damals verstand Jim Meeks Unbehagen am Stadtleben, als er in London beinah von einem Taxi überfahren worden wäre. Ebenso gefiel ihm die Schlussfolgerung, *dass auch die Zivilisation ihre Tücken hat*; und dass er sich anscheinend sicherer, entspannter, mehr bei sich selbst fühlte, sobald er *zum Sammeln in die Wildnis* zurückkehren konnte.

So fühlte sich auch Jim; er zog seine kleinen Archipele in Maine und Connecticut den Risiken der Speisezimmer oder Salons vor. Das Verhalten von Vögeln war berechenbar und geordnet – etwas, auf das man sich verlassen konnte.

11. Oktober 1942. Der Abend vor Helens Geburtstag. Er stand die ganze Nacht an Deck und wartete, bis er den ersten Blick auf Guadalcanal werfen konnte. Regen prasselte nieder, der Himmel war schmutzig schwarz – ganz so, wie man es sich erhoffte: Wolkendeckung, Dunkelheit.
Dann ging die Sonne auf, ließ die riesigen Wolken über Florida und Tulagi hellrot leuchten, sodass es aussah, als lägen die Inseln bereits unter Feuer. Im plötzlichen Licht schien das Schiff riesig und schutzlos zu sein. Eine gigantische Zielscheibe, die über den gewaltigen Ozean glitt. Sie waren jetzt in Reichweite der japanischen Flugzeuge und U-Boote, die in

Buin und Rabaul stationiert waren. Diese Gewässer trugen die Spitznamen Torpedo Junction und Iron Bottom Sound.
Um 0700 Uhr war das gesamte Geschwader aus sechzehn Wildcats startklar. Ihre Propeller lärmten, als er neben einem grinsenden Piloten ins Cockpit kletterte. Dann raste das Flugzeug über das lange, kopflastige Deck der USS Copahee *und stieg überm Meer hoch. Eins nach dem anderen erschienen auf beiden Seiten die anderen Flugzeuge und flogen in Formation zum Henderson Field. Auf halber Strecke zwischen Tulagi und Guadalcanal neigte der Pilot einen Flügel, sodass Jim eine Delfinschule sehen konnte, die direkt vor ihnen mit den Schatten der Flugzeuge um die Wette schwamm.*
Er gratulierte Helen zum Geburtstag. Irgendwie schämte er sich für das Hochgefühl und die Vorfreude, die er angesichts dieser Inseln empfand. Er hatte sich für sie entschieden, statt bei Helen zu bleiben.

Wantoks

Fox Island, Penobscot Bay, Maine, August 1973

Nachdem der Nebel am Vortag noch über beiden Enden des Gezeitenkanals gehangen hatte, schob er sich in der Nacht landeinwärts. Im Schlaf war Jim sich dessen bewusst, halb geweckt vom klagenden Klang des Nebelhorns bei Goose Head. Nun ist der Garten in Weißgrau gehüllt und die ganze Bucht unter einer dicken, nassen Decke verschwunden. Ausradiert.

Irgendwo jenseits der Landzunge schlägt das schwere Eisenpendel des Gongs unharmonisch, während es im Wellengang vor und zurück schwingt. Er fragt sich, was das Mädchen sich wohl dabei denkt.

In diese gedämpfte Stille schrillt das Telefon wie ein abgefeuerter Schuss, und Jim stapft in die Küche, um es abzuheben.

»Hallo, Papa.«

»Moment mal.« Jim zieht einen Stuhl heran.

Es ist Fergus. Er ruft an, um seinem Vater mitzuteilen, dass er seinen Sommerbesuch ein paar Tage früher antreten wird. Jim wirft einen Blick auf den Kalender neben dem Telefon. Schon Mitte August.

»Brauchst du Vorräte? Irgendwelches Essen aus New York?«, fragt Fergus. »Für deinen Gast?«

Er hat also von dem Mädchen gehört, über Sarah, und ist wahrscheinlich beleidigt, dass Jim sie nicht erwähnt hat. Aber das zu sagen ist er viel zu höflich.

»Kein Bedarf«, sagt Jim. »Wir haben alles.«

Er kann die Gedanken seines Sohns am anderen Ende der Leitung lesen. Schweigen, weil das Wort *wir* alte Erinnerungen heraufbeschwört, unterdrückte Ungeduld wegen Jims Verschwiegenheit. Jim will ihn nicht brüskieren. Es ist einfach so, dass sie nichts brauchen.

»Es ist doch nicht etwa meine seit Langem verschollene Schwester?«, fragt Fergus. Das beantwortet Jim nicht. Obwohl, ehrlich gesagt, solche Sachen passiert sind.

»Alles klar, Papi.«

Jim legt den Hörer auf, klopft mit seiner Krücke gegen ein Bein des Küchentischs. Das wäre also das. Fergus wird kommen, ob Jim das nun passt oder nicht. Er wird seine komplizierten Menüs kochen. Stillman nennt ihn *den Chefkoch*.

Vielleicht wäre Jim besser in Greenwich geblieben. Zumindest drängt sich ihm da niemand auf. Niemand stört ihn in seiner Einsamkeit. Sein Apartment über dem Stall war für Gesellschaft zu eng. Für Gäste gab es am Ende der Zufahrt das große Haus mit den luxuriösen Zimmern. Zum Teufel damit. Invalide wäre er da erst recht, würde noch stärker überwacht. Außerdem will er gerade jetzt hier an diesem Ort sein. Bei den Seeadlern, den Schwalben, die oben an der Straße in Stillmans Scheune nisten, abends herumschwirren und Moskitos fangen. Am Meer, selbst wenn der Nebel es derzeit verschluckt hat.

Er zerknüllt Zeitungspapier, stopft es in den großen, gusseisernen Herd, beugt sich auf dem Stuhl sitzend nach unten und rafft eine Handvoll Holz von Stillmans Stapel zusammen. Sobald er brennt, wird der Herd die Luftfeuchtigkeit vertreiben und den Raum für Cadillac wärmen. Als er ein Streichholz an das Papier hält, fragt er sich, warum er überhaupt so lange in Greenwich geblieben ist, wo er verkalkt ist und sich in Alkohol ertränkt hat. Und in die Stadt zur Arbeit gependelt ist. Vielleicht hat er sich etwas vorgemacht, die Illusion von Mobilität, und gar nicht gemerkt, wie er festsaß. Das Gefühl, nach Greenwich heimzukehren, hatte er nur nach dem Krieg. Helen arbeitete in der Nähe im Krankenhaus, ihr Junge war inzwischen geboren, das Museum in New York bot ihm eine Stelle an. Es schien, als wäre er zu niedergeschlagen gewesen, um jemals wieder hinauszukommen.

Als das Feuer aufflammt, schließt er die schwere Herdklappe und macht sich auf den Weg nach draußen, tritt vorsichtig auf, um nicht mit der Krücke auf den nassen Planken auszurutschen. Er späht ins Grau hinein, sieht es durch den Garten und über die Verandastufen wabern und sich um die Balustrade legen. Er sieht die Dinge nur schemenhaft: eine Ecke des Bootshauses, das Ende des Anlegers, einen Ast am Baum. Alles wirkt losgelöst und unwirklich wie vorübertreibende Gespenster.

Durch den Nebel dringen bestimmte Geräusche so laut und deutlich, als würde das der Sicht beraubte Bewusstsein nach anderen Orientierungspunkten suchen. Ein Reiher schreit. Eine Tür fällt zu. Ein Hund bellt. Er lauscht dem sanften Rauschen der Wellen, dem heiseren Krächzen einer Krähe.

Jetzt hört er noch etwas – ein Flossenklatschen im Meer. Ein angestrengtes Luftholen durch einen Schnorchel, das ihn an das gedämpfte Ausatmen eines Wals erinnert. Großer Gott, das Mädchen schwimmt!

Ohne nachzudenken, ruft er ihren Namen, weil er fürchtet, sie könne sich verirren oder die Orientierung verlieren. Das ist schnell passiert. Sie könnte landaus- statt landeinwärts schwimmen und dann ins noch kältere Wasser des Gezeitenkanals geraten. Seine Stimme klingt alarmierend laut und heiser wie die der Krähe. Im nächsten Moment trötet Cadillac durch den Schnorchel, verkühlt, aber in Sicherheit, und er wendet sich ab und ärgert sich, dass er so ein Tamtam gemacht hat.

Gott, ja, sie hat es bis hierher geschafft, um den ganzen Globus herum, ganz allein. Dann wird sie gewiss auch den Weg zum Anleger finden. Es ist ja nicht seine Schuld, wenn sie unbedingt in dieser Suppe schwimmen will. Zumindest sind jetzt nicht viele Boote draußen, die sie überfahren könnten, weil heute jeder vernünftige Seemann an Land bleibt. Es herrscht so dicke Nebelsuppe, dass, wie die Seeleute sagen, sogar die Vögel zu Fuß gehen.

Sie wird sich über etwas Ablenkung freuen, denkt er, bläst ins Feuer und setzt den Kessel auf, um Wasser heiß zu machen. Er befürchtet, dass sie vielleicht deswegen schwimmt, weil sie sonst nichts zu tun hat. Sie langweilt sich. Wie Fergus meint, ist Jim nicht die richtige Gesellschaft für sie, eigentlich für niemanden. Er ist mit Sicherheit nicht geeignet für so einen bescheuerten Einführungskurs in die Vereinigten Staaten – oder was auch immer er machen soll.

»Mein Sohn kommt bald«, sagt er, als Cadillac vor Kälte zitternd hereinkommt. Sie will nach oben gehen und sich ein heißes Bad einlaufen lassen, wärmt sich aber erst vor der offenen Ofenklappe auf und nimmt dankbar den Kaffee an, den er ihr hinhält.

»Er möchte dich kennenlernen. Er hat Angst, dass ich dir nur Whiskey und Zigaretten vorsetze.«

Er steckt sich mit einem brennenden Holzscheit eine Zigarette an. Sieht den Abdruck der Taucherbrille um ihre Augen, die erschreckende Rotfärbung ihrer Haut. Sie sieht glücklich aus. Herrgott, vielleicht ist es ja doch ganz gut, dass

Fergus kommt. Jim will sich keine Sorgen um sie machen müssen.

Fergus hebt zwei schwere Segeltuchtaschen aus dem Kofferraum des Wagens und geht zum Haus. Bevor er die Küchentür erreicht, hält er an, streicht sich die Haare hinter die Ohren und atmet tief durch.

Er ist verwirrt, seitdem Sarah beiläufig einen *Hausgast* erwähnt hat. Und zwar nicht irgendeinen Gast, sondern eine junge Frau von den Südseeinseln, die demnächst in Yale Medizin studieren wird. Eine Medizinerin, die angelt und in seinem alten Taucheranzug herumschwimmt. Er kann sich nicht erinnern, dass Jim je einen Gast gehabt hätte. Sein alter Freund Delacour oder der japanische Vogelexperte Iggy Austin mochten vielleicht ein- oder zweimal auf Jims Sofa geschlafen haben, aber das war's dann auch. Ist er in seinem Alter etwa noch eifersüchtig? Ist er deswegen so argwöhnisch und fühlt sich ausgeschlossen?

Er hebt die Taschen wieder hoch, drückt die Fliegentür mit der Schulter auf und stoppt sie dann mit dem Absatz, damit sie nicht zuknallt. Er riecht den Duft von gebratenem Fisch.

»Guten Morgen, Papi!«, sagt er und bemüht sich um eine Unbekümmertheit, von der er nicht recht weiß, ob er sie überhaupt empfindet. Schon jetzt erfasst ihn der Unterstrom aus Missbilligung und Enttäuschung, die ihn im Haus seines Vaters immer erwarten.

Jim ächzt, beugt sich vor und fummelt an einer Bremse seines Rollstuhls herum.

Wie kommt es, dass sein Vater es nie fertigbringt, Hallo zu sagen? Wie kommt es, dass er so verblüfft aussieht, als hätte Fergus ihn überrascht und wäre gar nicht willkommen? Jim kennt den Fahrplan der Fähre. Er muss auch gehört haben, dass der Wagen vorfuhr. Den Rollstuhl hätte er bestimmt auch schon früher entsperren und zur Eingangstür fahren können.

Im gleichen Moment spürt Fergus einen scharfen Stich aus Traurigkeit und Schuld, Jim im Rollstuhl sitzen zu sehen. Sein Papa, dünn, verbittert, übers fehlende Bein vorgekrümmt – Fergus weiß, dass Jim ihn teilweise für die Amputation verantwortlich macht. Der abgeschnittene Stumpf ragt anklagend hervor, das Bein der Kakihose ist zu einem nachlässigen Knoten hochgebunden.

Er geht auf ihn zu und legt seinem Vater die Hand auf die Schulter. Dann dreht er sich um und sieht die junge Frau, die neben dem Herd steht. Sie ist groß und barfuß und schwärzer als alle, die ihm bislang begegnet sind. Und anders als alle Ärzte, die er kennt, trägt sie einen bunt geblümten Rock und eine gebügelte Bluse.

Er starrt sie verlegen an und wartet darauf, dass sein alter Herr sie miteinander bekannt macht. Aber Jim schweigt störrisch, als ginge es ihn nichts an, wenn sie reden, und vielleicht wäre es ihm sogar lieber, sie ließen es bleiben. Zu Fergus' Beschämung ist es nun aber das Mädchen, das vortritt und ihn mit einer ihn überraschenden fröhlichen Offenheit begrüßt.

»Hallo, ich bin Cadillac Baketi«, sagt sie. »Sie müssen Fergus sein.« Als er ihr die Hand reicht, nimmt sie sie zwischen ihre beiden Hände und drückt sie länger, als er erwartet hätte. Irgendwie überrascht und freut ihn das zugleich – als wäre sie tatsächlich seine seit Langem verschollene Schwester.

Sie sieht, dass er sich im Raum umschaut und Bestandsaufnahme macht: Stillmans Holzstoß, der Stapel alter Zeitungen, Jims Zigarettenkippen, das Buch von Hemingway, das Jim liest, der Krug mit Federn und ein kleiner gelber, ausgestopfter Vogel auf der Fensterbank, zwei in der Pfanne brutzelnde Flundern.

»Ich hoffe, ihr habt meine Angelruten benutzt«, sagt er und hört hinter sich Jim schnauben.

Er ist größer als sein Vater. Anfang dreißig – sie hat Jim danach gefragt –, dichte braune Haare mit von der Sonne gebleichten Strähnen, die ihm bis auf die Schultern fallen. Er trägt Bluejeans, ein hübsches T-Shirt, in dessen Halsausschnitt eine Sonnenbrille steckt. Die Sorte Mann, die bei ihren Freundinnen auf der King George VI School für hochgezogene Augenbrauen gesorgt hätte. Über den sie später auf ihren Etagenbetten im Schlafsaal der Mädchen gekichert hätten.

Ist er vielleicht nicht zu gestriegelt?, würden ihre Freundinnen fragen. War das ein Zeichen von Arroganz? Oder suchte man, wenn man das fragte, nur nach Fehlern? Er sieht gut aus, aber hat er nicht leichte X-Beine? Man müsste mal abwarten, wie er in einer Badehose oder in Shorts aussieht, um sicher zu sein. Die Vorstellung, die Beine eines Manns zu beäugen, würde sie dann wieder alle zum Lachen bringen. Natürlich nur, wenn er schwarz wäre. Sie kann sich nicht entsinnen, jemals so über einen weißen Mann geredet zu haben.

Indem sie dieses imaginäre Selbstgespräch führt, vermisst Cadillac die Gesellschaft ihrer Freundinnen und Leute ihres Alters.

»Ich habe etwas zu essen mitgebracht«, sagt Fergus und wuchtet eine der schweren Leinwandtaschen auf den Küchentisch. Er greift wie ein Zauberer hinein und zieht reife Papayas, eine Brotfrucht und einen ganzen Karton mit gelben Mangos heraus. Der einzige Lebensmittelladen auf der

Insel führt kaum Früchte und bietet nur das Notwendigste an.

»Juhu!«, ruft sie und klatscht in die Hände. Sie hat sich schon gefragt, ob Amerikaner sich hauptsächlich von Konservendosen ernähren, wie sie es während des Kriegs getan hatten. Er sieht sie an, lächelt über ihre ungekünstelte Freude und ist froh, dass er sich die Mühe gemacht hat, von der Wall Street bis hoch nach Chinatown zu laufen.

Und sie sieht, dass er eine ungewöhnlich helle Augenfarbe hat, gelblich, gesprenkelt mit grünen und braunen Flecken.

Fergus' Anwesenheit lässt die Küche plötzlich lebendig und geschäftig werden. Es klappert in den Schränken, als er Teller und Teetassen herauszieht, von deren Existenz sie gar nichts wusste, und legt Muffins darauf, die er aus einem Laden in Rockland mitgebracht hat. Dann halbiert er Orangen und presst daraus frischen Saft.

Sie freut sich, dass es zumindest einen *Wantok* gibt, einen Verwandten, der sich um Jim kümmert und für ihn kocht; und dass er nicht völlig allein ist, obwohl sie sich nicht sicher ist, ob Jim das auch so empfindet.

Am Tag zuvor hat sie Jim dabei geholfen, runter zum Bootshaus zu fahren.

»Fergus wird mein Zimmer brauchen«, hat er gegrummelt, als er sich vom Ufer wieder nach oben mühte. Aber sie weiß gar nicht recht, warum – Schlafzimmer gibt es da oben mehr als genug. Sie hat insgesamt sechs gezählt.

Im Stillen hat sie eine Inventur von Jims Sachen gemacht. Erstens seine Garderobe: ein Stapel fast identischer blauer Hemden mit geknöpftem Kragen, in Rockland gewaschen und gebügelt, und mehrere Kakihosen. Zweitens unzählige Verbände und Salben für sein Bein – sie wird sich hüten, sie auch nur anzurühren. Schließlich seine Papiere, Notizen, Briefe, Bücher, die Schreibmaschine und sein Fernglas. Sie durfte ihm helfen, als er seine Papiere auf dem großen Tisch im Bootshaus neu sortiert hat.

»Fergus wird das Wohnzimmer haben wollen«, hat er gemurmelt.

Cadillac hat darauf bestanden, frische Laken und Decken nach unten zu tragen. Sie hat die schmale Kojenmatratze für ein paar Stunden zum Auslüften in die Sonne gelegt, um den Moder- und Schimmelgeruch zu entfernen. Unterdessen hat Jim seine Sachen im Schrank unter den Gewehren und dem Präparationsbesteck aufgeräumt. Sie hat nicht gesehen, was er mit dem Foto gemacht hat, auf dem die Frau über den Strand wirbelt.

»Wenn du dich nützlich machen willst, kannst du ein paar Flaschen Gin runterbringen«, hat er gegrummelt.

Sie sieht jetzt zu Jim hinüber, der ungeschickt mit der Krücke balanciert, als sei er unschlüssig, ob er sich zu ihnen setzen oder fliehen soll. Sie vermutet, dass ihm Letzteres lieber wäre. Stattdessen schwingt er sich vor und greift zu einer der Zeitungen, die Fergus mitgebracht hat, setzt sich dann wieder auf den Stuhl und faltet sie auf seinem Schoß zu einer Art Verteidigungsanlage auseinander. Ein Schutzschild für den Stumpf.

»Möchtest du etwas Fisch oder Saft, Papi?«, fragt Fergus.

»Nein. Hab keinen Hunger«, erwidert Jim.

Wir waren mit dem Passat gesegelt, um den Wind zu der Insel zu erwischen, zu der wir unterwegs waren – es ist mir nicht gestattet, deutlicher zu werden, erzählt der junge Hawkins, als sich die *Hispaniola* der Schatzinsel nähert. Warum allerdings Stevenson sich derart zieren muss, wenn doch der Hauptteil des Schatzes geborgen ist, bleibt rätselhaft.

Jims Aufgabe besteht aber darin, deutlicher zu werden. Er spannt ein neues Blatt Papier in die Corona-Reiseschreibmaschine, wirft einen schnellen Blick durch die Tür auf die Bucht und tippt: *Doch wo befindet sich die Insel, über die Stevenson schrieb und auf der Edward Seaward Schiffbruch erlitt?*

Und schon macht er einen Tippfehler, den er streichen und neu tippen muss. Manchmal macht er so viele Fehler, dass er die ganze Seite rausreißen und von vorn anfangen muss. Manchmal hat er die Nase voll und tippt nur einen einzelnen Absatz oder eine halbe Seite neu und klebt dann später die Teile mit Tesafilm zusammen.

Old Providence, eine Insel in der westlichen Karibik, liegt etwa 140 Meilen vor der Küste Nicaraguas. Die britische und US-amerikanische Marine bestimmen den besiedelten nordöstlichen Punkt auf 13° 19′ 13″. Seaward gibt in seinem Tagebuch 14° an. Diese Differenz von einem Grad ist durchaus nicht der Rede wert, wenn man bedenkt, dass 1732, dem Jahr von Seawards Schiffbruch, Längengrade eine ziemlich unpräzise Angelegenheit waren. Jim lehnt sich zurück und fügt hinzu: *Noch heutzutage schätzen sich Kapitäne kleiner Schiffe in fernen Gegenden glücklich, wenn sie ihre angepeilten Ziele mit einer Abweichung von zehn Meilen erreichen.*

Doch Jim ist verblüfft, dass Seaward seinen umfangreichen Bericht schrieb, ohne ihm eine Karte oder zumindest eine grobe Skizze seiner Insel beizufügen. Dies Versäumnis hat Jim erhebliche Schwierigkeiten bereitet, als er Seawards geografische Angaben minutiös zusammengetragen hat, um seine eigene Karte zu zeichnen.

Für einen Mann, der behauptete, in England Kanonier gewesen zu sein, erwies Seaward sich als haarsträubend unaufmerksam. Er sorgte sich mehr um Nahrungsbeschaffung und die Sicherheit seiner Frau und seines Hundes, die beide mit ihm gestrandet waren, als um irgendwelche exakten Erkundungen oder Kartierungen. Statt topografische Beobachtungen oder Landmarken, Gezeiten und Trinkwasservorkommen zu notieren, plauderte Seaward über die Süßspeisen, die seine kluge Eliza aus vom Wrack gerettetem Mehl und Rosinen machte, ihre Hummer- und Leguaneintöpfe – und die Eskapaden ihres Hundes Fidele.

Jim schaut durch die geöffneten Türen des Bootshauses hinaus, wo sich auf dem Kopf stehende Bäume und die gedämpfte Farbe des Himmels auf den grünbraunen Untiefen der Bucht spiegeln. Er hegt den Verdacht, als hätten Seaward und Stevenson die präzise Angabe vielleicht absichtlich verschwiegen, aber nicht unbedingt, um Schätze zu schützen oder auch nur, weil sie die Insel so gern mochten – *Keine zehn Pferde würden mich nochmals zu jener verfluchten Insel bringen*, sagt der junge Hawkins –, sondern weil ihnen die Insel ans Herz gewachsen war. Sie war für ihre eigene Identität so elementar, so zentral geworden, dass es wichtig war, etwas davon zu verschweigen und unter Verschluss zu halten. Diesen Impuls, nicht alles preiszugeben, kennt Jim sehr wohl.

Er ist froh, dass er ins Bootshaus gezogen ist. Das hat ihm schon als Kind gefallen – hier unten stundenlang an einem Holzstück zu schnitzen oder an einer Maschine zu schrauben, Seile zu spleißen oder ein zerrissenes Segel zu flicken. Es erleichtert ihn, wieder in diese andere Welt aus Piraten, Seekarten und Schiffbrüchen einzutauchen und dem Meer nah zu sein. Seit er nun allein ist, bereut er es, Fergus gegenüber so abweisend gewesen zu sein. Er hätte herzlicher sein können. Das Essen und den verdammten Saft, den sein Sohn ihm angeboten hat, hätte er annehmen sollen.

Aber warum muss der Junge bloß so hektisch sein? Hetzt viel zu schnell, viel zu diensteifrig, von hier nach da. Schüttelt den frischen Orangensaft und das Eis in Jims Getränkemixer viel zu heftig.

»Man könnte das mit einem Schuss Wodka aufpeppen«, hat Jim wenig hilfreich vorgeschlagen. Er konnte sehen, dass Fergus zusammenzuckte. Ihn irritiert sogar die Freundlichkeit seines Sohns. Er hat in seiner Brusttasche nach der Zigarettenschachtel gefingert und eine Zigarette herausgezogen, als wollte er den Jungen absichtlich ärgern.

Herrgott noch mal, er braucht jetzt schon dringend einen Drink – kein gutes Zeichen.

Jim empfindet es manchmal als physischen Schmerz, wenn Fergus ihm so nah ist. Sein sauberer Geruch, seine hübschen, frisch gewaschenen Klamotten, sein gepflegtes, umsichtiges Wesen. Eine Pingeligkeit, die Jim nur wie einen Vorwurf empfinden kann, als hätte der Junge sein Verhalten im Lauf der Jahre wie ein Bollwerk gegen das väterliche Chaos aufgebaut.

Wenn er sich wenigstens die Haare schneiden ließe, wie Jim schon oft angeregt hat – vielleicht sähe er dann Helen nicht mehr so ähnlich. Aber dann sind da auch immer noch die Augen.

»Welche Augenfarbe habe ich?«, fragt Helen, hebt ihr Gesicht Jim entgegen, legt jedoch die Hände über ihre geschlossenen Augen.

»Grün?«

Sie grinst und fragt noch einmal.

»Braun?« Er rät hoffnungslos. Wie kann er das nicht wissen?

»Blau?«

»Nein, nicht Blau, Braun, Grün«, spottet sie. »Gelb.«

Sie nimmt die Hände weg und sieht ihn an mit ihren grüngelben, olivfarbenen, braun gesprenkelten Augen. Er hatte immer richtig geraten.

Sie streckt die Hand aus, und ihre Finger fühlen sich kühl an, als sie sie auf seine Augen legt. Seine braunen Augen.

»Küss mich.«

Im Bootshaus schieben sie die Kajaks von den Balken und tragen sie unter die Außendusche, um Staub, Guano und Spinnweben eines ganzen Jahres abzuwaschen. Dann lassen sie die Kajaks vom Anleger aus zu Wasser. Fergus greift zu zwei Schwimmwesten, die sie wegen des kalten Wassers tragen müssen. »Du kannst doch schwimmen?«, fragt er.

Cadillac nickt eifrig. »Ich schwimme sehr gern.«

Sie packt das doppelseitige Paddel locker am Griff und wünscht sich, dass Tosca jetzt sehen könnte, wie sie sich mit ausgestreckten Beinen im Boot zurücklehnt. Leicht und schnell, wie sie sind, ziehen die Boote Winkel und Hypotenusen zwischen den bunten Hummerreusen und erzeugen hinter sich flache Heckwellen, wie Wasserflöhe. Sie hält für einen Moment mit dem Paddeln inne und versetzt sich wieder in Toscas Kanu. Neben ihr liegt das kleine Dreieckssegel aufgerollt am Mast; der zerbeulte Blechkessel steht wie immer neben seinem Sitz; seine Angelleine, die wasserdichte Taschenlampe, mit der sie nachts mit dem Speer fischen, der Korb voller Nester und Eier. Auf beiden Seiten ragen die nackten Knie ihres Vaters auf.

Wenn sie die Augen schließt und das Meer gegen die Bordwand schwappen und schlagen hört, ist sie wieder im hellen Blau von Wanawana. Die Kanus der Männer, die zwischen den Inseln hin und her paddeln, ziehen vorüber, transportieren Trochusschnecken, um sie auf Noro an die Japaner zu verkaufen, die sie zu Knöpfen verarbeiten. Oder vielleicht hat auch jemand einen großen Hai mit dicker, silberblauer Haut und glasierten Tiefseeaugen gefangen. Sie erinnert sich daran, wie aufgeregt sie vor einigen Jahren war, als Tosca mit einer Kerosinlampe und einem Transistorradio aus Honiara zurückkam, weil das nämlich bedeutete, dass sie gutes Licht zum Lesen hatte und sie die Salomonen-Nachrichten auf Pidgin und den BBC World Service empfangen konnten. Zuvor hatte es nur das orange Glühen von Palmöllampen und Feuern gegeben, das Kreischen der Vögel und Zikaden, das Quaken der Frösche und das Züngeln der Eidechsen.

Fergus kommt längsseits und nennt ihr die Namen von Jims atlantischen Inseln. Auf der einen Seite Fox Island, auf der anderen Carvers Island, berühmt für ihre Steinmetze, und der dazwischen verlaufende Gezeitenkanal. Hinter ihnen die Felsnasen, die sich jenseits von Jims kleiner Bucht erstrecken und Dumplings genannt werden. Und die Sugar Loaves, zwei größere Inselchen, die von der Fähre aus klein und unbedeutend aussahen, nun jedoch steil und massig vor ihnen aufragen. Auf einem sprießen dünne, dornige Bäume wie Haare auf dem Rücken eines wilden Ebers.

Er taucht das Paddel ein, schwenkt das Kanu herum und zeigt auf eine Sandbank, die Widow's Neck heißt, und aufs Leuchtfeuer Goose Head. Gute Namen – sie wird sie für Tosca notieren müssen.

Er zieht sein Hemd aus. Brust und Rücken sind blasser als seine Arme, Hinweis auf einen im Büro verbrachten Sommer.

Aber am Spätnachmittag stellt sie fest, dass seine Schultern sich rotbraun färben.

Am nächsten Tag zeigt Fergus Cadillac eine Stelle, an der sie ohne Taucheranzug schwimmen kann.

»Stört dich Schlamm?«, fragt er, als sie Handtücher einpacken und in sein Auto steigen.

Als er den Motor anlässt, erinnert er sich an Geschichten über Schlamm, endlosen Regen und Fußfäule auf Guadalcanal und kommt sich etwas dämlich vor. Er nimmt die Middle Road, folgt dem Lauf eines Priels, der sich bis in die Mitte der Insel erstreckt. Dann biegt er auf eine stark erodierte Piste ein, fährt durch einen Birkenhain und über einen Deich, der das Prielende abschneidet und einen großen Brackwasserteich bildet.

»Juhu, das ist ja warm!«, ruft Cadillac, als sie übers Steilufer ins Wasser geht. Ihre Zehen schmatzen im Matsch und wirbeln dichte graue Morastwolken auf, wie Fergus angekündigt hat.

»Streck dich aus«, erklärt er ihr. »Halt die Füße hoch.« Früher stand hier mal ein Sägewerk, aber das gibt es schon lange nicht mehr – am Ende des letzten Jahrhunderts geschlossen und verkauft wie auch die meisten Farmen und Fischereikajen auf der Insel. Geblieben ist jetzt nur der Deich, in dem ein großes Stahlrohr verläuft, durch das die Gezeiten ein und aus fließen.

Jenseits des Teichs steht ein verfallenes Farmhaus, das einem alten Onkel von Stillman gehört. Weiße Farbe platzt streifenweise ab, und in die Fensterritzen ist Zeitungspapier gestopft, um Zugluft zu verhindern. Das ungemähte Feld, das sich bis zum Teich erstreckt, ist ein Gewirr aus Wiesenkerbel, Löwenmaul und Blauer Klitorie. In der Mittagshitze verströmt das hohe Gras einen moderigen Geruch.

Er zieht Jeans und T-Shirt aus und vollführt geschickt einen flachen Kopfsprung, um keinen Matsch aufzuwirbeln. Er glaubt, Cadillac schnell einzuholen, aber als er auftaucht, ist sie ihm schon weit voraus.

Da kommt aber, weiß Gott, was auf Yale zu, denkt er. Er weiß nicht recht, was er von ihr halten soll, von dieser großen Frau aus der Südsee, die Medizin studieren will. Er hegt keine Vorurteile, aber Cadillac hat mit keinem seiner Bekannten, die in Yale oder Harvard studiert haben, auch nur die entfernteste Ähnlichkeit. Adrette Männer zumeist, die nach der Arbeit Slipper und Oxfordhemden tragen, Frauen, die sich die Haare zu Pferdeschwänzen binden. Sie ähnelt überhaupt niemandem, den er kennt.

Sie sollte es langsamer angehen, auf Fergus warten, sich hüten, anzugeben, aber der pure Spaß reißt sie mit: die Freude, dass ihre Muskeln wieder zu tun haben, ihre Glieder sich strecken, ihr Puls beschleunigt – richtiges Schwimmen, ohne zu frieren und ohne die Beeinträchtigung durch den engen Taucheranzug.

Der Teich muss einen Durchmesser von etwa sechzig Metern haben, länger als ein olympisches Schwimmbecken, obwohl sie noch nie in einem geschwommen ist. Sie pflügt hindurch. Als sie das andere Ufer erreicht, lässt sie sich in eine kleine Einbuchtung treiben und befindet sich auf Augenhöhe mit einem sumpfigen Waldbett aus Moos und Flechten. Durch die niedrigen Äste von Kiefern, die über die Wasserlinie ragen, sickert aus dem Wald ein Rinnsal hinab, und schwarze Wasserkäfer huschen über die schattige Oberfläche.

Sie dreht sich um und taucht. Unten hat der Teich eine braun-orange Färbung mit einem leichten Geschmack nach verwesendem Laub. Es ist kühler, aber nicht kalt, weich, mehr Süß- als Salzwasser. Sie vollführt eine Wende, schwimmt dann einen Meter unter der Oberfläche, stößt Luft aus, sieht die Blasen aufsteigen und vor dem hellen Himmel zerplatzen.

Sie spürt, wie eine Hand nach ihrem Fußgelenk fasst, und schießt an die Oberfläche.

Sie lachen, prusten Teichwasser aus.

»Okay, ich glaube, ich fordere dich lieber nicht zum Wettschwimmen heraus«, gesteht Fergus einigermaßen atemlos.

»Aaah, ich dachte, du wärst ein Krokodil.«

Er wirft den Kopf in den Nacken, um die Haare aus den Augen zu bekommen, während Cadillac, wie er sieht, ihre Haare praktisch trocken schütteln kann. Er würde gern die Hand danach ausstrecken und es berühren. Sie lachen wieder, ihre Köpfe und Schultern bewegen sich auf der Oberfläche auf und ab, ihre Körper verschwinden im trüben Wasser.

Ein Reiher hebt ab und schwebt auf mächtigen Flügeln vom Teich weg.

Seit er im Bootshaus wohnt, stellt Jim fest, dass er gewisse Gewohnheiten annimmt. Jeden Morgen schaltet er den Seefunkdienst ein, hört sich Wetterberichte und Schiffsmeldungen an. Abends hört er den Seeleuten zu: Kapitäne von Jachten und Fischerbooten, die von Camden Marine an Land durchgestellt werden, um mit ihren Ehefrauen und Heimathäfen Kontakt aufnehmen zu können.

Nachts zündet er die Kerosin-Sturmlaternen und die Mückenspiralen an, damit er die Türen überm Wasser so lange wie möglich offen lassen kann. Als er im Schrank ein zusammengerolltes Moskitonetz entdeckt, hängt er es über die Koje. Seitdem schließt er die Türen in klaren Nächten überhaupt nicht mehr. Wenn er in der Koje liegt, rahmt der große Türrahmen den Himmel wie eine Sternkarte.

Er findet es entspannend, Gewehre zu putzen. Der Geruch des Gewehröls und das Einrasten der Sicherung beruhigen ihn, als würde er sich einen Drink mixen. Er schafft die Flaschen aus dem Haus nach unten und reiht sie zwischen der Spüle und dem kleinen Kühlschrank auf dem Küchentresen auf: Scotch, Gin, Martini, Rum. Er trinkt reichlich, mehr als früher. Schließlich ist Fergus jetzt da und kann sich um das Mädchen kümmern.

An kühleren Abenden zündet er den Kanonenofen an und schürt ihn morgens neu. Er brüht eine Kanne starken, gezuckerten Tees oder Kaffees auf, der dann Cadillac erwartet, wenn sie aus dem Meer steigt. Sie schwimmt jeden Morgen kurz im kalten Wasser bis zum anderen Ufer der Bucht oder hinaus bis zum Gezeitenkanal.

An manchen Morgen hört er Stillman, der am Ende der Bucht seine Ruder in Dollen schiebt, ihr Guten Morgen zurufen. Wenn sie die Leiter hochklettert, hinterlassen ihre Füße nasse Abdrücke auf den trockenen Dielen. Er arbeitet. Er liest noch einmal Hemingway.

»Mister Jim!«, kräht Cadillac, als sie ins Haus platzt. »Fergus hat mir eine warme Stelle für mein Schwimmtraining gezeigt.«

Der Mühlenteich. Ein Ort, an dem er große blaue Reiher und Sumpfsperlinge, Gürtelfischer und Schnäpperrohrsänger aufgespürt hat. Größere und kleinere Helmlinge pickten im Schlamm am ausgetrockneten Bett des Priels. Gott, ja, das hätte er ihr auch sagen können, wenn sie danach gefragt hätte. Natürlich ist das Wasser da sehr viel wärmer.

Was also wurmt ihn? Er trinkt einen kräftigen Schluck des Gins, den er sich genehmigt, nach Martini-Art, weil der Junge Oliven mitgebracht hat.

Am nächsten Morgen ertappt er sich dabei, dass er wartet und lauscht, und verflucht sein eigenes Herz dafür, dass es einen Satz macht, wenn er Cadillac summend vom Haus herunterkommen hört. Er bemüht sich sehr, nicht zu lächeln, wenn sie wegen des Taucheranzugs hereinkommt, vergräbt sich in seine Arbeit, als ginge ihn das alles gar nichts an.

Auf den Salomonen gibt es den stechenden Baum, der einen juckenden Ausschlag mit Blasen verursacht, wenn man sich bei Regen darunterstellt und mit dem Harz in Berührung kommt; den Macht-dich-blind-Baum, der in den Mangrovensümpfen wächst und voll mit milchigem, giftigem Harz ist; und den Baum des Erbrechens. Es gibt Tausendfüßler, die sich auf einen herunterfallen lassen und deren Biss Fieber und Krämpfe hervorruft; tödliche Blaumaulfische und Rotfeuerfische, bei denen man sich vorsehen muss, nicht auf sie zu treten oder sie beim Schwimmen zu streifen.

Als sie klein war, hat sie gelernt, diesen Gefahren aus dem Weg zu gehen. So, wie sie es gelernt hat, mit ihrer Mutter Yams und Maniok im Garten zu ernten und wilde Farnherzen und Kohl im Busch zu finden. Wie man die Stängel von Pandanus, Sago und Bambus zum Häuserbau spaltet; wie man Kokossamen zerkleinert, um daraus Suppe zu machen, und welche Schlingpflanzen und Blüten man beim Kochen als Gewürz verwenden kann.

Sie ist begierig, die Namen und den Gebrauch der hiesigen Pflanzen zu lernen, die Vögel, Fische und anderen Tiere unterscheiden und ihr Verhalten verstehen zu können. Der Fischadler ist ihr noch von zu Hause vertraut. Wie er direkt vor ihr nach unten stößt und mit seinen Fängen einen Fisch aus dem Meer reißt und seine Beute nach vorn dreht, um den Luftwiderstand zu verringern. Die orange schimmernden Algen und den Seetang, die an Jims Meeresgrund treiben.

Das ist ihre Art, sich zu orientieren und den Ort zu verstehen. So, wie andere vielleicht eine Landkarte studieren oder einen Reiseführer lesen, ein Seemann eine Seekarte lesen oder einen Lotsen konsultieren würde.

Gleichzeitig will sie mehr wissen. Was steckt im stechenden Baum, das den Juckreiz verursacht? Was im Wacholder, das Insekten vertreibt? Jede Pflanze und jedes Gift kann auch als Heilmittel oder Gegengift oder jedenfalls als Balsam dienen. So, wie ihre Mutter Betel gegen Magenverstimmung nutzte oder um die Schmerzen aus einem bösen Zahn zu ziehen, Ingwersaft zum Desinfizieren oder den Dorn einer Guave, um ein Geschwür aufzustechen.

Als sie zu Jims Haus hochgeht, kann sie es kaum abwarten, mit ihrem Medizinstudium zu beginnen, mit ihrer Einführung in die unsichtbare, mikroskopische Welt der Zellen, Bakterien, Krankheitskeime und der Medizin. Es ist ein Wissen, das in der Südsee immer noch mit der spirituellen Kraft von *Kastom Men*, Medizinmännern, gleichgesetzt wird. Des Widerstands, der ihr dann nicht nur als westlich orientierter Ärztin, sondern auch als Frau entgegengebracht werden wird, ist Cadillac sich sehr wohl bewusst.

Dennoch weiß sie, wie wichtig gutes Verarzten ist. Sie erinnert sich, dass sie als Zehnjährige zusehen musste, wie ihre neugeborene Schwester starb. Die wachsende Verzweiflung ihrer Mutter, die das winzige Baby zwischen furchtbaren Krämpfen und schrecklichen Zuständen der Versteifung zu stillen versuchte. Höchstwahrscheinlich starb ihre Schwester an neonatalem Tetanus, wie Cadillac an der Medizinischen Schule von Fidschi gelernt hat. Der Erreger konnte nur allzu leicht eindringen, wenn die Nabelschnur mit einem schmutzigen Messer durchtrennt wurde oder Mütter der traditionellen Praxis folgten, das Kind in schmerzlindernde Blätter zu wickeln. Eine Krankheit, die heute dank einer einfachen Aufklärung schwangerer Frauen über Tetanustoxoide fast vollständig ausgerottet ist.

Cadillac erinnert sich auch an die Zeit, als ihr Onkel, der Bruder ihrer Mutter, schreckliche Verbrennungen erlitt, weil unter ihm eine Mörsergranate aus dem Zweiten Weltkrieg explodiert war. Er hatte versucht, an den Sprengstoff zu kommen, um ihn beim Nachtfischen für Fackeln zu benutzen. Sie und Tosca hatten ihn so schnell sie konnten zum Hospital in Munda gepaddelt. Nach der panischen Kanufahrt hatte das gelassene Vorgehen der Methodistenschwestern in ihren gebügelten Kleidern bleibenden Eindruck auf sie gemacht.

Noch rätselhafter waren die Chirurgen, vor allem der irische Chirurg Dr. Tony Cross. Sie weiß noch, wie sich Dr. Cross' Patienten vor dem Zentralen Krankenhaus bei der George VI School versammelten. Es war ein furchtbarer Anblick. Viele waren der Polio-Epidemie von 1952 zum Opfer gefallen und konnten nur noch wie Krebse über den Boden kriechen. Andere hatten verkümmerte, kraftlos herabhängende Arme.

Dr. Cross konnte täglich bis zu hundert Patienten behandeln, kurierte Krüppel und half Männern, wieder zu gehen.

Manche operierte er, verkürzte oder verlängerte die Sehnen. Andere versah er mit Klammern und Schienen. Bei einem Besuch der Schule im Krankenhaus führte er die Schüler durch das neue Rehabilitationszentrum und ließ sie voller Begeisterung in einem Rollstuhl sitzen, den er gebaut hatte, indem er einen Krankenhausstuhl mit großen Fahrradrädern verschweißt hatte – und der so stabil war, dass man damit über raue Korallen fahren konnte.

Das hätte Jim gefallen.

Auf dem Picknicktisch unter einem der Apfelbäume hat der Junge ein komplettes warmes Frühstück aufgebaut, Speck, Papayascheiben, eine Kanne heißen Kaffee, und formvollendet eingedeckt.

Jim rollt heran und stellt seinen Stuhl in Windrichtung, damit der Zigarettenrauch sie nicht stört. Er blickt aufs Meer hinaus und hört zu, wie Fergus mit dem Mädchen darüber spricht, nach Yale zu gehen, und darüber, noch ein paar der anderen Inseln zu besuchen.

»Kannst du Auto fahren?«, fragt er.

Cadillac schüttelt den Kopf, weiß nicht recht, wie sie erklären soll, dass man in Munda mit einem Auto nur ein paar Hundert Meter zum Stadtrand fahren kann, bis die Straße vor dichtem Gestrüpp plötzlich endet.

»Es gibt so viele Inseln, zu denen wir mit dem Kanu fahren.«

Jim spürt, dass sie Angst hat, rückständig zu klingen.

Wie Gondolieri in Venedig, denkt Fergus, obwohl er es besser weiß.

Erwähnen könnte sie die kleine Flotte der Plastikboote mit ihren 5-PS-Außenbordmotoren im Gästehaus von Munda, mit denen australische Sporttaucher transportiert werden.

Aber nachdem sie hier die riesigen, vierzigmal stärkeren Motoren gesehen hat, sagt sie lieber nichts.

Oder die Nachtfähre von Honiara, auf der sie und eine Handvoll anderer Kinder aus New Georgia am Ende jedes Semesters nach Hause fuhren. Die Frauen saßen mit Körben voller magerer Hühner, Zwiebelbündeln und Ingwer an Deck, schwatzten lautstark, lachten, spuckten Betel aus und pulten Erdnüsse, die sie auf dem Markt in Honiara gekauft hatten. Oder kauten Ingwer, wenn die See rau wurde. Die Männer schleppten Reissäcke oder Motorersatzteile nach Hause. Die Kinder hingen seekrank über der Reling. Schweine. Hunde.

Bei klarem Himmel breiteten sie nachts ihre geflochtenen Matten auf Deck aus, und wenn es regnete, drängten sie sich dicht an die Kajüte. Das Fährschiff zog ihre Angelschnüre hinter sich her. Und wenn jemand ein Kofferradio hatte, schalteten sie es manchmal ein und sangen mit zu Solomon Dakei's Bamboo Band.

»Wir haben natürlich auch Flugzeuge.« Megapode Airways, benannt nach einem flugunfähigen Vogel, war neulich erst in Solair umbenannt worden.

»Wir haben die Flugpisten, die eure Marinepioniere während des Kriegs angelegt haben«, sagt sie an Jim gewandt und hofft, dass er sie bestätigt. »Auf Munda, Ghizo und Henderson Field.« Sie fragt sich, ob er sich noch an die Namen und das Gelände erinnert. Die Art, in der er sich in sich selbst verkriecht, beunruhigt sie; seit Fergus angekommen ist, hat er sich noch mehr zurückgezogen und ist noch schweigsamer geworden.

Verdammt, ja doch, denkt Jim. Die Rollfelder waren mit zermahlenen Korallen und Stahlmatten befestigt und nass von Regen, Schweiß und Blut. Er erinnert sich noch ganz gut an das beschissene Gelände. Die Serpentinen und steilen Schluchten, die Korallenriffe, die Bäche, die zu reißenden Flüssen wurden, verfilzte Rattanpalmen. Topografische Details, die von Luftbildern nicht erfasst werden konnten.

Die Männer der 169. und 172. Infanterie waren grün und unerfahren. Sie wurden von eingeborenen Kundschaftern mit Kanus in einen Dschungel geschafft, der so dicht war, dass sie kaum einen Meter weit sehen konnten. Unsichtbare, in Bäumen versteckte Scharfschützen knallten sie ab. Im Dunkeln schrien japanische Soldaten und feuerten Salven. Da sie es in jenen ersten Nächten versäumten, Stolperdrähte zu spannen oder sich richtig einzugraben, gerieten die Männer der 169. in Panik. Weil sie überall Japaner vermuteten, hielten sie phosphoreszierende Rotte für japanische Signale, den schweren, unbekannten Verwesungsgeruch für Giftgas. Wenn Halloweenkrabben im Gebüsch raschelten, dachten sie an japanische Soldaten, die sich auf Ellbogen und Knien anschlichen. Sie sprangen auf, feuerten ziellos ins Dunkel, warfen Handgranaten, die von Kokospalmen und Muskatbäumen abprallten, und dann hielten sie die auf sie zurückfallenden Granatsplitter für einen feindlichen Hinterhalt. Sie erdolchten sich gegenseitig.

Am zweiten Tag gerieten sie an die erste japanische Wegsperre mit Maschinengewehrnestern auf den Berghängen und Scharfschützen, die sie unter Feuer nahmen. Sie brauchten drei Tage, um den nur einige Kilometer entfernten Barike River zu erreichen, von dem das Regiment offiziell abrücken sollte.

Der Mundapfad war für die eingeborenen Insulaner ein wichtiger Verbindungsweg, den sie einzeln, leise und barfuß begingen. Doch unter den Stiefeln ganzer Kompanien und Kolonnen, von Soldaten, die Mörser, Kabeltrommeln und Maschinengewehre mitschleppten, verwandelte er sich schnell in einen morastigen Sumpf.

Jim war auf Layla. Von ihrem Ausguck im Kanarinussbaum beobachteten er und Tosca die in den frühen Morgenstunden vorbeiziehenden Zerstörer und Transportschiffe.

30. Juni, D-Day. Die Landungen im Morgengrauen gelangen weitgehend ungehindert, aber ab elf Uhr gerieten japanische und amerikanische Flieger in der Luft aneinander. Das Flaggschiff *McCawley* wurde getroffen. Zwei Tage später hielt schlechtes Wetter von Süden die amerikanischen Flugzeuge auf Guadalcanal fest, und Jim funkte unablässig, als über fünfzig japanische Flugzeuge anflogen und wie Haie hinter der Bergspitze von Rendova kreisten, bevor sie im Sturzflug angriffen. Die Amerikaner hatten noch keine Gelegenheit gehabt, ihr Radar oder ihre Flakgeschütze in Stellung zu bringen, und Jim sah das Aufflammen der explodierenden Ölfässer, die Feuer, den Rauch. Am frühen Morgen des 6. Juli, in der dunkelsten Stunde der Nacht, ging die USS *Helena* in Flammen auf.

Er sah die Verluste am Ende des Feldzugs. Das körperliche und seelische Gemetzel. Männer verloren Arme oder Beine oder beides. Männer mit verbundenen Gesichtern. Und andere, unverletzte Männer, die sich in gebückter Haltung vorwärtsschleppten, vor sich hin murmelten, aus leeren Augen blickten, Herrgott noch mal, als wären sie bereits tot.

Er erinnert sich, warum er nicht wollte, dass das Mädchen kommt. Das Letzte, was er brauchen kann, sind die ungebetenen, wiederauferstehenden Geister der Vergangenheit. Es ist schon schwer genug, mit der beschissenen Gegenwart klarzukommen.

Feldlazarett der 17. Division, Lagune von Rendova, Salomonen, August 1943

Colonel Harding, schlank, dicke Brillengläser, führt Jim in sein Zelt mit der Aufschrift *Chirurgisches Hauptquartier* und schiebt ihm einen Stuhl hin.

Jim befürchtet, dass sein Hintergrund den Arzt allzu sehr beeindruckt haben könnte und Harding ihn deshalb nicht als einfachen Patienten behandelt. Er hat sich schon vorher nach Jims Arbeit am Harvard-Museum erkundigt und gestanden, dass ein Besuch dort mit seiner Mutter ein Höhepunkt seiner Kindheit gewesen sei.

Hardings Zelt ist ein Außenposten der Rationalität, wohlgeordnet und still inmitten des draußen tobenden Wahnsinns. Es gibt da eine exakte Reihe von drei Armeeschreibtischen, auf denen Aktenordner und Diagramme fein säuberlich aufgestapelt liegen. Eine hübsche Krankenschwester in sauberer Uniform steht zu Jims Bedauern auf, um sie allein zu lassen, und legt im Hinausgehen eine Akte auf den Tisch des Chirurgen. Die Operation *Toenails* ist beendet – die Truppen werden jetzt nach Bougainville vorrücken.

»Wir hatten hier die reinste Epidemie«, sagt Harding. »Dagegen war Guadalcanal ein Zuckerschlecken. Täglich an die fünfzig bis hundert psychische Fälle.« Panik, Angst und Nervenzusammenbrüche haben die Truppen so heftig erfasst wie Malaria oder Ruhr, erklärt er. Hunderte von Männern sind einfach kollabiert, verweigern den Dienst oder sind tatsächlich dienstunfähig. Sie sind aus Schützenlöchern gekrochen, hinter Sandsäcken aufgestanden und einfach weggegangen – manchmal mitten im Feuergefecht. Sie haben nachts geschrien und das Leben anderer Männer gefährdet. Oder sie haben einfach aufgegeben.

Manche, stellt Jim sich vor, müssen von den Japanern erschossen worden sein – andere von ihren eigenen Kameraden, die sie verzweifelt zum Schweigen bringen wollten. Er stellt sich Männer vor, die im Dschungel umherirren. Hier können sie sich nicht verlaufen, weil sich das Lazarett auf einer kleinen Insel in der Lagune von Rendova befindet.

»Die gängige Diagnose lautet auf Kriegsneurose«, fährt der Arzt fort. »Und diese Männer haben noch Glück«, fügt er mitfühlend hinzu. »In früheren Kriegen nannte man das Fahnenflucht.«

Er springt auf und zieht eine Flasche Bourbon aus einem der Aktenschränke, kramt nach zwei Gläsern und schenkt sie großzügig voll, als würde ihm plötzlich klar, was der ältere Mann von ihm will. Jim hat nicht den Eindruck, dass Harding ein Trinker ist. Er legt eine angespannte, intellektuelle Erregbarkeit an den Tag, sodass Jim sich nicht sicher ist, wie er wohl reagieren würde, wenn er selbst unter Beschuss oder unter zu viel Bourbon geriete. Für seine verantwortungsvolle Aufgabe sieht er viel zu jung aus, obwohl Jim nicht bezweifelt, dass er ein verdammt guter Arzt ist.

Er sieht, wie die Leute sich in Hardings Gegenwart entspannen und gesünder werden. Diejenigen, die sich hinkauern und wimmern, wenn man sich ihnen nähert, beruhigen sich, wenn er mit ihnen spricht. Diejenigen, die einfach durch einen hindurchblicken, fokussieren den Arzt, wenn er sie ganz ruhig dazu überredet, die Hose, in die sie gepisst haben, zu wechseln oder sich zu rasieren. Sogar der Mann, der sich den ganzen Tag händeringend hinter leeren Transportkisten verkriecht und wie ein beschissener Käfer aussieht, der ein Versteck sucht, taucht wieder auf und ergreift Hardings ausgestreckte Hand.

»Kentucky Straight Bourbon Whiskey«, liest Harding vom Etikett ab. Er selbst, erzählt er Jim, kommt aus Chicago. Als der Krieg ausbrach, hatte er seinen Doktor noch gar nicht gemacht, aber für Psychiatrie hat er sich immer schon interessiert.

»Verdammt nett von Ihnen«, murmelt Jim. Er hat diese bevorzugte Behandlung gar nicht verdient, spürt jedoch, dass sich der Arzt nach einer halbwegs normalen Unterhaltung sehnt, nach jemandem, mit dem er zumindest ein paar Brocken fachsimpeln kann. Oder vielleicht liegt es auch nur daran, dass Jim älter ist. Alle anderen hier sind noch so verdammt jung.

Der Krieg bietet Harding eine Gelegenheit. Als Arzt dürfte er nie wieder mit einem derart breiten Spektrum an Rohmaterial und Daten konfrontiert werden. Die gleiche Chance bot sich Mann, als er seine Brillenvögel sammelte; jede einzelne Art war auf der jeweiligen Insel endemisch. Jim steht auf und sieht sich ein großes Diagramm an, das hinter Hardings Schreibtisch hängt: Namen der Patienten, ihre Division und das Datum ihrer Einlieferung, alles nach Diagnosen sortiert – Unterarten der Krankheit.

Er sieht eine kurze Namensliste mit der Überschrift *Mecaprin-induzierte Psychose*. Sogar ihre Malariapille konnte Männer in den Wahnsinn treiben. Es war ein Medikament, dessen Einnahme viele Männer aber sowieso verweigerten, weil es Augen und Haut gelb verfärbte. *»Alsem Japani«*, wie die Japaner, sagte Tosca.

Einer seiner Befunde, erklärt Harding, bestehe darin, dass Männer mit einem Borderline-Symptom, und sei es nur ein

Blinzeln oder Lispeln, schlechten Zähnen oder Plattfüßen – Männer, die früher ausgemustert worden wären – viel seltener zusammenbrechen.

»Das würde man eigentlich nicht erwarten, oder?«, fragt Harding eifrig. Der Krieg hat ihm verdammt viel aufgebürdet. »Aber eine Beeinträchtigung kann Männer anscheinend zur Überkompensation treiben, um sich zu beweisen.«

Eine näherliegende Schlussfolgerung bietet die Rolle, die hier die Erfahrung spielt. »Für Männer wie Sie, die schon auf Guadalcanal gekämpft haben, war es nicht mehr so schlimm«, sagt er bewundernd. »Deshalb ist Ihre Tätigkeit als Ausbilder für den Dschungel so wichtig.« Und das ist einer der Gründe, aus denen er Jim empfiehlt, den Dienst wiederaufzunehmen.

Hardings simple, aber effektive Methode hat darin bestanden, seine Patienten in zwei Gruppen aufzuteilen, um zwischen denjenigen zu unterscheiden, die unter physischer Erschöpfung litten – Männer, die gebadet, aufgepäppelt und dann ausgeruht wieder in den Kampf geschickt werden konnten –, und denjenigen, die er als »Psychoneurotiker« bezeichnet: Männer, die echte Nervenzusammenbrüche erlitten haben und nun im Krieg nutzlos, wenn nicht gar hinderlich sind und nach Hause geschickt werden mussten. Er war bereits dafür belobigt worden, Ressourcen zu schonen.

»Zu welcher Gruppe gehöre ich?«, fragt Jim und kippt den Rest des in Eiche gereiften Whiskeys herunter.

Harding lacht. Jim ist nicht wahnsinnig. Er ist Ornithologe, ein Museumsmann. Er freut sich, daran erinnert zu werden.

»Von mir aus können Sie morgen wieder in den Kampf ziehen«, sagt Harding und schenkt Jim noch einen Schluck ein. »Aus dem, was Sie mir erzählt haben, schließe ich, dass Sie gut ausgeruht sind, vielleicht zu gut. Es sei denn, Sie wollten hier noch ein bisschen bleiben. Das kann ich auch arrangieren.«

Normalisierte Abnormalität lautet Hardings Diagnose für Jim. Er schreibt das in einen Bericht, der ans Marinehauptquartier gesendet wird, und zeigt ihn Jim, damit er ihn billigt. Es geht darum, wie Vorstellungen und Wahrnehmungen des normalen und akzeptierten Verhaltens zusammenbrechen, wenn Männer mit der Brutalität des Schlachtfelds konfrontiert werden. Aktionen, die denjenigen, die noch ein Zivilleben führen, abscheulich und sogar kriminell erscheinen, werden im Krieg zur Norm. Falls Harding sich fragt, ob eine gewisse Gefühllosigkeit oder Verwilderung – die ein Mann hier zum Überleben braucht – womöglich vorteilhaft ist, bringt er das nicht zu Papier.

Als er nach Hause zurückkehrte und Helen im Krankenhaus besuchte, dachte Jim an all diese gebrochenen Männer. Damals kam es ihm so vor, als hätte der Krieg gar nicht aufgehört, sondern seine langen, rachgierigen Finger um die ganze Welt gelegt und tief ins Herz seiner Heimat gegriffen und auch Helen mit dieser Krankheit und diesem Schrecken infiziert.

Fox Island, Penobscot Bay, Maine, August 1973

Fergus beobachtet seinen Vater. Jims Miene ist dermaßen verhärtet, nahezu wild, als hätte er die ganze Welt gegen sich. Was wäre schon dabei, wenn er darauf reagieren würde, dass Cadillac die Rollfelder erwähnt hat, auf denen er einmal war, und dass er jene Inseln gesehen hat?

Bedrückt vom grimmigen Schweigen seines Vaters schwingt Fergus die Beine über die kleine Bank, und als Entschuldigung für seinen Rückzug ins Haus räumt er das Frühstück ab.

»Ich habe Jungs aus Brooklyn beigebracht, im Dschungel kein Kaugummi zu kauen« – das ist alles, was Jim seinem Sohn je aus dem Krieg erzählt hat. Wenn er weiter fragt, wird sein Vater so abweisend und bedrohlich, dass Fergus es aufgibt.

Er stellt das Tablett neben das Spülbecken. Das Geschirr kann warten. Er ist jetzt fünfunddreißig Jahre alt und im Beruf enorm erfolgreich, aber hier ist er erst seit einer Woche und fühlt sich schon so enttäuscht wie ein kleines Kind. Er greift zu einer Schachtel Zigaretten, die Jim auf dem Tisch liegen gelassen hat, zerknüllt sie wütend, stopft sie sich in die Tasche und marschiert aus der Küche auf die Straße.

Vor dem Krieg und nach dem Krieg, so sieht Fergus seine Kindheit: gespalten in zwei unvereinbare Hälften.

Aus der Zeit vor dem Krieg sind nur wenige Eindrücke

hängen geblieben. Die Haare seiner Mutter fallen ihm übers Gesicht und kitzeln ihn, als sie sich für einen Gutenachtkuss über ihn beugt. Die kantigen Knochen seines Vaters, als er Fergus hochhebt, um ihn auf seine Schultern zu setzen.

Er war vier. Sie wohnten in Cambridge, Massachusetts, wo Jim im Museum für vergleichende Zoologie arbeitete. Auf Jims Schultern ritt er seinem ersten Schultag entgegen. Als sie an der Schule ankamen, weigerte er sich, abzusteigen, klammerte sich an Jims Haaren fest und versteifte seine kleinen Beine um Jims Hals. An das Klassenzimmer oder die Lehrerin kann er sich nicht mehr erinnern, nur an das Gefühl der Dankbarkeit, als Jim sich mit ihm hinsetzte und kein Wort sagte, Fergus nicht einmal am Bein zog oder versuchte, seine Hände aus seinen Haaren zu lösen.

Fergus schlendert durch den Kiefernwald und stellt sich seinen noch jungen Vater vor, wie er sich auf einen Kinderstuhl quetscht. Er hat seine Marineuniform an, und vielleicht sagt die Lehrerin deswegen nichts, sondern lässt ihn einfach da am kleinen Schreibpult sitzen und der Geschichte lauschen, die sie vorliest, bis Fergus, verlockt von Papier und Bleistift, zu der Einsicht gelangt, dass er auch dann in Sicherheit ist, wenn er absteigt.

Neben ihm in den Bäumen krächzen zwei Krähen. Er hält bei einer Steinmauer an, vor der sich der Wald plötzlich lichtet und ein gepflügtes Feld einen weiten Blick auf den Gezeitenkanal freigibt. Zu seiner Linken zweigt der Weg zu Stillmans Haus scharf durch die Bäume ab.

Von Jims Arbeit am Museum in Harvard erinnert Fergus sich an fantastische Räume mit dampfenden Heizkörpern und muffig riechenden Vitrinen voller ausgestopfter, fremdartiger Vögel und Schubladen, in denen Eier aufgereiht lagen. Er erinnert sich, dass ihm der große Schnabel eines Nashornvogels gezeigt wurde, in den eine Berglandschaft mit Pagoden und in der Ebene arbeitenden Chinesen detailgenau eingraviert war. Es gab auch einen staubigen, hölzernen Dachboden, auf den er über eine Leiter kletterte, die man von der Decke ziehen konnte. Dort lehnte zwischen Kartons voller alter Zeitungen an schrägen Dachbalken das Gerippe eines Blauwals. Und draußen gurrten und balzten Tauben vor gemauerten Rundbogenfenstern.

Dann der Krieg. Während Jim weg war, wurde seine Frau, Fergus' Mutter, in ein Krankenhaus gebracht. Fergus war da erst fünf. Er erinnert sich nicht gut daran. Er erinnert sich, dass seine Mutter sich vor ihn kniete. Die dicken, weiß bestrumpften Beine von zwei Krankenschwestern ragten auf beiden Seiten auf. Er erinnert sich, dass er die Hände seiner Mutter ergriff und ihr nicht ins Gesicht sehen wollte.

Er klettert über die Mauer und geht über das Feld. Bevor er jemanden trifft, den er kennt, verlässt er lieber die Straße. Der Siegestag! Und der Krieg war vorbei! Es war im August, und Fergus kletterte mit den anderen Jungs aufs Feuerwehrauto von Fox Island, das hupend und klingelnd durch die Stadt knatterte. Alle Welt strömte winkend und jubelnd aus den Häusern, und manche schluchzten.

Als Jim in jenem Frühjahr nach Hause zurückkehrte, lebte Fergus bei seinen Großeltern und seinem Onkel in dem großen Haus in Greenwich. Es brach ihm das Herz, als er dahinterkam, dass Jim nicht mit ihm zusammenwohnen wollte, sondern beschloss, das Kutscherhaus zu renovieren und in die Stallmeisterwohnung über den Ställen zu ziehen. Alle, auch Jim selbst, nahmen an, dass es für Fergus angenehmer sein würde, im großen Haus zu bleiben.

Nach der Schule und an Wochenenden marschierte Fergus die lange Zufahrt entlang. Das Kutscherhaus befand sich in einem schlechten Zustand, weil es im Krieg vernachlässigt worden war. Alles musste repariert werden. Also besserte Jim die Treppen aus, schnitt neue Fensterbänke zu, baute sie ein und deckte das Dach mit neuen Schieferplatten. Sein Papa redete nicht viel, war aber immerhin so gut gelaunt, dass er sich vom achtjährigen Fergus helfen ließ. Vom Dach aus konnte man die Spitze des Empire State Building sehen. Die Stadt schien überraschend nah zu sein, obwohl das Haus von Wald, Wiesen und Meer umgeben war. An manchen Tagen legte Jim das Werkzeug beiseite und ging mit Fergus zum Angeln.

Das waren gute Nachmittage. Wie andere Jungen auch war Fergus stolz darauf, einen Kriegsveteranen als Vater zu haben, obwohl er sich nie sicher war, wann sein Papa böse werden würde, plötzlich den Hammer fallen ließ und Fergus anschnauzte, zu verschwinden.

Die Stimmungsschwankungen seines Vaters machten ihm Angst. Er trat vorsichtig auf, rücksichtsvoll. Fergus hatte bereits erlebt, wie schnell ein Mensch zusammenbrechen konnte. Seine Mutter hatte zu hell geleuchtet und war dann wie eine Sternschnuppe verbrannt. Er will nicht, dass sein komplettes Universum einstürzt. Wenn er sägt oder hämmert, Fliesen in der Küche verlegt oder etwas anstreicht, für Jim das Nivellierband hält oder auf dem Dach sitzt, spielt er manchmal mit dem Gedanken, dass seine Mutter zurückkehrt und bei ihnen bleibt, sobald sie das Haus fertig renoviert haben. Deswegen renovieren sie es ja. Manchmal überlässt er sich sogar noch nach ihrem Tod diesem Wunschdenken.

Vom Gezeitenkanal hört er Rufe von Kindern, die in zwei Jollen vorbeisegeln. Ein Mädchen dreht sich so in den Wind, als wolle sie etwas besprechen, wirft einen nassen Schwamm ins andere Boot, holt dann ihre Segel ein und läuft davon. Er geht ans Ufer, rollt die Hosenbeine hoch und stapft durchs kalte Wasser.

Er erinnert sich daran, wie Jim ihm nach dem Krieg vorgelesen hat. Zuerst *Die Schatzinsel* und *Entführt*, dann Stevensons andere Erzählungen wie etwa *Das Flaschenteufelchen*, bis Fergus damit anfing, Jim mit diesen Figuren zu identifizieren. Sein Vater – ein gestrandeter Pirat, ein Abenteurer in der Südsee, womit sich seine Härte besonders gut erklären ließ. Als sie Stevenson ausgelesen hatten, kam Hemingway. Für Hemingways Storys war Fergus zu jung. Er verstand sie nicht, obwohl er Jim auch in diesen Büchern wiedererkannte, in den edlen Toreros, den hageren Jockeys, den Kriegsveteranen, die hart und betrunken waren und besser angeln und zelten und schießen konnten als mit Menschen umgehen.

Er erinnert sich, dass Jim über die Kritiker von *Über den Fluss und in die Wälder* schimpfte und meinte, dass sie ihren eigenen Arsch nicht von einem Schlagloch unterscheiden konnten.

Er sucht am Ufer nach einem flachen Stein und lässt ihn übers Wasser hüpfen. Er muss hier mal raus, nur für einen Tag. Er sollte die Fähre zum Festland nehmen, nur für einen Nachmittag.

Zurück am Haus, schiebt Fergus die Hände in die Hosentaschen und stößt auf die zerknitterte Zigarettenschachtel seines Vaters. Er zögert noch hineinzugehen und lehnt sich an sein Auto, zieht eine der zerbrochenen Fluppen heraus und staunt, als Cadillac aus dem Nichts erscheint und sie ihm einfach aus der Hand nimmt.

»An der Medizinhochschule von Fidschi hat man uns eine Raucherlunge gezeigt«, sagt sie und macht eine Pause, damit er sich vorstellen kann, wie die wohl aussah. »Die willst du nicht kriegen.« Bevor er überhaupt die Möglichkeit hat, auch nur einen ersten, zögerlichen Zug zu nehmen.

»Also gut.« Wie ein gehorsamer Schuljunge händigt er ihr die ganze Schachtel aus, grinst über ihr autoritäres Gehabe.

»Hast du Lust, rüber nach Rockland zu fahren, auch wenn es morgen regnet?«, fragt er.

»Ja.« Sie lächelt.

Und Fergus erinnert sich an seine Mutter, die ohne Grund mit ihm tanzt und sagt, dass sie ihn sehr lieb hat.

Long Johns Ohrringe

Noch befremdlicher war's,
ihn bei schwerstem Wetter
das Deck überqueren zu sehen.
Er hatte sich ein oder zwei
Leinen spannen lassen, um sich
über die größten Zwischenräume
zu behelfen – Long Johns Ohr-
ringe nannte man die.

Die Schatzinsel

Fox Island, Penobscot Bay, Maine, August 1973

Donner grollt, und Wind zerzaust die Baumkronen. Jim blickt von seiner Arbeit auf. Eine dicke Hummel fliegt durch die offene Tür herein. Jetzt sieht er, dass auch mehrere andere Insekten hereingekommen sind. Ein Monarchschmetterling nippt an einem Tropfen Kaffee auf dem Rand seines Blechbechers. Drei Schmeißfliegen brummen im Versuch, nach draußen zu kommen, wütend gegen das kleine Küchenfenster. Die Luftfeuchtigkeit ist beinah tropisch, sodass sein Papier sich durchweicht anfühlt und die Maschinenschrift leicht verschmiert.

Draußen über der Bucht teilt der Regen das Meer in zwei Hälften. Das Wasser im Gezeitenkanal liegt flach und grau da, während etwa eine Meile weiter draußen die Bucht zu schäumenden Wellenkämmen aufgewühlt ist. Weiße Pferde hatte sein Vater sie genannt.

Fergus und Cadillac sind mit der Fähre nach Rockland gefahren, nutzen das schlechte Wetter an diesem Tag, um Vorräte einzukaufen. Jim ist also für sich – den ganzen Nachmittag, bis um sechs.

Er kaut auf einem Zigarettenstummel, versucht, sich auf die Karte zu konzentrieren, die er gezeichnet hat, und sieht, wie das Zittern seiner Hände die Linien schwanken lässt wie Wellen an einem felsigen Ufer. Macht nichts. Er hat es geschafft, die Inseln festzuhalten, sie auf einem Blatt Papier zu verankern. Er spannt das Blatt in die Corona, tippt die Worte

Karibisches Meer an den unteren Rand, dann den Namen jeder einzelnen Insel mit ihren jeweiligen Inselchen – *Schatzinsel und Skelettinsel, Seaward und Edward, Old Providence und Catalina.*

Mit einem spitzen Bleistift zeichnet er die wichtigsten Landmarken ein, die in allen drei Berichten beschrieben werden – von Stevenson, Seaward und der Vermessung durch die Königliche Marine. Dreieckige Schnörkel markieren auf jeder Insel den Zuckerhut und den auffälligen Berg mit Doppelgipfel. Anker markieren die drei Ankerplätze, die von allen als teich- oder seeförmig beschrieben werden. Eine Art Bug oder Viertelnote bezeichnet die Landzunge aus Kalkstein, die auch in allen drei Beschreibungen ausdrücklich erwähnt wird. Diese Landzunge erhebt sich hinter dem Weißen Felsen, unter dem Ben Gunn sein Boot versteckt hielt. In Wirklichkeit heißt sie, nach einem anderen, berüchtigten Freibeuter, Morgan's Head. Jim markiert die Höhle, in der Ben Gunn seinen Schatz versteckte. Auch Seaward schrieb, dass er in einer Höhle einen Schatz gefunden hätte.

Wenn man die Inseln so nebeneinandersetzt, können einem die Ähnlichkeiten nicht mehr entgehen – natürlich abgesehen von der offenkundigen Abweichung, dass die Schatzinsel auf dem Kopf steht. Stevensons Ankerplatz und die kleine Skelettinsel, die der Autor selbst gezeichnet hat, liegen im Südosten, während der echte Ankerplatz und das Eiland nordwestlich vor Old Providence liegen. Das ist aber der springende Punkt von Jims Beweisführung – seine Eingebung: dass Stevenson Old Providence zwar als Vorlage wählte, die Karte jedoch umdrehte, um sich die Insel zu eigen zu machen.

Dabei empfindet Jim eine gewisse Freude, ganz als hätte Stevenson ihm persönlich ein Puzzle hinterlassen. Einen erzählerischen Kartentrick, einen Bluff, der zukünftige Leser oder Schatzsucher verwirren soll und den nur er durchschaut hat. Jetzt muss er nur noch mit einem Maßstabslineal Kompasspunkte eintragen und einen Pfeil, der die vorherrschenden nordöstlichen Passatwinde anzeigt.

Diesmal ein schwerer Donnerschlag. Ein Schwarm Enten fliegt niedrig und lautlos vorbei, um dem Gewitter schnellstens zu entkommen. Ein Blitz schneidet durch den düsteren Himmel. Es tut gut, solche Gewalt zu sehen, Gottes feurigen Zorn. In Rockland müssen die anderen mittendrin stecken. Er rollt um den Tisch herum, um die Wolken besser sehen zu können, die sich hoch über der Bucht auftürmen, und spürt, wie der Wind einschläft. Für einen kurzen Moment herrscht Stille wie ein Atemholen, und dann, bevor man es überhaupt für möglich halten würde, prasselt der Regen wie ein Sturzbach herunter, und er muss ein Buch auf seine Papiere legen, damit nicht seine komplette Abhandlung über die Bucht geweht wird.

Die kleine Tür hinter ihm springt knallend auf. Jim humpelt mit der Krücke hinüber; der stechende Schmerz in seinem Bein erinnert ihn an die Dehnungsübungen, die er längst aufgegeben hat. Eigentlich will er die Tür schließen, versinkt jedoch in der Betrachtung des Wolkenbruchs, der Kraft, mit der die Tropfen auf Gras und Meer einschlagen und frische Gerüche nach Erde, Gräsern, Seetang und heißen Holzschindeln aufwirbeln. Regen spritzt über sein Hosenbein und die Fußbodendielen, Regen, so dicht, dass man kaum unterscheiden kann, ob er von oben oder unten fällt, dass ein Regenschirm einem gar nichts mehr nützen würde. Würde man jetzt schwimmen, sähe man rings um sich her Pockennarben aufplatzen – als befände man sich mitten in einem japanischen Holzschnitt. Und das Meer würde weich und weniger salzig schmecken.

Er erinnert sich daran, wie er mit Cecil nackt in Sommergewittern getanzt hat, als sie noch Jungs waren und die über ihnen zuckenden Blitze verspotteten. Er denkt an Helen, die so über den breiten weißen Strand wirbelt wie auf dem Foto, das zu betrachten er vermeidet.

Wieder wird die Tür vom Wind erfasst und in den Rahmen geknallt. Er schiebt einen Stuhl davor. Und da sein Hosenbein sowieso schon nass ist, macht er in gebückter Haltung einen Schritt vorwärts. Aus der Traufe des Bootshauses prasselt ihm der Regen über Hinterkopf und Nacken, durchnässt Haare und Hemd, lässt Baumwolle und Kaki herunterhängen. Er hebt das Gesicht zum dunklen Himmel, spürt die großen, angeschwollenen Regentropfen schwer auf seine Lippen und Lider fallen.

Genau so fühlte sich ihr Haar an, wenn es über sein Gesicht fiel, über seine Augen und in seinen Mund. Wie ein Freispruch, wie Vergebung.

Cumberland Island, Georgia, 1917

Ein Zug nach Savannah, Umsteigen in Yulee nach San Fernandina, dann mit dem Boot zu ihrer Insel. Papa begleitete ihn bis Washington, D. C., wo er beim Aufbau der Sanitätstruppe helfen sollte, und schickte Jim dann allein weiter.

An seine Fahrt nach Süden kann Jim sich kaum erinnern. Er schaute aus dem Fenster und sah nur sein eigenes Spiegelbild. Alle sprachen davon, dass amerikanische Truppen nach Frankreich geschickt werden sollten, und über den deutschen Vorstoß durch Belgien. Insgeheim war Jim darüber froh. Es lenkte die Aufmerksamkeit von ihm ab.

Er erinnert sich an seine Angst, bevor der Motor angelassen wurde. Es war das erste Mal seit Pieters Tod, dass er auf einem Boot war, und er kam sich gebrandmarkt vor – fast so, als müsste er sich erklären. Hier bin ich, der kleine Lord Jim, ein Unheilsbringer, ein schlechtes Werkstück. Er schämte sich, weil Papas Freund, der ihn auf der Insel erwartete, wusste, was passiert war und warum man ihn von zu Hause wegschickte. Mit fünfzehn verbannt. Ein Ausgestoßener.

Große, plumpe braune Pelikane flogen direkt am Anleger vorbei. Er starrte ihre riesigen Schnäbel und Kehlsäcke an, die wie die Doppelkinne alter Männer herunterhingen, und ihre runden, scharfen Augen. Pelikane – so hässlich wie sie konnte nicht einmal er sein. Aber als das Boot ablegte, sah er staunend zu, wie sie mit ihren großen Flügeln schlugen und Kurs aufs Meer nahmen. Sobald sie in der Luft waren, zogen sie die Köpfe zurück und flogen mit erstaunlicher Anmut, legten, im Gleitflug knapp über den Wellen, weite Entfernungen zurück.

Er erinnert sich an die großen, weißen Ibisse, die, als sich das Boot der Insel näherte, in den obersten Baumspitzen hockten und auf ihren langen, spindeldürren roten Beinen über die höchsten Äste stolzierten.

Jim ging von Bord, lief über die trockenen Planken des Anlegers zum weichen Sand hinauf und machte mit seinen eigenen spindeldürren Beinen große Schritte über Treibholzstücke hinweg – als würde auch er eine Art riskanten Balanceakt vollführen.

Onkel Fergo, Papas bester Freund, wartet in seinem offenen Ford, der zwischen scharfem Dünengras und Palmettopalmen parkt. Er hat einen breitkrempigen Hut aus Rindenstoff auf, den er von einer Großwildjagd in Uganda mitgebracht hat. Als er Jim sieht, schnippt er seine Zigarette ins Gras und geht mit großen Schritten auf ihn zu. Hinter ihm schwingt sich ein Mädchen vom Ast eines Baums herunter, wo sie gesessen hat, um das Boot zu beobachten.

Niemand hat Jim vor Helen gewarnt. Vielleicht haben sie es vergessen. Vielleicht haben sie gedacht, sie würde ins Sommerlager reisen. Vielleicht hat auch jemand ein Mädchen erwähnt, und Jim hat einfach gedacht, dass es so klein wie seine Schwester Ann sein würde. Aber da steht sie nun und ist genauso groß wie er; ihre langen, schmutzig blonden Haare fallen ihr wie eine Mähne über die Schultern. Sie trägt ein blaues Baumwollkleid mit einem schlichten, aus Bändern geflochtenen Gürtel, und er denkt, dass sie den wohl selber gemacht haben muss. An ihren nackten Füßen und Fesseln kleben Sand und Muschelstückchen.

Er ist verwirrt und verärgert, weiß nicht, ob er sich schon gegen ein Mädchen behaupten kann – gegen dieses Mädchen. Er schüttelt ihr höflich die Hand und blickt dabei zu Boden, ist sich seines blassen Teints, seiner peinlichen Stadtschuhe und seines Koffers schmerzlich bewusst.

»Spring rein«, sagt Onkel Fergo. Er wirft Jims Koffer auf den Rücksitz und gibt ihm einen kollegialen Klaps auf die Schulter, als ob alles in bester Ordnung und Jim der gleichen Meinung sei. »Jim, Junge, das ist meine einzige, allerliebste Tochter, Helen.« So viel als Vorstellung.

Das Beste ist wohl, sie zu ignorieren, so zu tun, als gebe es sie gar nicht, was nicht so ganz einfach ist, weil sie auf den Kotflügel steigt, über die Motorhaube des Wagens rutscht und sich an die Windschutzscheibe lehnt. Als sie losfahren, strahlt sie eine intensive Vorfreude aus, die Jim zuerst als Arroganz missversteht. Sie bindet sich die Haare mit einem roten Haarband zurück und lässt die Enden im Wind wehen. Rot und gelb wie handkolorierte Fotografien tibetanischer Gebetsfahnen auf den Gipfeln hoher Berge, die Jim einmal gesehen hat. Mit einer Hand drückt sie ihr Baumwollkleid gegen den Fahrtwind nach unten, die andere spreizt sie über der Motorhaube, um das Gleichgewicht zu halten. Sie hat elegante, schmale Hände.

Er wünscht sich, sein Onkel wäre allein gekommen. Er wünscht sich, dass sie zumindest nicht direkt vor ihm sitzen würde, wo er sie nicht übersehen kann. Aber dann dreht er sich um und fühlt die heiße Luft der Insel um die Windschutzscheibe streichen, seine Haare zerzausen, an seinen Hemdsärmeln zerren, ihn liebkosen. Die warme, salzige Luft, die nach Meer und Sumpf duftet, die heiße Straße, die Sonne, die vermooste Borke von Lebenseichen, die verkrüppelt und windgebeugt den Strand säumen.

Der Wagen holpert über eine weiße Straße aus Sand und zermahlenen Muscheln, von Reifenspuren übersät, darunter vielleicht auch die eigene Spur von der Hinfahrt. Onkel Fergo fährt lässig, eine Hand locker am Lenkrad, der Ellbogen ragt aus dem Fenster. Den anderen Arm legt er über die Sitzlehne, als wolle er Jim kräftig und beschützend umarmen und ihn willkommen heißen. Und so überkommt ihn plötzlich ein unerwartetes Hochgefühl. Seine Trauer und sein Kummer beginnen sich aufzulösen. Stattdessen packt ihn eine wilde Begierde, ein Verlangen und eine Vorfreude, die zu fühlen er sich beinahe schämt.

Er dreht sich auf dem Sitz noch weiter von dem Mädchen und seinem Onkel weg. Er stützt die Arme auf die offene Wagenseite, lehnt sich hinaus und versucht, sein flüchtiges Glücksgefühl festzuhalten. Über ihnen wachsen dicke Eichenäste ineinander und bringen die Straße zum Flimmern, hell und dunkel wie eine Filmrolle, und der Wagen wirft seinen huschenden Schatten auf den Sand. Er atmet die heiße, feuchte Luft ein, einen Schwefelduft, der ihm selbst jetzt noch das Herz schwer werden lässt. Die Zwischenräume zwischen den Bäumen geben plötzliche Ausblicke auf die Dünen frei. Etwas später kommen sie an wilden Ponys vorbei, und ein Alligator sonnt sich in einem grasigen Sumpf. Truthahngeier zerren an verfaultem Aas, heben ihre hässlichen Kahlköpfe und glotzen Jim an.

Jetzt versteht er, dass diese üppige Düneninsel, nur ein paar Meilen vor der Küste Georgias gelegen, sich ihm damals als ein Ort der Entdeckungen und Eroberungen enthüllte – als seine ganz persönliche Schatzinsel. Das ist einer der Gründe, warum Helen ihn stört, die vorn auf dem Wagen sitzt. Er kam sich vor wie Crusoe, als er im Sand eine menschliche Fußspur entdeckte, oder wie der junge Jim Hawkins, als ihm

Ben Gunn über den Weg lief. Es behagt ihm gar nicht, dass diese unvermessene Wildnis bereits ihr gehört, ihre Heimat ist.

Er versucht, sie nicht anzusehen, nicht auf ihre schmalen Finger zu schauen, die sich auf dem hellbraunen Lack des Wagens spreizen, ihr schlankes, scharf angewinkeltes Handgelenk. Weißer Straßenstaub sammelt sich im feinen Flaum auf ihrem Arm.

»Jim, mein Junge!«, ruft Onkel Fergo am nächsten Abend aus dem Garten, der aber eigentlich gar kein richtiger Garten ist. Nur Gras und große Blumentöpfe mit Farnen und süß duftenden Gardenien.

Jim liegt ausgestreckt auf seinem Bett und beobachtet das träge, halbherzige Kreisen des Deckenventilators. Die Stimme seines Onkels dringt zusammen mit dem Geruch seines Zigarrenrauchs, der sich an der Seite des Hauses emporkräuselt, oben durch die Fensterläden, die wegen der Hitze geschlossen sind. Jim kann das Getrappel der beiden Jagdhunde hören, die über die Verandastufen laufen. Helen begrüßt sie. Ein Schwanz klopft auf den Boden.

»Ja, was?«, ruft er zurück mit brechender Stimme und müht sich, die dumpfe, brütende Trübsal abzuschütteln, die ihn wieder zu überkommen droht. Sich davon zu befreien ist sein größter Wunsch.

»Dein Papa sagt, dass du ein guter Schütze bist«, ruft sein Onkel nach oben.

»Ja«, sagt er.

»Dann komm doch mal runter, mein Junge. Das will ich sehen.«

Er zieht sich ein sauberes Hemd an, aus der Waschschüssel, die auf der Kommode steht, spritzt er sich Wasser ins Gesicht.

Erleichtert, dass man ihm sagt, was er tun soll, stolpert er mit noch nassem Gesicht die breite Treppe hinunter.

Helen sitzt auf der oberen Stufe zur Veranda und putzt eine Flinte. Einer der Hunde schiebt den Kopf zwischen ihre Beine und dreht sich so, dass sie ihn hinter den Ohren kratzt. Das wäre schön, denkt Jim, ohne es zu wollen. Er sieht seinen Onkel schuldbewusst an, kann aber dessen Gesicht unter der breiten Krempe des Rindenstoffhuts nicht erkennen. Nur die Zigarrenspitze bewegt sich kreisförmig, weil er auf dem Ende herumkaut. Er hat einen Fuß auf die Balustrade gesetzt, poliert seinen Stiefel mit dem Gewehrtuch und spuckt dann einen Pfriem Tabak aus.

Helen reicht Jim das Gewehr, folgt ihm und hängt sich ihr eigenes Gewehr über die Schulter. Sie jagt in dem, was sie anhat – in ihrem Kleid und den Sandalen. Die Hunde umkreisen sie.

»Jede Wette, dass ich dir die Pflaume aus dem Mund schießen kann«, prahlt sie.

Falls sie es ernst meinen sollte, nimmt er die Frucht schnell wieder aus dem Mund, hält sie auf Armlänge von sich weg und bietet ihr so die Chance, ihm die Hand, aber nicht das Gehirn wegzuschießen. Sie haben auf Ziele geschossen oder einfach auf Flaschen geballert, die sie auf einem niedrigen Ast einer Lebenseiche aufgereiht hatten.

Sie legt die Flinte an und visiert genau über den Lauf. Er hätte die Pflaume lieber in die linke Hand nehmen sollen. Zu spät jetzt. Plötzlich vermisst er ganz heftig seinen Vater, denn ihm wird klar, wie beruhigend es war, zu Hause einen Arzt zu haben. Er beobachtet sie und konzentriert sich darauf, ganz still zu halten, wenn das Gewehr losgeht. Der Schuss hebt die Pflaume glatt von seiner ausgestreckten Handfläche.

Sie geht feierlich auf ihn zu, drückt seine Schulter mit dem Gewehrlauf nach unten. Er sieht, dass sie zittert. Er geht in die Knie.

»Du hast den Tapferkeitstest bestanden«, sagt sie. »Ich taufe Euch auf den Namen Sir Jim vom Pflaumenkern.« Er neigt den Kopf. Die Hitze des Laufs verbrennt ihm durchs dünne Hemd die Haut, als sie ihm das Gewehr wie ein Schwert erst auf die eine, dann auf die andere Schulter legt.

Als er aufblickt, sieht er, dass ihre Augen sich weiten, als würde ihr plötzlich klar, was sie getan hat oder was sie hätte tun können.

»Armer Jim.« Sie fällt vor ihm auf die Knie und legt das Gewehr ins Gras. Ihre Arme hängen schlaff herunter. Ihre Augen, auf gleicher Höhe mit seinen, sind grün, blau, gelb und braun gesprenkelt. »Lass mich das nie wieder tun.«

»Versprochen.«

»Ich werde dich jetzt küssen, um es wiedergutzumachen.« Sie legt ihre Lippen leicht auf seine. Ist es das, was sie schon die ganze Zeit wollte? Ihn küssen oder ihm das Ohr wegpusten? Er weiß es nicht. Aber sie kann ihn gern jeden Tag küssen. Er ist fünfzehn. Er ist noch nie zuvor geküsst worden. Ihre Lippen sind warm und feucht. Er schließt die Augen und kann ihre Haut riechen.

Fox Island, Penobscot Bay, Maine, August 1973

Klatschnass dreht Jim sich um und geht ins Bootshaus zurück. Der Regen auf seinem Gesicht mischt sich mit dem Salz auf seiner Haut und seinen Tränen. Er kann es schmecken. Süß und salzig. Wie Regen im Meer. Er sitzt da und pellt sich die Sachen vom Leib, zieht sich das nasse Hemd über den Kopf, lehnt sich dann gegen die verwitterten Planken, um sich die Hose über den Stumpf zu ziehen. Nass und kalt humpelt er zum Tresen und schenkt sich zum Aufwärmen einen kräftigen Scotch ein. Nackt, mit dem in seinem Inneren brennenden Scotch, erfasst ihn eine merkwürdige Euphorie, als müsste er gleich in Jubelschreie ausbrechen.

Er nimmt ein fadenscheiniges Tuch aus dem Schrank, eine alte Picknickdecke, die Helen immer gern mochte, und wickelt sie sich wie einen Sarong um die Hüfte, falls die anderen zurückkommen sollten. Er schenkt sich noch einen Scotch ein, überlegt es sich dann aber anders, nimmt die Flasche und rollt damit rüber zum Kanonenofen.

Während das Feuer gut brennt, der Regen immer noch vor den offenen, großen Türen niederprasselt und das Meer aufwühlt, blättert er durch sein altes Exemplar der *Schatzinsel*. Sein Papa hat es Jim zum achten Geburtstag geschenkt. Er liest den Aufdruck auf dem Umschlag. Es war die erste Ausgabe, die die inzwischen vertrauten, viel geliebten Illustrationen von N. C. Wyeth enthielt, und er bewundert sie jetzt wieder.

Long John Silver sitzt mit verschränkten Armen in der Kombüse und raucht seine Pfeife – das Bein mit dem Schnallenschuh hat er vor sich ausgestreckt. Die Neigung des Schiffs wird geschickt dadurch angezeigt, dass der Käfig des Papageis schief hängt. *Das war schon was, wenn man sah, wie er den Fuß seiner Krücke gegen einen Schott verkeilte und ... dabei einfach weiter kochte wie einer am sicheren Ufer*, liest Jim.

Oder wie Silver den jungen Hawkins an einem Seil hinter sich herzieht. *Aller Welt wurde ich wie ein Tanzbär vorgeführt*, sagt Hawkins. Wyeth malt den Strumpf des Piraten halb nach unten gerutscht, als wollte er zeigen, dass er ungepflegt ist. Gleichzeitig feiert er jedoch die Kraft des Piraten: Silvers muskulöse Wade wölbt sich über dem Strumpf, als könnte sie den Knopf zum Reißen gebracht haben; eine starke Hand hält das Seil, die andere umklammert die Krücke, als Silver vorwärtsstürmt. Der Papagei krächzt auf seiner Schulter. Das Gewehr hat er sich auf den Rücken geschnallt.

Wyeth malt kein Holzbein, sondern nur Klippen und Felsen und leeren Raum, wo das Bein des Piraten sein müsste. Im Buch klagt Silver ein- oder zweimal über *mein Holzbein*, aber normalerweise heißt es nur, dass *sein linkes Bein dicht unter der Hüfte abgeschnitten* ist, oder *er und seine Krücke*.

Jim blättert durch die mit Eselsohren verunzierten Seiten, sucht nach Stevensons erster Beschreibung des Piraten, wenn er sich zwischen den Tischen im Wirtshaus *Zum Kieker* hindurchmanövriert und dabei *wie ein Vogel* an seiner Krücke hüpft. Wenig später staunt Hawkins über seine Behändigkeit an Deck: *Er hatte sich ein oder zwei Leinen spannen lassen, um sich über die größten Zwischenräume zu behelfen – Long Johns Ohrringe nannte man die; und indem er bald seine Krücke gebrauchte und sie dann wieder längs des Taljereeps mit sich schleifte, pflegte er sich von einer Stelle zur anderen zu hangeln, so schnell, wie nur irgendein Mann gehen konnte.*

Ist es das, was ihn nach so vielen Jahren zurück zu diesem Buch zieht? Interessiert ihn in Wahrheit nur dies – Silvers fehlendes Bein? Mehr als die Identität der Insel?

Er war doppelt so viel wert wie der Rest der Mannschaft, sagt Hawkins, der den Piraten immer noch bewundert, obwohl er ihm einen Strich durch die Rechnung gemacht hat. Immer noch beeindruckt von diesem Schurken von einem Smutje, obwohl er gesehen hat, wie Silver dem ehrlichen Tom seine Krücke zwischen die Schulterblätter schmetterte und dann sein Messer zweimal in den Rücken des wehrlosen Seemanns bohrte.

Als er zum Scotch greift, stellt Jim fest, dass er die Flasche geleert hat. Whiskey verursacht eine spezifische Art des Rausches, eine scharfe Klarheit, die durch den Nebel schneidet. Wie die Sonne, die jetzt unter den dunklen Wolken hervorlugt und auf dem Meer funkelt.

Als sie von der Insel fliehen, beschreibt Hawkins Silver so: wie er da *auf seiner Krücke voranhüpfte, bis die Muskeln seiner Brust schier am Zerspringen waren.* Und wie *er, wie wir anderen auch an einen Riemen gesetzt wurde, obwohl er schon beinah vor Erschöpfung am Sterben war.*

Der mörderische, doppelzüngige, einbeinige Schiffskoch, Silver genannt wegen seiner Scharfzüngigkeit, die wie ein zweischneidiges Schwert war. Wickelt den jungen Hawkins mit seinem grotesken, kriecherischen Geplauder ein, während er zugleich bereit ist, ihm die Kehle durchzuschneiden, wenn es ihm in den Kram passt. All das war Teil der Faszination und des Schreckens. Oder auch Silver genannt wegen seiner kaltschnäuzigen, blutrünstigen Jagd nach einem einzigen Ziel – dem Schatz. *Er hatte immer noch ein Bein in beiden Lagern*, sagt Hawkins, obwohl er ja nur noch eins hatte.

Silver: doppelgesichtig, einbeinig. Geschlagen, aber nicht gebrochen. *Er war tapfer, gar keine Frage.* Man musste ihn einfach bewundern. Er war der eigentliche Held von Stevensons Buch. Als Junge hatte Jim die Geschichte allerdings nicht so gelesen. Damals sah er sich selbst in der Rolle des Schiffsjungen Hawkins.

Aber in Silver muss man erst hineinwachsen.

Als Cadillac aus Rockland zurückkehrt, geht sie runter zum Bootshaus, um Jim die Zigaretten und das Farbband für die Schreibmaschine zu bringen, um die er sie gebeten hat, und stellt zu ihrer Überraschung fest, dass er Seile im Haus gespannt hat. Befestigt sind die Seile an direkt in die Wand geschraubten Ösen. Eins spannt sich von der Tür bis zur Küche, sodass sie sich wie ein Kind, das mit einem Sprungseil spielt, entweder darunter bücken oder darüberhüpfen muss.

»Komm an Bord, Kumpel«, ruft Jim und zieht sich an einem der Seile hoch, um ihr zu zeigen, wozu sie gut sind. Er hat sich ein Tuch wie einen *Laplap* umgewickelt; seine nassen Sachen trocknen am Ofen. »Long Johns Ohrringe«, erklärt er rätselhaft. Er ist erleichtert, dass der Junge nicht dabei ist.

Sie ist von seiner guten Laune beeindruckt, weil er sonst schweigt oder muffig wird, wenn er zu viel getrunken hat. Sie sieht die leere Flasche neben dem Stuhl, die abgelegte Krücke, die zum Meer geöffneten Türen und fragt sich, ob das auch sicher genug für ihn ist.

»Komm an Bord«, wiederholt er. Dann pfeift er anerkennend, als sie über das erste Seil springt.

»Pass auf den Papagei auf«, sagt Jim, als sie über das zweite Seil springt. Er schwankt bedenklich nah an die offenen Türen zum Meer, während er sich am Seil nach vorn zieht. »Yo ho ho, und 'ne Buddel voll Sake.«

Cadillac lacht.

Sie gibt ihm das Farbband und die Zigaretten.

Auf der Fähre nach Rockland hat Cadillac ein Sprunggerüst beschrieben, das Tosca zu Hause aus langen, geraden Bambusschösslingen baute. Als sie auf der Main Street an einem Holzgeschäft vorbeikamen, ging er mit ihr hinein und kaufte etwas Holz. Das war, kurz bevor die Sturmfront durchzog und Ladenschilder in ihren Scharnieren zum Schwingen brachte und Reklameschilder umblies.

Als der Ladenbesitzer die Tür wieder aufmachte, flogen Sägespäne durch den ganzen Laden, und sie rannten im Regen über die Straße in den *Rockland Diner.* Dort herrschte Hochbetrieb, es gab Kaffee und Pfannkuchen mit Sirup, die Gäste eine muntere Mischung aus Einheimischen und Touristen. Sogar Cadillac konnte sie nach Kleidung und Akzent voneinander unterscheiden, auch wenn das Gewitterdrama für eine Weile sämtliche Barrieren durchbrach. Die Blicke, mit denen die Leute Cadillac musterten, als sie hereinkam, waren freundlich bis neugierig. Fergus hätte sie gern vor den Blicken der Leute geschützt, obwohl sie ihn dafür vermutlich ausgelacht hätte.

Der Regen erinnerte sie an zu Hause. Sie dachte daran, wie ihr Bruder die Blätter wilder Bananen abschnitt und über ihre Köpfe hielt, damit sie trocken blieben. Heftigen Donnerschlägen folgte aufgeregtes Gelächter, und durchs hintere Fenster des Diners, das auf eine Mole und Schlammbänke hinauswies, konnte sie vom dunklen Himmel enorme Blitze in die graue See zucken sehen.

Sie saßen an einem Resopaltisch, bestellten heiße Schokolade und teilten sich eine Portion Pfannkuchen, die für fünf Personen gereicht hätte.

Am nächsten Morgen legen sie das Holz auf dem Rasen aus: vier acht Meter lange Latten, die längsten, die sie bekommen konnten. Sie gehen zum Bootshaus, um Werkzeug und Seile zu holen. Jim hört, wie sie draußen ihr Vorhaben besprechen.

Zuerst müssen sie zwei Latten an den Enden zusammenbinden, erklärt Cadillac. Sie zieht sie auseinander, sodass ein hoher, wie ein A geformter Rahmen entsteht. Dann müssen sie Streben zurechtschneiden, um eine konisch zulaufende Leiter zu bauen. Fergus legt ein drittes Stück Holz quer darüber und misst mit einem weichen Bleistift Längen ab. Er hält die Latte auf dem Picknicktisch im Gleichgewicht, sägt die markierten Stücke ab und sieht dann zu, wie Cadillac sie am Rahmen festbindet, indem sie je acht Stück an beide Enden knotet. Sie ist es gewohnt, auf dem Boden sitzend zu arbeiten, und bewegt sich locker. Er bewundert ihren graden Rücken und die breiten Schultern.

»Als wir klein waren«, sagt sie, hockt sich auf die Fersen und schaut auf, »konnten wir uns keine Länder ohne Meer vorstellen. Wir hatten von fernen Orten gehört: Amerika, England, Deutschland. Aber wir dachten, jedes dieser Länder sei eine Insel wie die unsere. Vielleicht waren sie größer, mit höheren Bergen, wie Papua-Neuguinea oder Bougainville, aber nicht völlig anders.«

Es gibt einen Ausdruck dafür, für Länder ohne Küsten. Es will ihr aber nicht einfallen. »Länder wie die Schweiz, Staaten wie Idaho?«

»Von Land umschlossen?«, schlägt er vor.

»Ja, das ist es.« Genauso fühlt sie sich – umschlossen, eingesperrt. Sie vermisst die Seeluft, den Geruch nach Watt und

Fischfabriken wie in Rockland. Sie vermisst es, den Blick auf der weiten blauen Horizontlinie ruhen zu lassen. Das Gefühl – und sei es noch so fehl am Platze –, in ein Boot springen und, wenn es sein müsste, nach Hause paddeln oder schwimmen zu können. Und außerdem, wie ließ sich eigentlich sagen, wo der eigene Ort endete und ein anderer begann? Wie sollte man wissen, wohin man gehörte, wenn man nicht mit einem Kanu oder Kajak oder auch mit der Fähre hinausfahren konnte, um einen freien Blick zu gewinnen?

Schön wäre es, wenn man die Welt als einen großen, palmengesäumten Archipel sehen könnte, denkt Fergus. Beruhigend für ein Kind, sich vorzustellen, dass alle Länder wie das eigene wären. Sich selbst im Mittelpunkt der Welt zu sehen, was für sie theoretisch der Fall war, weil die Salomonen ja direkt unterhalb des Äquators liegen. Seit seinem vierten Lebensjahr hatte er eine Vorstellung von anderen, weit entfernten und furchterregenden Orten gehabt – dort war der Krieg. Er kniet sich neben sie und nimmt ein paar kleine Nägel zur Hand.

»Als ich zur Schule ging, spielten wir zwei Spiele«, erzählt er ihr. »Amerikaner gegen Nazis und Amerikaner gegen Japsen. Wenn man zu den älteren Jungs gehörte, war man ein GI oder, noch besser, ein Marinesoldat. Die kleineren Jungs wie ich mussten als Nazis im Gänsemarsch laufen oder wie Kamikazeflieger auf dem Spielplatz rumschwirren.«

Merkwürdig, dass er sich vorgestellt hatte, im Pazifik herumzufliegen. Er erinnert sich immer noch an die Namen von Schlachten, die sie wieder und wieder geschlagen hatten, wobei sie ums Klettergerüst gerannt waren, sich Hand auf Hand über den Querbalken der Schaukel gehangelt hatten, unter niedrigen Ästen oder hinter Eichenstämmen und Buchen in Deckung gegangen waren. Midway, Guadalcanal, das Korallenmeer, Saipan, Iwo Jima. Nicht New Georgia. An den Namen ihrer Insel erinnert er sich nicht, obwohl Jim dort offenbar gekämpft hatte. Er kann sich nicht erinnern, dass Jim je darüber gesprochen hat.

»Wir haben oft so getan, als wären wir amerikanische Wildkatzen«, sagt sie begeistert.

Immer wenn Cadillac von ihrer Kindheit erzählt, fällt ihm auf, dass sie in der *Wir*-Form spricht. So stellt er sie sich dann in einer Gruppe von gemeinsam herumlaufenden Kindern vor: schwarz, lockige Haare, barfuß. Schwimmer. Kanufahrer. Baumkletterer. Sie ist eine der Anführerinnen. Auch eine der schlausten und gutmütigsten. Er bewundert ihre Offenheit und fragt sich, ob ihre Unbefangenheit und ihr Selbstvertrauen etwas mit Raumwahrnehmung zu tun haben. Ob sie über ein äquatoriales Gleichgewicht verfügt? Im Gegensatz dazu hat ihm seine eigene Erziehung auf der abschüssigen Nordhalbkugel des Globus ein Gefühl der Bindungs- und Haltlosigkeit vermittelt.

Er beugt sich vor und hämmert die Nägel durch die Enden der Streben, um die Knoten zu verstärken und rutschfest zu fixieren. Wahrscheinlich eine gute Idee, pflichtet Cadillac ihm bei. Anders als Schösslinge haben die Holzlatten keine natürlichen Knoten, um die Verstrebungen zu halten. Sie schiebt ein letztes Holzstück unter den Rahmen, um die Hammerschläge abzufedern, und er spürt ihren Arm an seinem. Warm und kräftig.

Energisch hämmert er die restlichen Nägel fest und zieht dann an jeder einzelnen Strebe, um ihre Festigkeit zu testen.

Cumberland Island,
Georgia, 1917

Er war krank, man schickte ihn weg – und das veränderte ihn für immer. Die heiße, dampfende Luft, die Eichen, aus denen Louisianamoos wucherte, die Rufe fremder Vögel, die darauf warteten, von ihm entdeckt zu werden, Gürteltiere, die sich entrollten und unter Palmettopalmen davontrippelten.

Jetzt begreift er, dass sein Leben einer bestimmten Bahn folgte, die immer weiter nach Süden wies, von den Inseln der Penobscot Bay runter nach Georgia, hinaus in die Karibik, hinüber nach Indochina, und ihn schließlich an die Ufer der äquatorialen Südsee verschlug – als wäre er einer Art Schwerkraft oder einem Instinkt gefolgt.

Das Haus seines Onkels vor der Küste Georgias mit seiner großen Veranda, den Lamellenfensterläden und den breiten Stufen, die ins Grundstück führten, nahmen das von einer Veranda umgebene Haus des Gesandten in Hue vorweg. Die Lebenseichen und Alligatorensümpfe zogen ihn bereits in die schwüle, verfilzte Wildnis der Salomonen.

Hier, auf dieser Düneninsel vor Georgia, machte Jim die Erfahrung, dass sein Interesse an Vögeln kein Hobby mehr war, sondern eine Notwendigkeit, eine Aufgabe bot. Und hier verliebte er sich auch.

»Weißt du, warum man das Auferstehungsfarn nennt?«, fragt Onkel Fergo. Er lehnt am niedrigen Ast einer Eiche, kaut auf seiner Zigarre und streicht mit den Fingern sacht über die Rinde, die mit etwas bedeckt ist, das wie schorfige

Flechten aussieht. »Weil es während einer Dürreperiode eintrocknet und völlig tot aussieht. Aber sobald es regnet, entfaltet es sich neu und wird wieder grün.«

Onkel Fergo ist Kongressabgeordneter. Aber er sagt, dass er nur in Washington bleibt, um Teddy Roosevelts Nationalparks zu unterstützen. Auf dieser Insel kann man nicht richtig jagen – ausplündern nennt er es. Aber er zieht trotzdem los, zumeist abends, wenn es nicht mehr so heiß ist. Helen und Jim begleiten ihn mit ihren Gewehren zu Fuß oder manchmal auch im offenen Ford, den zu fahren er Jim beibringt. Sie fahren direkt an eins der Inselenden oder zu den Sümpfen in der Mitte. Sie schießen Rehe und Kaninchen und Wachteln. Sie fangen ein Gürteltier und eine Schnappschildkröte, aus der Tante Susu Suppe kocht. Onkel Fergo lässt Jim einen Alligator schießen, ein vier Meter langes Männchen. Sie häuten es, trocknen und gerben das Leder, damit Jim es mit nach Hause nehmen kann. Tante Susu brät Alligatorsteaks.

Zwischen Helen und Jim entsteht eine unausgesprochene Konkurrenz, wer zuerst schießen darf und wer den saubersten Treffer setzt, bis Jim sie dann einfach gewinnen lässt. Er interessiert sich nämlich mehr für Vögel – Grasmücken, Tangaren, Ammer und einen winzigen Carolinazaunkönig, den er in einem hohlen Baum findet. Er sucht nach dem Verursacher eines ungewöhnlichen Gackerns, hockt still auf einer Lichtung und wartet, was da kommen mag, bis die anderen ihn rufen oder einer der Jagdhunde auftaucht.

Er geht jetzt seiner eigenen Wege.

Er schreibt nach Hause und bittet, dass man ihm sein Präparationsbesteck schickt. Onkel Fergos Werkzeuge eignen sich für Wild, aber nicht für Singvögel. *Ich glaube, der Junge macht sich,* kritzelt Fergo als Gruß unter einen von Jims Briefen.

Tante Susu überlässt Jim nun ein Zimmer für seine Vögel. Es ist ein Büroraum in einem abgelegenen Winkel des Hauses, voller Bücher und mit zwei verglasten Doppeltüren, die auf die umlaufende Veranda hinausführen. Es gibt einen großen Schreibtisch mit Lederauflage, den Tante Susu frei räumt und mit einem Öltuch abdeckt. Es gibt auch einen Billardtisch, der mit einem Staubtuch abgedeckt ist und auf dem er seine Präparate auslegen kann.

Sie ist nicht pingelig. Sonst könnte sie nicht mit Onkel Fergo verheiratet sein. Aber im Schlafzimmer kann sie keine toten Vögel ertragen. Sie glaubt nicht, dass Arsen und Mottenkugeln zu gesundem Schlaf beitragen.

Helen kommt, ohne zu fragen und ohne zu klopfen, ins Zimmer. Sie bringt einen großen Skizzenblock und einen Haufen Stifte mit.

»Ich muss zeichnen üben«, erklärt sie. »Ich weiß nicht, warum du *alle* diese kleinen Vögel häuten willst. Die kann man ja nicht mal essen.« Aber da er das nun schon getan hat, zeichnet sie die Vögel eben. Es ist natürlich schwieriger, sie lebendig zu zeichnen.

Jim gibt keine Antwort. Er glaubt, dass er zum Wohl der Wissenschaft sammelt, fürchtet jedoch, angeberisch zu klingen, wenn er sie belehrt. Sein Ziel: eine repräsentative Sammlung sämtlicher Vogelarten der Insel, von jeder Art zwei Exemplare, ein Männchen, ein Weibchen. Später wird er es anders sehen und sich fragen, ob er womöglich nur Spaß daran hatte, Vögel zu schießen und ihre Eier zu stehlen.

Nachdem sie Jim nun schon einmal unterbrochen hat, kommt und geht sie nach Belieben. Sie legt ihren Skizzenblock auf das schwere Ledersofa, als ob sie ihr Territorium abstecken würde. Wenn Jim mit seinen Vögeln hereinkommt, ist sie manchmal bereits da und arbeitet allein.

Sie sitzt breitbeinig auf der Sofalehne wie auf einem Pferd oder im Schneidersitz auf dem Boden, vor sich ihren Skizzenblock. Sie ordnet Jims Präparate auf dem Staubtuch nach ihrem Geschmack. Sie nimmt einen noch nicht ausgestopften Vogel, klappt die Flügel auf und zeichnet jedes Detail des Federmusters ab. Sie zeichnet den gleichen Vogel noch einmal aus anderen Perspektiven: mit ausgebreiteten Flügeln, mit angelegten Flügeln, mit angewinkelten Beinen auf dem Rücken liegend oder so aufgerichtet, dass er lebendig aussieht. Sie studiert jeden Vogel so lange, bis sie ihn so gut kennt, dass sie ihn auswendig zeichnen kann. Sie behauptet, das würde ihr helfen, Vögel in freier Wildbahn zu zeichnen, wo sie vielleicht nur einen flüchtigen Blick erhaschen kann.

Eines Tages spürt Jim, dass sie den Blick von den Vögeln, die sie zeichnet, abwendet und auf ihn richtet. Er bemüht sich, nicht aufzusehen, sondern konzentriert sich auf den Kiefer-Waldsänger, den er gerade präpariert.

Er teilt die Daunenfedern an der Brust, schneidet in gerader Linie vom Hals bis zur Kloake, achtet darauf, nicht die Bauchmembrane zu durchtrennen, und zieht vorsichtig die Haut ab. Wenn er sie mit der stumpfen Seite des Skalpells nach unten zieht, löst sie sich leicht, weil es da nur wenig Fett gibt. Er greift zu einer scharfen Schere, durchtrennt die winzigen Beine des Vogels an den Knien und drückt die Schienbeine aus der Haut, um sie sauber zu kratzen. Vorsichtig durchtrennt er den Schwanz, ohne dabei die Federkiele abzuschneiden.

In Sekundenschnelle zieht er die Haut bis zu den Flügeln und nach Durchtrennung der Schulterknochen bis zum Hals hoch. Die Haut löst sich so leicht wie eine Orangenschale, legt sich übereinander wie ein Handschuh, wie Elliott Coues es in dem Buch beschrieben hat, das Sanford Jim gegeben hat. Er hält die Haut vorsichtig mit der Hand fest, um den Hals nicht zu straffen, und zieht sie bis zu den Ohren hoch. Dann legt er den Vogel auf den Tisch, tupft mit einem Wattebausch über die Hautinnenseite, um Blutspuren oder Körperflüssigkeit aufzuwischen, und streut zum Trocknen feine Sägespäne darüber.

Nun folgt der schwierigere Teil. Mit dem Daumennagel löst er die dünnen Ohrmembranen, schneidet mit dem feinsten Skalpell um die Augenhöhlen herum, zieht mit einer Pinzette die Augenbälle heraus, ohne die dünnen Augenlider des Vogels zu verletzen. Er fürchtet, Helen könne das ekelhaft finden. Seitdem sie mit ihm zusammen im Zimmer war, hat sie noch nie so aufmerksam zugeschaut. Er hört ihren Stift über die Papiertextur gleiten und versucht, sie aus dem Kopf zu bekommen, ausschließlich an den Singvogel zu denken und die Arbeit nicht zu ruinieren. Er schneidet durch den Kiefermuskel aufwärts zur Augenhöhle, um den Muskel und das Gehirn zu entfernen. Er lässt die Schädeldecke unversehrt, damit die Kopfform erhalten bleibt.

Jetzt ist der Vogel gehäutet. Sein rosa und federloser Körper liegt vor Jim auf Zeitungspapier. Er taucht einen Pinsel in das Glas mit Arsen, trägt vorsichtig eine dicke Schicht auf, um das Pulver in allen Hohlräumen zu verteilen, und staubt es dann ab. Das Arsen schützt vor dem Befall durch Fliegen oder Käfer. Er zieht die Haut wieder auf die richtige Seite und richtet die Flügel und Schwanzfedern aus, streicht sie sacht in ihre Position zurück. Er spürt ihren Blick, ihre Augen auf seinem ganzen Körper; das quält ihn.

Als er schließlich damit fertig ist, Augen, Hals und Körper auszustopfen, und das Schildchen beschriftet, um es an die gekreuzten Beine des Kiefer-Waldsängers zu binden – *Dendroica pinus*, männlich –, hört er, wie sie das Blatt von ihrem Block reißt. Dann bringt sie es ihm.

Die Zeichnung zeigt Jim. Er ist jung, schlank, konzentriert, die Augen glühend und fokussiert. Seine dunklen, vollen Haare sind militärisch kurz geschnitten, stehen senkrecht. Er beugt sich über den winzigen Vogel, hantiert mit einem Skalpell. Die Schere, der Pinsel und die Arsenschale liegen griffbereit auf dem Tisch.

Sie hat noch andere Vögel dazugezeichnet. Eine Virginiawachtel, die hinter ihm in einer Glasvitrine aufgestellt ist. Die ausgestopfte Sumpfohreule im Bücherregal unter der glockenförmigen Glaskuppel und Jims eigene Vögel, ausgebreitet auf dem Billardtisch und dem Staubtuch, verwandeln das Büro für die Zeichnung in ein Labor oder Museum.

Ihm gefällt ihre Zeichnung. Er sieht darauf aus wie ein Wissenschaftler, wie der Typ Mann, der er werden möchte. Dankbar, dass er beachtet wird, lächelt er ihr zu; dankbar, so gesehen zu werden, wie er ist.

Die Eier der Großfußhühner, Amerikanisches Museum für Naturgeschichte, New York, August 1973

Laina ist schon früh gekommen, um die abschließende Korrespondenz zwischen den Sammlern der Südsee-Expedition zu lesen; sie überprüft, ob Exemplare der Arten erwähnt werden, die sie für Jim katalogisiert hat. In der Bibliothek breitet sie ihre Papiere auf dem großen Tisch aus und genießt die dumpfe Stille vor dem Eintreffen der Kollegen.

Sie überfliegt eine Liste. Die Graubrustralle und der Weißgesicht-Reiher sind die letzten Vögel, die aus New Caledonia ans Museum geschickt worden sind. Von Rabaul eine Quittung über den Verkauf des Museumsboots *France*, datiert auf 1932. Dann greift sie zu einem Brief von Lindsay Macmillan, dem letzten Sammler der Expedition, ihr australischer Landsmann, datiert auf 1939 – bei Kriegsausbruch in Europa. In dem Brief äußert sich Macmillan schockiert darüber, dass die früher so friedliche, träge Kolonie New Caledonia sich über Nacht für Vichy ausgesprochen hat.

Mit typisch australischer Großmäuligkeit mokiert er sich über die französischen Beamten, *die Führungsschicht, die die Hacken zusammenschlägt und dem Führer salutiert*, und beschreibt dann des Weiteren, wie ein früherer Saufkumpan von ihm, ein Fischer aus Bêche-de-Mer, nachts zu ihm gekommen ist und ihn warnte, dass er als feindlicher Spion verhaftet werden könnte.

Wenn es so weit kommt, werde ich garantiert gezwungen, alles zu verraten: die Schlafplätze von Sumpfhühnern und wo man die Eier der Großfußhühner finden kann. Ich nehme an, dass sich damit das Leben eines Menschen retten lässt.

Die Pro-Vichy-Verwaltung der Insel, erinnert Laina sich, war dann von den Kolonisten der Bewegung *Freies Frankreich* abgesetzt und nach Indochina abgeschoben worden. Die Hauptstadt Nouméa hatte während des Kriegs als Hauptquartier des US-Militärs gedient. Macmillan war nach Hause zurückgekehrt und eingezogen worden.

Dieser Brief markiert das Ende ihrer Recherchen zu Jim, eine Arbeit, die zwei Jahre lang einen guten Teil ihrer Zeit beansprucht hat. Sie sollte sich freuen, zumindest aber erleichtert sein, dass sie damit fertig ist. Vor ihrer Reise nach New Caledonia liegt sie genau im Zeitplan. Nach ihrem Eintreffen sollte sie die Kollegen zum Mittagessen einladen und mit ein paar Flaschen Wein feiern. Aber sie blickt durch die Fensterflucht in die belaubten Kronen der Bäume im Central Park, hört das ständige Rauschen des Verkehrs und gelegentliches Hupen unten von der Straße – und fühlt sich verlassen. Denn es ist Jim, mit dem sie gern zu Mittag äße, und es ist Jims Anerkennung, nach der sie sich sehnt.

Als sie zum Sekretariat geht, um eine Fotokopie zu machen, blickt sie den Flur entlang, stellt sich vor, dass der graue Fahrstuhl ruckend zum Leben erwacht und Jim aus der quietschenden Falttür entlässt, übel zerzaust und schwer verkatert. Und wenn er in diesem Moment erschiene, würde sie ihn nach dem Krieg fragen. Und auch nach der *France*, dem von Kakerlaken verseuchten, früher im Koprahandel eingesetzten 75-Tonnen-Segelschoner, der einer ganzen Generation von Museumssammlern als Zuhause gedient hatte und zehn Jahre lang durch die Archipele der Südsee gekreuzt war. Das würde ihn vielleicht von dem ablenken, was ihn bedrückt, was auch immer es sein mag.

Während sie wartet, dass das Kopiergerät warm läuft, hebt sie die Arme über den Kopf und lässt sie dann langsam wieder sinken. Sie fragt sich, ob die *France* auch im Krieg noch eine Rolle gespielt hat: Kolonialsiedler evakuieren, versprengte Händler oder Missionare retten, Kopraarbeiter wieder zu ihren Heimatinseln zurückbringen oder Küstenposten in Stellung bringen? Ob sie wohl unter dem Kommando durchgeknallter GIs gestanden hat, die ihr Leben riskierten, um Kisten voller Scotch zu retten, die Händler auf ihrer Flucht zurücklassen mussten? Michener hatte in seinem Buch *Die Südsee* darüber geschrieben. Nachdem sie die Feldnotizen und Tagebücher sämtlicher Sammler gelesen hat, fühlt Laina sich der *France* verbunden und irgendwie für sie verantwortlich. Als Kind hat sie solche Schoner an der Küste Neuguineas vorbeischippern sehen.

Sie schüttelt die Schildpattspange aus dem Haar und fantasiert über ganz neue Forschungsprojekte, die sie gemeinsam mit Jim angehen würde. Ach nein, das sollte sie lieber bleiben lassen. Außerdem ist Jim gar nicht da.

Als sie den Brief wieder einordnet und in den Aktenschrank mit der Museumskorrespondenz schiebt, entdeckt Laina noch eine andere Akte mit der Aufschrift *Jim Kennoway – Dringend*, und darin finden sich zwei Briefe, die mit Büroklammern an die Umschläge geheftet sind. Ein Brief ist mit dem offiziellen Siegel des US-Marinehauptquartiers abgestempelt; der andere ist eine Durchschrift der Antwort des Museums. Sie nimmt beide heraus.

1943. Zu diesem Zeitpunkt war der Krieg auf seinem Höhepunkt. Auf den Salomonen hatten die Amerikaner die Japaner von Guadalcanal vertrieben und rückten langsam über die Inselkette nach Norden vor, während eine aus US- und australischen Truppen bestehende Armee unter General MacArthur an der fürchterlichen Front in Neuguinea kämpfte.

Schwebendes Kriegsgerichtsverfahren prangt quer auf der Vorderseite, als sie die Büroklammer löst und mit der Hand über das vergilbte Papier streicht. Es ist eine Sache, Briefe zu lesen, die eine Recherche betreffen, aber eine andere, Informationen zu lesen, die möglicherweise einen Kollegen belasten und vermutlich gar nicht hierhergehören.

Sie kommt sich unprofessionell vor, fragwürdig. Als würde sie durchs Tagebuch eines Kindes schnüffeln. Als wäre sie über Jims Krankenakte gestolpert oder als läse sie seine Liebesbriefe.

Fox Island, Penobscot Bay, Maine, August 1973

Wenn Jim betrunken ist, versucht er erst gar nicht, seine Studie über *Die Schatzinsel* fertigzustellen. Stattdessen blättert er durch seine gekritzelten Notizen und versucht, eine Liste der Flora und Fauna zu erstellen, die er später vielleicht als Anhang abtippen wird – *Die Naturgeschichte der Schatzinsel.*

Er sitzt im Bootshaus am Tisch, der Flachmann mit Whiskey steckt in der Seitentasche des Rollstuhls, und liest, was er bislang geschrieben hat.

1. *Ben Gunns Ziegen.* Wahrscheinlich gab es dort Ziegen. Die Spanier setzten Ziegen auf weit verstreuten Inseln aus, um schiffbrüchigen Seeleuten Nahrung zu liefern.
2. *Eine Klapperschlange?* Muss als literarische Erfindung gelten. Der junge Hawkins stolpert über eine, nachdem er den Piraten entkommen ist, aber auf der Insel gibt es keine Klapperschlangen. Das Tier stammt zweifellos aus Stevensons Tagen in Kalifornien.
3. *Strand- und Marschvögel. Wildenten.* Falls Enten, handelt es sich wahrscheinlich um die westindische Baumente und die Bahamaente. Stevenson beschreibt einen großen Schwarm, ganze Scharen von Marschvögeln, die den Himmel verdunkeln. Da sie nicht an Menschen gewöhnt sind, erschrecken die Vögel auf der Schatzinsel leicht. Umkreisen schreiend die *Hispaniola*, als der Anker geworfen

wird, und dann erneut, als Alan, der Erste der ehrlichen Seemänner, erschossen wird.

Er zieht eine Linie aufs Papier, kritzelt eine neue Überschrift und unterstreicht sie: *Seawards Tiere*.

1. *Eine Herde Pekaris, die kleinen süd- und mittelamerikanischen Nabelschweine*. Falls das stimmt, handelt es sich ebenfalls um ausgesetzte Tiere. Möglicherweise verwechselte Seaward wilde Ziegen mit Pekaris, obwohl das unwahrscheinlich gewesen wäre – sogar für einen unaufmerksamen Kanonier.
2. *Leguane*. Mit Sicherheit. Die Eidechsen waren für Seaward und seine Frau eines der wichtigsten Nahrungsmittel, zweifellos auch für seine Hündin, die treue Fidele.
3. *Nordhummer*. Das Krustentier, das Seaward ausführlich beschreibt mit seinen *stacheligen Ausbuchtungen, zwei großen Hörnern und zwei großen Scheren* – eine Kreatur, vor der Fidele Angst hat –, gehört zur Familie der *Nephropidae*, des Hummers, der auch hier vor der Küste von Maine gefangen wird. Auf Old Providence hätte Seaward wohl kaum ein Exemplar finden können. Der westindische Stachelige Hummer gehört zur völlig anderen Familie der *Palinuridae*, deren Scheren nicht der Rede wert sind.

Seaward musste den Nordhummer später um des Effekts willen hinzugefügt haben, oder vielleicht wurde er auch hineingemogelt von seiner Herausgeberin Miss Jane Porter, die anderswo über *Nephropidae* gelesen haben mochte. Matrosen waren für ihr Seemannsgarn und ihre hemmungslosen Übertreibungen bekannt. Sie hatten ja auch Zeit genug. Zu Seawards Zeiten nähten Seeleute Häute zusammen – zum

Beispiel den Körper eines Primaten mit einem Fischschwanz – und verkauften sie dann leichtgläubigen Sammlern als Meerjungfrauen.

Jim nimmt noch einen Schluck Scotch und notiert eine neue Überschrift: *Seawards Vögel*.

1. *Papageien*. Die kleinen oder Miniatur-Papageien, in Mittelamerika weit verbreitet.
2. *Eine braune Taube*, höchstwahrscheinlich eine *Zenaida*. Ein auch dort immer noch häufig vorkommender Vogel. Jim hatte viele gesehen.
3. *Ein Vogel »mit einer lieblichen Stimme wie eine Nachtigall«*. Vielleicht eine Spottdrossel? Auf der etwa dreißig Meilen südlich gelegenen Insel Saint Andrews hatte Jim eine beobachtet. Er hat in seinen Feldnotizen nachgeschlagen.

Er blickt durch die Tür nach draußen, hört, dass Fergus und Cadillac dort Holz zusammennageln, und denkt an ein anderes Tier, das er vergessen hat – eine zur Eiablage an Land kommende Seeschildkröte. Gerührt von ihrem menschlichen Blick, waren Seaward und seine Frau zu gutherzig, sie zu erlegen. Nachdem sie später ihre kleine Kolonie gegründet hatten, pferchten sie allerdings Hunderte Schildkröten ein, um sie in Kingston zu verkaufen. Karettschildkröten, Grüne Meeresschildkröten, Moschusschildkröten und Lederschildkröten. Der Beginn eines Geschäfts, das die Meeresschildkröte zu einer seltenen und gefährdeten Tierart werden ließ. Hundert Jahre später berichtete der Marinekartograf Collett bei seiner Beschreibung von Old Providence von hundertsiebzig Pfund Schildkrötenpanzer, die Jahr für Jahr von der Insel abtransportiert wurden.

Und es gibt noch ein Tier, das in keinem der Berichte erwähnt wird, obwohl es zweifellos da war – die gefürchtete Ratte, die dem Menschen auf jede Insel, die er betritt, folgt. Ratten waren auf der Schatzinsel, sobald dort der erste Pirat ankerte, um sein Schiff zu reinigen. Noch mehr waren zweifellos an Land gesprungen, als Seawards Boot auf den Sandbänken landete und eine Ladung Mehl, Eier und Zucker mitbrachte, damit seine Frau Pudding machen konnte. Eine Gefahr für den Vogelbestand, aber auch für Schildkröteneier.

Jim leert die letzten Tropfen aus dem Flachmann und kritzelt *Seeschildkröte. Ratte.*

Liebesbriefe, New York, August 1973

Michaels Freude darüber, Lainas einziger Gast beim Mittagessen zu sein, zu dem sie eine Flasche eiskalten Chablis bestellt hat, verflüchtigt sich, als sie einen Brief hervorzieht, auf dem Jims Name steht. Er blickt enttäuscht zu Boden. In ihrem Eifer scheint sie nicht zu merken, dass seine gute Laune einen Dämpfer erhält.

25. August 1943. Abgeschickt vom Hauptquartier der US-Marine in Annapolis. *Betrifft das empfohlene Kriegsgerichtsverfahren gegen Leutnant James Kennoway.*

Das Hauptquartier der US-Marine ist darüber informiert worden, dass Leutnant Kennoway während des Feldzugs in New Georgia im Juli 1943 die sterblichen Überreste von japanischen Soldaten geschändet haben soll. Er sieht sie durch seine Lesebrille an; ihr Gesicht ist leicht verschwommen.

Außerdem wurde ermittelt, dass Leutnant Kennoway versucht hat, die besagten Überreste an Dr. Gerhard Mann vom Amerikanischen Museum für Naturgeschichte zu senden. Ein derartiges Verhalten ist sowohl ein krasser Verstoß gegen Regeln, die den respektvollen Umgang mit Kriegsgefallenen betreffen, insbesondere im Hinblick auf Artikel 15 und 17 der Ersten Genfer Konvention, als auch gegen den Moralkodex und -standard, der von jedem US-Soldaten erwartet wird. Darüber hinaus handelt es sich um einen Verstoß gegen die Regularien der US-Feldpost.

Sie beugt sich vor. »Was hältst du davon?«

Ehrlich gesagt wundert Michael sich überhaupt nicht, dass Jim ein Kriegsverbrechen begangen haben soll. Er wäre auch nicht schockiert, wenn er erführe, dass Jim im Fahrstuhl der Abteilung eine Gewalttat begangen hätte. Bevor er jedoch etwas erwidern kann, zieht sie einen zweiten Brief heraus, den Durchschlag eines Antwortschreibens, verfasst von Mann und mitunterzeichnet von Abteilungsleiter Robert Cushman Murphy.

Ich kann Ihnen versichern, dass die Ornithologische Abteilung des Amerikanischen Museums niemals menschliche Überreste irgendwelcher Art von der pazifischen oder der europäischen Front angefordert oder erhalten hat. Unsere Abteilung hätte auch gar kein Interesse an derartigen Überresten, da sich unsere Arbeit ausschließlich der Vogelkunde widmet.

Erlauben Sie uns stattdessen den Hinweis, dass nicht unser Museum, sondern die Smithsonian Institution als Museum der US-Regierung ein ausgeprägtes Interesse an der Physiologie und Phrenologie des japanischen Schädelknochens gezeigt hat.

»Sieht so aus, als hätten Mann und Murphy sich für Jim eingesetzt«, sagt Laina. Michael sieht sie verwirrt an. Hier ist sie ihm weit voraus. »Ich habe es recherchiert. Zu Anfang des Kriegs führte die Smithsonian eine Untersuchung japanischer Schädel durch, um festzustellen, ob die Knochenstruktur Hinweise auf eine mögliche rassenspezifische Aggressivität bot. Wissenschaftler vertraten die These, dass dieser Charakterzug durch die Vermischung mit anderen Asiaten, die vermutlich friedlichere Schädelformen aufwiesen, abgeschwächt worden sei.«

»Eugenik.« Michael nickt. »Damals war das noch akzeptabler.«

»Für mich liest sich Manns Brief wie eine versteckte Drohung. Wenn ihr unserem Kollegen Jim was anhängt, machen wir Stunk, einen großen öffentlichen Aufstand wegen der von der Regierung bezahlten Untersuchung an der Smithsonian.«

Ja, vermutlich hat sie recht. Im Stillen denkt er, dass die Einmischung von Mann ein Jammer ist. Es hätte gut sein können, dass die Marine dazu in der Lage gewesen wäre, Jim etwas anzuhängen. Es hätte ihn vielleicht etwas gezügelt und dazu beigetragen, ihn zu zivilisieren. Er empfindet eine gewisse Hochachtung vor Laina und ihrer terrierartigen Fähigkeit, Tatsachen auszugraben, ob es sich nun um Exemplare von Arten oder um Jim handelt. Ihr erstaunliches Gedächtnis. Er fragt sich, wie weit sie es als Juristin oder Politikerin gebracht hätte.

»Was meinst du, was Jim angestellt hat?«, fragt sie. Er zuckt mit den Schultern, schüttelt den Kopf. Sie macht ihn mürbe. Der Wein zum Mittagessen ist auch nicht hilfreich.

Zurück im Museum, ist es heiß. Michael stapft zum Fenster und reißt es auf, stößt aber lediglich gegen eine Wand noch heißerer Stadtluft.

Er schaut von der grünen Kupferkuppel des Planetariums bis zu den Fenstern der Ichthyologischen Abteilung und dann hinunter zum Nordeingang, wo eine Gruppe von Kindern, die zum wissenschaftlichen Sommerlager gehören, sich im Schatten von Platanen versammelt.

Wie konnte ihm das nur entgehen? Lainas Vernarrtheit in Jim – und zwar nicht nur auf beruflicher Ebene. Einen Affenarsch hat Jim ihn genannt. Es sieht so aus, als sei er genau das.

Unten sieht er ein kleines Mädchen, das etwas abseits von den anderen steht. Ein Mädchen mit dunklen Haaren, die zu Zöpfen gebunden sind; sie erinnert ihn schmerzlich an seine Frau Nita – wie sie als Kind ausgesehen haben muss. Er bleibt am Fenster stehen und sieht einem Jungen zu, der einen Purzelbaum macht, dann seine Beine zu einem Handstand emporreckt und, eine Hand vor die andere setzend, an einer der Bänke vorbeigeht – beeindruckend und ganz wunderbar, bis ein Betreuer angelaufen kommt und ihn ausschimpft.

Warum aber kümmert sich der Betreuer nicht um das dunkelhaarige Mädchen, das sich jetzt an den Rand einer Bank setzt und, von den anderen geschnitten, ganz allein ihren Nachmittagssnack verzehrt?

Er fragt sich, wann es zwischen ihm und Nita schiefzulaufen begann. Das war, als er sie nicht mehr als eine seiner größten Entdeckungen ansah, sondern auf sie herabsah wie auf eine Fremde, die er fast versehentlich mit seinen Kisten voller Präparate und Feldnotizen aus Argentinien mitgeschleppt hatte.

Er schaut zu dem Mädchen hinunter. Wenn er jetzt, fragt er sich, ein Papierflugzeug falten und aus dem Fenster fliegen ließe, würde es dann bei ihr landen?

Cumberland Island, Georgia, 1917

Helen ist wild und ungebändigt, stolz und naiv. Damals hätte Jim in ihr eine Leichtfertigkeit, eine gewisse Unausgeglichenheit entdecken können, wenn er danach gesucht hätte. Er tat es aber nicht. Er sieht in ihr nur das einzige Kind eines naturverbundenen Politikers, der die meiste Zeit nicht zu Hause ist, und einer selbstbewussten Mutter, die Pferde liebt und fest davon überzeugt ist, dass man Kindern ihre Freiheit lassen muss. Sie führt ein Leben, um das er sie beneidet.

Sie kennt jeden Winkel der Insel und führt ihn zu Dünen, wo sie sich auf der Suche nach Haifischzähnen den heißen, trockenen Sand durch die Finger rinnen lassen, bis sie beide eine Handvoll der scharf gezackten schwärzlichen Fossilien gefunden haben, die Tausende von Jahren alt sind.

Sie kann auch Alligatoren anlocken, indem sie die Hände vor den Mund hält und einen merkwürdigen Pfeifton erzeugt, ein Trick, den sie vom Hufschmied ihrer Mutter gelernt hat. Sie warnt Jim, dass Alligatoren bis dicht an die Strände herankommen und dann in der Brandung am Ufer entlangschwimmen, bis ihnen ein Zustrom von Brackwasser eine Bachmündung anzeigt. Er denkt, dass sie ihm nur Angst machen will, bis er selber einen Alligator sieht, einen kleinen, nur ein bis anderthalb Meter langen, der zwischen den Bäumen hervorkriecht und über den Sand schleicht. Sie ermuntert Jim, sich ihm so weit zu nähern, dass er mit einem langen Stock den Schwanz berühren kann, und dann lacht sie herzhaft, als er dabei zurückzuckt. Das Tier schnellt herum wie eine Sprungfeder.

Was treibt sie den Rest des Jahres? Er kann sie sich einfach nicht auf ihrem Internat in Virginia vorstellen, wo sie die unausgesprochenen, manchmal rätselhaften Regeln anderer Mädchen befolgt und lange, kalte Winterabende im Haus verbringt.

Eines Abends kommt sie in sein Schlafzimmer, ganz so, wie sie auch in das Zimmer kommt, in dem er Vögel präpariert, unangemeldet, ohne anzuklopfen. Sie tritt an sein Bett und leuchtet mit einer Taschenlampe auf sein Kissen und ihm direkt ins Gesicht.

»Wach auf«, verlangt sie. Es ist Vollmond, sie sollten jetzt schwimmen gehen. Draußen will sie, dass er sie mit dem Ford an den Strand fährt. Die Nacht ist heiß, das Mondlicht fließt über die glatte Sandstraße und die knorrigen, moosbehangenen Eichen an den Seiten und verwandelt alles in eine Mondlandschaft. An zwei Holzplanken, die Onkel Fergo über den weichen Sand gelegt hat, biegt er von der Straße ab, runter zur Hochwassermarke, und steuert dann am Ufer entlang vom Haus weg. Die Wellen des Atlantiks donnern.

»Halt!«, sagt Helen und deutet im Licht der Scheinwerfer auf zwei Linien, die wie Reifenspuren aussehen, als wäre bereits jemand anderes dort. Er sieht sie fragend an, und sie steigt lächelnd aus.

Im Mondlicht gehen sie über den Strand zurück, bis Jim etwas erblickt, was wie ein enormer, sich vorwärtshievender Stein aussieht. Eine Karettschildkröte hebt ihren großen Panzer und buddelt mit muskulösen Flossen im Sand.

Als sie bei ihr ankommen, hält sie inne und rollt mit schildkrötenhafter Resignation ihre traurigen Augen. Nach ihrer langen Reise über den Atlantik und ihrem mühseligen Marsch durch den Sand nun das: Eindringlinge, potenzielle Fressfeinde. Jetzt ist es zu spät, umzukehren; sie hat den Strand bereits zur Hälfte hinter sich.

Langsam schleppt sich die Schildkröte über die Hochwasserlinie, wo der Sand weich ist und die Wärme des Tages speichert. Jim und Helen halten inzwischen fürsorglich Abstand von ihr. Sie setzen sich in die Dünen am Rand des Strandes, warten schweigend, während sie ihr Loch gräbt, dann ihren ganzen Körper darüberschiebt und ihr Gelege von über hundert Eiern ablegt. Sie lauschen dem leisen Stöhnen der Schildkröte, ihrem traurigen, unterdrückten Wiegenlied für die Ungeborenen, für die Eier, die sie hier liegen lassen wird, die kleinen Karettschildkröten, die in einigen Monaten schlüpfen und sich dann ohne ihre Anleitung auf den gefährlichen Weg zum Meer machen werden. Leichte Beute für Seevögel und Alligatoren. Diejenigen, die es schaffen, werden Hunderte von Meilen mit den Meeresströmungen treiben, einem geheimen Instinkt folgend, der ihnen den weiten Weg zu den Nahrungsgründen im Sargassomeer weist.

Helen berührt Jims Arm. Als er sich zu ihr umdreht, knöpft sie ihr Kleid auf und lässt es über den Rücken nach unten rutschen. Sie beugt sich zu ihm, küsst ihn auf den Mund, und er streicht ihr mit der Hand über Schulter und Nacken zum Haaransatz.

Sie erhebt sich, ist völlig nackt. »Lass uns schwimmen.« Sie lässt ihr Kleid im trockenen Sand liegen und läuft hinab in die Brandung. Ihre Haut ist weiß und glatt, überall mondbleicher Sand und Dünengras. Er erinnert sich, wie fest die Dünen unter seinem Rücken waren, an das scharfe Gras, und ihre Haare fielen ihm ins Gesicht und in den Mund wie Regen. Weich und jung.

Am Ende des Sommers, als er nach Greenwich zurückkehrt und sie beide wieder zur Schule müssen, ist er verliebt. Heute kommt es ihm wie ein Wunder vor, dass er je jemanden geliebt hat.

Japanische Knochen

Fox Island, Penobscot Bay, Maine, August 1973

Er hat zu viel getrunken. Er sollte gar nicht hier sein. Er hätte sich entschuldigen müssen. Gott, ja, er kann es natürlich immer auf sein Bein schieben.

Er ist auf die Insel gekommen, um allein zu sein, mit einfachen Bedürfnissen. Jetzt sind sie plötzlich alle hier, plappern und stehen ihm im Weg: Cadillac, Fergus, auch noch Sarah und Stillman, bei Fergus' Sommeressen. Obwohl Jim vermutet, dass Stillman genauso wenig wie er selbst daran interessiert ist, unter Leute zu kommen.

Jim hat sich schon vorm Eintreffen der Gäste mehrere Martinis genehmigt. Die Drinks erzeugen einen opaken, verschwommenen, gleichwohl glasharten Dunstschleier und eine Reizbarkeit, die durch ein plötzliches Geräusch oder eine Bewegung ausgelöst wird – zum Beispiel durch Fergus, der neben ihm einen Teller mit Krebsfleisch auf Endivienblättern serviert, als säßen sie in einem gottverdammten New Yorker Restaurant.

»Setz dich hin, um Gottes willen!«, schnappt Jim und ist sich vage des Schweigens bewusst, das am Tisch eintritt, als geschehe dies alles irgendwelchen anderen Leuten irgendwo anders. Er spürt, wie er sich selbst entgleitet, irgendwie die Kontrolle über sich verliert. Er schlürft seinen Martini, weil er schon seit Jahren zum Essen keinen Wein mehr trinkt. Obwohl der Junge großes Tamtam macht wegen ein paar Flaschen Rosé, die er aus New York mitgebracht hat. Es missfällt

Jim, dass er nicht aufstehen und essen kann, wo und wann er will, nicht seinen Blechteller abwaschen soll, nicht seine Corned-Beef-Dosen hat. Ohne Essen fehlt ihm nichts. Immerhin setzt sich der Junge wieder.

Jim ist ja nicht taub. Er hört sehr genau, wenn es sich um Goldhähnchen und Seidenschwänze handelt. Er kann die Jungen im Nest des Fischadlers hören, oder? Aber hier im Geklapper der Teller und Bestecke und im Gerede klingen die Geräusche unscharf und schwer verständlich; schlimmer noch sind die Untertöne, nicht die Worte an sich, sondern die mitschwingenden Wünsche, Bedürfnisse, Forderungen, Verletzungen. Und noch verräterischer sind seine eigenen.

Sie sprechen über ihren Ausflug nach Rockland, das Gewitter und den Regen, vor dem sie in den *Rockland Diner* geflohen sind.

Jetzt wendet Fergus sich an Jim. »Kurz bevor ich aus New York abgereist bin, hat mich einer deiner Kollegen aus dem Museum angerufen«, sagt er. »Ein Mann namens Michael.« Jims Augen funkeln. »Wusstest du, dass er eine Retrospektive deiner Arbeit zusammenstellt?«

»Michael schreibt Nachrufe«, schnappt Jim. Also wirklich! Hat der Junge etwa gedacht, er könne etwas erreichen, wenn er über diesen Dummkopf redet?

Fergus nimmt noch einen Anlauf, versucht seinen Vater auf eine Art und Weise aus der Reserve zu locken, die Jim erniedrigend findet. Redet irgendetwas von Reparaturen am Haus, einer gebrochenen Fensterscheibe, durchgebrannten Sicherungen, all den Dingen, um die sich Jim sonst zu kümmern pflegt. Ja doch, hat er gesehen. Er hat das gebrochene Geländer auf der Veranda gesehen, morsches Holz im Gitter unter der Veranda. Herrgott noch mal, gar kein Grund, ihn weiter danach zu fragen. Er kann's ja doch nicht ändern.

Gottverdammter Krüppel. Außerdem überlässt er das Haus nun bald sich selbst, lässt es um ihn und mit ihm alt werden. Lässt es knirschen, verfallen, vergammeln, zu einem Haus für Mäuse werden.

»Wann wirst du wieder in New York gebraucht?«, fragt er. Sarah verschluckt sich fast an ihrem Essen.

Herrgott, er hat es im Rollstuhl allein vom Bootshaus nach oben geschafft. Reicht das nicht? Müssen sie denn auch noch von ihm erwarten, dass er mitmacht? Und ja, er wünscht sich, dass Fergus verschwindet – und das Mädchen auch.

Stillman beugt sich vor und füllt alle Gläser außer dem von Cadillac, die nichts trinkt. Braves Mädchen. Jim sieht, dass er dem Jungen zublinzelt. Sie brauchen einen Drink, um mit mir mithalten zu können, denkt er. Herrgott, er braucht jetzt selber einen.

So war es immer. Jim war rüde, aggressiv, verletzend. Besonders seinem Sohn gegenüber. Sein Bruder Cecil ist dem Jungen ein besserer Vater gewesen als Jim. Das missfällt auch Jim, obwohl er der Erste wäre, der zugibt, seine Rolle nicht ausgefüllt und verpfuscht zu haben. Noch ein Beispiel für seine Unzulänglichkeit, sein Versagen. Jim, der Säufer, der Versager. Er war sogar unfähig, sich um Helen zu kümmern.

Plötzlich kann er es nicht mehr ertragen. Er fühlt sich klaustrophobisch und gefangen. Er hat das Gefühl, dass der Raum anschwillt und ihn erdrückt, eine Halluzination, die er schon im Fieber als Junge hatte. Als ob alle Dinge, die ihm etwas bedeuten, zerquetscht, zertrümmert oder einfach ausgelöscht würden. Tosca, dieser Name, ist eine Hauptrolle in einer Oper und nicht der sechzehnjährige Junge von den Salomonen, den Jim einmal kannte. Und Cadillac ist ein Mädchen, das seinem Sohn gefällt, und nicht etwa ein Geist aus Jims eigener Vergangenheit, der ihn erlösen kommt. Sein

Sohn, nicht sein Sohn. Unfähig, die wachsende Verzweiflung zu unterdrücken, erklärt er viel zu laut, dass er zum Rauchen nach draußen geht.

Und selbst das ist nicht so einfach. Es entsteht eine gotterbärmliche Unruhe, als sie beiseiterücken, um Platz für seinen Rollstuhl zu machen. Cadillac springt auf und schiebt eine Segeltasche und ein Paar Flip-Flops weg. Selbst diese einfachen Dinge werden zu großen Hindernissen, und er muss rückwärtsrollen und den Rollstuhl wenden, um vorbeizukommen. Gottverdammt, er kann nicht einmal mehr betrunken nach draußen humpeln oder stillschweigend verschwinden.

Draußen ist es warm und still, mit einem Mondsplitter, so hauchdünn wie das Schimmern einer Messer- oder Sichelklinge. Die Dunkelheit lässt die Sterne heller leuchten, rückt sie näher und macht sie noch zahlreicher. Die Milchstraße schneidet wie ein leuchtender Glühfaden durch den Himmel.

Er rollt ums Haus herum, lauscht dem leisen Klappern von Wanten und Stagen, dem leisen Plätschern der See gegen die Felsen und den Anleger und empfindet dafür eine so tiefe Dankbarkeit, dass er weinen könnte.

Die anderen müssen wohl auch erleichtert aufatmen, ihn los zu sein.

Er steckt sich eine Zigarette an und atmet den scharfen Rauch und die weiche Seeluft ein. Das Feuerzeug erleuchtet seine Handflächen und sein Gesicht, als er sich darüberbeugt. In den Untiefen entlang des Ufers und Anlegers, wo das Wasser in Bewegung gerät, flimmert es phosphoreszierend, und er stellt sich eine schweigende Übereinkunft zwischen den Sternen und den winzigen Leucht-Protozoen vor, während die Spitze seiner Zigarette bei jedem Zug rot aufglüht. Jedes

Licht gehorcht einem bestimmten Muster, einem einfachen Prinzip, das sich entschlüsseln lässt und auf das man sich verlassen kann. Wie das Leuchtfeuer von Goose Head oder der Rhythmus seines Atems.

Er will nicht mehr hineingehen. Er ist zu betrunken. Er wird zum Bootshaus runtergehen und, um sich abzulenken, Hemingway lesen oder den Küstenfunk einschalten, wo er dann Leuten zuhören kann, die nichts von ihm wollen.

Er bückt sich, um die Bremsen zu lösen, stößt die Räder vorwärts und spürt erneut eine Welle der Wut, an diesen gottverdammten Rollstuhl gefesselt zu sein, einbeinig und unfähig, je wieder normal gehen zu können. Wo er doch so gern laufen würde! Zum Ufer hinunterlaufen. Vom Anleger ins phosphoreszierende Meer springen.

Er klemmt sich die Zigarette zwischen die Zähne und dreht mit beiden Händen heftig an den Rädern. Sogar noch am leichten Abhang, wo er vorsichtiger sein müsste, schiebt er wütend und leichtsinnig vorwärts, bis der Rollstuhl vom Weg abkommt und gegen einen Stein oder eine harte Grassode prallt und er spürt, wie es ihn auf einem Rad emporhebt. Er drückt das Gewicht seines Oberkörpers in die Gegenrichtung, um die Balance und somit den Rollstuhl am Boden zu halten, aber es ist zu spät – der Punkt überschritten. Der Rollstuhl fällt langsam um. Dann schlägt er mit der Schulter hart auf dem Boden auf, und er spürt einen scharfen, schmerzhaften Stoß gegen das weiche Ende des Beinstumpfs.

Benommen hört er, wie sich das umgekippte Rad über ihm in der Luft dreht, blickt nach oben und sieht die Speichensilhouette vor dem schwarzen Himmel. Der Stumpf klopft wild, und er ist durch die Neunziggraddrehung der Perspektive verwirrt und desorientiert. Unter ihm drückt die metallene Armlehne des Rollstuhls gegen seine Rippen.

Gottverdammt, das ist ja ein schönes Scheißdilemma! Ein gottverdammtes, armseliges Quäntchen Glück, dass er auf diese und nicht auf die andere Seite gestürzt ist. Und zu allem Unglück stellt er fest, dass er die Krücke oben am Haus gelassen hat. Sie stand während des Essens im Weg, da hat er sich zurückgelehnt und sie an die Wand gestellt.

Er tastet sich vor, versucht, sich aus dem Rollstuhl zu befreien, und setzt sich hin. Er dreht sich um, fummelt mit der Hand gierig an der umgekippten Stuhlseite herum, fasst in die Öffnung der Seitentasche und greift nach dem harten, kühlen Flachmann. Gott sei Dank. Notration. Er nimmt einen tiefen Schluck. Und noch einen. Tastet nach der Zigarette, die ihm aus dem Mund gefallen ist, als er zu Boden stürzte.

Er erinnert sich an ein Glas mit Glühwürmchen, das ihm seine Schwester brachte, als er damals nach Pieters Tod mit Fieber im Bett lag.

»Falls du Angst im Dunkeln hast«, flüsterte sie neben seinem Bett stehend und schob das Glas vorsichtig neben ein paar Bücher auf seinem Nachttisch.

Er erinnert sich, wie er das Glas neben sich aufs Kopfkissen stellt. Als das Zwielicht erlischt und wie die Ebbe aus dem Zimmer sickert, schraubt er den Deckel des Glases ab und lässt sie ausschwärmen. Er beobachtet, wie eins nach dem anderen langsam an den Rand des Glases kriecht und in die dunklen Erker seines Zimmers fliegt. Dort blinken sie. An und aus. Glühen wie kleine, schwimmende chinesische Lampions. Gelbgrün. Wie Leuchttürme. An. Aus.

Käfer eigentlich, keine Würmchen. Aus der Familie *Lampyridae*. Es ist nicht der ganze Käfer, der aufleuchtet, sondern nur der letzte Teil des Unterleibs, bei Weibchen die beiden letzten. Jedes Exemplar flimmert in einem eigenen, spezifischen Rhythmus; so erkennen sie sich gegenseitig. Er versuchte, den An-Aus-Zyklus zu berechnen. Wenn die dunklen Intervalle länger als die leuchtenden sind, nennt man das *Blink*, im Gegensatz zum *Unterbrochenen Feuer*; es sind die Worte, die man für einen Leuchtturm benutzt. Auf einer Seekarte abgekürzt zu *Blk* im Gegensatz zu *Ubr.* Nur dass der Zweck des Glühwürmchenlichts ein anderer ist – es soll nicht warnen, sondern locken, einen Partner anziehen.

Jim weinte, und als er weinte, wurden sein Gesicht und seine Augen noch heißer und geschwollener. Sein Körper zitterte im Fieber. Hier bin ich, signalisieren die Glühwürmchen. Sieh mich. Liebe mich. Ich bin hier.

Gefunden wird er von Stillman. Er hat nach dem Essen nicht mehr viel beizutragen, entschuldigt sich und denkt, dass er sich mit Jim einen Drink genehmigen sollte. Er hat gehört, dass der Alte runter zum Bootshaus gefahren ist, und es hat ihn nicht überrascht.

»Hab meine Krücke im Haus vergessen«, sagt Jim nur, als Stillman im Dunkeln fast über ihn stolpert. »Kann den Scheißrollstuhl nicht aufrichten.« Er ist mitgenommener, als er zugibt. Und Stillman geht es ähnlich, als er ihn auf dem Boden liegend findet.

»Schätze, wir müssen dich mit ’ner Hupe ausrüsten«, bemerkt Stillman und richtet den Rollstuhl auf. Er beugt sich vor und fasst Jim an beiden Händen. »Ganz ruhig, ganz ruhig«, murmelt er, als redete er einem durchgegangenen Pferd oder tollwütigen Hund gut zu. Jims Arme sind erstaunlich kräftig, obwohl Stillman spürt, dass ihm die Hände zittern. Er hilft Jim in den Rollstuhl und schiebt ihn runter ins Bootshaus, ob Jim das nun passt oder nicht.

»Moment mal, bitte«, meldet Jim sich zu Wort, bevor Stillman das Licht anknipsen kann. Fürs gleißende elektrische Licht ist Jim noch nicht bereit. Er reißt ein Streichholz an und hält es an den Docht der Kerosinlampe. Für einen Augenblick fällt das Licht der flackernden gelben Flamme auf die tiefen Stirnfalten und die alte Narbe auf seiner linken Gesichtshälfte, die geröteten Augen, das schreckliche Zittern seiner Hände, das sich durch den Sturz wieder verstärkt hat. Übel zugerichtet, denkt Stillman und fragt sich, ob er Jim darauf ansprechen soll, wie viel er schon getrunken hat. Oder ist es besser, ihm einfach eine ruhige, stille Kameradschaft zu bieten? Stillman selbst würde es so wollen.

»Bin auf 'nen Absacker mit dir gekommen«, sagt Stillman.

Jim zaubert aus dem Nichts einen Flachmann hervor. Er muss ihn in der Hosentasche gehabt haben. Dann schwenkt er den Rollstuhl herum und nimmt zwei Gläser vom Küchentresen. Stillman setzt sich und staunt, dass er direkt aus den Türen in das Dunkel von Meer und Himmel sehen kann. Er fragt sich, ob es sicher ist, sie offen stehen zu lassen, und die Frage gibt ihm das Gefühl, alt und illoyal zu sein. Er erinnert sich noch klar und deutlich an Jim, wie er als Junge an den Knien hängend geschaukelt hat.

Er lauscht den nächtlichen Geräuschen. Das Wasser schwappt gegen sein Hummerboot, das in der Bucht vor Anker liegt. Der Flügelschlag einer Möwe, die in der Dunkelheit vorbeifliegt. Er blickt zu den Sternen.

»Gürtel des Orion«, sagt er. Der Wagen liegt jetzt im Spätsommer auf der Seite. Jim nickt.

Nachdem Stillman den Scotch runtergekippt hat – er hat ja einiges aufzuholen –, schiebt er sein Glas für Nachschub über den Tisch. Er weicht dem Lichtkegel aus, der wie ein Lagerfeuer gelblich glüht, und trinkt langsamer. Er hört das kurze Rufen eines Nachtreihers, atmet den guten Geruch von Jims

Tabak und die Seeluft ein. Beide sind sich bewusst, dass jeder in seinen eigenen Gedanken versinkt. Beide kennen sich gut genug, um zu wissen, worum sich ihre Gedanken drehen – oder dass sie rein gar nichts davon wissen können. Helen. Stillmans Frau Esther. Sein Sohn Elias. Der Krieg.

Stillman hebt sein Glas und erinnert sich an alles so deutlich, dass er hinterher nicht mehr weiß, ob sie etwas laut ausgesprochen oder lediglich schweigend zusammen getrunken haben.

Layla Island,
Lagune von Wanawana,
Salomonen, Juli 1943

Es war nicht schwer. Nur ein kurzes Handgemenge, das man eine Rauferei hätte nennen können. Im Rückblick war es beschämend einfach. Nicht einmal ein fairer Kampf.

Jim hört das leise Rumoren des Boots, das in seinen Schlaf dringt. Dann schüttelt Tosca ihn wach, tritt bereits das Regendach zusammen, verstreut Erde und Laub auf dem Lagerplatz, während Jim sich in seine Stiefel müht, die eng sind, weil er lange barfuß gelaufen ist. Sie hasten über den schmalen Pfad zum Strand, suchen Deckung unter dichtem Astwerk und Palmwedeln, die an einem gezackten Korallenhügel lehnen – eine von mehreren Tarnblenden.

Ein Walboot. Im Dunkel können sie den noch dunkleren Kreis der aufgehenden Sonne erkennen, der auf den Bug gemalt ist, hören überm Wasser Geflüster von fremden, kehligen Stimmen. Ein Suchscheinwerfer flammt wie ein Zyklopenauge auf und streift das Ufer entlang. Sie halten still, drücken sich gegen die gezackten Korallen, sind froh, sich mit den Tarnblenden so viel Mühe gemacht und sie so positioniert zu haben, dass man ein in der Nähe liegendes Seeadlernest ebenso im Blick hat wie den Strand.

Das Auge erlischt. Sie hören das platschende Geräusch von Männern, die in die Untiefen springen. Drei, bedeutet Tosca, indem er drei Finger hochhält. Sein Blick ist viel schärfer als Jims. Das ist eine Erleichterung. Es hätten auch mehr sein können. Jim kann jetzt die dunklen Umrisse von Gepäck und

Gewehren ausmachen – die Schatten der durchs Riff watenden Männer. Als sie den Strand erreicht haben, gehen die Japsen in Deckung und huschen in den Schutz des Busches. Sie sind überraschend nah.

Jim verflucht seine eigene Sorglosigkeit, derart viele Zeichen hinterlassen zu haben. Die Bambusgestelle mit den in Blätter eingewickelten Vögeln, die kleinen Unterstände, die sie sich als Regenschutz gebaut haben. In der Woche vor D-Day und der amerikanischen Landung auf Rendova Island haben sie keine Vögel mehr gefangen. Sie haben sich versteckt, Wache gehalten, in Schichten geschlafen. Aber sie haben Spuren hinterlassen. Jim fragt sich, ob der Junge sich mit seinem Kanu in Sicherheit bringen kann. Sollte er auf Japsen treffen, könnte er so tun, als wäre er allein und wisse nichts von den auf der Insel gesammelten Präparaten. Oder ob er sich dadurch retten kann, dass er sie zu Jim führt?

Jetzt ist es zu spät, darüber nachzudenken. Jim konzentriert sich auf die Japaner, die im Busch haltmachen, eine kreisförmige Verteidigungsposition einnehmen und auf den Morgen warten. Suchen sie nach ihm? Oder sind es lediglich Küstenposten wie er selbst? Mit dem Befehl, Rendova auszuspionieren?

Laut und schwer rauscht der Regen nieder, klatscht auf die dicken Blätter und prasselt ins Meer. Das Geräusch bietet eine willkommene Deckung, wie auch das Trillern der Insekten, das wieder eingesetzt hat, das Kreischen von Nachtvögeln und der Motor des Walboots, das wieder ablegt. Jim beobachtet, wie dieses düstere Etwas abzieht, die Pupille des Zyklopenauges, und hört ein dreifaches, metallisches Klicken – die Japsen laden ihre Gewehre durch.

In der Dunkelheit ist jedes Geräusch laut und deutlich. Sein ganzer Körper ist derart angespannt, dass er zu spüren glaubt, wie sich noch die feinsten Härchen in seinem Gehörgang straffen und nach einem Signal ausrichten. Seine Augen werden zu schwarzen Löchern, absorbieren noch das schwächste Licht, die leiseste Bewegung. Reizbar wie ein Tier. Ein wilder Hund. Jeder Muskel gespannt. Bereit. Er wendet sich Tosca zu, und für einen Moment treffen sich ihre Augen in der Dunkelheit. Sie müssen keine Worte wechseln, brauchen keine Gesten. Sie bewegen sich instinktiv vorwärts wie Tiere eines Rudels, gewohnt, gemeinsam zu jagen; den Uferpfad entlang, den sie während der letzten Wochen um die Insel herum angelegt haben, um Papageien und Rallen zu fangen.

Weit müssen sie nicht gehen, aber Jim kommt es wie eine Ewigkeit vor. Seine Muskeln sind verkrampft, weil er nach jedem Schritt innehält. Er bewegt sich in Zeitlupe, wie ein Meister chinesischer Kampfkunst. Wie in einem tödlichen Spiel in geheimnisvollen Fußspuren. Er spürt die langen Saugrüssel der Moskitos in sein angespanntes Fleisch stechen, die klebrigen, auf seinem nassen Gesicht haftenden Spinnennetze und das Krabbeln einer Spinne im Nacken. Schweiß rinnt ihm über den Rücken.

Er erinnert sich an seine erste Nacht auf der Insel und stellt sich vor, wie die Japaner jetzt warten und horchen. Halb taub durch das Geräusch ihres eigenen Herzschlags und ihres Bluts, das laut wie die Brandung donnert. Vielleicht schießwütig, obwohl Japsen das normalerweise nicht sind. Er sieht sie so deutlich, als kauerte er direkt neben ihnen. Jäger und Gejagter, Raubtier und Beute zugleich. Das Gefühl wird so real, dass ihn eine klare Vorahnung seines eigenen Todes überkommt, als wäre er sich selbst auf den Fersen, jenem Mann, der er während seiner ersten Nacht auf der Insel war:

Wie schade wäre es gewesen, nicht die bunten Fischschwärme entdeckt, sich selbst im türkisblauen Meer getauft zu haben und dem jungen Tosca begegnet zu sein.

Sie nähern sich weiter, bis er sich nicht mehr sicher ist, ob er die Männer oder sich selbst atmen hört. Er hört, dass sich ein Mann räuspert – sehr leise, sehr nah. Es ist eine höchst disziplinierte Patrouille. Sie machen kein weiteres Geräusch und keine Bewegung. Jim ist froh, dass der Regen ihm den Schweißgeruch abgewaschen hat.

Jetzt berührt Tosca leicht seinen Arm, fast nur ein Streicheln, und Jim erstarrt und zögert. Instinktiv vollführen sie ein Einkreisungsmanöver. Der Junge muss sie gesehen haben, und auch Jim sieht etwas, das schwache Glitzern eines Gewehrlaufs, oder ist es ein Schwert? – so nah, dass er es berühren könnte. Er starrt vor sich in die Dunkelheit, bis seine Augen den Umriss eines hockenden Manns entdecken, das matte Schimmern von Haut an Hals und Handgelenken. Er wartet, zögert. Dann nutzt er das Rascheln eines Vogels, oder ist es Tosca, der sich bewegt?, und springt mit gezogenem Messer vor.

In der Nähe hört er Tosca. Er spürt Widerstand gegen sein Messer, als es durch Haut und Luftröhre schneidet. Der Japse versucht zu schreien, aber der einzige Laut ist ein blubberndes Grunzen durch den Schlitz in seiner Kehle. Ein geschundenes Gurgeln, als er stirbt. Jim stößt dem Japsen kräftig das Knie in den Rücken und spürt, wie der zuckende Körper sich versteift und dann erschlafft.

Er lässt ihn los, greift zu seiner Pistole, dreht sich um, um die anderen zu erschießen, aber Toscas Gewehr geht los, lässt beide taub werden, und schon sieht er sein Grinsen in der Dunkelheit leuchten.

»Japan soldia, me killim two«, kräht Tosca mit jungenhafter Begeisterung. Einen hat er mit dem Gewehrkolben erschlagen und dann den anderen erschossen.

Nachdem Stillman gegangen ist, legt sich Jim in voller Montur in die Koje, findet aber keinen Schlaf. Er dreht sich auf die Seite, greift zum wieder aufgefüllten Flachmann am Boden und legt ihn neben sich. Er nimmt einen Schluck, um den Schmerz in seinem Stumpf zu lindern und zu versuchen, sich selbst am Grübeln zu hindern.

Layla Island, Lagune von Wanawana, Salomonen, Juli 1943

Im Morgengrauen kehren sie zu der Stelle zurück. Sie durchwühlen das Gepäck und die Taschen der Männer mit dem unverfrorenen Vergnügen von Kindern, die ans Ufer gespültes Strandgut sammeln, mit der Gier von Stevensons Piraten.

Sie nehmen alles, was sie brauchen können. Munition, Messer, Handgranaten. Insbesondere suchen sie nach Essen. Jim findet es beschämend, wie wenig die Japsen haben; es reicht kaum zum Überleben. Er hat das schon früher auf Guadalcanal erlebt, wie mager und schlecht ernährt sie sind, wie wenig sie zum Überleben brauchen. Ihre Gesichter sind fast skelettiert. Durch das Hemd des Japsen, den er getötet hat, spürt er dessen Knochen.

Jims Japse hat ein kleines Stück Seife und eine halb volle Keramikflasche mit Sake in seinem Gepäck. Außerdem, eingewickelt in ein Stück Stoff, einen feinen Pinsel aus Bambus und ein flaches Porzellantöpfchen mit einem Klotz Trockentinte. In seiner Brusttasche ein kleines Buch, sorgfältig in Blätter gewickelt, um es trocken zu halten.

Jim packt das Buch aus und befingert das dünne, durchscheinende Papier, bewundert die krakeligen, mit Tinte geschriebenen Buchstaben, schwarze Zeichen, die von oben nach unten verlaufen, von rechts nach links. Für ihn so unentzifferbar wie Hieroglyphen oder prähistorische Keilschrift, aber dennoch schön. Wie die Muster auf Muschelschalen. Die unverständlichen Worte eines Orakels. Ein Talisman. Er wickelt das Buch wieder in die Blätter ein, wischt sorgfältig das Blut ab und steckt es sich in die Tasche.

Einer der anderen Japse hat ein mit Ornamenten verziertes Schwert, das der Junge aus der Scheide zieht und dessen Schärfe er bewundert.

Herrgott noch mal, er kann sich nicht mehr daran erinnern, was sie danach getan haben. Zumindest hat er sich verdammt viel Mühe gegeben, sich *nicht* zu erinnern.

Sie tranken den Sake des Japsen. Jim schenkte große Tassen für sich und Tosca ein. Vielleicht machte ihn das mutig. Es sei denn, es wäre nur ein weiterer Trick gewesen, eine List, um sich den Krieg vom Leib zu halten. Ein paar verzweifelte Überlegungen: Wenn die Japaner Kreaturen sind, die man jagen und sammeln muss, wenn sie keine Menschen sind, dann wäre er vielleicht immer noch der, der er einmal war. Ein Jäger und Sammler, kein Mörder. Er kann immer noch der Junge sein, der er immer schon war.

Oder war es ein absichtliches Heimzahlen – für die in Flammen aufgegangene USS *Helena*, für die auf Rendova explodierten Ölfässer, für all die Männer, die er sterben sah?

Er setzt sich auf und versucht erst gar nicht mehr einzuschlafen. Steckt sich eine Zigarette an und stößt langsam den Rauch aus. Der Schmerz in seinem Bein macht es ihm schwer, klar zu denken. Ebenso der Scotch in seinen Adern. Er sieht zu den Sternen hoch.

Einer der Japsen lebt noch. Wie konnte Jim das nur passieren? Er bewegt sich sogar noch und stößt einen schrillen Schrei aus, als sie plündern und das Gepäck durchwühlen. Geschwächt vom Blutverlust und nicht mehr fähig, vom Boden aufzustehen, greift er in seinem Todeskampf nach einer Handgranate in dem kleinen Stapel, den Jim mit den Waffen der Japsen zu nah bei ihm aufgehäuft hat. Und Jim, der das Schwert in der verzierten Scheide bewundert hat, fährt herum und versetzt ihm einen harten Schlag zwischen die Schulterblätter. Der Mann sackt nach vorn, und ob er nun tot ist oder nicht – diesmal geht Jim auf Nummer sicher.

Er ist so wütend, dass der Japse wieder lebendig geworden ist, wütend auf sich selbst, weil er das Leben des Jungen und sein eigenes Leben aufs Spiel gesetzt hat, dass er das Schwert zieht und dem Japsen den Kopf abhackt. Und vielleicht hat ihn das noch weiter angestachelt. Als er das Gepäck und die Waffen einsammelt, um sie zu ihrem Lager zu bringen, hebt er den Kopf des Japsen an den Haaren auf.

Japanische Knochen, Amerikanisches Museum für Naturgeschichte, New York, August 1973

Professor Mann nennt es »den großen japanischen Knochenskandal« und winkt verächtlich ab. »Es war nicht gerade der netteste Teil des Kriegs.« Laina hat dem Abteilungsleiter eine Kopie des Briefs vorgelegt, den er vor etwa dreißig Jahren geschrieben hat. Er legt ihn sich auf den Schoß, schiebt die Lesebrille auf die Nasenspitze und streicht sich mit großer Geste durch den weißen Haarschopf.

Einschüchternd wirkt Mann nicht nur wegen seines beruflichen Renommees oder des halben Dutzends Bücher unter seinem Namen, sondern auch wegen seiner großen Statur und seiner korrekten deutschen Manieren. Laina überlässt ihm in ihrem Büro den Ehrenplatz, einen bequemen Armsessel aus grünem Leder. Michael, rank und schlank, hockt hingegen unbehaglich und zunehmend irritiert auf einem alten, hölzernen Drehstuhl.

Nichts von alldem wird er irgendwie verwerten können. *Der Alk* dürfte kaum das richtige Medium sein, ein Kriegsverbrechen zu enthüllen. Er hat den Verdacht, dass Laina seinen Artikel als Entschuldigung nutzt, jede Spur wild entschlossen bis ans Ende zu verfolgen und jeden Hinweis so lange zu prüfen, bis er seine Geheimnisse preisgibt – und das alles nur, um ihre Verliebtheit zu befeuern.

Sie beugt sich vor und serviert Tee von einem Tablett; Michael bemerkt, dass es schwankend auf einem Bücherstapel drapiert ist, den sie noch nicht ganz abgeräumt hat. Laina hat eine charmante Art, sich vor jeder vernünftigen Ordnung zu drücken, denkt er und betrachtet ihre pazifischen Sammelstücke. Sie kommt damit auch durch, mit ihren roten Haaren und dem entzückend altmodischen Teeservice. Schließlich ist sie so fern der Heimat.

Teetasse und Untertasse sehen in Manns großen Händen besonders klein und zerbrechlich aus. Er lehnt sich zurück und betrachtet beide mit seinen blassen, milchigen Augen. Er schätzt uns ein, denkt Michael, überlegt, was er sagen und was er verschweigen soll. Er windet sich auf seinem Stuhl und ist sich sicher, dass er für unterbelichtet gehalten wird. Aber nicht Laina. Sie ist froh, die Rolle eines munteren Schulmädchens, einer beschränkten Teemamsell oder Manns Lieblingsstudentin spielen zu dürfen – was immer auch nötig sein mag, um an ihre Informationen zu kommen.

»Jim war nicht der Einzige«, sagt Mann zögernd. »Viele haben sich schuldig gemacht. Knochen gesammelt, Ohren, getrocknete Hände. Sich Ketten aus Zähnen um den Hals gelegt. Das Gold aus Zähnen gebrochen. Wer einen ganzen Schädel bekommen konnte, war noch besser dran. Man kann sich das als eine Art Jagdtrophäe vorstellen«, fährt er fort, lässt sich von seinem Thema mitreißen und schlägt den Tonfall einer philosophischen Vorlesung an. »Die Sache ist die: Wenn man in die Südsee geschickt worden ist, dann haben Freunde, Freundinnen, Kinder doch erwartet, dass man ihnen etwas nach Hause schickt oder mitbringt. Sie wollten Beweise von Stärke und Kaltblütigkeit. Beweise, dass man dort war. Und wenn man hinter den Linien Dienst geschoben hat, wenn man ein Marinesoldat oder auf einem Nachschubtanker war, dann konnte man etwas kaufen. Die Amerikaner waren, wie immer, geborene Händler.«

Und auch Kunsthandwerker, denkt er und erinnert sich

an Fotos, die er gesehen hat, auf denen japanische Schädel auf Jeeps montiert waren. Japanische Arm- und Fingerknochen hatten den Weg zum US-Hauptquartier gewiesen. Er schlürft seinen Tee, zwinkert und sieht Laina unter halb geschlossenen Lidern an.

Mann war fünfundzwanzig, als er zum ersten Mal nach Neuguinea kam, um für Rothschild zu sammeln; danach ging es weiter auf die Salomonen, wo er sich der Südsee-Expedition des Museums anschloss. Er verbrachte nur zwei Jahre in der Südsee, nicht lange im Vergleich zu anderen Sammlern. Aber einem Mann mit seinen analytischen Fähigkeiten genügten diese frühen Reisen für lebenslange Schlussfolgerungen. Seine Evolutionstheorien hatten mit Untersuchungen der Brillenvögel von den Salomonen begonnen. Es überrascht Laina nicht, dass Mann sich nach dreißig Jahren noch so klar an diesen Brief und seine genauen Umstände erinnern kann. Er ist präzise, im Denken peinlich genau. Sie bleibt still und aufmerksam, will ihn nicht unterbrechen.

»Das Problem spitzte sich zu«, setzt er lächelnd wieder an, »als das Magazin *Life* das ganzseitige Foto eines Mädchens brachte, aus Arizona, glaube ich, die einen Brief an ihren Verehrer schrieb, einen Matrosen, und auf dem Schreibtisch vor ihr lag ein japanischer Schädel.

Das Foto löste Empörung aus, weil es das Ausmaß dieser Praxis öffentlich machte. Es wurde von den japanischen Militärs als Beweis für amerikanische Barbarei und Rassismus ins Feld geführt. Wie hier erwähnt wird«, er zeigt auf den Brief, »versuchte man nach dem Foto hastig, diese Praktiken zu unterbinden. Derartige Bilder konnten gegen uns verwandt werden, weil sie den japanischen Durchschnittssoldaten noch weniger geneigt machten, sich zu ergeben, und dazu ermunterten, unsere eigenen Gefallenen zu schänden. Das war keine gute Werbung. Das Sammeln von Körperteilen und die Verstümmelung von Leichen ist laut Genfer Konvention untersagt.«

Er zwinkert, setzt die Teetasse ab, reibt sich die Hände. Laina bietet Gebäck an, aber er schüttelt den Kopf. »Tatsache ist, dass die Schändung von Kriegstoten in dem Moment begann, als die Marineinfanterie in die Südsee einrückte. Und es ist schwierig, diese Barbarei zu erklären. Teilweise, könnte man argumentieren, war es eine Reaktion auf die besondere Brutalität der Japaner, die gut dokumentiert war. Wir alle hatten von Nanking gelesen, wo Frauen und Kinder vergewaltigt und abgeschlachtet wurden, und später von den unverblümten Hinrichtungen von Amerikanern auf Wake. Eine andere Erklärung könnte sein, dass es auf diesen Inseln keine Kriegsgefangenenlager gab. Gefangene waren lästig.

Dann gab es natürlich auch die psychologische Motivation«, fährt Mann fort. »Das Bedürfnis, sich seiner eigenen Kraft zu versichern, indem man den Feind entmenschlicht. Ich glaube, das spielt in jedem Krieg eine Rolle. Aber Jims Fall lag doch ein wenig anders.« Er verliert sich in seinen Gedanken.

Nun mischt Laina sich ein, will sich nicht die Chance entgehen lassen, das herauszufinden, was sie wirklich wissen will. »Was hat Jim geschickt?«, fragt sie.

Michael bewundert, wie gut sie einen Ton des Bedauerns anschlagen kann, als täte es ihr ehrlich leid, so etwas fragen zu müssen.

»Drei Köpfe«, sagt Mann ruhig. »Aber sie sind nie bei uns angekommen.«

»Köpfe, keine Schädel?«, hakt sie mit ihrer üblichen Genauigkeit nach.

»Köpfe«, bestätigt er. »Präpariert. Die Ironie bestand darin, dass die Präparate so fachmännisch ausgeführt waren, so eindrucksvoll, dass die Postleute der Marine sie ausstellten, in ihrem Zelt oder ihrer Nissenhütte oder was auch immer als Postamt diente.« Über den Postsäcken, das hatte Jim ihm erzählt. »Sie hatten den ausdrücklichen Befehl, Leichenteile zu konfiszieren, doch wollten sie diese Schätze offenbar vor der Vernichtung bewahren. Da standen sie dann also für jedermann sichtbar und waren genau das, was die Marine-Inspektoren suchten, als sie auf der Suche nach Sündenböcken in die Stadt kamen.«

»Sündenböcke?« Michael meldet sich zu Wort. »Sie wollen doch wohl nicht behaupten, dass Jim unschuldig war?«

»Nein«, sagt Mann etwas matt. Wie soll er das erklären? In ihren Rucksäcken brachten verwundete Soldaten Schädel mit; an manchen hingen noch Fleischfetzen. Und wer hätte sie auch daran hindern wollen, wenn sie selbst ohne Beine oder Arme nach Hause zurückkehrten? An Halloween hatte er einmal ein paar amerikanische Kinder gesehen, die auf ihrer Süßes-oder-Saures-Tour eine Laterne trugen, die aus einem japanischen Schädel gemacht war. Es waren auch nicht nur Soldaten, die sammelten, sondern Kongressabgeordnete, Geschäftsleute und Kirchenmänner auf Untersuchungsmission. Sogar Präsident Roosevelt bekam mit der Sache zu tun, als herauskam, dass ein Senator ihm einen aus einem Armknochen geschnitzten Brieföffner geschenkt hatte.

»Sehen Sie es doch so. Die Situation war nun einmal, wie sie war.« Mann beugt sich vor, fixiert Michael mit seinem leicht einschüchternden Blick und macht es auch für denjenigen sonnenklar, der es nicht gleich kapieren will.

»Erinnern Sie sich noch an die Schlacht um Saipan?«, fragt er und lebt plötzlich wieder auf. Der brillante Professor Mann, die Weltberühmtheit in Sachen Ornithologie, nähert sich wieder einmal dem Höhepunkt seiner Vorlesung. Ein verblüffendes Beweisstück hat er sich für den Schluss aufgespart. »Die komplette japanische Garnison mit dreißigtausend Mann wurde entweder getötet oder hat Selbstmord begangen.«

Michael nickt.

»Als die japanische Marine viele Jahre später zurückkehrte, um die Toten zu bergen, und buddhistische Mönche mitkamen, um die Leichen zu exhumieren und die Seelen zu befreien, fand man beinah zwei Drittel der Leichen enthauptet. Wenn man jemanden vors Kriegsgericht hätte stellen wollen, hätte man die gesamte Pazifik-Armee anklagen müssen.«

Er lehnt sich zurück, sieht plötzlich so alt aus, wie er ist, nämlich etwa zwei- oder dreiundsiebzig. Michael versteht, worauf er hinauswill, kann aber seine Empörung trotzdem nicht unterdrücken. Jim war ja noch wahnsinniger, als er gedacht hat.

»Hat Jim für uns Vögel gesammelt?«, fragt Laina nun bedächtiger. Oder will sie nur beweisen, dass sie ihre Hausarbeiten gemacht hat und es sich mit ihr zu reden lohnt?

Mann nickt. »Unter anderen.«

»Gilliard. Austin«, sagt sie, gar nicht so blauäugig, wie sie tut. Findet sie das denn nicht abstoßend? Die Sache wird ihre Meinung über Jim gewiss verändern. Oder immunisiert ihre Kindheit in Neuguinea sie gegen solche Schocks?

»Ja. Er hat sein Präparationsbesteck mitgenommen«, sagt Mann. »Auch sein Jagdgewehr. Ich fürchte, ich habe ihn dazu ermuntert.«

Mann nimmt den Brief und gibt ihn ihr zurück. »Die Drohung gegen die Smithsonian hatte ich vergessen«, sagt er schmunzelnd. »Für einen Deutschen war das keine schlechte Leistung.«

Daran hatte Laina noch gar nicht gedacht – wie prekär Manns Stellung während des Kriegs gewesen sein musste.

»Ich sage nicht, dass es kein rassistisches Phänomen war«, sagt Mann. »Das war es mit Sicherheit. Ich kann mich aber nicht erinnern, dass Amerikaner deutsche Kriegstote mit der gleichen Brutalität behandelt hätten.«

Er greift nach einem Stück Gebäck, schiebt die Hälfte in den Mund. »Aber lassen Sie uns doch von erfreulicheren Dingen reden. Wie ich höre, reisen Sie wieder nach Neukaledonien«, sagt er. »Erzählen Sie doch mal.«

Michael windet sich. Er muss noch länger ausharren, während Laina ihren neukaledonischen Reiseplan erläutert und Mann um Rat fragt.

Er wird warten, bis Mann fertig ist, und dann wird er sie zum Essen einladen, ein letztes Mal.

Layla Island,
Lagune von Wanawana,
Salomonen, August 1943

Woran Jim sich möglichst nicht erinnern will, ist die Haut des Japsen, die sich langsam blau verfärbte. Er muss sie schnell abziehen und mit Arsen einpinseln, bevor der Kopf zu stinken beginnt und Ungeziefer anlockt. Er sitzt im Schneidersitz etwas abseits des Lagers, neben sich das auseinandergerollte Präparationsbesteck. Er schneidet vorsichtig am Hinterkopf aufwärts, scheitelt die Haare, trennt Haut vom Knochen. Die Arbeit ist komplizierter als alles, was er bislang gemacht hat: Skalpieren wie ein gottverdammter Indianer.

Dann ist es vollbracht. Tosca, der aus gehörigem Abstand zugeschaut hat, kriecht neben ihn, wickelt den fürchterlich mit Fleisch bedeckten Schädel in Blätter, bringt ihn zu einem Korallenhügel am äußersten Ende der Insel und legt ihn dort zum Trocknen in die Sonne. Die Körper begraben sie wegen des Geruchs. Die Köpfe stopfen sie mit Federn aus.

Fox Island, Penobscot Bay, Maine, August 1973

Als Jim endlich schläft, träumt er, zu schwimmen. Er trägt eine Taucherbrille und blickt in einen Wald aus Seetang hinab.

Es ist schwer, durch den Schnorchel zu atmen. Die Maske füllt sich ständig mit Wasser. Aber er holt tief Luft und taucht tiefer, genießt es, weil er merkt, dass er wieder beide Beine hat. Er spürt, wie sich seine beiden Füße an den engen Gummiflossen reiben. Beide Wadenmuskeln arbeiten gegen den Sog des Wassers an. Sein ganzer Körper ist voller Leben und jung. Er taucht tiefer, bis seine Lungen nach Luft verlangen. Die Sonne steht niedrig, funkelt auf Glimmerflächen unten im Sand.

Er will bereits wieder auftauchen, als er einen Vogel sieht. Seine Flügel schlagen durch den Seetang. Und um ihn herum schwimmen lauter bunte Vögel. Grüne und rote Honigsauger. Arten, die man noch nie zuvor gesichtet hat.

Er dreht sich um, um Delacour, der irgendwo dicht hinter ihm sein muss, ein Zeichen zu geben. Sehen Sie, sehen Sie, was ich entdeckt habe. Aber als er sich umdreht, schwimmt direkt hinter ihm ein Japaner. Jim öffnet den Mund, um zu schreien, doch sein Mund füllt sich mit Wasser. Er kann nicht atmen, er schluckt Wasser. Er kämpft sich zur Oberfläche hoch, bahnt sich einen Weg durch den Seetang, der ihn nun zu umschlingen und unter Wasser zu halten droht.

Er wacht auf, sitzt kerzengerade im Dunkeln, ringt keuchend nach Luft und ist schweißgebadet. Er fiebert und ist derart desorientiert, dass er nicht weiß, ob er nicht wieder in der Südsee ist und an Malaria leidet. Das starke Klopfen im Stumpf holt ihn grob in die Gegenwart zurück. Mit seinem Schrecken und seiner Schönheit hält der Traum ihn noch gefangen.

Er trinkt den Rest Whiskey aus dem Flachmann.

Fergus bringt Jim am nächsten Morgen Papier und Post und zwei große Tassen schwarzen Kaffee mit. Stillman hat ihm von Jims Sturz erzählt, und Fergus ist erleichtert, seinen Papa schon wieder bei der Arbeit zu sehen, obwohl dieser noch etwas mitgenommen und wackelig ausschaut.

Er schiebt die Post und einen der Becher neben die Schreibmaschine. Die Bücher und Papiere seines Vaters machen es schwierig, sich an den Tisch zu setzen, und so hockt er sich auf die Koje unter das hochgebundene Moskitonetz. Er lässt den Blick über die leeren Gläser schweifen, über den Scotch und die Zigarettenkippen, die Jim besser nicht geraucht hätte.

»Ich habe vor, Cadillac am Wochenende nach Yale zu fahren«, sagt er. »Sie muss am Einführungstag da sein.«

Cadillac wollte direkt nach Labor Day abreisen. Ja, daran erinnert Jim sich. Es war ihm aber nicht bewusst, wie schnell die Zeit vergehen würde. Das Mädchen reist ab. Der Sommer ist vorbei, verdammte Scheiße. Er greift zum Kaffee.

»Ich frage mich, ob du mit uns kommen möchtest«, sagt Fergus. »Deine alte Alma Mater. Wir machen eine gemeinsame Spritztour draus.« Er tut sein Bestes, um unbeschwert und fröhlich zu klingen, aber er weiß, dass das Wort Spritztour Jims Verbitterung anfacht.

Jim stöhnt und rutscht im Rollstuhl hin und her. Sein Bein

scheint ihm Probleme zu bereiten, was Fergus dazu ermutigt, direkt auf den Punkt zu kommen.

»Ich weiß, dass dir das nicht passt, Papi, aber es wäre auch eine gute Gelegenheit, einem Arzt mal dein Bein zu zeigen. Ich kann einen Termin vereinbaren.«

Merkwürdig, dass Fergus es jetzt erwähnt, ausgerechnet an diesem Morgen. Schade, dass er es nicht früher gesagt hat, gestern, zum Beispiel. Dann hätte Jim seinem Sohn sogar den Stumpf zeigen können. Er hätte den Verband abgenommen und die saubere rosa Haut enthüllt, um den Jungen zu erleichtern. Die Wunde war gut verheilt. Jim hatte darauf geachtet. Er hatte die Anweisungen des Arztes befolgt, hatte die Wunde eingecremt und verbunden, wenn er auch nicht immer die Übungen absolviert hatte. Teufel auch, sich in Rockland einen Hautpilz einzufangen hätte ihm grade noch gefehlt. Das Ganze hatte zwar abstoßend, doch letztlich gesund ausgesehen.

Aber eben nur bis heute Morgen, als er früh aufwachte und sich die Sachen vom Vortag auszog. Über Nacht hat sich der Stumpf erschreckend blau verfärbt. Die Haut ist geschwollen und reagiert empfindlich auf Berührung.

Jetzt will er das dem Jungen nicht zeigen.

»Du musst zum Arzt gehen«, insistiert Fergus. Gottverdammter, selbst ernannter Krankenpfleger.

»Dann mach in Rockland einen Termin für mich«, sagt Jim. »Ich bitte Stillman, mich hinzufahren.« Und das bedeutet dann: Nein zu New Haven und Greenwich, aber Ja zu einem Arzttermin. Fergus ist erleichtert. Er hat nicht damit gerechnet, dass Jim so bereitwillig zustimmen würde.

Er schaut aus den geöffneten Türen, und mit dem Meer direkt davor ist es fast wie in einem Boot. Das erinnert ihn an eine Illustration des schwimmenden Nests eines Wasserhuhns, die er in einem von Jims Vogelbüchern gesehen hat. Das Hausboot des Nimmervogels.

Jim sieht die Post durch. Eine Antwort von Avery Wright aus Harvard auf Jims Frage nach einer Ameisenart, an die er sich aus Old Providence erinnert. Die neueste Ausgabe des *Tin Can Sailor*, ein Käseblättchen der Marine. Eine Postkarte von Delacour – *Lunch im Dominican Place. Bestellte Huevos, unser altes Leibgericht. Michael erkundigt sich nach Ihnen.*

»Michael, der gottverdammte Idiot«, sagt er. »Ist auch Delacour auf die Nerven gegangen.«

Fergus lächelt. Dieser Mann ist noch so eine Person, die sein Vater nicht mag. Wie schnell Jim sich aufregt.

»Hör zu, ich komme zurück und fahre dich dann selber nach Rockland«, sagt Fergus. Weil er weiß, dass er niemals eine klare Auskunft von Jim bekommen wird, will er hören, was die Ärzte sagen. Der Alte sieht gar nicht gut aus.

Jim nickt, denkt nicht weiter darüber nach. Wenn sie abreisen, wird er hier wieder alles für sich allein haben. Tja, das freut ihn, wenn er denn bis dahin durchhält.

Rüstungsarbeiterin, Öffentliche Bibliothek, New York, August 1973

Das ist das Foto – genau wie Professor Mann es beschrieben hat. Ein adrettes, gesundes, sittsames, typisch amerikanisches Mädchen, den Füller über dem Briefpapier gezückt, sieht sich ihren japanischen Schädel an. *Rüstungsarbeiterin aus Arizona schreibt ihrem Freund in der Marine einen Dankesbrief für den japanischen Schädel, den er ihr geschickt hat*, lautet die Bildunterschrift. Sogar mit Arizona lag Mann richtig.

Um es zu finden, hat Laina in der Öffentlichen Bibliothek dicke Sammelbände des Magazins *Life* durchforscht. Michael hatte sie zu einem Drink eingeladen, nachdem Mann gegangen war, aber sie hat abgelehnt, hat vorgegeben, verabredet zu sein, ist stattdessen hierhergekommen.

Das Foto ist gestellt, sehr professionell arrangiert. Das sieht man sofort. Das blonde Haar des Mädchens ist zu einem straffen Knoten mit eingesteckter Blume gebunden. Ihr gestärkter Kragen liegt sorgfältig über dem Aufschlag der taillierten Jacke. Das Kinn in die Hand gestützt, sieht sie den Schädel so ausdruckslos, fast zärtlich an, wie man vielleicht einen kleinen Hund ansieht. In dem Moment, in dem der Auslöser gedrückt wurde, dürfte sie mehr mit ihrem Aussehen beschäftigt gewesen sein als damit, was man wohl von der vor ihr liegenden Bagatelle zu halten hatte. Und erst der Brief an ihren Liebsten. Die Aufmerksamkeit des Pressefotografen dürfte ihr geschmeichelt haben. Sie scheint völlig ahnungslos, was für einen Aufruhr ihr Bild auslösen würde.

Der Schädel, der einmal Teil eines lebenden Menschen war, blickt aus schwarzen, leeren Augenhöhlen. Er ist kunstgerecht zur Kamera gedreht, damit man die schattige Schläfe, die hohe Nase, den Kieferknochen erkennen kann, in dem lediglich noch die Hälfte der Zähne vorhanden ist. Hatten der Seemann und seine Freunde die andere Hälfte wegen der Goldfüllungen herausgebrochen?

Laina fragt sich, ob der Freund anschließend gerügt oder ob ihm wie Jim mit dem Militärgericht gedroht wurde. Und ob er das seiner Freundin zum Vorwurf gemacht hat, als er nach Hause zurückkehrte?

Aber vielleicht ist er auch nie zurückgekehrt. Mai 1944 – der bittere Krieg im Pazifik sollte noch ein Jahr und drei Monate andauern. Die Alliierten standen kurz vor der Eroberung von Biak Island in Neuguinea, den Marianen, Guam und Tinian. Die Schlachten von Okinawa, Leyte und Iwo Jima sollten erst noch kommen.

Aber wenn er zurückgekehrt wäre? Und wenn sie nicht gestorben sind, dann leben sie noch heute?, fragt Laina sich. Noch immer so nett zurechtgemacht, fleißig, emotional abgestumpft, all diese Eigenschaften, die das Foto suggeriert. Oder vielleicht hat ihr Seemannsfreund auch andere Dämonen mitgebracht, die sie heimsuchen, nicht so greifbar wie der Totenkopf?

Aber vielleicht haben sie ja auch trotz allem eine völlig andere Form der Liebe gefunden, eine Liebe, die die Barbarei ihrer Jugend entschuldigt? Jene Art von Liebe, nach der sie sich immer gesehnt hat.

Und was ist mit dem Japaner? Wer war das?

Munda, New Georgia, Salomonen, September 1943

Jim wurde zu Halsey zitiert, der von ihm wissen wollte, warum zum Teufel er Vögel ausgestopft hatte, wenn er doch nach japanischen Schiffen Ausschau halten sollte. Jim stammelte ein paar Entschuldigungen über Südseesammler, aber Halsey unterbrach ihn. Warum Jim die toten Japsen skalpiert hatte, konnte Halsey besser nachvollziehen.

Inzwischen war ein Kabel vom Marinehauptquartier eingegangen, in dem Jim ein Militärgerichtsverfahren angedroht wurde. Colonel Harding hatte seinen medizinischen Untersuchungsbericht übermittelt. Jim wartete ab, ob man ihn nach Washington vorladen würde. Er kannte Männer, die schlimmere Verbrechen begangen hatten. Er meinte, er und Helen würden die Schande aushalten können. Aber er machte sich Sorgen, was es für seinen kleinen Sohn Fergus bedeuten würde, der in ihm so gern einen Helden sehen wollte.

»Man lässt Sie laufen«, sagte Halsey sanft. Er legte Jim fest eine Hand auf den Arm. »Aber tun Sie mir, bitte, einen Gefallen. Keine Trophäenjagd mehr.«

Und das war's dann. So lief das an der Front in Munda. Nur dieser freundliche Rüffel von Halsey. Ein Klaps auf die Finger. Und selbst dann wusste Jim, dass »Bull« Halsey es nur halbherzig meinte. Denn es war ja Halsey, der sie mit seinem Schlachtruf *Tötet Japsen! Tötet Japsen! Tötet noch mehr Japsen!* anfeuerte – für jeden sichtbar angeschlagen auf einer riesigen Plakatwand an der Hafeneinfahrt von Tulagi. Der

Admiral brauchte blutrünstige Männer, und wenn sie Japsen köpften oder ihnen die Zähne herausbrachen und die Ohren abschnitten und dergleichen die Kampfmoral stärkte, dann war es im Krieg nützlich.

Er verlas zwei Bedingungen. Erstens wurde es Jim untersagt, während der Dauer des Kriegs weiterhin irgendwelchen *wissenschaftlichen Aktivitäten* nachzugehen. Zweitens wurde er auf einen Flugzeugträger abkommandiert, der Kurs auf die Philippinen nehmen sollte – zurück zur Pilotenausbildung, für die er später mit einem Bronzestern ausgezeichnet und ehrenvoll erwähnt wurde.

Erst als der Sieg näher rückte und die Operation *Toenails* die Brückenköpfe gesichert hatte, konnte das Militär es sich leisten, die Regeln einzuhalten. Beispielsweise nach dem Abwurf der Atombomben auf Hiroshima und Nagasaki. Oben in der Luft, Tausende Meter vom Boden entfernt, hörten die Piloten, die die Bomben ausklinkten, keinen einzigen Schrei, sahen nicht einmal, wie die Städte in einem einzigen Augenblick zu Staub und Asche zerfielen. Es war ein unblutiges Töten, eine Masseneinäscherung. Leichenschändung war dort unmöglich. Dafür blieb nicht genug übrig.

Layla Island,
Lagune von Wanawana,
Salomonen, Juli 1943

Die Köpfe zu präparieren war Jims Idee – sein sehr persönliches Nachempfinden des degenerierten weißen Mannes, der im Dschungel zurück zur Natur findet, eine Verleugnung seiner wissenschaftlichen Ambitionen und Fähigkeiten. Er war der Ältere, der Wissenschaftler. Ihm gehörte das Präparationsbesteck, Herrgott noch mal. Er übernimmt die volle Verantwortung.

Aber, verdammt noch mal, Tosca hatte seine eigene *Kastom*, und in der war die Kopfjagd zentral. Schädel zu erbeuten war für Männer ein Initiationsritus. Es war eine Methode, materielle und geistige Macht zu erringen, die die Insulaner *Mana* nannten. Und Kopfjagden waren bis zum Ende des neunzehnten Jahrhunderts, und gelegentlich auch noch später, durchgeführt worden.

Tosca war aufgewachsen mit Geschichten über den großen Häuptling Inqava und seine Krieger, *Tie Varane*, die Hunderte von Meilen übers Meer bis nach Choiseul und Isabel reisten, um Köpfe zu erbeuten. Es gab Geschichten über ihre gewaltigen Kriegskanus, *Tomoko*, die von dreißig und mehr Kriegern gepaddelt wurden. Sie waren mit komplizierten Schnitzereien und Perlmuttintarsien geschmückt. Ihre aus Elfenbein geschnitzten Galionsfiguren, *Nguzunguzu*, durchschnitten, festgebunden am niedrigen Bug, die Wellen und beschützten die Krieger vor Riffen und bösen Wassergeistern.

Um ihre Rückkehr zu melden, blies Häuptling Inqava in

ein Muschelhorn, und die Krieger legten die abgeschnittenen Köpfe vor einem Priester nieder. Wenn sein Name aufgerufen wurde, schlug jeder Mann mit seiner Keule auf den Boden, um zu verkünden, wie viele Köpfe er erbeutet hatte. Dann gab es Feste mit heiligem Pudding, den die Frauen nur mit ihren Füßen den Männern reichen durften, und Tänze mit den Männern in einer und den Frauen und Mädchen in der anderen Reihe. Die Männer schmückten ihre Körper mit weißen Linien und roter, aus Blättern gewonnener Farbe. Sie trugen Ringe, die aus großen Muschelschalen geschnitten waren, und in ihre Waffen waren Fregattvögel und Haie und Umrisse menschlicher Köpfe geschnitzt.

Vielleicht war Tosca glücklich, etwas davon zu erhaschen.

Jahre nach dem Krieg hatte Jim Artikel der Anthropologen Hocart und Rivers gelesen. Rivers trat während des Ersten Weltkriegs für die humane Behandlung von Opfern einer Kriegsneurose ein. Aber vor dem Krieg hatten die beiden Männer New Georgia bereist und drei Monate auf Eddystone Island verbracht.

Rivers beschrieb die Kopfjagd als Nabe in der Radmitte, den wichtigsten Kitt, der alle Teile der Gesellschaft zusammenhielt. Als die Briten die Kopfjagd untersagten, sank in New Georgia die Geburtenrate. Rivers warnte, dass die Insulaner apathisch wurden, keinen Sinn mehr im Leben sahen und einfach auszusterben begannen. Er forderte, dass ein Ersatz geschaffen werden müsste – vielleicht in der Jagd auf Tiere.

Der weiße Mann muss völlig heuchlerisch gewirkt haben. Erst kamen die Missionare, dann die Kolonialbeamten. Beide predigten das Böse der Stammeskriege und verboten die alten Riten. *Du sollst nicht töten. Du sollst nicht stehlen.* Strengere

Sekten wie die Siebenten-Tags-Adventisten verschärften die Verbote noch. *Du sollst nicht singen. Du sollst nicht tanzen.* Derart entsetzt waren sie über den offenen Umgang der Insulaner mit Kraft und Sexualität.

Nur ein halbes Jahrhundert später, viele der Bekehrten lebten noch, kam dann der Krieg zurück. Diesmal tötete der weiße Mann in einem nahezu unvorstellbaren Ausmaß mit unvorstellbaren Waffen. Es gab Kriegsschiffe, Flugzeuge, Maschinengewehre, Mörser, Gewehre. Keine primitiven Keulen, Äxte und Speere mehr. Ein Krieg, den die Insulaner *Bikfala Faet* nannten.

Während all dieser Jahre machte Jim sich Sorgen, Tosca verhärtet, fehlgeleitet, auf einen dunklen Irrweg geführt zu haben. Es wäre ihm lieber gewesen, der Küstenposten Donald Kennedy hätte ihm nie einen Kundschafter geschickt, sondern ihn sich selbst überlassen, wie er es gewollt hatte. Er sah sich nicht dazu in der Lage, für irgendwen Offizier oder Freund oder Lehrer zu sein.

Aber aus Tosca war ein Mann geworden, ein Vater und auch ein Vogelkundler – Kurator der Exponate des Naturgeschichtlichen Museums der Salomonen. Das war das Geschenk, das Jim von Cadillac in Form eines Gelbbauch-Dickkopfs überbracht wurde: die Botschaft, dass er trotz allem für irgendjemanden verdammt nützlich gewesen war.

Der Junge trug die in Blätter gewickelten Schädel zu einem Korallenhügel, der aufs Meer hinauswies. Neben sie legte er die leere Sakeflasche und das ziselierte Schwert.

Layla Island, Lagune von Wanawana, Salomonen, Juli 1943

Nachdem er beobachtet hat, dass US-Schiffe in der Nacht Munda bombardierten, kehrt Jim müde und durchnässt ins Lager zurück, aber der Junge ist verschwunden. Er ist auch nicht unten am Strand oder in ihrem Versteck auf dem Korallenkap. Jim schaut hinein, weil er hofft, dass Tosca dort eingeschlafen sein könnte.

Voller Sorge bahnt er sich einen Weg durch die Mangroven zu dem Platz, von dem er weiß, dass Tosca dort sein Kanu versteckt. Auch das ist verschwunden, was zumindest bedeutet, dass Tosca auf eigene Faust losgezogen ist und Jim keine Angst haben muss, den Körper des Jungen verstümmelt und an einen Baum gefesselt zu finden. Von einer zweiten japanischen Patrouille, die vielleicht nach der ersten gesucht haben könnte, ist er also nicht entführt worden. Es zeigt sich, dass er nur verdammt unzuverlässig ist. Einfach abgehauen. Hat sich aus dem Staub gemacht.

Jim marschiert zum Lager zurück, wundert sich über seine Enttäuschung, das Gefühl, verlassen worden zu sein. Er fragt sich, ob der Kopf Tosca Angst eingejagt hat.

Er hat sich zu sehr auf den Jungen verlassen, hat sich zu sehr an Toscas Gesellschaft gewöhnt. Vielleicht ist es das Beste, dass er weg ist, denn jetzt ist der Krieg hier angekommen. Für Jim ist es besser, allein zu sein. *Gestern Nacht Feuerwerk über Munda*, funkt er noch spät. *0500 Uhr, drei japanische Frachter nehmen Kurs auf Kolombangara.*

In dieser Nacht dröhnt es wie ein Trompetenstoß am Fuß des Kanarinussbaums, so laut wie eine Schiffssirene. Jim greift zu seinem Gewehr, späht durch die Farne. Das war bereits das zweite Mal, dass er Tosca fast erschossen hätte. Gottverdammte Scheiße.

Der Junge klettert auf den Baum und präsentiert Jim ein Muschelhorn, durch dessen Windung ein Loch als Mundstück gebohrt ist. Er sagt, er habe gleich zwei mitgebracht, zum Signalgeben – eins pro Inselseite. Sein Kanu hat er wieder im Mangrovensumpf versteckt.

Jim nimmt die knorrige Muschel, deren Rand glatt wie Haut ist. Herrgott, so ein Lärm, schimpft er, dürfe nur im Notfall gemacht werden, nicht einfach nur aus Spaß. Noch mehr Risiken können sie sich nicht leisten. Sie müssen Ruhe bewahren. Ihre Funksprüche absetzen. Überleben.

Er ist froh, dass es dunkel ist, weil Tosca nun nicht sehen kann, wie zufrieden er ist, seine Freude und Dankbarkeit. Ohne Tosca wäre er vielleicht nie nach Hause gekommen.

Fox Island, Penobscot Bay, Maine, August 1973

Jim ist fertig mit dem Text über *Die Schatzinsel.* Zugleich nimmt die Schwellung an seinem Stumpf von Tag zu Tag zu, geht nicht zurück.

In seinem Brief identifiziert Avery Wright die schwarze Ameise von Old Providence als *Solenopsis geminata*, die kleine Feuerameise, und das reicht, solange niemand etwas anderes behauptet. Jim kritzelt den Namen unter seine Anmerkung *Die Flora und Fauna von Old Providence.* Dann sammelt er seine Papiere zusammen. Alles in allem zwanzig Seiten, wenn man die Karte und die Anmerkung mitrechnet. Das Ganze ist schlampig, voller Kaffeeflecken und Tippfehler. Aber er ist trotzdem damit zufrieden. Alle Übereinstimmungen der Schatzinsel mit Old Providence sind hinlänglich dargelegt.

Erst an diesem Morgen hat er ein letztes Argument in die Maschine getippt: die Art und Weise, in der Stevenson die Warnung des Marinekartografen hinsichtlich des schwierigen Fahrwassers zum Ankerplatz aufgreift – die infolge der Gezeitendrift unzuverlässigen Tiefenmessungen. *»Hier gibt's 'ne starke Versetzung bei Ebbe … und dies Fahrwasser hier ist sozusagen mit 'nem Spaten ausgehoben worden«*, wie Silver es formuliert.

Er schiebt die Blätter zusammen, legt sie in einen Umschlag und adressiert ihn mit Lainas Namen, gerade rechtzeitig, dass Fergus den Umschlag ins Museum bringen kann. Da er jetzt fertig ist, wird er sich zur Feier des Tages einen Drink mixen. Vielleicht einen Martini auf Eis, fünf Schuss Wodka mit einem Spritzer Wermut – ein Drink, den man *Lone Pine* nennt. Er wird nach draußen rollen, wo soeben die Sonne untergeht und rosa Spiegelungen über die Bucht schickt.

Er legt die Hand auf seinen heißen Schenkel. Vor Schmerzen kaum auszuhalten.

Es war eben bei Sonnenuntergang, dass wir in einem wunderschönen landumschlossenen Golf die Anker warfen und sogleich von Landungsbooten voller Neger und mexikanischer Indianer und Mischlinge umringt waren, welche Obst und Gemüse verkauften und sich anboten, nach kleinen Münzen zu tauchen – Stevensons Beschreibung des Hafens, in den die *Hispaniola* nach der Meuterei auf der Insel einläuft, unterbemannt, ohne Proviant und ohne Masten.

Das ist der Ort, an dem Stevenson seinen Oberschurken entkommen lässt, indem Long John Silver mit einem Sack voll Münzen in einem Landungsboot entwischt. Höchstwahrscheinlich an der Küste Nicaraguas, hat Jim argumentiert. *Ich glaube, wir waren alle froh, ihn so billig losgeworden zu sein*, sagt der junge Hawkins.

Es war viel weniger, als er sich erhofft hatte. Doch Stevenson lässt es zu, dass Silver dem Galgen oder einer anderen, wohlverdienten Strafe entgeht, die ihn in England erwartet hätte. Das armselige Schicksal Ben Gunns, der schließlich als Pförtner endet, *ganz genau, wie er's auf der Insel befürchtet hatte*, und sonntags in der Kirche singt.

Von Silver hörten wir nichts mehr … aber ich wage zu behaupten, dass er seine alte Negerin getroffen hat und sich vielleicht mit ihr und Kapitän Flint ein behagliches Leben macht. Man kann's jedenfalls nur hoffen, denke ich, denn seine Aus-

sichten auf Wohlbehagen in der jenseitigen Welt sind äußerst gering.

Für Silver also ein Paradies auf Erden, komplett mit seiner piratenhaften Dreifaltigkeit: Flint, Silver, Silvers Inselfrau.

Zu ebensolchen Orten sollte Stevenson bald schon selber segeln. Der große Schriftsteller kassierte seine Tantiemen für *Die Schatzinsel* und verließ das ungemütliche Edinburgh und trübe Britannien wegen seines Tuberkulosehustens auf Nimmerwiedersehen. Segelte in die Südsee, zu den Gilbert-Inseln, nach Tahiti und schließlich nach Samoa, wo er begraben liegt.

Jim leert seinen Drink und sieht, wie sich der Himmel über der Bucht aufhellt. Stevenson hat das vorher schon alles geträumt, denkt er. Er hat Silver als Kundschafter vorausgeschickt, um ihn hinzuführen.

Hieroglyphe

Ich habe das Meer um die Schatzinsel
herum niemals ruhig gesehen. Mochte
die Sonne hochdroben auch sengen,
die Luft ohne einen Hauch sein,
die Wasseroberfläche glatt und blau,
so liefen die großen Sturzwellen doch
immer noch die äußere Küste entlang,
donnernd und donnernd bei Tag
und bei Nacht; und ich glaube kaum,
dass es irgendeinen Fleck auf der Insel
gibt, wo ein Mensch außer Hörweite
ihres Getöses sein könnte.

Die Schatzinsel

Fox Island, Penobscot Bay, Maine, August 1973

Cadillac und Fergus sind mit dem Ruderboot draußen und richten das große Lattengerüst auf, das sie auf dem Rasen zusammengebaut haben. Sie müssen es vom Anleger hergeschleppt haben. Jim will zuschauen und humpelt mit der Krücke aus der Tür zum Picknicktisch.

»Juchuuh!« Er hört Cadillacs anfeuernden Jubel, als sich das Gerüst aus dem Meer hebt. Die Form besteht aus einem einfachen Dreieck mit drei hohen, dünnen Holzbeinen; zwei sind wie eine Leiter mit Stufen verbunden, das dritte ragt nach hinten und sorgt für Halt. Im Gezeitenkanal riskieren die Rennboote ihre Startposition, luven und kreuzen vor der Einfahrt zur Bucht, um sich die Sache anzusehen.

Jim lässt sich schnell auf der Picknickbank nieder. Der plötzliche Blutandrang im Stumpf ist heftig und überwältigend. Er zieht seine Jacke aus und schiebt sie sich unter den Oberschenkel, um das Pochen zu lindern. Auf dem Boot der Rennleitung steht ein Radio, blechern scheppert Musik übers Wasser. Das Boot schert sich nicht um den Startgong. Die Jungs an Bord werden bald zum Sonnenbaden ihre T-Shirts ausziehen; es ist ein ziemlich heißer, windstiller Tag. Wenn sie einigermaßen schlau sind, warten sie zum Start auf Gegenwind zur Tiderichtung, damit die Segler rückwärtstreiben können.

Es muss eine der letzten Regatten der Saison sein. Jim spürt, dass der Winter kommt, wie das Ende vieler vergangener Sommer. Er stellt sich vor, wie seine Mutter herumwuselt und Frau Leiber das Einpacken beaufsichtigt, Badeanzüge, Tennisschläger, Sommersachen. Pieter kommt mit seiner blauen Fischermütze vorbei, um ihn zu einem letzten Abenteuer abzuholen. Die ängstliche Erwartung der Schule, der kalte, betrunkene Stumpfsinn seines letzten Winters. Der grausame Schnitt des Alters.

Fergus klettert jetzt über die Bordwand des Ruderboots auf die untere Stufe des Gerüsts und hüpft darauf herum, um die Lattenenden in den Meeresgrund zu drücken. Im klaren Wasser steigen Schlammwirbel auf.

»Du zuerst«, bestimmt das Mädchen aus dem Boot. Über das Wasser kann Jim ihre Worte deutlich verstehen. Am Himmel sieht er den Fischadler kreisen, der ein Auge auf dieses ungewöhnliche Geschehen in der Bucht wirft.

»Was, wenn es bricht?«, sorgt sich Fergus. »Dann kannst du es nicht ausprobieren.« Immer so rücksichtsvoll. Das Gestell erbebt unter seinem Gewicht. Cadillac lacht. Offenbar denkt sie, dass es den Anblick allemal wert wäre, wenn es zusammenbrechen sollte.

Sie beugt sich vor, nimmt den am Bug liegenden Taucheranzug und schlüpft hinein. Das matte Schwarz des Anzugs rutscht über ihre noch schwärzere Haut, während Fergus' Oberkörper käsebleich über knielangen Bermudashorts schimmert.

Wie unwahrscheinlich es doch ist, dass diese beiden sich je begegnet sind. Es kommt Jim so vor, als hätten sie aus zwei verschiedenen Abschnitten seiner Vergangenheit unaufgefordert Gestalt angenommen. Er hätte nie geglaubt, dass sie so gut miteinander auskommen; es ist beinah so, als sei das Mädchen Fergus' Schwester, die es schon so lange nicht mehr gibt – er erinnert sich an die Vorwürfe, die sein Sohn ihm am Telefon gemacht hat. Sein Sohn. Jim darf sich kaum etwas auf ihn einbilden.

Als er den heißen Stumpf in eine andere Stellung bringt, wird Jim plötzlich klar, was er da sieht – Toscas wunderbares Sprunggerüst aus New Georgia, das sie nie gebaut haben, erhebt sich hier und jetzt in der Penobscot Bay. Er erinnert sich, dass Tosca den Umriss in den Sand zeichnete, Jim auf die Nerven ging, das Ding bauen zu dürfen, und prahlte, dass er durch die Luft schwimmen und dabei einen Salto schlagen könne wie ein aus dem Meer springender Fisch.

Ach Gott, das Ding wäre für die Japsen ja das reinste Signalfeuer gewesen.

Bereuen Sie das? Jim stellt sich vor, wie Cadillac ihn das in ihrer direkten Art fragt. Sie würde ihm gegenüber am Tisch sitzen, die Arme über seine Bücher und Papiere gelegt, und würde ihn das mit unerschrockener Direktheit fragen – wenn sie davon wüsste. Er blickt übers schlammige Wasser.

Damals nicht. Das ist immerhin eine Antwort.

Nicht einmal, als die Marine Ihnen mit dem Kriegsgericht gedroht hat? Herrgott noch mal, er hat auf Guadalcanal auch andere Japsen getötet. Warum sollte es bei diesem Mann etwas anderes sein? Er hat Befehle befolgt: *Töte Japsen.* Wie man sie tötete, was man anschließend mit ihnen machte – spielte das eine Rolle?

Aber später? Irgendwann? Er blickt zu dem Mädchen draußen im Ruderboot.

Vielleicht. Ja, als er Helen im Krankenhaus besuchte und das Gefühl hatte, das sei nun seine Strafe, die Vergeltung. Und noch einmal, Jahre später, als ihm die Worte des Toten vorgelesen wurden, die hieroglyphischen Buchstaben auf dem dünnen Reispapier. Er hatte das Buch über all die Jahre aufbewahrt. Er könnte es Cadillac jetzt zeigen.

Er zieht eine Zigarette aus der zerdrückten Schachtel, sieht, dass sich eine Schlankjungfer-Libelle auf seinem nackten Arm niederlässt, und denkt an ein anderes Mädchen, das genauso flüchtig in sein Leben platzte und wieder verschwand wie Cadillac. Genauso ungefragt und unerwünscht.

Ihr Name war Misako. Sie war eine junge japanische Doktorandin, die für Recherchen zur Zungenstruktur der Nektar saugenden Vögel auf Hawaii ans Museum kam. Das war eine Arbeit, mit der er vor dem Krieg begonnen hatte, als er und Bryan als Erste vorschlugen, die Honigsauger *Drepanidinae* nicht nach Gefieder und Schnäbeln, sondern vielmehr nach Zungenformen zu klassifizieren. Ihre Arbeit wurde durch den Überfall auf Pearl Harbor unterbrochen, denn Jim und Bryan hatten anschließend nichts Eiligeres zu tun, als sich freiwillig zu melden.

Anfangs ärgerte ihn das. Ihm missfiel die Tatsache, dass eine Japanerin seine Arbeit fortsetzte. Er war verschlossen und nicht hilfsbereit. Für ihn machte es keinen Unterschied, dass Misako eine japanische Hawaiianerin der zweiten oder dritten Generation war und einen weichen Westküsten-Akzent hatte. Wurde Japan auch nur erwähnt, spuckte er aus. Aber sie blieb in stiller Entschiedenheit tadellos höflich, legte ihm Präparate und konservierte Zungen zur Prüfung vor, einige fleischig, andere schlauchförmig, wieder andere mit stark ausgeprägten, bürstenförmigen Spitzen. Am Ende hatte er getan, was er nur konnte. Er half ihr beim Entwurf ihrer Dissertation, obwohl er selbst nie einen beschissenen akademischen Grad erlangt hatte.

Sie war unglaublich gepflegt, hübsch und so elegant gekleidet, dass man nie auf die Idee gekommen wäre, es mit einer Vogelkundlerin oder irgendeiner anderen Naturliebhaberin zu tun zu haben. Sie arbeitete fleißig, während die meisten ihrer Altersgenossen ihre Jugend verplemperten, Drogen nahmen, Gitarre spielten und auf den Straßen herumhingen. Für eine Weile auch Fergus. Es war zum Heulen.

Er erinnert sich, dass er eines Tages das Reispapierbuch mitbrachte und ihr zeigte. Er erzählte ihr aber nicht, wie er dazu gekommen war. Einer Japanerin das Buch zu zeigen war bereits Geständnis genug. Sie nahm es in ihre kleinen weißen Hände. Ihre Fingernägel, daran erinnert er sich genau, waren mit einer hellen, ungewöhnlichen Farbe lackiert – blau wie diese Schlankjungfer-Libelle.

»Los doch!«, ruft Cadillac. »Spring von oben runter!«

Zu Hause benutzte ihr Vater senkrechte Schösslinge und band das Holz mit Rattan zusammen. So ein Sprunggerüst konnte er in einer Stunde zusammenbauen. Als sie noch klein waren, bettelten und bettelten sie, aber er ließ sie zappeln, sagte, dass er mit seinen Vögeln und anderen Dingen zu beschäftigt sei. Mit seiner Verzögerungstaktik ärgerte er sie gern ein bisschen, lachte über ihre kindliche Ungeduld, ihre Begeisterung und befeuerte damit ihre Wünsche erst recht. Du kriegst, was du willst, aber nicht sofort, schien er ihnen auf diese Weise beibringen zu wollen.

Auf ihrem Heimweg von der Schule sahen sie dann das hohe Gerüst aus dem Wasser ragen und sie anlocken. Sie rannten über den Anleger mit dem Blätterdach, legten ihre Kleider und Schulranzen ab, in denen sowieso nicht viel war: ein einziges Übungsbuch der Schule der Salomoneninseln und ein Bleistift – beides Mangelware. Wettlauf runter zum Strand.

Aus der Entfernung erinnerte das Sprunggerüst an das große A, das die Lehrerin mit Kreide an die Tafel malte. Ihre Brüder, die von ganz oben sprangen, sahen aus wie dunkle Satzzeichen, die sich befreit hatten. Ein Komma, ein Fragezeichen.

»Spring wie ein Frosch!«, schlug Cadillac vor. Sie baumelte vergnügt an der unteren Sprosse, verschränkte die Arme über dem glatten Holz und planschte mit den Beinen im warmen Blau der Bucht. Sie lachte, wenn sie die Arme und Beine beugten und die Köpfe in die Luft streckten. »Lasst euch wie eine Kokosnuss fallen!« Wie Bälle eingerollt, ließen ihre Brüder sich fallen. »Macht mal ein Ausrufezeichen!« Sie testete sie gern mit Sachen, die sie in der Schule lernten.

»Macht einen Ritter mit Lanze. Macht Königin Elizabeth. Macht einen Wildcat-Bomber.« Den kannten sie. Sie flogen mit ausgebreiteten Armen übers Wasser, jaulten und heulten wie Motoren und tauchten ins Meer.

Vorsichtig schlug Misako das Buch auf, bedächtig und voll des ruhigen Respekts, den sie allem entgegenbrachte. Sie nahm sich Zeit, blätterte durch die Seiten. Noch etwas anderes fiel ihm auf: Sie konnte Schweigen ertragen. Sie ließ es einsinken und gab Jim so die Möglichkeit, sich zurückzudenken zu Tosca und auf die Inseln.

»Soll ich es Ihnen vorlesen?«

»Bitte.«

In diesem Moment – Jim antwortet auf Cadillacs unausgesprochene Frage –, erst in diesem Moment habe ich ernsthaft über die Existenz des Toten nachgedacht, über seinen Charakter und die Art seines Denkens.

Jim war, als würde ihm ein Blick in die verworrene, verwundete Landschaft seiner eigenen Seele gestattet.

Sie begann irgendwo in der Mitte, übersetzte eine Beschreibung von Männern auf dem Rückzug durch den Dschungel nach einem fehlgeschlagenen Angriff auf Henderson Field. Die Männer schleppten Krankentragen, die Verwundeten trugen die Sterbenden. Alle waren hungrig. Und er sah das alles wieder vor sich – die schmalen Pfade auf rötlichem Boden, das dichte Unterholz und die ineinander verschlungenen Ranken. Von der Seite einer Trage baumelte ein lebloser Arm. Er roch den Schweiß, das dickflüssige Blut. Zerfetztes Fleisch, Wunden, die in der Hitze schon bald faulen würden. Die Einsamkeit, so fern von zu Hause sterben zu müssen. Das Grauen, so jung zu sterben.

Der japanische Soldat war, wie er selbst, Leutnant. Auch sein erster Einsatz war auf Guadalcanal. Sein Bataillon war durch General Hyakutakis schlecht geplanten Angriff auf Henderson Field vernichtet worden, was kurz nach Jims Ankunft passiert war. Später wurde er von den Hügeln um Mount Austin vertrieben. Er überlebte. Als die Insel verloren war, wurde er, krank und halb wahnsinnig vor Hunger, zusammen mit Hunderten anderer aus Cape Esperance evakuiert, aber der Kahn wurde von einem amerikanischen Patrouillenboot versenkt. Er schrieb von Booten, die in der Dunkelheit ihre Kreise zogen, von amerikanischen GIs, die Ertrinkende aus dem Meer zogen und dabei jubelten wie Cowboys bei einem Viehtrieb.

Er überlebte es. Wurde am nächsten Abend von einem japanischen Zerstörer aus dem Wasser gezogen und nach Rabaul gebracht, wo er sich erholte und auf seinen nächsten Einsatz wartete. Seine Tagebucheinträge wurden immer zynischer, pessimistischer und melancholischer, voller Vorahnungen und Resignation, im Wissen, dass die Dinge nicht gut liefen.

Heute ist Kompanie Nr. 3 nach Lae in New Georgia abgerückt. Trotz ihrer Müdigkeit und der blutunterlaufenen Augen gelang es ihnen, beim Marschieren eins der alten Gunka-Lieder, die wir auf der Militärakademie gelernt haben, zu singen und damit den vergangenen Ruhm unserer großen Kaiser zu preisen.

Ich ging zur Mole hinunter und rauchte. Der Hauptmann kam vorbei. Er wandte sich mir zu, und ich gab ihm Feuer. Ohne ein Wort zu sagen, wussten wir beide, woran der andere dachte. Wir würden diese Männer nie wiedersehen.

Jim ist schwindelig und benommen, als hätte er vor sich oder über seine Schulter etwas erblickt, das sich bewegt hat und sich ihm entzieht. Die Worte des Toten umschwirren ihn wie Honigsauger.

Das Buch hat er aufbewahrt, obwohl es Befehle gab, sämtliche Dokumente, die irgendwelche Aufschlüsse über japanische Absichten oder Befindlichkeiten enthielten, dem Geheimdienst zu übergeben. Noch ein Regelverstoß. Er hatte das Gefühl, das Buch beschützen zu müssen, als hätte dieser Japse etwas für ihn aufgeschrieben, etwas, das nur er verstehen konnte. Die Worte des Japsen – glatt und sauber wie sonnengebleichte Knochen.

»Los doch«, drängt Cadillac. Auch ein Segler ruft von einer Herreshoff-Jacht Anfeuerungen herüber. Das Gerüst ragt etwa fünf Meter aus dem Wasser und muss unter der Oberfläche ähnliche Ausmaße haben.

Mit seinem Taucheranzug und den Kajaks und seinen gepflegten, unfehlbar taktvollen Manieren hat Jim Fergus noch nie für mutig gehalten. Manchmal ist er von seinem Sohn regelrecht enttäuscht gewesen. Als er jetzt aber sieht, wie sein

Sohn das wackelige Gerüst hochklettert, sodass sich die Verstrebungen durchbiegen und das ganze Gestell bedenklich schwankt, fragt er sich, ob er nicht zu ungeduldig war und sich geirrt hat. Ob Mut, Freiheitsliebe und Lebenslust sich nicht später in anderen Formen entfalten? Ob es da Eigenschaften gibt, die er nicht nur übersehen, sondern überhaupt noch nie wahrgenommen hat? Sanfte Qualitäten wie etwa die Freundlichkeit und Schönheit des Jungen?

Fergus streicht seine Haare hinter die Ohren. Er ist jetzt ganz oben auf dem Gerüst angekommen, und Jim denkt, dass er seinen Sohn nie zuvor so frei gesehen hat. Er beneidet ihn, dass er da oben ist, obwohl ihn das schwindelig werden lässt. Aus dieser Höhe müsste der Junge einen weiten Blick über die Insel haben, müsste Ames Knob sehen können, den Hügel, den Wasserturm, die kleine Ansammlung von Häusern, aus der der Ort besteht.

An einem klaren Tag wie diesem müsste er noch weiter bis Stonington, Isle au Haut und Brimstone blicken können. Er hat wohl eine Vogelperspektive auf die Jollenregatta, die durch den Gezeitenkanal zieht, auf ihre Gaffelsegel, die wie Schmetterlingsflügel aussehen. Wenn der Schlamm sich gesetzt hat, müsste er bis auf den Grund der Bucht blicken können. Oder direkt ins Nest des Fischadlers.

Jim will dem Jungen gerade zurufen, dass er die Adlerjungen für ihn zählen soll – nach Jims Schätzung müssten es zwei sein –, als das ganze Gerüst gewaltig zu schwanken beginnt und Fergus sich in die Lüfte schwingt, ein sauberer Schwalbensprung mit ausgebreiteten Armen, als wollte er das Meer und die ganze Welt umarmen.

Er spürt den freien Fall in seiner eigenen Brust, so heftig und so laut schlägt sein Herz. Ein plötzliches Hämmern in seinen Ohren und ein noch intensiveres Hämmern im Beinstumpf. Für einen kurzen Moment wird ihm schwarz vor Augen, er sieht nichts mehr und verliert das Bewusstsein. Er kommt wieder zu sich, klammert sich an die Tischplatte.

Ich sterbe, denkt Jim. Wenn nicht jetzt, dann sehr bald. Entweder versagt sein Herz, oder der Stumpf vergiftet ihn mit einer Entzündung, die ins Blut übergehen wird. Ihm ist nicht bewusst gewesen, wie *gut* es bislang um das Ding stand. Er stützt den Kopf in die Hände, um sich zu beruhigen und das Schwindelgefühl loszuwerden.

»Bravo! Bravo!«, schreit der Segler durch seine an den Mund gelegten Hände. Auch Cadillac ruft ihm etwas Anerkennendes zu.

Und auch wenn er nicht stirbt – Fergus wird ihn nach Rockland ins Krankenhaus bringen, wo man ihm den Rest des Beins abhacken wird. Dann wird es ihm noch dreckiger gehen als jetzt. Mit einem noch groteskeren Stummel. Herrgott, er kann sich einfach nicht vorstellen, von Fergus oder seinem Bruder Cecil total abhängig zu sein, völlig unbeweglich oder krank. Die Aussicht würde ihnen auch nicht schmecken. Er würde ihnen das Leben zur Hölle machen.

Er kann sich nicht vorstellen, dass es jemanden gibt, der ihn so sehr liebt.

Er richtet sich gerade rechtzeitig auf, um Cadillac vom Gerüst springen zu sehen. Sie rollt sich zusammen und vollführt zwei perfekte Saltos – genau solche, mit denen Tosca immer geprahlt hat.

Hemingways Frau hat es verpatzt, denkt Jim. Beim ersten Mal, als sie im Eingangsflur ihres Hauses in Ketchum, Idaho, über Papa stolperte. Das Gewehr war entsichert, und am Waffenschrank hing eine Nachricht für sie.

Sie hätte ihn einfach gewähren lassen können. Sie hätte vorbeigehen oder, wenn es hätte sein müssen, auch in den Vorgarten mit Blick auf die Sawtooh Mountains laufen können. Das wäre vielleicht besser gewesen, vielleicht aber auch unmöglich.

Jim liest noch einmal in seiner alten Ausgabe von *Über den Fluss und in die Wälder* und findet in der hinteren Umschlagklappe einen Zeitungsartikel: Schlagzeile über den Tod des großen Manns durch einen Jagdunfall, datiert auf Ketchum 1961. Er faltet den Artikel auf dem Tisch auseinander.

Ein Jagdunfall des großen Jägers höchstpersönlich? Wer sollte das glauben? Er überfliegt den Artikel und stellt fest, dass alle Indizien auf eine andere Schlussfolgerung hindeuten. Hemingway bekam sein erstes Gewehr, als er zehn Jahre alt war. Seine Erfahrung in drei Kriegen: Italien, Spanien, dann Frankreich. Die Tatsache, dass sich auch sein Vater erschossen hatte, mit einer Pistole aus dem Bürgerkrieg.

Wenige Tage vor seinem Tod war Papa aus der Mayo-Klinik entlassen worden, wo man ihn zwei Monate lang wegen »Hypertonie« behandelt hatte. Im Jahr zuvor waren es drei Monate gewesen.

Jim klopft gegen den Rand der Zigarettenschachtel, lässt eine Zigarette herausrutschen und erinnert sich an die traurigen und elenden Details, die später bekannt wurden. Die Male, bei denen Papa es schon vorher versucht hatte und gestört worden war. Von seiner Frau gestoppt. Vom örtlichen Arzt behelligt. Zurückgehalten, als er aus dem Privatflugzeug springen wollte, das man gechartert hatte, um ihn wieder in die Klinik zu bringen. Festgehalten, als er sich nach der Landung in die Propeller werfen wollte.

Und wozu das alles? Damit man ihm noch ein paar Elektroschocks verpassen konnte, jene Behandlung, die sowohl seine Männlichkeit als auch sein Gedächtnis ruinierte – die

Dinge, auf denen sein Leben und Schreiben basierten. Seine Freunde erzählten später, der große Autor hätte den ganzen Tag vor seiner Schreibmaschine gestanden und wirres Zeug getippt – oder gar nichts.

Hemingway in ein Krankenhaus einzuweisen muss so gewesen sein, als würde man ein wildes Tier, ein großes, waidwundes Tier, in einen Käfig sperren. Jim hatte darin die blanke Unmenschlichkeit gesehen. Lieber Gott, wie behandelt man denn Hypertonie, Depressionen, Paranoia, Wahnvorstellungen – alles Dinge, an denen Papa litt? Hardings echte Psychoneurosen? Und war es eine angeborene Schwäche, eine Krankheit, die unter allen Umständen bekämpft werden musste, oder war es eine nur allzu verständliche Reaktion auf die Dinge, die Männer durchmachen mussten?

Er faltet den Artikel zusammen und schiebt ihn in den Buchumschlag zurück. Rollt durchs Zimmer zu seinem Gin.

Während ihrer letzten Tage kommt Cadillac runter zum Bootshaus und bringt Wildblumen mit, die am Ufer des Mühlenteichs wachsen. Wiesenkerbel und die gekräuselten Schösslinge von Platterbsen. Sie arrangiert sie in einem leeren Glas. Aus Sarahs Garten schneidet sie farbenfrohe, gefiederte Cosmea und orange Kapuzinerkresse mit ihren lilienweißen, kissenartigen Blättern. Aber keine von den großen Sonnenblumen, die jetzt mehr als schulterhoch aufragen.

»Zu schön, um sie zu schneiden.« Sarah strahlt. Sie sagt, es seien dank des ungewöhnlich heißen Sommers die besten, die sie je gezogen hat. Sie wird warten, bis sie sich neigen, dann die Köpfe abschneiden und die essbaren Kerne trocknen.

Aus ihrem Zimmer bringt Cadillac ihre Fundstücke mit – die Steinsammlung, gewölbte Seeigel, orange Krebspanzer, Seeglas, den Krug mit Federn – und weiß nicht, wohin damit.

»Kann ich sie in den Schrank stellen?«, fragt sie. Sie bringt die Pandanusmatte und lacht, als sie sagt, dass sie sich jetzt daran gewöhnen muss, in einem Bett zu schlafen. »Aber Ihnen macht es ja nichts aus, dass ich auf dem Boden schlafe, wenn ich zurückkomme.«

Wenn ich zurückkomme. Sie geht nur sehr ungern. Das weiß er, weil sie es immer wieder sagt. Sie hat sich das Vorlesungsverzeichnis von Yale angeschaut. Zum Erntedankfest hat sie ihre ersten Ferien.

»Darf ich zum Erntedankfest wiederkommen?«, fragt sie und spricht das Wort wie prüfend aus. Für sie klingt es gut. Sie findet, dass sie für vieles dankbar sein muss. Und wenn sie erst einmal Ärztin oder, wenn sie fleißig genug ist, Chirurgin sein wird, kann sie etwas zurückgeben – Tosca, Jim, ihren Brüdern, auch ihrem Land, das eines Tages wie Fidschi und Neuguinea eine eigene Regierung haben und unabhängig sein wird.

Jim nickt wenig überzeugt. Im November wird es kalt sein. Die Blätter werden sich verfärbt haben, und möglicherweise liegt Schnee. Er fragt sich, was sie mit Schnee anfangen würde. Er macht sich nicht viel aus dem Erntedankfest, genauso wenig wie aus Ostern oder gar Weihnachten. Seit dem Krieg feiert er nicht mehr. Aber Fergus versucht es immer mal wieder mit ihm. Er schiebt sich herum, um sich einen Drink zu holen. Wegen der Schmerzen im Stumpf ist er in den vergangenen Tagen nicht mehr aus dem Rollstuhl hochgekommen.

»Mr. Jim, ziehen Sie wieder nach oben ins große Haus?« Sie macht Platz im Schrank für ihre Muscheln. »Ich kann Ihnen helfen, Ihre Sachen wieder hochzubringen, bevor ich gehe.«

»Nein«, sagt er und atmet den scharfen Gingeruch ein, bevor er sich zu ihr umdreht. »Jetzt nicht.« Sie sieht ihn an – den

Drink in der Hand, die zerknitterte Zigarettenschachtel in der Brusttasche, seine Angewohnheit, den Kopf zur Seite zu legen und sich an einem Ohrläppchen zu ziehen – und überlegt, ob er sich darüber freut, das Haus nun wieder für sich allein zu haben. So, wie er war, als sie ankam – wie ein im Krieg vermisster japanischer Soldat.

Mr. Jim's numbawan man, ein erstklassiger Mann, hat Tosca ihr gesagt. Das Problem ist nur, dass er selber nicht so denkt. Sie findet, dass Jim nicht gesund aussieht, und mustert sein Gesicht nun mit professioneller Gründlichkeit. Gerötet, stellt sie fest, die Haut um die Augenpartie blau und geschwollen. Die Rötung deutet vielleicht auf Fieber hin. Seine Haut sieht ungesund und farblos aus. Auch seine Bewegungen sind langsam und vorsichtig, als hätte er Schmerzen.

»Ich kann länger bleiben, wenn es Ihnen nicht gut geht«, sagt sie besorgt.

»Verdammt noch mal!«, knurrt Jim in seinen Gin hinein, und als sie seinen Blick sucht, steigt Wut in ihm hoch. »Herrgott, du bist hierhergekommen, um Ärztin zu werden. Erzähl mir nicht, dass du es dir anders überlegt hast. Erzähl mir bloß nicht, dass du 'ne Scheißkrankenschwester werden willst!«

Er brüllt, und Cadillac lächelt, freut sich, seine Wildheit geweckt zu haben, den fiesen Hund. Jim ist während der letzten paar Tage zu still und in sich gekehrt gewesen.

»Natürlich will ich gehen«, sagt sie. In ihrer Stimme schwingt entschlossene Vorfreude mit auf den immer näher rückenden Tag, an dem der Rest ihres Lebens beginnt. Sie erinnert sich, wie sie mit Ms. Sethie ihre Bewerbung geschrieben hat. Wie lange das schon her ist, als Yale nur ein fantastischer Traum zu sein schien.

»Dann mach es auch, verdammt noch mal!«, knurrt Jim.

»Außerdem will ich mein Haus wieder für mich!« Er nimmt die Bücher, die sie zurückgebracht hat, und drückt sie ihr wieder in die Hand. »Behalte sie.« Er fasst sie am Arm, rollt zum Schrank, nimmt das in Leinwand verpackte Präparationsbesteck heraus und legt es auf die Bücher. »Nimm das auch.« Vielleicht kann sie damit etwas anfangen.

Er würde ihr gern mehr schenken. Er würde ihr gern den Kessel und die Blechtassen schenken, das Angelzeug und die Ruten, die Schmetterlingsnetze. Er sieht sich ihre Muscheln an, das Seeglas, den Gelbbauch-Dickkopf, den Tosca ausgestopft hat. Er würde ihr gern die Sturmlaternen schenken, die Moskitospiralen, die Kiste mit Seekarten. Er würde ihr gern das ganze verdammte Haus schenken, die Bucht, die Landzunge. Alles – außer vielleicht die Gewehre. Die möchte er gern behalten.

An den letzten Eintrag erinnert Jim sich am deutlichsten, so deutlich, dass es ihm vorkommt, als hätte er es selbst geschrieben, den Bambuspinsel in Wasser getunkt, über den trockenen Tintenstein gestrichen und kleine schwarze Buchstaben von oben nach unten aufs dünne Reispapier gemalt. Der letzte Eintrag des Leutnants – geschrieben in jener Nacht, in der er und zwei Kameraden ihre Anweisungen für den Beobachtungsposten auf Layla bekommen, oder vielleicht auch in den schlaflosen Morgenstunden.

An diesem Abend bekamen wir Anweisungen, eine Insel in der Nähe Rendovas zu erkunden. Eine Insel, von der man uns sagt, dass sie unbewohnt ist. Ide, Kiyoshi und mir wurde eine Schale Sake genehmigt. Später schob mir der kommandierende Offizier heimlich den Rest der Flasche zum Mitnehmen zu. Nachdem ich die Kerze, bei der ich schreibe, gelöscht hatte, fand ich in dieser Nacht keinen Schlaf. Ich erinnerte mich daran, wie mir meine Frau an dem Abend, an dem wir voneinander Abschied nahmen, den Rücken gewaschen hat. Es lastete schwer auf mir, dass ich nicht ihren Rücken gewaschen habe.

Zumindest schickt man uns nicht nach Lae.

Als Misako das vorlas, dachte Jim an Helens Rücken. Ihre breiten, sonnengebräunten Schultern. Er dachte daran, wie er ihr mit seinen eingeseiften Händen durchs Haar strich und wie ihr Nacken sich unter seinen Händen nach hinten bog.

Mit Lowe und Delacour zelten sie in den Hügeln oberhalb von Dalat, in Indochina. Es ist zu der Zeit, als Delacour aus der kleinen Hütte ins Zelt von Lowe umgezogen ist, damit Helen ein richtiges Bett haben kann. Als Dusche haben sie ein Fass auf Stelzen gestellt, in dem sich Regenwasser sammelt, und einen Hahn daranmontiert. Jim erwärmt einen Wasserkessel über dem Lagerfeuer und gießt ihn ihr über die lange Mähne. Die anderen sind unterwegs, um Proviant aus Saigon zu beschaffen. Er lässt ihr das Wasser über Schultern und Rückgrat laufen. Ihr Haar ist nass und schwer. Das Wasser riecht nach Regen und verbranntem Feuerholz. Unter ihrer Haut kann er die Schulterblätter fühlen. Sie lacht ihr helles Lachen. Dampf steigt in der kalten Luft auf. Seifenwasser sammelt sich zu kleinen Bächen und Wirbeln, während es den steilen Hügel hinabfließt.

Als sie aufbrechen, fällt Jim fast in Ohnmacht, weil ihn der Weg hinauf zum Haus so anstrengt. Er hat jetzt ununterbrochen Schmerzen. Unter seiner Kakihose ist die Haut des Stumpfs so heiß und hart, dass jede Berührung Übelkeit erregt. Dazu hat er Fieber, er fröstelt und ist verwirrt. Entschlossen, seine Probleme und seine wachsende Verstörung zu verbergen, zieht er eine Zigarette aus der zerknüllten Schachtel.

Cadillacs zerschrammter brauner Lederkoffer neben der Tür wird zu Helens kleinem blauem Koffer, den er aus dem Krankenhaus mit nach Hause nahm und den auszupacken er nicht über sich brachte.

Er muss jetzt ständig an Helen und den Krieg denken. Als drohe seine so lange verdrängte Vergangenheit sich zu erheben, wie eine gigantische Welle über ihm zusammenzuschlagen und ihn unter sich zu begraben. Es hat dreißig Jahre gebraucht, bis er überhaupt damit begonnen hat, Rückschau zu halten. Es hat dieses Mädchen von den fernen Salomonen gebraucht, ihn daran zu erinnern, wie sich Liebe anfühlte.

»Wir sehen uns in ein paar Tagen, Papa.« Fergus legt Jim eine Hand auf die Schulter und zieht sie gleich wieder weg. Sein Junge hütet sich davor, stärkere Zuneigung zu zeigen, um keinen Wutausbruch zu provozieren. Das lässt sich jetzt nicht mehr ändern. Zu spät für eine Entschuldigung, so ein verdammt lausiges Arschloch von einem Vater gewesen zu sein. Fergus' Augen sind Helens Augen, Fergus' Haare ihre Haare.

Er überlegt, ob er aufstehen soll oder ob er dann zusammenbricht, als das Mädchen sich vorbeugt und seine beiden Hände zwischen die ihren nimmt. Er lässt es geschehen und zieht sie nicht zurück. Und jetzt packt sie seine Unterarme mit ihren Händen, als wolle sie ihn stärken, ihm Kraft spenden. Und sie sagt etwas über Tosca. Tosca hat ihr gesagt, dass Jim ein guter Mann ist. Und Tosca ist hier, direkt neben ihm, kauert sich auf den Boden, um einen kleinen Vogel zu präparieren. Und Jim hört das weit entfernte Tosen der Brandung am Riff, und er riecht die sengende Sonne, das grobe Pandanusgeflecht, die regennasse Kleidung.

Auf Wiedersehen, Tosca. Auf Wiedersehen, Helen. Fergus packt den braun-blauen Koffer hinten in den Wagen. Jim erkennt das Präparationsbesteck, das auf dem anderen Gepäck liegt, Toscas, Cadillacs, bevor die Kofferraumklappe zufällt und die Wagentüren knallen – eins, zwei. Er hebt die Hand mit der Zigarette, sieht zu, wie sie abfahren und aus den Fenstern winken.

Er schließt die Augen, klemmt sich die Zigarette zwischen die Zähne und saugt den guten Tabak ein, als sei er Sauerstoff. Er lauscht, als ein Schwarm Wiesenspechte herabschießt und sich auf dem Rasen niederlässt. Ihr gemeinsames Getratsche klingt wie ein geschäftiges Wickä-wickä-wickä. Sie versammeln sich zum herbstlichen Vogelzug.

Man hätte Papa beim ersten Mal gewähren lassen sollen. Stattdessen lenkte Mary ihn ab, saß da und redete so lange, bis, wie sie wusste, der örtliche Arzt vorbeikam und Papas Blutdruck maß. Davon war der große Mann schon seit Jahren besessen gewesen. An die Wand hängte er Karten mit detailgenauen Messungen und Gewichtsveränderungen, daneben die Anzahl der Seiten, die er am jeweiligen Tag geschrieben hatte. Es war der gleiche Arzt, der mithalf, Papa am Boden festzuhalten, als sie ihn beim zweiten Mal in die Mayo-Klinik transportierten.

Daran will Jim gar nicht denken. Er will es mehr als alles andere vergessen. Er verengt die Augen zu schmalen Schlitzen, versucht den Spechten zu lauschen und den Jungen im Nest des Fischadlers. Wie konnte er das geschehen lassen mit dem einzigen Menschen, den er je geliebt hat?

Helens Ärzte waren genauso optimistisch wie die von Hemingway. Sie behaupteten, sie zu heilen. Sie sedierten sie schwer. Ihre hellen Augen wie leblos, überschwemmten Jim mit dumpfer Anklage. Ihre Schultern hingen herunter. Sie war übergewichtig, gelähmt, apathisch. Es schien, als hätte man ihr das Mark aus den Knochen gezogen. Sie ging nicht mehr, sondern schleppte sich vorwärts – wie die Soldaten in Rendova.

Ihre Ärzte behaupteten, dass sie Fortschritte machte. Gott, sie hatten es hinterher sicherlich leichter. Denn Helen tobte und schrie nun nicht mehr, sah keine Dinge mehr und hörte auch keine Stimmen mehr, die es gar nicht gab. Jim durfte sie jetzt anfassen, ihre Hand halten, aber er war sich nicht mehr sicher, ob es noch Helen war, die er hielt.

Sediert – aber nicht gebrochen. Denn eine Woche später erhängte Helen sich in einer der vielen grün gefliesten Zellen im Duschraum der Anstalt; sie benutzte zusammengeflochtene Handtuchstreifen. Jim bestand darauf, dass man ihm die genaue Stelle zeigte.

Er legt sich den Arm vors Gesicht, verbirgt die Augen im Armgelenk. Schluchzt.

Wenn er sich doch nur um sie gekümmert hätte, wenn er doch nicht in den Krieg gezogen wäre! So denkt er nun, fragt sich jeden Tag: Warum ist er nicht gestorben, sondern sie? Verdammt, für den Jungen wäre es besser gewesen.

Warum hat er überlebt? Warum hat er das alles überstanden – das Morden, die Bomben, den Beschuss, die Tiefflieger, das Abschlachten, die Torpedos, die in der Nacht explodierenden Schiffe, die vom Himmel stürzenden Flugzeuge –, nur, um dann zu Helen zurückzukehren, die krank im Hospital lag und kurz darauf Selbstmord beging?

Er wünscht, er hätte sie einfach nach Hause gebracht und nicht erlaubt, dass sie weiter behandelt wurde. Und hätte sie einfach in Ruhe gelassen, egal, wie es ausgegangen wäre.

»Klopf, klopf!«, ruft Sarah und drückt die Nase ans Fliegengitter. Sie bringt einen Krug mit wilder Kapuzinerkresse aus dem Garten und eine Pastete für Jims Abendessen. »Dachte, dass du mal was Gutes zum Essen brauchst, wo doch der Chefkoch abgehauen ist.« Sie nennt Fergus *den Chefkoch*.

Jim dankt ihr hinter dem Buch, das er liest, und bittet sie, die Pastete auf die kleine Herdplatte zu stellen. Vor Sarahs praktischem Blick muss er höllisch auf der Hut sein. Die anderen werden sie zweifellos beauftragt haben, auf ihn aufzupassen, bis Fergus wiederkommt.

»Brauchst du sonst noch etwas?«

Er wirft einen Blick zum Küchentresen. »Noch eine Flasche Gin.«

Sie lacht. Wenn Sarah verträglich ist, könnte wieder alles wie früher sein. Seine Mahlzeiten aus Gin, Eiern, Kartoffeln und Corned Beef.

»Dann pass mal gut auf dich auf.« Wenn er Glück hat, kommt sie morgen früh mit Zeitungen und Gin wieder.

Fox Island, Penobscot Bay, Maine, September 1973

Jim wartet. Er wartet auf einen schönen Tag, einen warmen Tag ohne Schatten und ohne Vorboten des Winters, die ihn abschrecken. Auf einen Tag, an dem Sarah nicht da ist.

Er hat es durchdacht und genau geplant. Er stirbt, Herrgott noch mal. Schubweise überfluten ihn Schwindelgefühle. Nachts haben ihn Träume mit harter Hand im Griff. In seinem Beinstumpf wütet die Entzündung.

Fergus müsste Cadillac inzwischen in New Haven abgeliefert haben. Er wird noch Jims Artikel im Museum abgeben, bevor er zurückkommt, um Jim ins Krankenhaus nach Rockland zu bringen. Zum Teufel damit. Jim geht nirgendwo mehr hin. Er wird dieses Haus nicht mehr verlassen. Ein Krankenhaus ist nun wirklich nicht der Ort, an dem er verrecken will.

Fiebrig und zitternd schiebt er ein sauberes Tuch durch den Gewehrlauf und poliert ein letztes Mal das Holz. Diese Tätigkeit kennt er seit seiner Kindheit, und er findet sie beruhigend. Dann fährt er im Rollstuhl über die breiten Dielenbretter zu den offenen Türen, wo die Sauerei nicht so groß sein wird.

Das Gewehr ist schwer und massiv. Diesmal erfüllen die Ladung und das feste Einschnappen des gut geölten Verschlusses ihren Sinn und Zweck.

Kurz nach zwölf. Jetzt, da alle anderen verschwunden sind, atmet er die Stille des Hauses ein. Die verführerische Ruhe am Ende der Saison, ohne Sportjachten oder Segeljollen, die im Gezeitenkanal auf und ab wuseln. Bleibt nur noch das langsamere Tuckern der Hummerboote, die in der Bucht arbeiten. Die Fähre gleitet halb leer vorüber. Es ist eine Stille, die die meisten Sommergäste nicht kennen. Eine, die er genießen würde, wäre er nicht so krank.

Die Sonne steht hoch und glänzt funkelnd auf dem Wasser. Er spürt zwar die Wärme auf seiner Haut, aber er hört nicht zu zittern auf. Er lauscht dem hohen Zwitschern der Fischadlerjungen, die bald ihre Flügel erproben werden. Möwen jagen hin und her. Das Dröhnen des grünen Gongs.

Draußen in der Bucht ragt das Sprunggerüst aus dem ruhigen Wasser; es wirkt so fremd und deplatziert, als hätte sich eines der japanischen Schriftzeichen aus dem Reispapierbuch gelöst. Er glaubt, dass er es jetzt lesen kann. Das Zeichen sagt: *Spring*. Es sagt: *Freiheit*. Es sagt: *Ich liebe dich*.

Hemingway, der große Jäger, hatte zwei Patronen geladen. Bewies das, wie verwirrt er bereits war? Jim will auf keinen Fall so sehr die Kontrolle über sich verlieren. Sein Gewehr ist sowieso nur einläufig. Aber, Herrgott, wie kann man denn mit dem Lauf im Mund überhaupt danebenschießen?

Er nimmt einen tiefen Schluck aus der Whiskeyflasche, um den Kopf klar zu bekommen. Trinkt alles aus. Dreht das Gewehr um und presst den Kolben gegen den Rand der Koje. Plötzlich gehorchen ihm seine Hände wieder.

Jetzt ist es so weit – bevor erste Nachmittagsschatten fallen und seinen Entschluss ins Wanken bringen.

Er ist wieder jung, wieder mit Delacour auf dem Mekong. Oder oben in ihrer Berghütte in Phu Kobo. Der Nebel verhindert, dass sie auf die Jagd gehen, und er sehnt sich nach Helen und fragt sich, warum er sie zurückgelassen hat. Aber dann hebt sich der Nebel ganz plötzlich, sie steigen zum

Schießen den Berg hinauf, und er ist begeistert und glücklicher als je zuvor.

Er sieht seinen Sohn Fergus. Helens Junge. Er schwankt oben auf der Hieroglyphe, fünf Meter hoch, springt dann mit ausgebreiteten Armen, als wollte er nun die ganze Welt umarmen. Und da ist auch Cadillac, die ihn liebt. Er sieht Helen lächeln, auf ihrem Schoß schläft zusammengerollt Lowes Lemur.

Oberhalb von Hue erreichten sie einen Nebelwald, Le Col des Nuages, begrünt von Baumfarnen, Epiphyten und Moos. Alles feucht, still, traumartig, mit Ausblicken aufs smaragdgrüne Meer und die sich dahinschlängelnde Küste weit unten.

Sie bestiegen den hohen Gipfel des Phu Kobo, dessen Hänge mit Orchideen, Farnen und Ingwer bewachsen waren. Oben kamen sie an einem Baum vorbei, der keine Blätter trug, aber voller großer roter Blüten war, Hunderte Honigsauger umschwirrten ihn wie Bienen.

Um sich herum hört er das Flirren schnell schlagender Flügel. Den sanften Strich von Tinte auf Reispapier. Er spürt Helens Lippen, die sich wie ein Hauch auf seine legen. Die metallische Kälte des Gewehrlaufs in seinem Mund. Eine Regung seiner Seele drängt ihn zum Sprung.

Er schiebt den Fuß am Gewehr hoch, krümmt den Zeh um den Abzug. Noch nicht. Als erfahrener Jäger hält er inne, wartet noch eine Sekunde länger. Jetzt – wenn das irisierende Gelb, Grün und Rot des Honigsaugers auf der roten Blüte des Bombaxbaums aufflammt.

Hinterher denkt Fergus, dass sein Vater so ziemlich alles dafür getan hat, ihn von der Fährte abzubringen. Er verflucht sich dafür, dass er darauf hereingefallen ist und Jim nicht sofort zum Arzt gebracht hat, als er und Cadillac merkten, dass es mit ihm abwärtsging.

Das konnte Jim sehr gut, dafür war er ausgebildet. Sich verstecken. Abtauchen.

An ihrem letzten gemeinsamen Abend war Jim im Rollstuhl zum Haus gefahren und merklich um Mäßigung bemüht gewesen. Er hatte Fergus einen dicken Umschlag ausgehändigt – den Artikel, an dem er den ganzen Sommer über gearbeitet hatte – und darum gebeten, ihn im Museum abzugeben. Darin befand sich eine Karte der Schatzinsel, die so wackelig und zittrig gezeichnet war, dass Fergus die Erinnerung daran schmerzt. Aber Jim schien zufrieden zu sein und sich zu freuen, Fergus seine Arbeit zeigen zu können.

»Reiseschreibmaschine Corona Nr. 3. Das verdammt beste Geschenk, das ich je bekommen habe«, hatte er geschwärmt. »Genau wie Hemingways!« So dicht war er dem Wörtchen »danke« noch nie gekommen, geschweige denn einem »Ich liebe dich«. Hätte Fergus die Anspielung auf Hemingway verstehen müssen?

Die Obduktion ergab, dass in Jims Körper eine akute Blutvergiftung wütete und er noch dazu einen tödlichen Alkoholpegel aufwies, sodass die Ärzte sagten, dass er so oder so gestorben wäre, auch wenn er sich nicht erschossen hätte.

Er hatte es geplant. Als plötzliche Wahnsinnstat ließ es sich nicht abtun. Er hatte bis zu dem Tag gewartet, an dem Sarah nach Rockland fuhr, den Inselpolizisten angerufen und ihn gebeten, am Spätnachmittag vorbeizuschauen, und ihm eine kurze Notiz hinterlassen, in der er sich für die *verdammte Sauerei* entschuldigte.

Als Fergus am nächsten Tag aus New York hergeeilt kam, hatte er noch nach etwas anderem gesucht – nach einem an ihn adressierten Brief, einer Erklärung. Aber er fand lediglich

Jims Notizen für den Museumsartikel sowie ein Notizbuch, das sein Vater über Vögel auf der Landzunge führte – Virginia-Uhus, eine Schneegans, Haubentaucher, Rotschulterstärlinge, das Nest des Fischadlers.

Am 6. September, dem Tag, an dem Jim starb, war ein Eintrag über Honigsauger der einzige Hinweis darauf, dass sich Jim in einer Art Delirium befand, weil es in Maine keine Honigsauger gibt.

Drei Wochen später, am Tag von Jims Beerdigung, steht Fergus vor dem Bootshaus, das mit zugezogenen Fensterläden abgeschlossen war. Er stößt die Tür auf und tritt ein. Allein im lamellierten Schatten, stützt er sich mit der Hand gegen das verwitterte Kiefernholz der Wand und lässt vor seinem geistigen Auge Jims entschlossenes, konzentriertes Gesicht aufsteigen, die Dringlichkeit seiner blutunterlaufenen Augen, die Angelhakennarbe unten auf seiner Wange, die Fergus als Jungen immer an Piraten erinnerte.

Als er im Museum anrief und Laina von Jims Tod erzählte, konnte er sie am anderen Ende der Leitung schluchzen hören. Fergus selbst hat bislang nicht weinen können. Er geht durch den Raum und stößt die großen Türen zur Bucht auf. Es hat keinen Zweck, das Haus abzuschließen, keinen Zweck, überhaupt etwas abzuschließen – es ist besser, alles weit zu öffnen.

Durch die Türen sieht er Cadillac. Sie sitzt am Ende des Anlegers, die Knie an die Brust gezogen und die Arme um die Knie gelegt. Er geht aus dem geöffneten Haus und steigt über die steilen Stufen hinab, um sich neben sie zu setzen.

Im schwarzen Anzug mit Krawatte wirkt Fergus ernst und scheint sich unbehaglich zu fühlen – das Gesicht verhärmt, die Augen gerötet.

»Ich finde, es wäre schön gewesen, Mr. Jims Schädel hier unten am Meer in einem kleinen Schrein aufzubewahren«, sagt Cadillac, als er mit übereinandergeschlagenen Beinen neben ihr auf dem Anleger sitzt. »So haben wir früher unsere Ahnen bei uns behalten.«

Er nestelt am Schlips um seinen Hals, um ihn zu lockern, und als er sich die Haare hinter die Ohren streicht, fällt ihr auf, dass er sich genau wie Jim am Ohrläppchen zupft.

»Das wird natürlich nicht mehr gemacht«, versichert sie ihm. Es ist das erste Mal, dass sie ihn lächeln sieht, seit er sie aus New Haven abgeholt hat. Er hat sich entschuldigt, sie bei der Arbeit zu stören, und versprochen, sie pünktlich zu den Seminaren am Montag zurückzubringen.

»Ich bin mir nicht sicher, was noch davon übrig war«, sagt er bitter.

Aus dieser Distanz dürfte eine Kugel nicht viel übrig gelassen haben. Man hätte es aber vielleicht zusammenflicken können, denkt sie. Man hätte hier sitzen und die zerschossenen Teile mit Blättern der Steinnusspalme und Schlingpflanzen wieder zusammenbinden, die Augenhöhlen mit Ringen aus Muschelschalen nachbilden können. Es musste doch etwas übrig geblieben sein.

Cadillac hat versucht, die Nachricht über Jims Tod in einem anderen Licht zu sehen, als eine Erlösung, einen Neuanfang, ein Wiedersehen mit anderen, die früher gestorben waren. In dieser Hinsicht war der alte Glaube auf den Inseln gar nicht unterschiedlich vom Christentum. Es kommt ihr so vor, dass der Hauptunterschied darin besteht, dass die Inselbewohner der Salomonen ihre Toten in ihrer Nähe behielten. So konnten sie dann manchmal auch mit ihnen reden.

»Zu Hause glauben die Alten, dass die Toten zu einer Insel übersetzen, die Santo heißt«, sagt sie. »Manche behaupten, dass sie die Toten gesehen oder gehört haben, wenn sie in ihren Kanus vorüberfuhren. Man sagt, dass der Geist eines Mannes in Form eines Hais oder einer Schlange, eines Thunfischs oder eines Fregattvogels wiederkehren kann.«

Honigsauger, denkt Fergus. So kehrten die Toten für Jim wieder. Und als welcher Vogel oder Fisch würde Jim wiederkehren?

Es ist Zeit zu gehen. Aber er bleibt noch etwas länger sitzen und lässt sich von Cadillacs Gedanken über Schreine und Fregattvögel einlullen. Zum Teufel, ohne ihn werden sie ja wohl nicht mit der Beisetzung beginnen. Er blickt über die Bucht, sieht die hellen Spiegelungen und versteht genau, was sie ihm da anbietet. Eine andere Art zu sehen, Zustimmung, eine Hoffnung, ganz fern und im krassen Widerspruch zur Schwermut seines zweifach verfluchten Erbteils.

Als er aufsteht, streckt sie ihm eine Hand hin, damit er ihr aufhilft, und behält seine Hand dann fest in der ihren. Sie gehen zusammen über den Anleger zu Stillman, der auf sie wartet und sie in seinem Pick-up mitnehmen wird.

Inselbegräbnis,
Fox Island, Penobscot Bay,
Maine, September 1973

Jims Beisetzung soll kurz nach Eintreffen der Mittagsfähre beginnen. Michael geht mit einer kleinen Gruppe von Vogelforschern von Bord. Die Kollegen gehen über den flachen Hügel zur kleinen Holzkirche direkt hinterm Hafen. Die Glocken läuten in der frischen, klaren Seeluft. Sie passieren das kleine Postamt, das heute geschlossen hat, und die Stadtbibliothek. Sie machen ein paar Minuten an einem Lebensmittelladen halt und trinken zu lange gebrühten, bitteren Kaffee.

Fergus hat ihn zusammen mit dem Rest der Ornithologischen Abteilung eingeladen, und eine beeindruckende Anzahl von ihnen ist erschienen – beeindruckend insofern, als Fox Island eine Tagesreise von New York entfernt liegt. Und wenn man bedenkt, dass viele eben erst aus dem Sommerurlaub zurückgekehrt sind und dass Michael nicht der Einzige ist, den Jim beleidigt und befremdet hat. Sie sind gekommen in Erinnerung an seine besseren Tage.

Oliver Austin – oder Iggy, wie er genannt wird, der Experte für japanische Vögel – ist da, und auch Farrell, soeben zurück von der Papageienforschung in Mittelamerika.

In der Kirche sieht Michael sich um und beobachtet Jims Familie von hinten. In einer massigen Gestalt mit Hängebacken erkennt er Jims Bruder, der salopp in einen cremefarbenen Anzug und Panamahut gekleidet ist. Ein großer, jüngerer Mann muss Jims Sohn sein, obwohl sein volles, schulterlanges Haar ungewöhnlich für die Wall Street ist. Neben ihm eine große, beeindruckende schwarze Frau. Ihr bunt geblümtes Kleid und ihre Frisur deuten darauf hin, dass sie Ausländerin ist. Delacour sitzt bei ihnen.

Laina huscht verspätet in den hinteren Teil der Kirche, als die Orgel bereits einsetzt. Sie trägt einen modischen Hut, sieht darunter aber schrecklich blass aus.

Es ist eine bunt zusammengewürfelte Gesellschaft. Die Abordnung vertrockneter Ornithologen verteilt sich zwischen ein paar versprengten Inselbewohnern; in ihrem Sonntagsstaat sehen sie so aus, als fühlten sie sich in ihrer eigenen Kirche fehl am Platz. Ein alter, gebeugter Mann, der sich einen Orden aus dem Krieg an den Aufschlag seines Anzugs geheftet hat, wird in den Mittelgang geschoben. Allein schon ein stattlicher Mann mit großen, schwieligen Händen, der sich später erheben und mit bedächtigem Maine-Akzent und sonorem Ernst Psalm 23 verlesen wird, war die ganze weite Reise wert. Er heißt Stillman.

Und das ist noch vor dem Auftritt einer üppigen Sopranistin, die auf Stöckelschuhen vor den Altar stakst und Bachs *Bist Du bei mir* singt, gefolgt von einer Arie aus *Tosca*. Eigentlich hört Michael deutlich, dass sie »für Tosca« sagt, aber vielleicht hat sie sich nur versprochen. Sie ist nämlich Deutsche. Er erinnert sich daran, dass Jims Bruder mit der Leitung der Met zu tun hat.

Als sie nach draußen ziehen, singt die Sopranistin wieder; diesmal winkt sie der ausländischen Frau zu, die in einem offensichtlich improvisierten Diskant in Schuberts *Ave Maria* einstimmt. Ihre Stimmen dringen durch die geöffnete Tür über die Penobscot Bay hinaus.

Jemand hat fleißig Blumen gesammelt, hat sie anscheinend gnadenlos in jedem Garten der Insel geschnitten, so viele sind es. Dahlien, Cosmea, Gänseblümchen und Rudbeckien stehen in jeder Nische. Auf dem Altar leuchten riesige Sonnenblumen wie große, farbenprächtige, kühne Sterne.

An der Tür steht der Inselpolizist in voller Uniform so stramm, dass es Michael vorkommt, als warte er darauf, Jims Geist verhaften zu können.

Es ist ein schöner Nachmittag, ein *Strahltag*, wie er jemanden sagen hört. Die Gäste versammeln sich auf der breiten Veranda vor Jims Haus und auf dem Rasen, wo sie Champagner trinken und New Yorker Delikatessen serviert bekommen, die Jim nie und nimmer angeboten hätte.

Die Ausländerin und Jims Sohn gehen Hand in Hand. Michael bekommt mit, dass Laina sich mit ihnen über ein Museum auf den Salomonen unterhält, und so fragt er sich, ob sie irgendeine Beziehung zu Jim hatte oder ob sie Fergus' exotische Freundin aus der Stadt ist.

»Michael!«, begrüßt Laina ihn, als er sich unter einem Apfelbaum zu ihr gesellt. Sie sitzt an einem kleinen Picknicktisch, hat ihren Hut abgenommen und das Gesicht zur Sonne gewendet. »Wie ich höre, nimmst du eine Auszeit von der Museumsarbeit und gehst wieder nach Argentinien?«, fragt sie interessiert.

Er nickt.

»Vollendest du da dein Nachschlagewerk über lokale Vogelnamen? Was für eine tolle Idee.«

Ihre Begeisterung und ihre präzise Erinnerung an seine Arbeit schmeichelt ihm. »Eigentlich nicht«, gesteht er leise. »Ich reise zurück, um Nita, meine Frau, ausfindig zu machen.«

Er blickt aufs Meer hinaus, ist sich nicht sicher, wie sie damit umgehen wird, weil sie ja sozusagen mit ihrer permanenten Forschung verheiratet ist. Er fragt sich, ob sie je die leiseste Ahnung von seinen Gefühlen für sie hatte, und ist verblüfft, als sie vor Freude beinah aufspringt und seine Hand ergreift.

»Aber Michael, das ist ja wunderbar«, sagt sie. Und Michael ist erleichtert, weil er merkt, dass er gegen diesen Körperkontakt immun ist. Seine Verliebtheit hat sich verflüchtigt. Nicht dass ihm ihre Haare und der hübsche Hut nicht gefallen würden.

»Auf dein Glück«, sagt sie und hebt ihr Glas. »Auf Paradiesvögel und ihr prunkvolles Balzverhalten.« Michael weiß auch nicht recht, wie er das verstehen soll; es entspricht so gar nicht ihrem Charakter.

»Ich frage mich, ob du mir einen Gefallen tun magst«, sagt er, die Gelegenheit nutzend. Laina sieht ihn mit großen Augen an. »Ich frage mich, ob du für mich den Artikel zu Ende schreiben könntest, das Porträt von Jim.«

»Liebend gern«, sagt sie und drückt ihm die Hand.

»Du würdest ihm eher gerecht werden.«

Und da kommt Professor Mann mit einer Flasche Champagner über den Rasen auf sie zugeschlendert. Es scheint lange her zu sein, viel länger als nur diesen Sommer, dass er das Porträt von Jim in Auftrag gegeben hat. Merkwürdig, dass es schließlich zu einem Nachruf geworden ist. Obwohl Michael nie über das Stadium erster Notizen hinausgekommen ist, hat es doch den Anschein, als hätte die Arbeit ihn verändert – als wären ihm Jims Verschwiegenheit, seine Isolation, seine Launenhaftigkeit eine Warnung gewesen. Er war ein Esel, Nita gehen zu lassen.

Er steht auf, um Mann zu begrüßen, und blickt über das braungrüne Wasser der Bucht, die Reihen der Hummerreusen, ein einzelnes Hummerboot am Anleger, die grasüberwachsenen Felsen, die Spiegelungen von Bäumen und Himmel – wild und alltäglich zugleich, und das passte irgendwie zu Jim.

Während der Beisetzung hat niemand erwähnt, wie Jim gestorben ist. Wahrscheinlich ist das noch eine jener Tatsachen, die im Rückblick lieber nicht auftauchen sollten. Er fragt sich, was Laina mit dem japanischen Material machen wird, mit den Köpfen, von denen Mann ihnen erzählt hat.

Plötzlich hat Michael es eilig, von hier weg und wieder in die bunten, staubigen Straßen, die Wälder und Hügel Argentiniens zu kommen. Das bedarf Erklärungen und Ausreden und wird zu Veränderungen führen. Aber jetzt will er nichts anderes mehr als Nita wiedersehen und ihr ein guter Ehemann sein, was bedeutet, in der Wildnis Argentiniens zu bleiben. Vielleicht auf einer Farm in den Pampas.

Da er sich jetzt endlich entschieden hat, kann er es kaum abwarten, hinzukommen. Er hofft, dass es nicht zu spät ist.

Epilog

Macht euch auf, ihr Leute von Enogai, ihr Leute vom
Kula-Golf, ihr Leute von Roviana, ihr Leute von Wanawana.
Zieht hinauf nach Noro, lasst vier Kanus zu Wasser.
Zieht nach Kokenggolo, lasst vier Kanus zu Wasser.
Paddelt vier berauschende Nächte lang, werft vier Anker aus.
Ruft, Leute von Enogai, ruft, Leute von Wanawana.
Lasst ihn herabkommen und das Muschelhorn blasen,
lasst ihn herabkommen und sein Netz auswerfen.

»Hört mit den Zaubersprüchen auf«, schimpft Cadillacs Mutter, als sie die alten Tantchen hört. Aber sie kann nicht einschreiten, weil sie zu sehr damit beschäftigt ist, Fische zu grillen und Pudding für eine anständige Kirchenbeisetzung zu machen. Außerdem kommen andere Frauen herein, hören zu, nicken und erzählen von ihren eigenen Erinnerungen, wie es war, wenn ein Toter weitergeschickt wurde, erinnern sich an Geschichten, die ihnen erzählt worden sind.

Sie sitzen unter einem Mangobaum, nicht weit von der mit Blättern gedeckten Methodistenkirche, genießen den Schatten und die andächtige Aufmerksamkeit dieses jungen Mädchens, das klug und flink ist. Sie sehen bereits jetzt etwas Besonderes in ihr. Sie kauen Betel mit Limone. Ein oder zwei flechten aus Rattan und getrockneten Pandanusblättern einen Schmuckaltar für die Kirche.

In alten Zeiten wurden die Seelen der Toten von den Ahnen

abgeholt und übers Meer gepaddelt. Soweit Cadillac es versteht, passiert das nicht in dem Moment, in dem eine Person stirbt, sondern erst eine Weile später, nachdem alle Riten und Zeremonien gewissenhaft ausgeführt worden sind. Zuerst muss man den Schädel zum Bleichen in die Sonne legen, sagt eine der Tanten. Dann bindet man den Unterkiefer mit einer Liane fest und schmückt die Gehörgänge und Augenhöhlen mit Ringen aus Muschelschalen.

Sie hat die Schädel zwischen Korallenstücken liegen sehen, wahllos verstreut an Plätzen, die immer noch als *Tambu* oder heilige Orte gelten, in den Ruinen alter Kanuhäuser. Die australischen Sporttaucher zahlen den Häuptlingen Geld, um sie sehen zu dürfen, obwohl den meisten Schädeln längst der Schmuck und die Unterkiefer fehlen. Die Lianen sind verrottet und nicht erneuert worden.

In alten Zeiten, sagt eine der Tanten, wurde der Körper eines Toten mit Schlingpflanzen gefesselt, an einem Pfahl festgebunden und zu einem heiligen Felsen am Ufer getragen – ein weit entfernter Felsen, wo der Körper in sitzender Position angebunden wurde, mit Blick nach Westen übers Meer, der Verwesung und den leichenfressenden Geistern überlassen, die säuberlich das Skelett freilegten. Aber auch die Vögel und Insekten und großen Fliegenschwärme und Krebse, ergänzt eine andere Tante. Und wegen des Gestanks mochte man diesen Ort nicht aufsuchen.

»Hört jetzt auf damit. Warum quasselt ihr das Mädchen mit diesem ganzen Unsinn voll?«, schimpft Cadillacs Mutter aus einiger Entfernung. Aber sie lachen nur, spucken Betelsaft aus und klopfen Cadillac auf die Schulter oder tätscheln ihr liebevoll den Handrücken, als könnte das Mädchen Dinge verstehen, die ihre Mutter nicht versteht. Sogar die ganz Frommen, die den Altar flechten, beteiligen sich daran.

Wenn in den alten Zeiten ein Mann starb, öffnete man frische, junge Kokos- und Betelnüsse, aber reichte auch Maniokpudding und Betelnüsse mit Limetten, als Opfergaben für die Geister und Ahnen. Die wertvollsten Besitztümer des Toten – sein Schild und sein Speer, seine Muschelarmringe – wurden zerbrochen und verstreut. Und in seinem Garten wurden alle Betelnussbäume gefällt und die Maniokpflanzen herausgerissen; Cadillac nimmt an, dass man damit Trauer und Furcht zum Ausdruck bringen, aber auch Diebstahl und Neid verhindern wollte. Und seine Verwandten trugen Pepeu-Blätter um den Hals, um sich vor dem leichenfressenden Geist zu schützen.

Das war die alte Art zu trauern. Die Tanten nicken zustimmend und fragen sich stillschweigend, ob das Christentum nicht einige Dinge außer Betracht gelassen hat.

Es gab andere Traditionen und Rituale, von denen sie nicht so gern erzählen – Bräuche, die sie längst hinter sich gelassen haben, und solche, von denen so manche niemals zugeben würde, dass es sie überhaupt je gab. Beispielsweise die Entführung von Kindern aus anderen Dörfern für den Fall, dass eines Tages für eine wichtige Zeremonie wie etwa die Beisetzung eines Häuptlings oder den Stapellauf eines Kanus ein Schädel benötigt werden sollte. Die Art und Weise, in der Selbstmord von einer Häuptlingswitwe erwartet wurde, und wie man andere dazu bringen konnte, ihr zu helfen. Die Art und Weise, in der man sich nicht um die Leichen von Selbstmördern, Leprösen und Totgeburten scherte, sondern sie ohne weitere Zeremonie ins Meer warf. Die Art und Weise, in der menstruierende Mädchen sich in einer Bisi-Hütte am Rand des Dschungels verbergen und Schwangere dort gebären mussten. Das, meint Cadillac, hatte allerdings den Vorteil, dass die Frauen sich etwas erholen konnten.

Wenn man sie nach derlei fragt, zeigen sie sich empört wie Cadillacs Mutter und schütteln den Kopf – als wären diese Dinge in einer anderen Welt geschehen.

Cadillac glaubt, das Getratsche ihrer alten Tanten stecke so tief in ihr, dass sie es immer mit sich herumschleppen wird – sogar noch hier, in den Vereinigten Staaten, und selbst wenn sie als ausgebildete Ärztin auf die Salomonen zurückkehrt.

Die Geschichten und die alte Beisetzungzeremonie hätten auch Jim gefallen. Es hätte ihm gefallen, hier für eine Weile gelassen zu werden und aufs Meer hinauszublicken, auch wenn er als Selbstmörder rüde in die See geworfen und sein Körper dann durch den tiefen Wald aus Seetang treiben würde, um schließlich auf den von Glimmer gefleckten Sand zu sinken, und es hätte ihm gefallen, wenn Fische und Krebse und Hummer seine Gebeine sauber nagen würden.

Der Tag neigt sich seinem Ende zu. Die Sonne steht tief über der Bucht, verwandelt sich in eine leuchtende Orange. Cadillac hockt auf der dicken Planke, die durch die Schwelle des Bootshauses verläuft, genau an dem Punkt, an dem Jim starb. Morgen fährt sie zurück nach Yale, aber jetzt lässt sie die Füße über dem kalten Wasser herabbaumeln.

Macht euch auf nach Baanga, schlagt viermal aufs Wasser, um den Thun zu locken. Zieht nach Kohinggo, schlagt viermal aufs Wasser. Macht euch auf nach Wanawana, murmelt sie ein Gebet, mit dem die Ahnen angerufen wurden, um einen Geist auf seinem Weg zu geleiten. Als sie es lauter flüstert und dabei die Augen schließt, kann sie die Paddel aufs Wasser schlagen hören, den kehligen Singsang und das Pfeifen der Ahnen. Sie sind da. Sie sind für ihn gekommen, an diesen Ort, an dem Jim gestorben ist.

Jims Geist ist so widerspenstig wie immer. Sie muss ihn ausschimpfen und ihm seinen Weg weisen, ganz so, wie Tosca den Nashornvogel verscheucht hat. Sie weiß genau, dass er zufrieden ist, es aber nie zugeben würde. Und wer ist gekommen? Sein Doktorvater, der Freund seines Vaters, der ihm zum ersten Mal etwas über Vögel erklärt hat, und ein Bootsmann, der ihm das Segeln beibrachte. Tote Männer aus dem Krieg. Die schöne Frau auf dem Foto, das er versteckt.

Wenn ein Mann zum Geist wird, ist er wieder ganz wie ein Kind, weiß nichts über das Treiben der Ahnen und kennt auch ihre Sprache nicht – das haben ihr die Tanten erzählt. Für Jim ist es eine Erlösung. Er redet nicht gern. Und jetzt muss er nichts mehr erklären; es gibt auch gar keine Möglichkeit mehr, etwas zu sagen. Die Ahnen hetzen ihn nicht, sie haben es nicht eilig. Sie paddeln langsam um die ganze Bucht herum. Viermal.

Sie werden nicht den direkten Kurs zurück nach Santo nehmen, sondern sich Zeit lassen, an den Riffen und Inseln vorbeipaddeln und durch vertraute Buchten und heilige Plätze ziehen. Unterwegs werden sie fischen. Sie werden Netze auswerfen. Sie werden rufen und die Muschelhörner blasen. Es ist, als würde ihnen der neue Geist die Möglichkeit zur Heimkehr bieten, um ihre alten Orte und vergangenen Leben zu besuchen.

Und Jim ist froh, wieder auf einem Boot zu sein, draußen auf See zu fischen, in den letzten Sonnenstrahlen an der Küste entlangzuziehen. *Geht nun und wartet, auf dass sie euch nach Santo geleiten.*

Sie hält die Augen geschlossen und lauscht dem Geräusch der Geisterpaddel.

Eine Anmerkung über Namen

Namen von Vögeln unterliegen im Lauf der Zeit Veränderungen, wenn Wissenschaftler auf der Basis neuer Informationen über molekulare Daten (DNA), Verhalten und geografische Verbreitung Arten neu klassifizieren. Soweit es mir möglich war, habe ich die wissenschaftlichen Namen benutzt, die meine Romanfiguren benutzt hätten. Bei Ortsnamen habe ich der Einfachheit halber modernere Bezeichnungen gewählt.

Danksagungen

Dies Buch ist inspiriert von der Gestalt meines Großvaters James C. Greenway Jr., eines bekannten Ornithologen, der während des Kriegs im Pazifik im Geheimdienst der Marine seinen Dienst mit Auszeichnung geleistet hat. Ohne ihn hätte ich diese Geschichte nicht schreiben können. Allerdings gibt es bei den Salomonen kein Layla Island, die dort und anderswo angesiedelten Ereignisse sind meine eigene Erfindung.

Als Laie in den Bereichen der Ornithologie, des Kriegs und der Medizin sind mir zweifellos Fehler unterlaufen. Umso mehr schulde ich den Personen, die bemüht waren, mich zu berichtigen, großen Dank. Zu besonderem Dank verpflichtet bin ich Dr. Mike McDonnell, einem ehemaligen Bezirksmedizinalrat der Salomonen, der mir einen Schnellkurs in Sachen Kultur und Medizin auf den Salomonen gab, mir darüber hinaus Freundschaft und Gastlichkeit erwies und derart ergötzliche Geschichten erzählte, dass ich nur hoffen kann, dass er bald ein eigenes Buch schreibt. Mein Dank geht auch an François Vuilleumier, einen guten Freund und Redakteur, der mich mehrere Tage lang mit dem Amerikanischen Museum für Naturgeschichte vertraut machte und über Jahre hinweg geduldig und genau die zahllosen Fragen einer Novizin beantwortet hat. An Ms. Alison Pirie, eine unvergleichliche Führerin durch die enorm stimmungsvolle Ornithologische Abteilung des Museums für vergleichende Zoologie in Cambridge. John Lawrence, der in der Luftaufklärung der Marine diente und zu Admiral »Bull« Halseys Mitarbeitern zählte, zog seinen Rollator trotzig hinter sich her, als er mich zu dem japanischen Schwert führte, das er aus Guadalcanal mitgebracht hatte. Taska Sasamara machte mich bekannt mit den Kriegswracks in New Georgia und Leuten, die sich noch an jene Zeiten erinnerten. Gordon Beti zeigte mir seine Kriegssammlung in Munda. Keithie Saunders, die amerikanische Konsulatsmitarbeiterin, nahm sich die Zeit, einer unbekannten Touristin von der Politik der Salomonen zu erzählen. Wilson Maelauna war meine Führerin auf Guadalcanal. Ich danke Dr. Jimmy Macgregor, dem ehemaligen Direktor des Gesundheitsdienstes der Salomonen. Ian und Louise Gardiner vermieteten mir ein Zimmer – und Bici Pettit-Barron ein Bootshaus.

Ich möchte meinem Vater und meiner Mutter danken, meinem Onkel Jim, meiner Tante Hooblie und meiner Cousine Dinny, die mir beim Recherchieren halfen und mir Mut machten, sowie Bob und Diana Harding, die mir von ihren Vogelsichtungen in Maine berichteten.

Danken möchte ich auch meiner Agentin Felicity Rubinstein, einer Meisterin ihres Fachs; meiner Lektorin Joan Bingham für ihre unverzagte Unterstützung bei beiden Büchern; meiner Lektorin Elisabeth Schmitz für ihr sorgfältiges Lektorat und ihr erstaunliches Ohr für Sprache. Karen Duffy, meiner gerissenen und zugleich eleganten Verlegerin bei Atlantic Books in London. Und allen bei Grove Atlantic, die mir geholfen haben, dieses Buch fertigzustellen: Charles Rue Woods, Zach Pace, Deb Seager. Meinem Schreiblehrer Les Plesko in Los Angeles für seine genaue Lektüre. Darren Woodhead und Julia Greenway für ihre wunderbaren Illustrationen. Chin-yee Lai für das großartige Umschlagbild [der

Originalausgabe]. Und Jun Shibata für ihre Hilfe, in meine unordentliche Welt wieder eine gewisse Ordnung zu bringen.

Schließlich möchte ich meinen Töchtern Annie und Eliza danken, weil sie absolut wundervoll sind. Und Timo, meinem Mann und Freund von Kindheit an, der dieses ausufernde Projekt unterstützte, mit mir auf die Salomonen reiste und diese Seiten viele Male klug und großzügig durchgesehen hat. Ich liebe euch alle drei.